SERVICE
DE PRESSE

PRODIGE NOIR
*est le trois cent vingt-troisième livre
publié par Les éditions JCL inc.*

Catalogage avant publication de Bibliothèque et Archives Canada

Guérin, François 1952 5 sept.-

Prodige noir

ISBN 2-89431-323-3

I. Titre.

PS8563.U33P76 2006   C843'.54   C2005-942497-4

PS9563.U33P76 2006

© **Les éditions JCL inc., 2006**
Édition originale : mai 2006

À Sophie
Pour ses questions
stimulantes !

Très cordialement,

François Guérin

PRODIGE NOIR

DU MÊME AUTEUR :

Sur la piste de Callas, roman, Chicoutimi, Éditions JCL, 2004, 292 p.

Messire Benvenuto, roman, Chicoutimi, Éditions JCL, 2001, 357 p.

Le Germe, roman, Chicoutimi, Éditions JCL, 1999, 338 p.

Mémoires d'outre-bombe, roman, Chicoutimi, Éditions JCL, 1998, 318 p.

Les éditions JCL inc., 2006
930, rue Jacques-Cartier Est, CHICOUTIMI (Québec) G7H 7K9
Tél. : (418) 696-0536 – Téléc. : (418) 696-3132 – www.jcl.qc.ca
ISBN 10 : 2-89431-323-3
ISBN 13 : 978-2-89431-323-7

FRANÇOIS GUÉRIN

Prodige noir

Roman

LES ÉDITIONS JCL

Nous reconnaissons l'aide financière du gouvernement du Canada par l'entremise du Programme d'aide au développement de l'industrie de l'édition (PADIÉ) pour nos activités d'édition. Nous bénéficions également du soutien de la SODEC et, enfin, nous tenons à remercier le Conseil des Arts du Canada pour l'aide accordée à notre programme de publication.

Gouvernement du Québec – Programme de crédit d'impôt pour l'édition de livres – Gestion SODEC

À Solange Fournier
Pour ses « quelques papiers jaunis »

Avant-propos

Un soleil de désert éclairait le facteur en contre-jour. Tandis que je signais le récépissé, je sentais la chaleur détendre ma peau engourdie, j'aspirais avec avidité les arômes de terre humide évacuant les derniers vestiges de l'hiver. Ce détail possède plus d'importance qu'il n'y paraît. Aujourd'hui, quand j'y repense, je doute que j'aurais donné suite à la lettre que je venais de recevoir si, en ouvrant la porte au facteur, j'avais été assailli par une bourrasque d'air froid ou par un ciel sordidement gris. Ce faisant, j'aurais raté l'occasion de connaître Harry Button, à ma connaissance un des premiers pianistes noirs à se produire en concert dans un répertoire classique. Je ne serais pas entré en possession de ses archives et des quelques trésors qu'elles contenaient. Je n'aurais pas pris connaissance d'un destin aussi exceptionnel que tragique.

J'étais en train de corriger les épreuves de mon livre *Sur la piste de Callas* quand la sonnette de la porte d'entrée a retenti, avec ce bruit strident qui a le don de me faire sursauter et de m'écorcher les nerfs. J'oscillais entre laisser faire et aller répondre. J'accorde toujours un soin méticuleux à la correction des épreuves, car il s'agit de la dernière chance d'amender le texte avant qu'il ne se fige concrètement dans sa forme finale publiée. Ce travail exige beaucoup de concentration et explique mon manque d'enthousiasme à me rendre à la porte. En même temps, cette interruption intempestive me faisait réaliser que je travaillais sans répit depuis le matin et qu'après tout une petite pause pouvait s'avérer bénéfique.

J'ai salué le facteur à son départ et je suis demeuré quelques instants sur le pas de la porte, les yeux mi-clos, la tête relevée, me gorgeant de cet air incroyablement vivifiant. J'ai pris le pouls de l'atmosphère, observant les passants qui s'enivraient des mêmes sensations printanières. J'ai regardé la lettre, un envoi recommandé en provenance des États-Unis. La lettre venait d'un certain John Brower, notaire de la ville d'Allentown. Je n'avais jamais entendu parler de ce bled. Pourquoi est-ce que je recevais une lettre officielle d'un notaire américain? Ça ne présageait rien de bon. J'étais tenté de la balancer dans la corbeille, sans façon. S'il s'agissait d'une affaire importante, on saurait bien me retrouver sans recourir à ce moyen si bassement procédural que constitue une lettre recommandée. Pourtant, comme si je cherchais un prétexte pour m'attarder à l'extérieur et profiter du soleil avant que l'appel du travail ne devienne trop insistant, j'ai décacheté lentement l'enveloppe pour en extraire un seul feuillet avec en-tête. Je traduis dans mes propres termes.

Allentown, le 5 mai 2004
Objet : legs de madame Solange Fournier.
Monsieur,
Veuillez prendre note par la présente que madame Solange Fournier, décédée le 17 avril dernier, vous a légué par clause testamentaire une boîte scellée contenant des archives.
Vous êtes prié de venir en personne prendre possession de cette boîte et de signer les documents s'y rattachant. Aucun mandataire ou aucune attes-

tation ne sera accepté, conformément aux disposi-
tions signifiées par madame Fournier. Pour la même
raison, la boîte ne pourra vous être expédiée sous
aucune considération.

Vous avez deux semaines après réception de
cette lettre pour venir réclamer votre bien. À défaut
de quoi, je me verrai dans l'obligation de disposer
du contenu à ma convenance et sans préavis.

Veuillez agréer l'expression de mes sentiments
honorables.

Maître John Brower, notaire, NNA

Ce que je peux exécrer ce ton juridique pompeux.
« Obligation, sans préavis, aucun, vous avez, réclamer, à ma
convenance » : je ne suis qu'une bête du vil troupeau, et il
n'y a pas de temps à gâcher en vaines civilités. Il faut se
plier à son époque, j'imagine. Retenons tout de même les
« sentiments honorables » et passons aux choses sérieuses.

D'abord, qui est cette Solange Fournier? J'avais beau
fouiller les moindres recoins de ma mémoire, je ne voyais
absolument pas de qui il pouvait s'agir. Avec un hausse-
ment d'épaules, je suis revenu à ma table de travail pour me
replonger dans mes corrections, mais, bien entendu, une
partie de mes pensées demeurait accrochée à ce nom,
comme une irritation de la peau qui vous harcèle sans arrêt.

J'ai alors eu l'idée d'explorer quelques généalogies
pour finalement découvrir que Solange Fournier était une
cousine fort éloignée, cousine dont j'ignorais totalement
l'existence une heure plus tôt. J'ai passé le reste de la
matinée à tenter de rejoindre différents membres de ma
famille pour apprendre tant bien que mal que Solange
Fournier avait épousé un Américain et qu'elle avait vécu
aux États-Unis depuis tout ce temps, ne conservant que
des liens épisodiques avec sa parenté.

Cela dit, je ne me sentais guère plus avancé. Pourquoi

me léguait-elle une boîte remplie de papiers sans valeur? Une boîte qu'il me fallait aller chercher en personne, comme si ce devait être l'unique objectif de mon existence. Mais le côté cocasse de la situation et la curiosité de la découverte s'emparaient de moi sans rencontrer trop de résistance. Une simple lettre, une requête aussi imprévue qu'intrigante, la perspective de me tremper dans une petite ville perdue chez le voisin du Sud, ce sont là des ingrédients dont j'aime manier la composition et découvrir ce qui peut en résulter. Il n'y a rien que je préfère davantage que de m'embusquer pour surveiller le passage du hasard et de sauter à pieds joints sur l'occasion inattendue.

Revigoré par une matinée radieuse, stimulé par un envoi mystérieux, émoustillé par l'idée d'un petit périple vacancier, je me suis remis au travail avec une énergie accrue. En moins de deux heures, j'avais terminé mes corrections, que je me suis empressé de retourner à mon éditeur. J'ai pris une collation pendant que j'évaluais mon emploi du temps de la semaine à venir. J'ai expédié quelques affaires, pris diverses dispositions, préparé un bagage et, le lendemain matin, je pilotais ma voiture en direction de la frontière américaine. Destination : Allentown, Pennsylvanie.

J'avais fait parvenir un message électronique à monsieur Brower pour le prévenir de mon arrivée et pour qu'il ne perde pas patience avec cette encombrante boîte de papiers. Tandis que je me dirigeais vers le poste-frontière, je pensais à Solange Fournier, une cousine que je n'aurai jamais connue, mais qui avait pourtant pris soin de me léguer une boîte au contenu indéterminé, en apparence sans raison précise. Je l'imaginais empruntant, des années auparavant, ce même parcours que je sillonnais à présent, en route vers un nouveau destin au bras de son époux. Un des innombrables destins qui auraient pu s'offrir à elle et qu'elle avait concrétisé en acceptant de changer de pays pour suivre l'homme qu'elle aimait.

Qu'avait-elle fait tout ce temps? Peut-être le notaire saurait-il me renseigner à son sujet.

Chose certaine, il devait être plus facile de franchir la douane à l'époque de Solange Fournier que ce ne l'est aujourd'hui. Avec la hantise des attentats qui habite les Américains, les contrôles frontaliers connaissent un resserrement quasi névrotique. Conséquence, il m'a fallu plus d'une heure d'attente sous un soleil de plomb simplement pour parvenir au niveau du douanier. Je suis tombé sur un matamore qui aboyait ses questions comme durant un entraînement militaire.

« Où allez-vous?

— Allentown, Pennsylvanie.

— Pour combien de temps?

— Je dirais une semaine, environ.

— Quelle est la raison de votre voyage?

— Pour affaires.

— Pour affaires? Rangez-vous à droite! »

J'aurais simplement dû dire pour vacances. Ce mensonge pieux m'aurait sans doute épargné la fouille systématique et les trois pages de questionnaire que j'ai dû compléter sous les yeux inquisiteurs d'un préposé. Des gardes armés complétaient le charmant tableau de bienvenue. J'ai finalement pu reprendre la route, bien assuré qu'on m'avait à l'œil et qu'il valait mieux ne pas m'aventurer hors des sentiers battus.

Épuisé par cette démonstration de hargne, je me suis arrêté à Albany pour y passer la nuit. Après tout, rien n'urgeait. Autant en profiter pour découvrir un coin de pays que je ne connaissais pas. Le lendemain, j'ai donc quitté l'autoroute 87, empruntant de petites routes campagnardes, m'arrêtant aussi souvent qu'il me plaisait. Je m'amusais, pour contrer l'ennui de la conduite automobile, à observer les différences de détail sur les maisons, somme toute assez semblables à celles que l'on retrouve dans les environs de Montréal, mais avec souvent une ostentation de richesse qui laisse songeur. Il n'était pas rare de remarquer des garages triples, séparés des maisons, avec BMW et Buick rutilantes en faction. Ici, le culte de la possession se traduit dans tous les aspects, ce qui au moins favorise une bonne tenue des lieux. Pas de place pour les fenêtres placardées ou pour les terrains vagues à l'abandon.

Aux paysages de campagne proprette succédaient de paisibles villages fleuris figés dans le temps. Je prenais mes repas, scandés par d'incessants « Is everything all right? » nasillards. Je progressais de la sorte, sans rencontrer aucune des difficultés d'accueil que laissait entrevoir le passage de la douane, logeant dans de petits motels sans prétention. Trois jours plus tard, je pénétrais dans Allentown, frais et dispos.

Allentown, Pennsylvanie, fondée au XVIIIe siècle et située au bord de la rivière Lehigh. Environ cent vingt mille personnes habitent cette ville qui fut autrefois un centre industriel plutôt prospère. Le genre de petite cité entretenant ses quelques monuments, comme la maison Trout, ou le musée d'art conçu par un élève de Frank Lloyd Wright, mais baignant dans une routine lénifiante que viennent rompre seulement les banquets des champions ou la parade de l'Halloween. Beaux jardins et rues immaculées complètent le portrait d'une ville typique de la région. Chaque habitant respire la fierté d'appartenance, et là s'arrêtent ses visées.

J'ai réservé une chambre au Crowne Plaza sur la rue Hamilton, en plein centre de la ville, et je me suis rendu directement chez le notaire. Nous étions en fin de matinée. Il était trop tôt pour prendre possession de la chambre et il me tardait de vérifier le contenu de cette fameuse boîte que me léguait une cousine inconnue.

Je suis entré dans un petit bureau ouvrant sur la rue et possédant une grande vitrine qui laissait la lumière baigner les lieux. La raison sociale et le nom du notaire étaient peints sur cette vitrine. J'avais à peine refermé la porte, après avoir été signalé par un son aigu de clochette, que tonnait une voix de stentor à faire frémir les fondations de l'immeuble.

« *Yes, Sir! What can I do for you?* »

Je me suis avancé vers l'énorme mammifère qui venait de m'interpeller, paniqué à l'idée de serrer l'imposante tenaille qu'il me tendait. À son invitation, j'ai ensuite pris place devant son bureau, profitant de l'occasion pour masser ma main réduite à l'état de purée. Tentant d'oublier la douleur, je me suis présenté.

« Bonjour, monsieur Brower. Je suis François Guérin. Vous pouvez m'appeler Frank...

— Ah, oui! Canada! Vous venez chercher la boîte de Solange!

— C'est bien ça...

— Ah, Solange, Dieu la bénisse. Vous la connaissiez bien?

— À vrai dire...

— Je l'avais rencontrée au concours annuel de la plus belle devanture. Je faisais partie du jury. Vous avez visité la ville un peu? Vous avez sûrement remarqué les magnifiques façades. Il n'y a pas une seule ville de l'État où on prend davantage soin des maisons.

— Je viens d'arriver, mais je...

— Au fait, vous avez faim? Je viens de me rendre compte qu'il est midi. Venez! Allons manger! Il vaut toujours mieux discuter le ventre plein, pas vrai? »

J'ai fait l'effort d'un rire sympathique pour accompagner son humeur tonitruante. Nous sommes sortis sur cette bonne note. J'ai remarqué qu'il ne verrouillait même pas la porte, ce qui me surprend toujours, une telle candeur vis-à-vis de la nature humaine me paraissant d'un âge révolu. Je le laissais volontiers débiter son petit boniment touristique tandis que nous nous dirigions vers un sympathique restaurant achalandé. John a été accueilli comme une vieille connaissance. Il s'est installé sans invitation à une table qui semblait lui être réservée en tout temps. Je me suis assis face à lui, jetant un regard circulaire sur le plafond en tuiles de tôle décorative, sur les murs tapissés de photos-souvenirs, sur les lambris acajou et sur les serveuses aux jupes courtes et chaussées d'espadrilles.

« Plaisant endroit...

— Et comment! Je viens ici depuis vingt ans. Je suis leur meilleur client. Ah, voici Betty! Salut, mon cœur!

— Bonjour, John. Vous avez de la compagnie!

— Un Canadien! Tu le soigneras bien, qu'il emporte un bon souvenir de chez nous!

— Bien entendu. Vous prendrez quoi, monsieur?

— Euh, je n'ai pas eu le temps de regarder le...

— Apporte-lui le sandwich de filet mignon et le gâteau au fromage.

— Et vous, John, comme toujours?

— Évidemment, ma douceur! »

John l'a regardée s'éloigner comme s'il admirait Cameron Diaz. Puis, il s'est rappelé mon existence.

« Vous verrez, le gâteau au fromage vaut le voyage! »

Je déteste le gâteau au fromage. Il me faut au moins trois jours pour digérer une seule bouchée de ces mastics compacts et gluants. Pour ne pas y penser, je l'ai questionné sur ma cousine.

« Vous disiez que vous aviez connu Solange Fournier?

— Ah, oui! Cette chère Solange. Elle vivait seule depuis dix ans environ, depuis la mort de son mari. Elle avait gardé de belles formes et le sourire de sa jeunesse. Elles sont toutes comme ça chez vous?

— Certainement...

— Vous avez bien de la chance. Je l'ai invitée ici, quelques fois. J'ai eu beau lui déployer toutes les facettes de mon charme, je n'ai toujours récolté que son sourire un peu moqueur. Sa mort m'a attristé, mais c'est notre lot à tous, pas vrai?

— Hélas...

— Mais non! Sinon comment pourrions-nous apprécier chaque instant qui passe? Ah, la bouffe! Je meurs de faim! »

Betty revenait avec un plateau de service si gigantesque que je croyais qu'elle nous apportait le buffet au complet. Elle a déposé devant John un bol de salade de pommes de terre et de poulet grillé qui couvrait à lui seul la moitié de la table. Mon assiette n'était pas en reste : un sandwich de quarante centimètres de long trônait au sommet d'une montagne de frites. Il y avait encore deux pichets de bière et une corbeille contenant l'équivalent de deux pains entiers à caser sur la table, manœuvre dont Betty s'acquitta avec l'expérience des métiers pratiqués depuis longtemps.

« Bon appétit!

— Merci, mon bijou! »

John s'est lancé à l'assaut de sa ration de fourrage avec une gourmandise quasiment touchante. De mon côté, je cherchais le meilleur moyen d'entamer ma gamelle. J'ai peu d'appétit, le midi. J'espérais que je n'allais pas commettre un outrage en abandonnant les trois quarts de mon assiette, ce qui m'apparaissait le scénario le plus plausible.

« Donc, Solange...

— Ah, Solange! Cette chère Solange... Elles sont toutes comme ça chez vous?

— Certainement...

— Elle m'avait confié son testament, il y a environ trois ans. Elle venait d'atteindre soixante-cinq ans. Elle resplendissait de santé, mais on ne sait jamais de quoi demain sera fait.

— De quoi est-elle...

— Elle a succombé à une vilaine pneumonie. Pas de quoi s'inquiéter, en général. Elle vivait seule, elle a négligé de se soigner. On l'a retrouvée un beau matin, morte dans son jardin. Pauvre Solange...

— Et j'étais mentionné dans son testament?

— Oui! Il paraît que vous êtes romancier?

— J'ai écrit quelques...

— Solange m'avait parlé de vous à quelques reprises. Elle avait reçu vos ouvrages par la poste et les avait bien appréciés. Elle semblait bien fière qu'un membre de sa famille soit écrivain.

— En fait...

— Alors, elle m'a laissé cette boîte pour que je vous la remette. Elle m'a dit que seul un écrivain comme vous pourrait s'y intéresser.

— Et que contient-elle, cette...

— Des papiers! Uniquement des papiers! Je n'ai aucune idée de leur valeur. Solange avait des consignes très précises concernant ses biens. Elle m'a donné du travail, la garce! Euh, pardon... Pauvre Solange... Dieu ait son âme... Votre boîte se trouvait au grenier. Je l'ai transportée à mon bureau où vous la récupérerez tout à l'heure. »

Amusé, je regardais John qui engouffrait sa salade, les lèvres luisantes de vinaigrette et de gras de poulet. J'ai vu un bref effroi passer dans ses yeux lorsqu'il a remarqué que j'avais à peine entamé mon assiette.

« Vous n'aimez pas ça?

— Non, non, c'est délicieux. Seulement, cette seule assiette représente la moitié de mon épicerie hebdomadaire...

— Ha! ha! Elle est bien bonne! Vous permettez, dans ce cas?

— Je vous en prie... »

Et d'agripper mes restes de frites et de sandwich comme s'il se préparait à un long siège. Aussitôt, la Betty a rappliqué avec le gâteau au fromage. Elle a accompagné la remise de son pavé d'un kilo avec son sourire le plus enjôleur.

« Vous m'en donnerez des nouvelles!

— Si je ne tombe pas dans le coma en cours de route... »

Pendant que j'y allais d'une bouchée prudente, John terminait les frites inondées de ketchup. Il a regardé sa montre. Sa demi-heure de dîner était dépassée. Il a demandé à Betty les additions et une boîte pour rapporter le gâteau avec lui.

« Tu m'emballes ça, ma poupée? Ce serait dommage de gaspiller un si beau dessert.

— Remettez-moi les deux additions. C'est ma tournée, John!

— Ah! ça, par exemple! Si tous mes clients étaient comme vous, je pourrais déjà penser à la retraite! »

Après les salutations à Betty et les félicitations d'usage pour le mémorable repas, nous sommes enfin sortis. Dehors, un soleil écrasant nous a accueillis. La chaleur faisait coller les semelles à l'asphalte. Je me demandais comment John pouvait se déplacer avec tout ce qu'il avait calé dans son estomac. Pourtant, il marchait d'un pas allègre, insouciant autant de son embonpoint que des contrariétés de la vie.

De retour à son bureau, John s'est dirigé vers un classeur pour en retirer un épais dossier qu'il a étalé sur le buvard pour m'en lire, d'une manière professionnellement blasée, rapidement le contenu.

« Par la présente, je lègue... doit venir en personne... aucune attestation... bon usage... etc. Signatures, s'il vous plaît.

— Voilà. C'est tout?

— Il reste la boîte! Vous la voulez?

— Oui, oui. »

John m'a alors désigné une boîte en carton assez volumineuse qui reposait dans un coin, près de la fenêtre. La boîte était scellée de ruban gommé et n'affichait aucune indication.

« Elle est à vous! »

Le moment était venu de mettre fin à cette rencontre. Je réfléchissais toutefois au fait que je n'en avais guère appris sur ma cousine. Je lui devais bien quelques pensées, elle qui m'avait couché sur son testament comme une précieuse connaissance. D'où l'envie de visiter le lieu où elle avait fini ses jours.

« Dites, vous croyez que je pourrais visiter la maison de Solange?

— Hum, peut-être. Vous devrez passer cet après-midi, car on est en train de la vider. La maison sera mise en vente dès demain. Les profits iront à différentes œuvres de charité dont Solange m'a dressé la liste. Tenez, voici l'adresse et une autorisation pour circuler à l'intérieur.

— Merci, John. Ce fut un plaisir.

— Au revoir, Frank! *Good luck!* »

J'ai eu droit à une autre séance de broyage de phalanges et je suis reparti, en route vers l'hôtel. J'y ai déposé la boîte et mes bagages. Je suis aussitôt ressorti pour me rendre à la maison de Solange avant qu'il ne soit trop tard et pour profiter du soleil de la mi-journée. Je n'avais même pas ouvert la boîte, tant elle me semblait anodine. Je préférais l'ouvrir à mon retour pour occuper ma soirée. J'étais davantage curieux de visiter la dernière demeure de ma cousine, d'approcher l'univers dans lequel son mariage l'avait transportée, de vérifier sur place comment elle avait apprivoisé son nouvel environnement. J'ai toujours aimé essayer de comprendre comment les gens finissent par s'habituer aux bouleversements majeurs qui surviennent dans le cours d'une vie. J'observe les influences qu'ils subissent, mais également les marques qu'ils ont gravées autour d'eux en cours de route. En particulier, le changement de pays et de langue, comme dans le cas de Solange, entraîne des reconversions qui peuvent pencher autant du côté de la découverte fascinée que du désœuvrement le plus cauchemardesque. De là découlent des orientations à long terme aux issues incertaines. Sans le savoir, je brossais à ce moment un portrait relativement similaire à celui qu'avait vécu Harry Button, comme j'allais bientôt le découvrir.

« 205, Gordon Street. »

Retrouver la maison ne présentait aucune difficulté. Comme elle n'était pas très éloignée de l'hôtel, je m'y suis rendu à pied. Les déménageurs me regardèrent d'un air suspicieux, surtout que j'arrivais sans voiture, comportement hautement douteux dans ces contrées où le moindre déplacement implique la combustion d'essence. Je leur ai montré mon laissez-passer avant qu'ils ne dégainent l'artillerie lourde.

« *Hi!* Monsieur Brower m'a autorisé à visiter la maison.

— Pourquoi? Les visites ne doivent commencer que demain.

— Je sais, mais je ne viens pas pour l'acheter. Je suis un cousin de Solange Fournier.

— Dans ce cas, allez-y, mais faites vite. Nous avons presque terminé. »

Les déménageurs tiraient profit de l'interruption pour reprendre leur souffle. Ils étaient en train de transporter un magnifique piano droit en acajou incrusté de nacre et avec des touches en ivoire jaunies par le temps.

« Beau piano.

— On voit que vous n'avez pas à le soulever... »

J'ai laissé les ouvriers en paix pour pénétrer dans une maison modeste mais accueillante. D'après les boiseries et les parquets usés par les pas, la maison devait avoir été construite au moins cent ans plus tôt. Le vestibule sentait l'entretien négligé et les traces sur le mur témoignaient de l'emplacement des meubles qui n'avaient jamais bougé. Par contre, les fenêtres propres ornées de rideaux de dentelle révélaient le souci de laisser pénétrer librement la lumière, comme pour compenser la lenteur des heures qui passent. La cuisine semblait le seul endroit à avoir été repeint depuis des décennies. J'imagine que Solange y passait la majorité de son temps, se livrant à des confections de confitures et à des réserves de marinade pour occuper ses journées. Un petit balcon à l'arrière donnait sur un jardin fleuri. Quelques grands arbres procuraient une fraîcheur bienfaisante, sans compter le bruissement du feuillage qui masquait les rumeurs de la circulation automobile.

J'ai éprouvé un bref regret de n'avoir pas connu cette cousine expatriée. Son petit univers sans façon devait lui convenir, malgré sa solitude. John m'avait mentionné qu'elle n'avait pas eu d'enfants, mais qu'elle ne semblait pas pour autant souffrir d'ennui. J'aurais aimé prendre le thé avec elle pendant qu'elle me racontait ses souvenirs. Nous aurions pu parler de mes bouquins qu'elle avait lus. Je suis toujours curieux de connaître ce que les gens en ont pensé, que ce soit en bien ou en mal. Sûrement, Solange aurait eu une opinion originale à me livrer, elle qui semblait avoir tout le temps voulu pour s'adonner à la lecture. J'aurais pu également lui demander de me pianoter quelques pièces sur son instrument en acajou. Elle m'aurait fait visiter son voisinage, me livrant par la même occasion ses regrets et ses espoirs, ses découvertes et ses déconvenues lorsqu'elle s'était retrouvée ici, isolée de sa famille et de tout ce qu'elle avait connu antérieurement. Parlait-elle déjà anglais avant d'arriver? J'imagine, puisqu'elle avait épousé un Américain. Mais parler quotidiennement une autre langue finit toujours par impliquer une autre manière de penser.

Je suis monté jusqu'au grenier, ne jetant que des coups d'œil furtifs à la salle de bain et aux chambres. Un escalier vermoulu menait aux combles de la maison, comme on n'en voit plus que dans les films en noir et blanc. Le grenier avait déjà été vidé. Dommage. Il recelait peut-être quelques trouvailles, vieux jouets dont on ne veut pas se départir, meubles antiques qu'on remise en attendant de statuer sur leur sort, robe de mariée et coutellerie en argent, souvenirs de famille accumulés de génération en génération. Quand on y pense, il est étonnant de constater la disparition des greniers de l'architecture des maisons d'aujourd'hui. La fin des greniers s'accompagne de la fin de l'héritage familial transmis depuis toujours avec un certain sens de la continuité et de l'appartenance. Du coup, on ne s'intéresse plus à nos ancêtres. Qui sait de nos jours quel emploi occupait son grand-père ou combien d'enfants élevait son arrière-grand-mère?

J'ai quitté le grenier en me disant que c'était sans doute ici qu'avait reposé la boîte léguée par Solange. Il était d'ailleurs temps de repartir. Au retour, j'ai flâné dans les rues de la ville, m'arrêtant pour acheter quelques provisions et une bouteille de vin que je comptais boire en épluchant le contenu de la boîte.

Rentré à l'hôtel, j'ai pris une longue douche, j'ai ouvert la bouteille de Zinfandel et j'en ai rempli un des verres en plastique qui traînaient dans la salle de bain. J'adore le Zinfandel. Armé de munitions, j'ai commencé à débarrasser la mystérieuse boîte de ses ficelles et de son ruban gommé. Malgré moi, je ressentais l'excitation de l'enfant qui déballe un cadeau inattendu. En retirant le couvercle, j'ai été saisi à la gorge par l'odeur renfermée du papier séché par le temps, odeur qui n'était pas sans me rappeler la poussière accumulée sur les vieux grimoires dans les bibliothèques où les restrictions budgétaires imposent des contraintes ménagères.

La boîte, conformément à ce que John m'avait dit, ne contenait effectivement que de vieux papiers. Je les ai tous retirés pour les étaler sur le lit et les recenser un à un. Il y avait beaucoup de programmes et d'annonces de concert, quelques affiches, des coupures de journaux et de revues, des lettres, des dessins, des feuilles de musique, une partition manuscrite et trois gros cahiers couverts d'une écriture fine et serrée. Et une enveloppe cachetée, placée là à mon attention. J'ai ouvert la lettre qui allait sûrement m'éclairer enfin sur la nature indéterminée de cette documentation.

Allentown, le 23 juillet 2001

Cher cousin,

Lorsque tu liras cette lettre, je ne serai plus de ce monde. La formule est bien connue. Reste que lorsqu'on l'écrit soi-même, ce n'est pas sans une certaine émotion. Je ne sais pas combien de temps il me reste à vivre et peut-être toi-même seras-tu déjà parti pour un monde meilleur lorsque mon tour viendra, mais peu importe. Si le temps imparti aux humains est bien circonscrit, il n'en va pas de même pour les objets. Ils peuvent souvent survivre à notre mort plusieurs centaines d'années. Il en ira possiblement de même pour cette boîte que je te confie, ne sachant ce que tu en feras, ni même si tu entreras en sa possession.

Je te laisse bien peu, je le sais. En même temps, je te laisse peut-être beaucoup. Je soup-çonne, malgré mon inculture pour la musique, malgré ce piano abandonné dans ma maison et dont je ne me suis jamais servie, que cette boîte contient quelques papiers de valeur. Tu jugeras par toi-même.

Je sais que nous ne nous connaissons pas, que probablement tu ne soupçonnais même pas mon existence. Moi-même, j'ai entendu parler de toi un peu par hasard. Une lettre de mon frère Rodrigue mentionnait un jour que tu avais écrit un livre et que tu possédais un lien de famille avec nous. Un peu perdue dans cette ville sans histoire, surtout depuis la mort de mon mari, je lui ai demandé de me faire parvenir un exemplaire de ton premier livre et de ceux qui ont suivi. C'est avec grand plaisir que je me suis replongée dans la lecture du français, langue dont je commence à perdre sérieusement l'usage. Et de manière un peu superstitieuse, sans doute, je me suis plu à reconnaître dans ton écriture une certaine parenté d'esprit, une certaine communion des pensées.

C'est en lisant, dévorant devrais-je dire, ton roman biographique sur Benvenuto Cellini que j'ai pensé que cette boîte découverte dans le grenier lorsque j'ai acheté la maison pourrait susciter ton intérêt. Ces papiers appartenaient à un certain Harry Button, qui semble avoir été un pianiste peu commun. D'après l'ancien propriétaire, Harry Button avait déjà vécu dans cette maison. Il donnait paraît-il des cours de piano et menait une vie en apparence rangée. Aussi, ce n'est pas sans une certaine stupéfaction que j'ai pu constater, en lisant son journal, à quel point son existence avait été au contraire plutôt mouvementée. À toi maintenant de décider s'il vaut la peine de sortir ce Button de l'oubli ou au contraire de l'abandonner à jamais dans cet exil anonyme qu'il avait choisi. À toi de décider s'il y a matière à un livre ou rien de plus que de vieux papiers destinés à s'effriter en poussière.

J'aurais pu, bien sûr, me faire connaître et te faire livrer la boîte. Je t'aurais ainsi évité le déplacement jusqu'ici, peut-être pour rien du tout. Ne m'en veux pas d'avoir agi ainsi. Ma solitude a fini par m'imposer une sorte d'isolement sauvage qui n'aurait pas fait de moi une hôtesse bien agréable si tu avais décidé de venir me rencontrer. Mais surtout, je pense, j'aurais craint une forme de rejet de ta part. J'aurais été attristée que mon envoi soit assimilé à une manie de vieille femme, que cette boîte contenant les seuls avoirs connus d'un ancien pianiste particulièrement doué n'eût constitué pour toi qu'un encombrement inutile. À présent, tu peux bien faire de ces documents ce qui te semble le plus approprié, même tout jeter à la poubelle si tu juges qu'ils ne valent rien. Si au contraire tu trouves intérêt dans ces quelques gribouillis d'un être humain désormais oublié, alors tant mieux. Au moins, de la manière dont j'ai procédé, je suis assurée que tu auras la boîte entre les mains sans connaître ta réaction.

Je n'ai jamais eu le courage de retourner au pays. J'ai trop redouté les bouleversements d'émotion et de souvenir dont je souhaite épargner les quelques années qui me restent à vivre. De toute manière, je souhaite être enterrée près de mon mari et j'ai vécu heureuse dans cette petite maison que tu visiteras peut-être. En repartant d'ici, j'espère que tu auras de moi une autre image que celle d'une vieille parente expatriée en proie à des lubies inconvenantes.

Reçois, cher cousin inconnu, mes embrassades émues.

Sincèrement,
Solange Fournier

Cette lettre valait bien à elle seule le déplacement. Écrite à la main sur un papier de qualité, avec une écriture soignée et une calligraphie magnifique, une telle lettre me changeait des innombrables messages électroniques écrits à coups d'abréviations ésotériques et de la manière la plus impersonnelle qui soit. Il me semblait posséder dans ces quelques lignes le témoignage d'une vie à la fois satisfaite du chemin parcouru et nostalgique pour tous les territoires vierges qui demeureront inexplorés. Je souriais de cette pudeur vis-à-vis de mes réactions. Elle avait préféré ne pas connaître la destinée de son geste pour s'éviter le risque d'être blessée. Pourtant, elle aurait dû davantage se fier à ses intuitions. J'adore les archives et les vieux papiers. D'ailleurs, un premier survol du contenu stimulait déjà ma glande fouineuse. J'ai commencé par les lettres. À ma grande surprise, je suis tombé sur certains feuillets rédigés en français. Quelle ne fut pas ma stupeur de découvrir quelques signataires célèbres! De fil en aiguille, j'ai rapidement réalisé que je tenais entre les mains une matière première du plus haut intérêt. Harry Button semblait avoir été un pianiste prodigieux, qui plus est un pianiste noir versé dans le répertoire classique. Il avait été un témoin aux premières loges du début de cette période, dont je n'avais jamais entendu parler auparavant, qu'on a appelée la Renaissance de Harlem. Je bénissais Solange, où qu'elle fût, car j'avais décidé d'entreprendre la publication de ces archives uniques.

Fébrile, j'ai effectué quelques recherches dans la ville afin d'en connaître un peu plus sur Harry Button. Malheureusement, les faits remontaient à trop loin dans le temps et je n'ai guère trouvé d'informations utiles. J'ai ramassé divers documents sur la ville, puis je suis rentré chez moi, impatient de me mettre à l'œuvre.

Les pages qui suivent présentent la majeure partie des archives de Harry Button, traduites et ordonnées par mes soins du mieux que j'ai pu. Outre les trésors certains qu'elles contiennent, dont une partition inédite d'Erik Satie, ces pages décrivent un destin peu ordinaire. J'ai tenté de respecter fidèlement, en recourant au besoin à quelques mots plus contemporains, l'esprit du journal de Button, où ses pensées consignées révèlent une vive sensibilité en même temps qu'une naïveté quelquefois désarmante. Cette naïveté que taquine son meilleur ami, Willie Jones, dont la fin tragique marque le revirement de la carrière de Button qui sombre à partir de ce moment dans un oubli d'où j'espère le tirer avec cet ouvrage.

Le journal de Harry était un roman qu'il s'écrivait à lui-même. Plutôt que le style télégraphique de la consignation de faits qui caractérise la pratique des journaux intimes, Harry Button a choisi la voie du narrateur, s'échinant à percer la carapace des événements qui se sont produits dans sa vie pour mieux les assimiler et leur donner un sens.

Du coup, la lecture de son journal échappe à l'austérité et devient au contraire une formidable plongée dans une époque déjà bien lointaine, mais capitale dans l'histoire des Noirs, celle où l'émergence de la période de l'esclavage n'est pas encore complétée et où se dessinent pourtant les prises de conscience d'une nouvelle identité.

Davantage que la relation d'un destin d'exception, ces archives sur Harry Button touchent également plusieurs points sensibles qui me sont particulièrement chers, notamment la question du racisme. Les discussions entre Harry et Willie éclairent un aspect du racisme virulent vécu par les Noirs à cette époque, ce comportement tellement abject et en même temps si inexplicablement répandu, même encore de nos jours. Ce témoignage en prise directe sur son époque permet certes d'apprécier le chemin parcouru depuis par les Noirs américains, mais également le fait que la partie est encore loin d'être gagnée. Si les Noirs d'aujourd'hui aux États-Unis peuvent maintenant emprunter les mêmes transports que les Blancs, ils constituent encore la classe dominante en termes de pauvreté et de chômage. De plus, le racisme contemporain, insidieux, hypocrite, ne concerne pas seulement les oppositions raciales. Que ce soit les juifs dont on brûle les écoles ou profane les cimetières, les autochtones en voie d'extinction, les massacres interethniques, les anathèmes religieux ou même le maintien à l'écart des sidéens considérés comme des pestiférés, les formes de l'exclusion et de l'intolérance perdurent et sévissent sans discontinuer. À la base, une irrationnelle peur de la différence, perçue comme une menace porteuse de tous les cataclysmes.

La lutte contre les inégalités de toute nature demeure donc plus que jamais à l'ordre du jour. Trop souvent, les problèmes du racisme sont noyés sous le boisseau d'un conformisme bien-pensant qui tend à les minimiser. Il est facile d'oublier que, derrière les mécanismes de prévention mis en place, il y a toujours des individus qui souffrent de se voir refuser un emploi ou qui subissent des brimades pour la seule raison qu'ils sont noirs ou qu'ils présentent une particularité dérangeante pour le consensus majoritaire. D'où l'importance d'un témoignage comme celui de Harry Button qui relate de l'intérieur les vexations continuelles auxquelles il est soumis.

Par ailleurs, au-delà des aspects troublants du racisme vécu quotidiennement par les Noirs au début du XXe siècle, ces archives soulignent une fois de plus à quel point les revirements du cours d'une existence peuvent survenir à n'importe quel moment. Les dons exceptionnels de Harry Button auraient pu le propulser au sommet de la notoriété. Ce qu'on aime appeler le destin en a décidé autrement. Le journal de Button, plongée étoffée dans le monde de la musique et des interprètes, rappelle douloureusement que, peu importe les dons accordés au départ, peu importe les efforts, l'ambition et la volonté affichés tout au long d'une existence, le plus souvent, en définitive, le souvenir de notre passage finit par se résumer à quelques papiers jaunis.

Concert à l'église St. Edward

*Venez en grand nombre assister au récital de piano
de Harry Button,
le jeudi 18 novembre
à l'église St. Edward à 7 heures P.M.
Une contribution volontaire sera demandée.
Au programme, des œuvres de Scarlatti, Chopin
et Mendelssohn. Les profits de la soirée seront versés
à l'Association d'entraide Fairmount.*

17 NOVEMBRE 1912

Finalement, je me décide. Willie ne cesse d'insister sur le fait que je devrais commencer à tenir un journal. Pour lui, il n'existe pas meilleur moyen pour ordonner des pensées confuses, pour départager des sentiments mêlés, pour se projeter dans des lendemains incertains. Il affirme qu'en racontant comme une histoire les événements qui m'arrivent, je les situe dans une zone où je peux les observer à loisir et jeter sur eux un regard détaché. Je tente donc le coup, même si une telle activité solitaire m'est toujours apparue un peu vaine. Je tente le coup, car, justement, mes pensées cafouillent dans tous les sens, mes sentiments s'échelonnent de l'angoisse la plus pétrifiante à l'excitation la plus euphorique et surtout, demain, je saute une barrière. Demain, que j'attends avec impatience, je donne mon premier récital de piano.

Il était temps. Depuis que j'accompagne le pasteur dans ses interminables sermons, que je sers de soutien au chœur, que je meuble le silence des communions, depuis qu'infailliblement je m'exécute tous les dimanches à

30

l'église, il est temps en effet que je franchisse une étape significative. Je réalise enfin un rêve. Je me sens prêt comme jamais. Demain, j'aurai enfin la chance de me faire valoir dans autre chose que les motets liturgiques que j'égrène dans cette même église, semaine après semaine.

Je ne suis pourtant pas demeuré totalement inactif tout ce temps. Ce n'est pas faute d'avoir essayé si je n'ai pu décrocher mon premier engagement avant demain. J'ai cogné à plusieurs portes, j'ai écrit un grand nombre de lettres pour proposer un récital, j'ai pris de multiples rendez-vous avec des gens susceptibles d'appuyer mes démarches. En vain, jusqu'à présent. J'ai reçu des encouragements sans conséquence dans certains cas. À d'autres occasions, j'ai été accueilli avec mépris. Une fois, invité à me présenter chez le directeur du Riverside Concert Hall à la suite d'une soumission que je lui avais fait parvenir, je n'avais pas aussitôt pénétré dans son bureau que j'ai été éconduit comme un malfaiteur. Il est vrai que, s'il avait accepté que je me produise dans sa salle, j'aurais été le premier Noir à le faire. Il faut du courage pour briser des traditions et affronter les préjugés. Manifestement, ce directeur en était dépourvu.

Et puis, il y a quelques mois, le pasteur, au courant de mes démarches, m'a sollicité pour une collecte de fonds destinés à l'éducation des enfants noirs du quartier Old River. C'est là que s'agglutinent les familles pauvres dans des bicoques délabrées, au milieu de rues boueuses et insalubres. J'ai accepté volontiers. Lorsque je lui ai demandé qui je devais accompagner, j'ai eu l'immense surprise d'entendre que je pouvais choisir le répertoire et la longueur du récital que je désirais. J'ai compris alors qu'il m'offrait ma première chance de jouer devant un public venu exclusivement pour m'entendre. Depuis, je peaufine mon programme, je passe quand je peux jusqu'à dix heures par jour à mon piano, répétant inlassablement les moindres nuances pour les intégrer à la perfection. Ce soir, je puis enfin dire que je suis paré pour le départ.

Le pasteur m'a également laissé entendre qu'il allait profiter de l'occasion pour inviter le maire, ainsi que le professeur de musique du collège Yorkstown, monsieur Torrey. Je doute qu'il vienne, mais s'il se présente je vais lui faire part de mon intention de participer au concours de piano de Philadelphie. Si je veux espérer une carrière, je dois ouvrir les portes à la force de mon talent. Remporter le premier prix d'un concours, comme celui de Philadelphie, constitue le seul moyen efficace que je connaisse. Mais sans le patronage d'une personnalité établie du milieu, comme monsieur Torrey, il me sera sans doute impossible d'y prendre part. Demain, je devrai le convaincre. Je devrai être sublime.

Willie me demande pourquoi je mets autant de zèle à la préparation de ce concert.

« Il n'y aura que quatre bouseux à ce concert, sans me compter. Prends le temps de relaxer et accompagne-moi à la pêche. »

Je lui répète que depuis la mort de madame Hayworth, il y a deux ans, j'ai décidé d'amorcer une carrière de pianiste, même si je suis noir, même si je ne suis appuyé par personne. Peu importe le nombre d'auditeurs, il y a un début à tout. Je vais jouer à ce concert comme si le président William Taft en personne y assistait. Rien ne me fera dévier de mon ambition de devenir pianiste. Madame Hayworth m'a même légué une somme appréciable pour m'encourager à persévérer dans cette voie. Mais Willie, ce cher cynique, demeure sceptique.

« T'es qu'un pauvre nègre, mon vieux. Tu ne réussiras jamais à percer. »

C'est ce que nous verrons. Si ça ne fonctionne pas, au moins j'aurai eu le mérite d'avoir essayé, d'être allé au bout de mes efforts, d'avoir défié les calculs de probabilité. J'aurai toujours le temps de m'orienter dans une autre direction. Je n'ai que dix-huit ans et demi, demain enfin, je donne mon premier concert.

The Evening Star

3 SEPTEMBRE 1913

La chronique de Barry Eagleson
PAR **BARRY EAGLESON**

… mentionnons, pour terminer, le concert donné hier, en notre paroisse à l'église St. Edward, par Harry Button, jeune pianiste virtuose qui a soumis son auditoire à trois heures de musique ininterrompue. Difficile d'apprécier un tel marathon assis sur d'inconfortables bancs de bois, sans compter la souffrance infligée par un piano médiocre. Au demeurant, monsieur Button, malgré le fait qu'il soit un Noir, a semblé faire montre d'un talent indéniable. Au prochain concert-bénéfice, il faudra qu'il pense à faire accorder son instrument, à moins que ce ne soit là sa manière d'entendre…

J'ai dormi douze heures après la soirée de jeudi dernier. Douze heures à récupérer l'énergie dépensée durant ce concert. Je dois dire que je n'ai pas lésiné sur les efforts, même si la situation ne commandait peut-être pas autant d'ardeur. Il n'y avait que vingt-huit personnes à ce concert. Tous mes amis et quelques curieux. Aucun Blanc, bien entendu, puisqu'ils ne mettent jamais les pieds dans cette église. Et donc aucun signe de vie de monsieur Torrey. Tant pis. Je me débrouillerai autrement pour le concours de Philadelphie.

J'ai joué sans entracte durant trois heures. Du moins, d'après ce qu'on m'a dit et aussi d'après ce que monsieur Eagleson a affirmé dans son article. Il n'était même pas présent, d'ailleurs. Je le connais, monsieur Eagleson. Je suis bien certain qu'il n'est jamais venu, à moins qu'il ne se soit caché, seul Blanc parmi un public noir disséminé dans la nef. Je lui demanderai où il s'est tenu pour m'écouter la prochaine fois que je le croiserai sur Allan Street, là où il possède ses petites habitudes et là où il aime bien s'arrêter pour un bourbon.

Le pasteur m'a chaleureusement félicité. Il a déclaré que j'avais joué « divinement », comme « en état de grâce ». Ce cher pasteur, sa vocation déteint même sur ses compliments. Il est allé jusqu'à prétendre que le fait d'avoir joué dans une église n'a pu que favoriser « mon inspiration ». Je ne l'ai pas contredit, accueillant son appréciation avec beaucoup de plaisir. J'ai senti qu'il était sincère et que je l'avais impressionné, même si son allure unanimement chaleureuse envers tout le monde ne permet pas toujours de différencier ses sentiments réels des éloges de circonstance.

Willie et Dora, par contre, se sont bien moqués de moi. Après le concert, nous avons longuement marché ensemble sur les berges de la rivière. Nous nous sommes assis sous un saule en bordure du quai. La fatigue commençait à me gagner, mais pour rien au monde je ne voulais que cesse cet instant béni, baignant dans la douceur d'un soir d'automne et parsemé de moqueries inoffensives, prolongement *diminuendo* d'une soirée fébrile.

« T'es un génie, mon frère! Comment peux-tu jouer si longtemps sans t'apercevoir que ton public n'en peut plus? Trois heures! Tu te rends compte, Dora? Trois heures qu'il a bûché sur son clavier mal accordé!

— Et comment que je me rends compte! J'en ai encore les fesses tout aplaties! »

Dora, ma magnifique Dora. Sa peau est grasse et noire comme de la terre fraîchement retournée et lisse comme une coquille d'œuf. J'ai constamment la tentation de lui caresser le bras, de lui prendre la main, mais je n'ose pas. Surtout pas devant Willie qui a parfaitement deviné que Dora faisait vibrer chez moi une corde particulièrement bien ajustée.

« Allez, avoue, Harry. T'as voulu impressionner Dora, pas vrai? »

Et Dora d'éclater de rire. Faussement effarouchée, elle s'est mise à courir après Willie pour le frapper. Willie hurlait à l'aide comme un possédé. Je les suivais du regard, en riant. Mais non, Willie, ce n'est pas tout à fait ça. Si j'ai joué « divinement », ce n'était pas parce que nous étions dans une église. Si j'ai joué si longtemps, ce n'était pas pour émerveiller ma petite Dora, même s'il s'agissait d'un but visé. Si j'ai joué tout ce temps, c'est qu'en réalité je ne l'ai pas vu passer. Et trois heures, c'est ce qu'il m'a fallu pour m'ajuster à mon instrument et pour assimiler la charge émotive que soulevait en moi mon petit récital.

Le pasteur m'avait déniché un piano. Durant les cérémonies, je joue sur un orgue qui sonne un peu fêlé, mais qui offre au moins le mérite de jouer juste. Pour le concert, je souhaitais un piano pour présenter un répertoire différent. J'ai offert qu'on transporte celui que je possède chez moi, mais le pasteur voulait faire l'acquisition d'un instrument laissé en permanence à l'église. Je ne me suis pas méfié, confiant qu'il saurait reconnaître un piano décent. Et comme je terminais le travail ce jour-là seulement une heure avant le concert, ce n'est qu'au dernier moment que j'ai pu me rendre compte de la catastrophe. Le pasteur, embarrassé, ne savait que dire.

« J'ai dégoté ce piano chez les Laurens. Ce beau piano droit croupissait dans leur grenier, et ils ont décidé d'en faire don à l'église. Généreux de leur part, non? Il est arrivé aujourd'hui. Je voulais demander à Joe de venir le réparer, mais je n'ai pas réussi à le trouver. Dis-moi, ça ira quand même? Dis? »

Que pouvais-je répondre? Je n'ai eu le temps que de dégommer les touches du clavier et de dépoussiérer la caisse. La sonorité était abominable, insuffisante pour me faire entendre dans tout l'édifice, même si je frappais le clavier en partant les mains d'au-dessus de la tête. Qu'à cela ne tienne, j'ai décidé d'en prendre mon parti. Seulement, je n'avais pas le temps d'apprivoiser cette bête avant le concert. Il a donc fallu que je le fasse durant. Et c'est pourquoi le concert a duré trois heures, le temps indispensable pour extirper du piano quelque chose d'à peu près convenable. Trois heures, où seulement la dernière demi-heure valait la peine d'être entendue, mais il restait bien peu de monde à l'église à ce moment.

Cela dit, j'ai adoré cette séance d'exploration et de polissage. Je me suis laissé entraîner par la fascination de découvrir des sonorités inconnues pour les pièces que je jouais. Ce piano épouvantable produisait en effet des sons étranges, à travers lesquels quelquefois j'identifiais difficilement la ligne mélodique de l'œuvre que je connaissais pourtant sur le bout des doigts. En fait, j'ai rejoué mon programme trois fois, chaque fois en apportant les ajustements, frappant une note plus fortement lors d'un passage parce que sa sonorité était amortie par rapport aux autres, cherchant constamment à équilibrer les graves et les aigus. Je tentais de contourner les notes désaccordées en les omettant dans les accords. Je testais des reprises de sections sachant que le public présent n'était pas assez expert pour le remarquer. J'interprétais plus rapidement certains passages pour noyer la dissonance du piano ou, au contraire, plus lentement pour favoriser un scintillement ou un battement qui ajoutait une dimension supplémentaire à la mélodie ou à la succession des accords. Lorsque le pasteur m'a tapé sur l'épaule pour me signaler que je pouvais m'arrêter, que j'avais fait plus que ma part, je n'ai pas réalisé tout à fait ce qui se passait, tant j'étais transporté dans cette tâche de domptage de l'instrument avec qui je m'étais battu tout ce temps et que je commençais enfin à vaincre, à river au tapis. Une formidable impression qui m'a habité et qui m'habite encore depuis deux jours. C'était la première fois que j'éprouvais un tel vertige, mais c'était également la première fois que je jouais sur un autre piano que le mien, celui sur lequel je m'exécute depuis l'âge de cinq ans. J'ai compris que, si je voulais faire carrière, j'aurais à dominer un instrument différent à chaque concert. Je venais de réussir intuitivement à accomplir ce que, j'imagine, tous les pianistes de métier doivent affronter, quel que soit l'état de l'instrument qui leur est confié au moment de leur concert. Je ne tiens pas en place à l'idée que la prochaine fois ce sera peut-être un piano à queue que j'aurai sous les mains, un véritable mastodonte de concert avec une plénitude sonore que je n'ai encore jamais connue.

On m'avait demandé de remplacer Charles au travail. Je n'ai pas pu refuser, même si la journée se terminait à sept heures et que j'avais à peine le temps de me rendre à l'église pour le concert. Si j'étais impatient et excité, par contre je ne me sentais pas particulièrement nerveux. Un peu quand même, surtout quand j'ai aperçu Dora au premier rang, en compagnie de Willie. Mais dans l'ensemble je ne subissais pas un trac véritablement différent de ce que je ressens lorsque je tiens l'orgue durant les offices religieux. L'expérience que je m'apprêtais à vivre possédait une importance essentiellement à mes yeux. À mes oreilles, devrais-je dire. Pour moi, au stade où j'en suis, tout bagage favorisant ma préparation au métier de pianiste de concert est bienvenu. Il ne suffit pas de le vouloir pour que le tapis soit déroulé. Il faut ouvrir des portes, établir des contacts, prendre du métier surtout, histoire de se démarquer. Que la première proposition à m'être offerte ne soit qu'un petit concert-bénéfice dans une église ne change rien. Je voulais l'aborder comme si mon avenir en dépendait. Je savais qu'il n'y aurait que peu d'auditeurs, que la plupart ne seraient là que par amitié et pour une bonne cause. Il en serait allé sans doute différemment si monsieur Torrey avait daigné venir. J'aurais eu une responsabilité à son égard, celle de l'impressionner et d'attirer son attention. Mais, dans le fond, pour cette première fois, il valait peut-être mieux qu'il soit absent. De la sorte, j'ai eu la liberté de jouer comme j'en avais envie, et surtout sans qu'il ait à subir la cacophonie de cet atroce piano.

J'ai encore du chemin à faire, d'ailleurs. J'attendais en coulisse que mon tour vienne. Le pasteur souhaitait la bienvenue aux gens présents dans la salle, les interpellant presque à tour de rôle. Pendant ce temps, je gardais mes mains dans une serviette chaude, révisant mentalement les partitions que je connaissais pourtant par cœur depuis longtemps. Lorsque le pasteur m'a fait signe, je me suis dirigé vers le piano. Je n'avais aucun modèle de ce qu'il convient de faire dans ces circonstances. Je n'ai encore jamais entendu un pianiste en concert. J'ai bien tenté, une fois, d'assister au récital de William H. Smith, de passage dans notre ville, mais on m'a interdit l'accès à la salle sans raison valable, outre le fait que je sois un Noir sans doute. Alors, j'ignore à peu près tout du protocole à suivre sur scène. J'avais seulement remarqué en lisant les critiques de concert de monsieur Eagleson sa mention des salutations, l'interprète revenant à quelques reprises pour remercier le public de ses applaudissements. Aussi, j'ai envoyé la main à tout le monde lorsque je me suis présenté à l'avant de l'autel, là où le pasteur avait fait placer le piano pour l'occasion. Je ne sais toujours pas si c'est ainsi qu'il faut procéder.

J'ai commencé à jouer dès le silence ramené. Au premier accord de la *Sonate* de Scarlatti, j'ai frémi en entendant la discordance, mais je n'ai pu m'empêcher de sourire lorsque cet accord a été prolongé par la réverbération. Je n'avais jamais remarqué ce phénomène auparavant lorsque je jouais de l'orgue. Du moins, je n'y avais jamais prêté d'attention particulière, si ce n'est pour remarquer que tenir une conversation dans ce vaste édifice en bois s'avère souvent ardu. Mais il en allait tout autrement pour le piano. Une sorte de halo harmonique enrobait chaque note émise par l'instrument, arrondissant les angles, enrichissant la palette sonore. Je fus instantanément subjugué. Et c'est ainsi que j'ai commencé mon voyage qui n'a pris fin qu'avec l'intervention du pasteur trois heures plus tard.

J'ai remercié à voix haute les huit personnes encore présentes à la fin et qui m'ont applaudi à l'invitation du pasteur, pressé d'en finir. Je me suis demandé si je devais faire un « rappel », sans trop savoir, d'ailleurs, de quoi il s'agissait, sauf la mention à quelques reprises de ce terme dans les articles de monsieur Eagleson. Il faudrait que je lui demande conseil. En attendant, la question du comportement en concert demeure ouverte.

Pendant que je m'épongeais le front, toujours assis sur mon tabouret, attendant qu'on me dise quoi faire ensuite, madame Brown est venue à ma rencontre. Madame Brown s'occupe de l'association pour laquelle le pasteur collectait des fonds. Je me suis levé pour l'accueillir. Elle a emprisonné ma main dans les siennes, me remerciant avec dévotion.

« Magnifique musique, Harry. Il faudrait qu'un jour tu

m'en dises davantage à propos de ces œuvres curieuses que tu nous as fait entendre. J'ai adoré! Je sens que ces mélodies vont résonner en moi pendant encore plusieurs jours. Et merci pour notre petite association. Elle a bien besoin de gens comme toi. »

J'ai bredouillé des remerciements émus. Je constatais que j'avais balancé mon programme sans un seul mot d'explication à mon auditoire. Pourtant, je sais bien que si ce répertoire m'est familier, il n'en va pas de même pour ma communauté. À l'exception des psaumes, du chant gospel ou de certaines musiques des régions du Sud et qu'on commence à diffuser ici dans les boîtes de nuit, les gens de ma couleur ont bien peu d'occasions d'entendre Bach ou Mozart, cette musique de Blancs exclusivement réservée, semble-t-il, à leur agrément. Je vais demander au pasteur ce qu'il en pense. Peut-être pourrais-je donner des leçons, histoire d'initier des plus jeunes, comme je l'ai moi-même été. Peut-être même pourrais-je nourrir leur imaginaire, comme j'en ai moi-même profité.

27 NOVEMBRE 1912

J'ai beau pester contre mon emploi de gardien de sécurité, je dois au moins admettre qu'il me laisse du temps libre pour parfaire mes études et pour apprendre de nouvelles partitions. J'en possède actuellement environ cent cinquante. Elles sont toutes chiffonnées tant je les ai manipulées souvent. Je connais chacune par cœur, jusqu'aux moindres ornements, jusqu'aux plus subtiles nuances.

C'est donc avec un vif plaisir que j'ai accepté ce cadeau d'une amie de madame Brown. Elle est venue me voir ce matin à l'usine et elle m'a remis un sac contenant une dizaine de cahiers.

« Emma m'a dit que tu serais peut-être intéressé par ceci. Ce sont des cahiers de musique. Un client de mon père les lui avait remis en échange d'un service. Mon père n'avait pas osé refuser, mais bien sûr il n'a jamais su quoi faire avec. Je te les donne. »

J'ai ouvert le sac et j'ai parcouru les cahiers. Sur chacun, le nom S. Joplin était griffonné. Je suppose qu'il s'agit du client dont parlait l'amie de madame Brown. À ma grande surprise, ces cahiers recensaient quelques œuvres pour piano que je n'avais jamais étudiées, certaines de compositeurs encore inconnus de moi, comme Claude Debussy et Jean-Philippe Rameau.

J'ai passé l'après-midi à déchiffrer ces partitions. Mon emploi ne consiste qu'à effectuer des rondes de surveillance à l'usine et à accueillir quelques visiteurs pour les accompagner jusqu'à la direction. Le reste du temps, je demeure cloîtré dans ma guérite. Personne ne remet en question que je lise divers bouquins ou que je griffonne dans mon journal. Je rentabilise ainsi mon temps passé à attendre, tout en étant payé pour le faire. Ce travail n'en demeure pas moins fastidieux et endormant, mais il ne m'abîme pas les mains, comme celles de Willie qui doit trimballer des madriers toute la journée et qui ne sent plus ses bras lorsqu'il rentre chez lui. Il en faut davantage pour le décourager. Ses objectifs sont clairs.

« Encore six mois de ce boulot et je pourrai enfin m'inscrire au Morehouse College. Tu devrais t'inscrire, toi aussi. Tu ne pourras peut-être pas te consacrer au piano toute ta vie. Il faut savoir mettre les atouts de son côté et prévoir des portes de sortie. »

Aller vivre à Atlanta, même dans une université réservée aux Noirs, très peu pour moi. Même si j'obtiens un diplôme en chimie ou en droit, il y a peu de chances que je puisse exercer un métier dans ces disciplines de toute manière. Willie s'entête à croire en cette possibilité, mais ses arguments manquent de conviction. Et puis, il n'y a que le piano qui m'intéresse. Tant que je ne serai pas désespéré ou acculé au mur, j'y dédierai toute mon énergie. Je sais que j'ai aussi peu de possibilités de réussir

41

comme pianiste que comme avocat, mais autant me lancer dans ce qui me passionne. Je n'aurai pas à regretter toute ma vie un choix raisonnable qui ne m'apportera aucune satisfaction, comme tant de gens qui choisissent l'exercice d'un boulot au lieu d'une vocation.

Je lis tous les ouvrages sur lesquels je peux mettre la main et qui touchent à la musique de près ou de loin. Mais les livres sont rares et coûteux. Quelquefois, je n'ai rien à lire. Les journées défilent alors trop lentement, elles sont interminables.

Aussi, ce cadeau de partitions constitue une rare aubaine. Je les ai lues et relues toute la journée d'hier, entendant distinctement dans la tête chaque note de chaque portée. Au fur et à mesure que j'en prenais connaissance, je trépignais de plus en plus, impatient de transposer concrètement ces sonorités sur mon piano. J'entendais des amalgames sonores inouïs, des formules inédites, des accords dans les extrêmes graves ou des miroitements suraigus. Je ne comprenais aucune organisation des sections et des phrases, mais je saisissais sans peine la rigueur de leur déroulement mélodique et harmonique. Je prenais conscience de nouvelles formes, basées sur une évolution continue au lieu de motifs mélodiques répétés et développés dans des structures rigides et établies. Ce Debussy, entre autres, manie la musique comme s'il s'agissait d'une matière sonore qu'il manipule et transforme de mesure en mesure. J'étais littéralement ébloui, transporté. Je ne tenais plus en place. Il me tardait de m'installer au piano et de sentir au bout des doigts le picotement que me transmettait la lecture de chaque partition. Dès le coup de sifflet, je suis retourné chez moi à toute vitesse, j'ai grimpé les marches et j'ai passé le reste de la soirée à jouer et à rejouer inlassablement les dix cahiers au complet, dans un état proche de la transe. J'ai cessé de jouer, à regret, seulement lorsque mon propriétaire est venu m'avertir de cesser le tapage et de le laisser dormir.

J'ai bien raison, finalement, de vouloir consacrer ma vie au piano. Il existe encore une infinité d'avenues musicales à découvrir, comme le prouvent ces partitions. C'est comme une révélation, c'est comme si j'entrevoyais à une échelle réduite un territoire immense, fascinant, stimulant, un territoire qu'il me faudrait la vie entière pour parcourir, mais dont je maîtriserais les paramètres de fonctionnement, simplement en m'installant au piano et en me servant de mon habileté pour en décoder le sens. Avec une telle perspective, il n'existe aucune place pour l'ennui, aucune brèche pour la morosité, aucun défi impossible à affronter et à surmonter.

3 DÉCEMBRE 1912

J'ai acheté deux sodas chez monsieur Stuart et j'ai proposé à Dora d'aller au lac pour boire en paix. Dora affectionne ce genre d'invitations. Je l'ai regardée boire son soda à petites gorgées rapides et bruyantes comme elle aime le faire. Elle ne disait rien. Elle se contentait de me sourire de temps à autre. Nous apercevions le quartier des Blancs de l'autre côté du lac, avec leurs maisons cossues et leurs voiliers amarrés à des quais proprets sur des rives aménagées de bosquets fleuris et d'arbres taillés. De notre côté, la nature prime, si je puis dire. Les rives sont bourbeuses, envahies par les herbes hautes et les arbres rachitiques. Personne n'a les moyens de s'offrir un bateau, si ce n'est monsieur Smith qui promène les enfants à bord de sa vieille chaloupe. Mais, de ces rives, le poisson a le même goût, et la température de l'eau pour la baignade est identique. Il faut seulement, de temps en temps, se méfier de certains imbéciles qui s'aventurent de ce côté du lac et qui tentent de nous atteindre avec leurs rames. Ils nous forcent à sortir de l'eau et à attendre qu'ils s'éloignent, ce qui semble les distraire au plus haut point.

À un certain moment, Mae est venue nous saluer.

Mae est la copine de Willie. Elle allait justement l'attendre à la sortie du chantier. J'étais un peu gêné qu'elle nous surprenne, Dora et moi. Je voyais d'ici la réaction de Willie en apprenant que j'avais proposé une sortie à Dora. Willie est le plus chic type de la terre, mais il manque quelquefois de retenue. Mae elle-même avait un sourire en coin accroché au visage. Dora ne disait rien et regardait le bout de ses pieds. Elle semblait cependant heureuse, riant des moindres remarques de Mae.

« Bon, je vous laisse. Willie m'attend. On se revoit chez Stuart? Soyez sages! »

Je l'ai regardée s'éloigner et dès qu'elle a été hors de vue, saisi d'une impulsion, je me suis tourné vers Dora qui s'apprêtait à émettre une remarque sur l'humeur moqueuse de Mae. Avant qu'elle ait eu le temps de dire un seul mot, j'ai saisi son visage avec mes mains et je l'ai embrassée directement sur la bouche. Au contact extraordinairement frais de ses lèvres, j'ai eu un moment de panique, craignant d'avoir commis un geste irréparable. Au contraire, Dora, les yeux exorbités, m'a enlacé et a appuyé sa bouche contre la mienne en serrant si fort que je croyais que ma mâchoire allait se rompre. J'ignore combien de temps nous nous sommes ainsi embrassés. Tout ce que je sais, c'est que je tremble encore en écrivant ces lignes de l'intense émotion que j'ai ressentie. Je m'abandonne à ces sensations comme je me dissous dans la musique de Schumann. J'y perçois des parentés, des recoupements. Ce soir, d'ailleurs, j'ai joué les *Romances* comme jamais auparavant. Mon jeu semblait magnifié par des élans inconnus. La musique de Schumann était sillonnée par des audaces que je décelais sous un jour nouveau comme si une échappée inédite venait de m'être offerte. J'entendais tout, distinctement, précisément. Je percevais chaque note individuelle comme autant d'objets manipulables. Je les maniais d'ailleurs à ma guise, dosant leur intensité, modifiant l'amorti de leur attaque, amplifiant les résonances. J'avais l'impression de littéralement transfigurer cette musique. Une sorte d'instant magique qu'on souhaiterait voir durer indéfiniment.

Appel de candidatures

Les auditions pour le concours national de piano de New York se tiendront du 24 au 28 février prochain. Chaque candidat aura droit à quinze minutes. Après les délibérations, les vingt-cinq meilleurs candidats participeront à l'épreuve finale du 5 au 11 mars. Faites parvenir votre formulaire d'inscription avant le 31 décembre.

15 DÉCEMBRE 1912

J'ai envoyé mon formulaire soigneusement complété aujourd'hui même. J'ai dû demander à monsieur Torrey de m'acheter des timbres puisqu'on refusait de m'en vendre. Monsieur Torrey a été plutôt chic. Il s'est chargé de poster lui-même mon enveloppe. Il n'a même pas voulu que je le rembourse pour le prix des timbres. J'avoue que son attitude m'a surpris. Lorsque je suis allé le voir, il y a deux jours, son accueil a été plutôt froid.

« Que veux-tu? Je suis pressé et on m'attend. »

Je lui ai expliqué mon intention de participer au concours de Philadelphie. Je savais que monsieur Torrey ferait partie du jury et je voulais qu'il m'indique comment procéder. J'avais fait le trajet le matin même, marchant sous un soleil éclatant les huit miles jusqu'au collège où il enseigne. Je lui ai parlé du pasteur qui l'avait invité à mon concert du mois dernier.

« Ah, c'est toi, Button? Oui, je me souviens. Ce pasteur ne cesse de vanter tes mérites. Mais s'il fallait accorder du crédit à tous ceux qui me parlent des prodiges qu'ils ont rencontrés, je devrais ouvrir un cabinet de consultation, assisté de trois secrétaires! »

Je le laissais plastronner. Tout ce que je désirais, c'était son patronage pour le concours de Philadelphie, patronage exigé pour filtrer les amateurs. Malheureusement, il semblait trop tard.

« Les inscriptions sont terminées depuis longtemps. Le concours a lieu la semaine prochaine. Je serai membre d'un jury relevé! De toute façon, les nègres ne sont pas admis à ce concours. Précaution superflue, selon moi. Aucun Noir ne pourra jamais s'attaquer à la prestigieuse musique classique! »

Je ne disais toujours rien, me contentant de le fixer, sans bouger un seul trait du visage. S'il savait combien de fois j'ai entendu ces discours. Je suis pratiquement immunisé à présent. Beaucoup d'esprits étroits nous regardent comme des bêtes attardées. Il arrive heureusement que certaines bonnes consciences se sentent asticotées par un relent de lucidité et remettent en question des jugements aussi grossiers.

Monsieur Torrey devait appartenir à cette catégorie d'individus. Pour se racheter ou pour se débarrasser de moi, il a alors fouillé dans sa serviette et m'a remis une affichette annonçant le concours de New York ainsi qu'un formulaire d'inscription.

« Tiens, à New York, on ne te fera pas les mêmes difficultés. Tente ta chance. Au revoir. »

Je l'ai remercié et je suis revenu chez moi, épuisé par la longue marche. J'ai mis deux jours à remplir ce damné formulaire. On exigeait une copie authentifiée de mon acte de baptême, une lettre de recommandation, une liste des concerts auxquels j'avais participé, une énumération des raisons qui me faisaient croire que je possédais le niveau pour m'inscrire à ce concours, ainsi de suite. J'ai consacré la majeure partie de mon temps à des démarches incessantes. Heureusement, le pasteur m'a grandement aidé. Il s'est occupé de l'acte de baptême et m'a rédigé une lettre particulièrement élogieuse. Pour augmenter mes chances d'être entendu, il m'a suggéré de solliciter monsieur Eagleson pour son soutien, mais je ne suis pas parvenu à mettre la main sur lui. Qu'importe, aujourd'hui, mon inscription est chose faite, grâce à monsieur Torrey qui a bien voulu se charger de l'expédier. Il ne me reste plus qu'à attendre la convocation. Je vais faire un malheur, je le sens.

23 DÉCEMBRE 1912

Toujours rien dans le courrier, mais il est encore tôt. Il doit y avoir un grand nombre d'inscriptions et il faut du temps pour rédiger les réponses. Ce concours est un des plus prestigieux de la Côte Est. Il est certainement très couru. Willie a lu un article à ce propos, je ne sais plus dans quel journal. Il a toujours le don de découvrir des informations précises à tout propos. Je ne sais pas comment il s'y prend, puisqu'on ne nous laisse même pas entrer dans la bibliothèque publique. Il ne me l'a pas avoué, mais je soupçonne qu'il vole un journal de temps à autre au kiosque de monsieur Taylor.

J'aurais souhaité participer d'abord au concours de Philadelphie pour mieux me préparer. J'aurais aimé roder certains gestes, certaines manières de me tenir en scène. Surtout, cela aurait été utile pour peaufiner mon jeu, en particulier avec les pédales du piano. À la maison, j'enfonce toujours la pédale de sourdine, pour amortir le son et rendre le piano moins audible au propriétaire qui n'apprécie guère cette sollicitation sonore. Mais la sourdine limite l'étendue de mon jeu. Il me faudrait tester certaines œuvres avec toute l'amplitude voulue. Je demanderai au pasteur de me laisser répéter mon programme après la messe devant ceux qui voudront bien demeurer. À la condition que le piano soit arrangé...

Dora et moi cherchons les coins retirés pour pouvoir nous embrasser en paix. Nos caresses m'excitent de plus en plus. J'ai même osé récemment lui effleurer les fesses. Je l'ai sentie se cabrer, même si elle n'a pas protesté. Elle a dû penser la même chose que moi. Si jamais son père nous surprend, je suis mûr pour une raclée qui mettrait fin à mes ambitions de pianiste.

Je me demande comment mon père aurait réagi si je lui avais annoncé mon intention de devenir pianiste de concert. Déjà, il voyait d'un mauvais œil que madame Hayworth se mette à m'enseigner le piano. Je n'avais que cinq ans à ce moment, mais je jouais déjà plusieurs heures par jour, ne délaissant l'instrument que pour manger et dormir, sans compter la tâche de nourrir les poules à laquelle je n'avais pu me soustraire. Au moins, à lancer des grains de maïs, je ne risquais pas un accident malheureux. Je me méfiais seulement du coq qui sautait plus haut et qui souvent venait bien près de me perforer un doigt d'un coup de bec. Quand j'y repense, j'ai l'impression que de cette corvée quotidienne découlent mes manies pour me protéger les mains. Ces manies s'accentuent graduellement au point où il devient difficile pour moi de les camoufler. Même Dora s'étonne quelquefois de mes hésitations à la prendre par la main. Elle attribue mon attitude à une retenue bien naturelle. En réalité, ce réflexe se produit à tout moment, toujours pour éviter les coupures ou les brûlures, mais maintenant même quand Dora veut m'attraper le bras. Il faudra que j'apprenne à me modérer et à ne pas céder la place entière à cette obsession de préserver mes mains à tout prix.

26 DÉCEMBRE 1912

Ces quelques lignes traduisent un abattement profond au lieu de célébrer un événement qui se voulait heureux. Une des pires soirées de ma vie dont le goût aigre gâte encore toutes mes pensées.

Comme je n'ai plus de famille, Dora a eu la délicate attention de m'inviter à réveillonner chez elle, désireuse, par la même occasion, de me présenter à sa famille. J'ai d'abord tenté de me défiler, mais Dora est tenace. Finalement, hier, j'ai parcouru, sous une brise particulièrement fraîche, les deux miles qui me séparent de chez elle. Je me sentais quelque peu accablé à l'idée de ces réjouissances familiales dont j'ai si peu l'habitude. Je manque de ces entraînements qui permettent de sortir au moment approprié la formule de circonstance ou de commettre le geste attendu et d'éviter ainsi de perdre la face. Mais après tout, affronter la famille de Dora aurait dû constituer une épreuve moins pénible que celle de parader devant un jury new-yorkais où là, aucune faute n'est permise.

J'avais à peine le poing levé pour annoncer mon arrivée que la porte s'est subitement ouverte sur une Dora resplendissante. Elle devait m'attendre, impatiente, tapie derrière la fenêtre à guetter ma venue. Dieu qu'elle est belle. Sa robe bleue, ses souliers vernis, ce ruban rouge dans les cheveux, tout lui va comme un charme étudié et ravissant. Elle sent divinement bon. Elle a dû prendre un bain dans une infusion d'herbes aromatiques, luxe rare pour les Noirs de ma région. Un tel effort d'accueil m'atteint en plein milieu de la cible.

Je n'ai pas encore colmaté les profondes lézardes de cette soirée, pourtant bien amorcée. La fondation des croyances et des convictions sur laquelle mes décisions reposent a subi un dur coup. Je dois donc mobiliser des énergies, qui trouveraient pourtant un meilleur usage, à déblayer les décombres en travers du chemin, espérant retrouver l'assurance qui permet de mettre un pied devant l'autre. À quelques semaines du concours de New York, l'inconfort amer d'une remise en question tombe plutôt mal. J'aurais préféré ne pas être freiné dans mon élan et conserver pour quelque temps encore la pleine disposition de mes idéaux. Mais il a fallu cette soirée malheureuse.

Dora m'a entraîné dans la maison, avec un enthousiasme exubérant, soucieuse de me mettre à l'aise. Elle a retiré ma veste en piaillant sans arrêt. Amusé devant ses démonstrations un peu forcées, je me suis détendu. Son père m'a serré la main avec hauteur et aplomb. Je craignais qu'il me fracture un doigt. Sortie de la cuisine, la mère de Dora s'est approchée de moi en s'essuyant les mains sur un torchon. Elle m'a souhaité la bienvenue avec un sourire large comme un clavier. Il y avait également les deux frères et les trois sœurs de Dora qui me dévisageaient bien sagement, attendant que je m'adresse à eux. Dora a raconté que je jouais merveilleusement du piano, ce qui n'a pas provoqué de réactions particulières, si ce n'est un battement de cils de la part du père. J'ai serré la main des garçons, qui tiraient à tout moment sur leur nœud papillon trop serré, et j'ai embrassé les filles sur les joues, provoquant des rougeurs clairement visibles, même sur une peau aussi foncée que la leur.

Comme toujours lorsqu'un inconnu pénètre dans une famille établie, une période de flottement a suivi. La mère est retournée à la cuisine, annonçant la tenue prochaine du repas. Le père a repris sa place dans l'unique fauteuil du salon et les enfants se sont dispersés dans les deux autres pièces de la maison. Dora meublait le silence avec un monologue empêtré, bien qu'empli de bonne volonté. Pour dissimuler mon embarras, j'ai jeté un regard circulaire sur le salon qui servait également de salle à manger pour la circonstance. Quelques planches de bois avaient été disposées sur des tréteaux. Une nappe usée les recouvrait. Dora s'affairait à disposer les couverts dépareillés, quelques verres ébréchés et des assiettes d'une époque révolue. Aucun cadre n'était accroché aux murs de bois. Le plancher souillé et passablement abîmé, en bois également, craquait sous les pas avec un bruit inquiétant.

Je sentais le regard du père comme une lame dans les reins. Il guettait mes réactions, suspectant un jugement dédaigneux de ma part. Pourtant, loin de moi cette idée. Je connais bien la pauvreté de ce quartier situé sur la rive nord de la rivière. Quels choix s'offrent de toute manière aux Noirs d'ici? Confinés à des emplois sous-payés, ils manquent de tout et vivent dans des conditions éprouvantes. La fierté qu'ils affichent lorsqu'ils deviennent propriétaires de leur maison, même une masure comme celle où habite Dora, n'en est que plus légitime. La moindre possession fait partie d'un trésor personnel grâce auquel ces Noirs peuvent hausser leur image d'eux-mêmes au-dessus de celle d'une bête en mode survie. Assis bien droit dans son fauteuil, le père de Dora affûtait son répertoire de réponses toutes faites, guettant d'éventuelles remarques désobligeantes, prêt à tirer une salve d'arguments massue au moindre faux pas de ma part. Bien que conscient du relatif état de délabrement de sa maison, le père de Dora était chez lui et personne ne pouvait lui contester son bien le plus précieux, acquis de ses mains aux meurtrissures innombrables pour le bénéfice de sa famille. C'est ce qui lui permettait d'accueillir des invités avec la dignité qu'il concevait.

Tandis que je cherchais la formule qui m'aurait mis dans les bonnes grâces de ce père rétif, Dora m'a invité à m'asseoir à table, au milieu de la ruée des enfants affamés et impatients de dévorer leur assiette. Puis, elle a saisi son père par le bras et l'a conduit à sa place réservée au bout de la table. J'étais assis juste à sa droite et à côté de Dora. La mère occupait l'autre extrémité et servait de généreux bols de soupe aux haricots. Bien que ce ne soit pas dans mes habitudes, j'ai participé au bénédicité par politesse et j'ai entamé ma soupe dès la première bouchée du père avalée. Le climat était plutôt intimidant. Je sentais qu'il n'était pas coutume dans cette maison de recevoir des petits amis de Dora. Peut-être même étais-je le premier. Je ne savais toujours pas quoi dire. Dora, consciente de mon trouble, essayait vaillamment d'égayer l'ambiance.

« Très bon, maman. Tu me passes le pain, Harry ? »

Je lui ai offert de trancher une part de l'énorme miche qui trônait au milieu de la table, mais elle s'en est chargée elle-même, trempant allègrement son pain dans le bouillon. J'en ai fait autant, sans me faire prier, car il s'agissait d'une de ces bonnes soupes du Sud, substantielles et nourrissantes. Dora a ensuite aidé sa mère à ramasser les bols pour les rapporter à la cuisine. Et c'est ici que la soirée a dégénéré.

Profitant de l'absence des femmes de la maison, le père de Dora s'est tourné vers moi et m'a apostrophé d'une voix sans doute plus rude qu'il ne le voulait.

« Alors, tu passes tes journées à "jouer" du piano ? »

Il était clair qu'il désapprouvait un tel emploi du temps, à sa seule manière d'énoncer le mot « jouer ». Je me suis empressé de lui dire que je travaillais le jour comme gardien de sécurité, mais qu'en effet je consacrais la majeure partie de mon temps libre à « m'amuser ».

« Et qu'espères-tu au bout du compte ? »

J'ai cherché à biaiser, tablant sur le vague de sa question pour faire dévier la conversation ailleurs. En vain.

« Ne me prends pas pour un idiot, jeune homme. Je te demande ce que tu espères de ton piano. Crois-tu être en mesure de faire vivre ta femme et tes enfants convenablement ? »

J'ai recouru alors à toutes les ressources de mon savoir-vivre. Puisqu'il me questionnait franchement, j'ai décidé de lui répondre également sans détour. J'ai insisté sur le fait que je n'avais pas vingt ans, qu'il me semblait avoir encore le temps de changer d'idée, mais que pour l'instant je cultivais un rêve depuis l'enfance et que je ne me sentais pas prêt à y renoncer, du moins pas avant d'avoir consacré l'effort et la volonté pour ne rien regretter.

« À ton âge, gamin, j'étais déjà marié à Alison et j'étais père de Dora. Il serait plus que temps que tu songes à un métier sérieux. Tu es destiné à être ouvrier que tu le veuilles ou non. »

J'ai maintenu mon argumentation en insistant sur le fait que le piano constitue pour moi ce qu'il y a de plus sérieux et que c'est le seul métier que j'envisage dans l'immédiat.

« Ah! Vraiment? Tu veux que je te dise? Le piano, c'est tout juste bon pour ces lécheurs de culs de Blancs! Ces fils de pute en profitent pour jouer les supérieurs parce qu'ils savent très bien qu'on n'aura jamais les moyens de s'offrir un tel luxe. Et d'ailleurs, d'où le sors-tu, ton piano? »

C'est une longue histoire.

« Évidemment! Crois-moi, jeune homme, lâche cette sottise de piano. Tu n'auras pas d'autres choix que de frayer avec les Blancs si tu espères percer. Et, tôt ou tard, ils te le feront amèrement payer. Prends exemple sur moi. Mon père est mort, lynché par une bande de cinglés qui l'accusaient d'avoir touché une Blanche. Ils lui ont cisaillé les couilles sous mes yeux! Trente ans plus tard, j'ai encore les hurlements de mon père dans les oreilles. Ils l'ont ensuite ligoté dans sa maison avant d'y foutre le feu! Ma mère ne s'en est jamais remise. Elle s'est noyée quand j'avais à peine treize ans. Aujourd'hui, j'essaie de ne plus y penser, mais chaque fois que je soupçonne un Noir de vouloir s'abaisser à être un valet de Blancs, ma haine ressurgit et il s'en faut de peu que je me livre à un carnage! »

Il avait ponctué la fin de sa phrase d'un violent coup de poing sur la table, au moment même où Dora et sa mère arrivaient avec la dinde et le maïs. Le climat, déjà lourd, est devenu quasi irrespirable. Le père, embarrassé d'avoir été surpris dans son élan, a tenté de se donner une contenance, mais c'est l'instant qu'a choisi le plus jeune frère pour se livrer à une maladresse dont les enfants ont le secret.

« Papa a chicané le monsieur parce qu'il joue du piano. »

Du coin de l'œil, j'ai vu le père blêmir de rage. La mère de Dora est venue déposer la dinde au milieu de la table, d'un pas appuyé et réprobateur. J'ai pris une grande respiration et je lui ai dit que son mari possédait un point de vue que je ne partageais pas forcément, mais qui pouvait très bien se comprendre. Dora jetait des regards inquiets dans toutes les directions. Elle devait craindre le sabotage d'une soirée qu'elle attendait depuis longtemps. Elle connaissait le côté coléreux de son père et le redoutait, comme elle me l'avait confié à quelques reprises. La donne appartenait maintenant à son géniteur. Pendant que sa femme, espérant un geste de bonne volonté ou des paroles conciliantes, découpait la dinde pour la servir, le père de Dora a plutôt étalé son orgueil. Furieux d'avoir été pris en faute, il a décidé, aussi digne qu'un idiot, d'en rajouter au lieu d'éteindre le début d'incendie.

« Je n'ai qu'une chose à dire : trouve-toi un vrai métier ou tu ne remettras plus les pieds dans cette maison! »

Dora, qui servait le maïs en tremblotant, a laissé tomber sa cuillère et s'est mise à pleurer. Puis, elle est sortie précipitamment de la pièce. C'en était trop. J'ai pris ma veste, j'ai remercié la mère de Dora, complètement figée par ce dénouement grotesque, puis je me suis adressé au fauteur de trouble.

« Je ne sais pas jusqu'où je pourrai exercer une carrière de pianiste, mais j'espère que ce sera plus loin que vos lorgnons! »

Et je suis sorti sans autre manière. Il m'a fallu deux heures de marche dans la noirceur tombante pour retrouver une forme d'accalmie. Un silence total régnait. J'apercevais seulement au loin les maisons illuminées, témoins des réjouissances en cours pour fêter Noël. L'esprit en berne, les bras croisés sur le ventre, je respirais avec peine. J'étais mal préparé à une attaque aussi virulente. Jamais on ne m'avait reproché avec un tel assaut de hargne le simple fait que je veuille gagner ma vie en tant que pianiste de concert. Mais surtout il s'agissait de la première fois qu'on associait le fait de jouer du piano à une forme de traîtrise envers les Noirs. Je ne comprenais pas. J'avais beau remuer les paroles du père de Dora dans tous les sens, je ne saisissais pas ce qu'il pouvait y avoir de répréhensible dans le fait de jouer du piano ni quel lien cela avait avec les Blancs. Certes, ma mère adoptive, madame Hayworth, était blanche et elle m'a enseigné le piano. Elle m'a inculqué les préceptes de vie qui me servent toujours. Et alors? Devrais-je me plier à une nouvelle forme de discrimination, abandonner le piano sous prétexte que les Blancs seuls auraient le droit d'aborder le répertoire classique? Je n'aurais que l'option de me livrer à ces musiques dont on commence à entendre parler, musiques que les Noirs de Louisiane affectionnent particulièrement et que les Blancs ridiculisent en les qualifiant de « sauvages »?

Il me semble que je subis déjà suffisamment d'exclusion, du simple fait que je sois noir. Je ne conçois pas pourquoi je devrais m'imposer des rejets supplémentaires. Mais le mal est fait. Le père de Dora a planté une racine pourrie dans mon esprit, ce doute qui fait crisser mes certitudes, ébranle ma confiance et me meurtrit au point d'avoir du mal à achever ces lignes.

3 JANVIER 1913

Toujours pas de nouvelles de New York. La période des Fêtes sans doute. Le Nouvel An a été triste. Je suis demeuré chez moi, prostré, sans aucune envie de sortir et de fêter. Je sais que Willie est venu me chercher pour notre virée traditionnelle. À moins que ce ne soit Dora? Je ne l'ai pas revue depuis ce réveillon raté et je ne sais même pas si elle a cherché à me contacter. Sans doute rongée par un sentiment de honte, elle n'ose pas se présenter devant moi. Je devrais prendre les devants et la rassurer. Les épisodes d'une vie ne peuvent pas toujours couler de source. Il s'agit, pour Dora et moi, de trouver le moyen de contourner cette chausse-trappe imprévue et désolante.

Toujours est-il que je n'ai pas réagi au coup de sonnette, préférant ruminer la lourdeur des jours gaspillés et interminables, incapable de toute manière de secouer durablement ma torpeur. C'est à peine si je touche au piano, encore qu'il s'agit des rares moments où je ressens un certain apaisement. Seul le boulot m'a obligé à mettre les pieds dehors. J'accomplis mes tâches routinières avec une humeur morose et cafardeuse. Je sais que c'est temporaire, qu'une nouvelle forme d'équilibre va s'instaurer après le saccage qu'a provoqué le père de Dora dans mon armoire d'idées établies. Mais je prends mon temps. Je n'ai actuellement aucune propension pour l'effort, sauf le deuil de mon amertume.

4 JANVIER 1913

Tout arrive! Revirement de situation! Willie, inquiet, est venu me relancer après le travail. Il m'attendait à la sortie. Ce cher Willie, avec ses yeux plissés, son nez épaté, ses bras trop longs pour lui. Il n'oublie jamais d'apporter son réconfort complice. Dora lui avait raconté l'épisode pénible avec son père. Pas une raison, selon lui, pour faire défection à notre petite tradition du Nouvel An selon laquelle, depuis l'âge de onze ans, lui et moi allons boire un bourbon frelaté en cachette. Willie l'a un peu mal pris.

« Je ne connais rien de plus crétin que de se barricader comme un sénile lorsqu'une tuile nous tombe sur la tête. Tu n'avais qu'à boire un bourbon de plus, et ton moral aurait effectué un demi-tour sur lui-même! »

Moi, je ne connais rien de plus crétin que de noyer ses déconvenues dans de l'alcool de mauvais goût.

« Non, mais écoutez-le, ce rabat-joie! Allez, viens, on va se reprendre et on va causer de tout ça. Je veux que tu me fournisses les détails. »

Willie a entrouvert sa veste pour me montrer le flacon qu'il cachait dans sa poche intérieure. Je me suis mis à rire et je l'ai suivi jusqu'à la rivière, déjà plus détendu, déjà sensible à la montée d'énergie drainée par la présence réconfortante de Willie.

Assis au bord de la rivière, sur de grosses pierres froides mais à l'abri des regards désapprobateurs, nous avons pris une gorgée à tour de rôle de cet alcool brûlant. Puis, je lui ai rapporté ma version des faits, en insistant sur l'accusation vindicative du père de Dora et sur les abîmes de réflexion qu'elle avait creusés en moi. Willie est demeuré silencieux quelques minutes, livré à des cogitations insondables.

« En somme, nous avons là un cas intéressant de racisme à l'envers. Par crainte de jouer le jeu des Blancs ou par mépris envers eux, il faudrait leur laisser occuper le terrain au complet. Du coup, le père de Dora fait montre de la même intransigeance envers toi que s'il était un Blanc lui-même. Il faudrait lui demander où il espère aboutir de cette manière. »

Je lui ai fait remarquer que le père de Dora cultive envers les Blancs des griefs qui peuvent aisément se comprendre. Des antécédents pareils ne disposent pas toujours à la conciliation.

« Je ne parle pas de conciliation. Du moins, pas forcément. Considère le problème autrement. Les Blancs, depuis le ramassage d'esclaves en Afrique jusqu'à encore aujourd'hui, nous ont toujours considérés comme des animaux. Pire que des animaux puisqu'ils ne nous ont même jamais accordé l'attention qu'ils portent à leurs chiens. Mon grand-père n'était que du gibier aux yeux de ses maîtres. Ils ne sont même pas intervenus le jour où leurs molosses l'ont attaqué et ils l'ont abandonné à moitié déchiqueté dans un champ. La fin de la guerre civile a provoqué quelques soubresauts d'humanité chez certains Blancs, mais avec une mauvaise conscience coupable qui n'a pas toujours atteint son but. Malgré l'abolition de l'esclavage, les Blancs ne nous laissent que des miettes, des emplois dont eux-mêmes ne veulent pas, quelques banquettes trouées dans le fond des wagons, des fontaines défectueuses séparées de leurs buvettes reluisantes. Tu connais la chanson. »

Willie a pris une nouvelle gorgée du flacon tandis qu'il rassemblait ses idées.

« Alors, qu'est-ce qu'on peut faire? Je ne vois guère que deux possibilités. La première, c'est d'accepter notre sort, en rejetant la faute sur les Blancs et en dérivant la haine qu'ils nous inspirent sur des questions de principe. C'est ce que fait le père de Dora. Il préfère demeurer cantonné dans son métier sous-payé, en tirant laborieusement une fierté de ne pas être redevable aux Blancs et de pouvoir se débrouiller sans eux, même si, en passant, ce sont des Blancs qui l'embauchent. La deuxième possibilité me convient mieux. On n'a pas le choix de cohabiter avec les Blancs, pas davantage qu'eux d'ailleurs. Ils ne peuvent pas nous reléguer dans des réserves comme ils l'ont fait avec les Indiens. J'ai la conviction qu'il faut se battre à armes égales pour les forcer à nous accorder un minimum de considération. Je rêve du jour où un athlète noir battra un troupeau de Blancs à la course, ou qu'un Noir frappera un coup de circuit dans des gradins peuplés de Blancs qui n'en croiront pas leurs yeux, ou encore qu'un Noir deviendra président de ce pays de merde. Je ne verrai pas ça de mon vivant, j'en ai peur. Il faudrait déjà qu'on se serre un peu plus les coudes entre nous, qu'on accepte plus volontiers nos traits distinctifs. Qu'on cesse par exemple de se décrêper les cheveux ou de se décaper la peau pour la rendre plus pâle. La beauté noire existe, j'en suis sûr, même si les Blancs s'acharnent à nous comparer à des chimpanzés. »

Willie était lancé. Je devinais que ce n'était pas la première fois qu'il se penchait sur ces questions. Je l'écoutais attentivement, voyant venir la conclusion de son raisonnement.

« C'est simple, je crois qu'il faut pénétrer sur le territoire des Blancs et occuper les mêmes postes avec les mêmes compétences et surtout avec les mêmes droits. D'ailleurs, les femmes pourraient faire de même face aux hommes au lieu de demeurer une forme de classe ouvrière à leur service. Le danger, par contre, c'est d'en arriver à une assimilation pure et simple où la différence entre les Noirs et les Blancs ou entre les femmes et les hommes s'estompe et finisse par se résumer uniquement à quelques attributs physiques. Pas vraiment souhaitable, selon moi. Non, pas vraiment. Je suis persuadé que nous pourrions agir avec un style ou une sensibilité qui nous refléterait, une sorte de griffe bien à nous et appréciée comme telle. Encore faudrait-il que nous puissions définir et cultiver ces qualités. Encore faudrait-il cesser de se quereller entre nous pour des broutilles dignes de petits peuples. Qu'on se sente un peu plus solidaires, quoi. »

D'un naturel toujours calme, Willie réprimait à grand-peine le tremblement de ses lèvres. La passion qui l'habite en général débordait à flots au fur et à mesure qu'il concrétisait ses pensées et que ses paroles donnaient corps à ses convictions.

« Tu veux que je te dise? T'es à l'avant-garde, mon frère! Vas-y avec ton piano et montre-leur à ces rats de Blancs que le jour où nous aurons réussi à ouvrir la porte, ils n'auront plus qu'à bien se tenir. À toi de nous montrer le chemin, Harry! »

Le petit discours de Willie m'a fait de l'effet. Je sentais la tension décroître au fur et à mesure qu'il parlait. Peut-être est-il plus que temps de cesser de croire que la domination des Blancs est sans appel. Peut-être est-il temps de mettre un terme au réflexe des Blancs de nous enterrer dans nos bas-fonds. Tant qu'on ne leur indiquera pas une alternative différente, ils n'auront aucune raison d'agir autrement. Mais comment un simple piano peut-il tirer quelqu'un d'un tel bourbier?

« Et pourquoi pas? Il n'y a pas de petits combats. Pour moi, le fait que tu puisses jouer aussi bien sinon mieux que n'importe quel Blanc glorifié comme un dieu peut faire davantage que tous les slogans ou toutes les manifestations de rue. »

Le flacon de bourbon était vide. Willie avait la langue pâteuse, et moi-même j'appréhendais le moment où il faudrait me remettre debout. C'est à ce moment que j'ai senti deux mains m'enserrer délicatement le cou. Surpris mais non inquiet, j'ai tourné la tête en fermant les yeux, le cœur battant comme une roue à aubes. J'avais deviné qu'il s'agissait de Dora et je compris aussi au regard moqueur de Willie qu'il avait manigancé cette rencontre depuis le début.

6 JANVIER 1913

La mère de Dora a sermonné sévèrement son mari. Dora est maintenant autorisée à me voir, mais j'ai bien senti qu'il valait mieux éviter de me rendre chez elle et risquer de croiser le père. Dora se montre particulièrement affectueuse et joviale, comme si elle cherchait à racheter une faute qu'elle n'a pourtant pas commise. Nous nous promenons longuement après ma journée de travail. Je vais la chercher à la teinturerie et je la raccompagne jusqu'à ce que nous soyons en vue de sa maison. Aujourd'hui, je lui ai offert de venir chez moi pour partager mon repas de haricots blancs et de saucisses, mais elle n'ose pas, craignant beaucoup trop qu'on la surprenne. Je la comprends. Ce pourrait être très embarrassant. Madame Wilson, cette vieille concierge infecte, a déjà fait sentir à un vieux copain, John Blackburn, que ses gestes étaient placés sous haute surveillance. Le pauvre John voyait cette pimbêche l'espionner à tout moment dès qu'il rentrait chez lui. Incapable d'échapper à ce climat de suspicion, il a quitté la ville à la première occasion. J'ai perdu sa trace depuis. Il faudrait bien trouver un moyen de mettre madame Wilson à sa place, elle et toutes les mégères de son genre qui continuent de sévir, certaines de leur bon droit, certaines de leur rôle de gardienne des bonnes mœurs, rôle que pourtant personne ne leur a accordé, mais que curieusement personne ne leur conteste.

J'ai recommencé à jouer du piano, animé par l'énergie contagieuse de Willie. Je répète mon programme avec un acharnement quasi maniaque, surtout qu'il ne sera pas possible de tenir le concert à l'église, comme je l'avais souhaité. Le piano n'a toujours pas été réparé et je crains de perdre la main si je m'acharne sur cet instrument damné. Je peaufine mon jeu, je l'affûte comme un sabre. Mon toucher est incisif, d'une précision parfaite. Mais malgré mon enthousiasme, l'inquiétude me consume. Je n'ai toujours pas de confirmation de ma participation au concours de New York. Je me demande si un tel délai est vraiment normal. Il me tarde d'être fixé.

18 JANVIER 1913

J'ai finalement rencontré monsieur Eagleson aujourd'hui. La chemise à moitié sortie du pantalon, les souliers couverts de poussière, les cheveux défaits, ce poivrot sortait de son bar favori. Une sorte de trou mal famé, mais où j'aimerais bien mettre les pieds, attiré par les portes d'entrée ornées de verre taillé et par cette enseigne en bois gravé. Mais, bien sûr, outre le fait que je suis noir et donc interdit d'accès dans ces établissements réservés aux Blancs, je n'ai pas encore les vingt et un ans requis pour consommer de l'alcool.

J'ai déjà rencontré monsieur Eagleson l'année dernière, lors d'un concert classique au parc Stanley. Je l'avais abordé pour lui demander des précisions sur un de ses articles. Il avait paru effarouché que je lui adresse la parole

61

et que je lui pose de telles questions, mais il m'avait répondu sans rechigner. Quand je l'ai croisé dans la rue, cet après-midi, je l'ai salué et je l'ai remercié pour le compte rendu qu'il a écrit sur mon récital à l'église, malgré son allusion un peu vexante au fait que talent et Noir ne pouvaient rimer ensemble.

« Ah, oui, Button! Comment vas-tu? »

Voyant qu'il prenait le temps de me parler, j'en ai profité pour préciser que j'avais été surpris qu'il écrive un article, car je ne l'avais pas repéré au concert, en dépit de la maigre audience.

« Penses-tu, je m'étais caché. Tu m'imagines assis dans une église peuplée de Noirs? Ton pasteur m'a permis de m'installer au jubé. Il a réussi à m'attirer en m'assurant que je n'allais pas le regretter. Ton concert était une épreuve d'endurance, mais en effet je ne me suis pas ennuyé. J'ai bien suivi ta lutte pour apprivoiser l'instrument et je dois admettre que tu t'es débrouillé. De là à parler de talent musical comme tel, difficile à dire. Dès que t'auras trouvé un piano digne de ce nom, fais-moi signe pour que je me forge une meilleure idée. »

Je lui ai mentionné alors qu'à ce propos, je me suis inscrit au concours de New York, mais que je n'ai toujours reçu aucune confirmation de ma participation. Cela m'inquiète.

« Il te faut une accréditation pour pouvoir être admis.

— Monsieur Torrey a eu la gentillesse de s'en occuper.

— Monsieur Torrey! Ce pauvre minable a probablement jeté ton enveloppe dans la rivière. Non seulement il exècre les Noirs, mais je ne connais personne de plus hypocrite! »

Monsieur Eagleson vacillait d'une jambe à l'autre, sans doute sous l'effet de l'alcool. Son état ne l'a pas empêché de remarquer le désarroi dans lequel ses paroles m'avaient jeté. J'avais quasiment le souffle coupé comme par un poignard en travers de la gorge. Se peut-il que monsieur

Torrey m'ait trahi et que mon formulaire d'inscription ne soit jamais parvenu à New York? Dans ce cas, je viens de perdre l'occasion rêvée de faire mes débuts comme pianiste. Le concours n'a lieu qu'une fois à tous les deux ans et je comptais beaucoup sur cette épreuve pour établir quelques contacts utiles. La vive déception de devoir attendre encore une autre occasion s'ajoute à la douleur d'avoir été possiblement trompé par monsieur Torrey. Une sourde colère, décapante, pernicieuse, circule encore en moi. Demain, dimanche, j'irai demander des explications à monsieur Torrey, même si je m'attends à ce qu'il nie tout. Heureusement, monsieur Eagleson m'a laissé entrevoir une autre possibilité.

« Écoute, Button. Je connais bien Henry MacTavish qui fait partie du comité organisateur de ce concours. Nous avons eu ensemble quelques démêlés bien arrosés. Il pourrait probablement te venir en aide. Je pense que ce pourrait être une bonne chose pour toi de participer au concours. Ce n'est pas ici, dans ce patelin perdu, que tu parviendras à percer. D'ailleurs, les Noirs ne sont pas légion à s'attaquer au répertoire classique et ça créerait une certaine sensation. Je vois d'ici la tête de MacTavish! Voici ce qu'on va faire. Je vais te préparer une lettre à son intention. Si jamais ton inscription n'a pas été enregistrée, tu pourras toujours tenter ta chance auprès de MacTavish en lui remettant ma lettre. Il fera peut-être une exception pour toi. »

Peu familier avec ce genre de démarche, j'ai trouvé la proposition de monsieur Eagleson quelque peu curieuse. Toutefois, dans mon état, elle soulageait comme un pansement bienvenu. Je l'ai remercié pour son aide, sans trop y croire mais sans questionner.

« Reviens me voir la semaine prochaine. Je te remettrai la lettre. »

Je suis rentré chez moi, insensible au vent frisquet qui avait vidé les rues. Au bord de la nausée, je marchais péniblement. Je désirais tellement participer au concours de New York, avoir au moins la chance de me faire entendre, de me confronter à des experts qui sauraient me situer et m'indiquer les voies à suivre. L'impatience me gagne et je ressens de plus en plus l'urgence de démarrer ma carrière, de m'engager enfin sur cette voie, peu importe la distance que je pourrai parcourir. Le trac de se produire devant quelques centaines de personnes avec mission de les conquérir sans commettre aucune erreur m'apparaît comme une plaisanterie comparé aux élancements qui me déchirent le ventre. En soi, ne pas participer au concours n'a rien de catastrophique, mais, sans savoir pourquoi, je sens qu'il est capital que je le fasse.

19 JANVIER 1913

J'ai été rencontrer monsieur Torrey ce matin. Comme prévu, je me suis rendu au collège où il enseigne, impatient de lui réclamer des explications, de l'entendre me certifier qu'il avait bien envoyé mon formulaire à New York et élucider les raisons pour lesquelles ma participation n'avait pas encore été confirmée. J'ai fini par le dénicher, mais dès qu'il m'a vu, il a feint l'empressement et il n'a pas tardé à se défiler.

« Tire-toi, je suis attendu. Je n'ai pas le temps de te parler. »

Avant qu'il s'éloigne, j'ai insisté pour savoir s'il avait bel et bien envoyé mon formulaire d'inscription à New York.

« Évidemment! Ne viens plus me déranger pour si peu! »

Et il s'est mis à marcher d'un pas rapide, me laissant sécher sur place comme une fiente de pigeon. Il ment, j'en suis sûr. Comment autrement comprendre que je n'ai toujours rien reçu de New York, pas même un accusé de réception? Je vais écrire aux responsables du concours dès aujourd'hui. Si je peux parvenir à trouver des timbres...

En attendant, je bous d'une rage que même les deux

Philadelphie
→ N.Y

heures de marche pour revenir chez moi n'ont pas réussi à refroidir. Je saurai bien lui montrer à cette ordure qu'il a eu tort de me poignarder dans le dos.

Allentown, le 24 janvier 1913
À l'attention de Monsieur Henry MacTavish
Salut, vieux frère!
J'espère que la vie à New York te profite mieux que celle que je mène ici dans ce trou retiré. J'ai encore en mémoire notre dernière soirée au Tarn Inn. Ah, tu sais vivre, mon cher Henry! J'espère que Susan t'a pardonné tes... disons... écarts! Dis-lui que c'est entièrement de ma faute. La prochaine fois que tu t'aventureras dans la région, on se contentera d'aller pêcher!
Bon, je t'écris aussi pour te parler de Harry Button. Je ne sais pas trop ce qu'il vaut comme pianiste puisque je ne l'ai entendu qu'une seule fois dans des circonstances peu appropriées, mais je suis certain qu'il pourrait te surprendre. Surtout, il faudrait le laisser participer au concours. Qui sait, tu feras peut-être la découverte d'un nouveau poulain. Je sais que tu affectionnes les jeunes doués. Button en est possiblement un.
Quoi qu'il en soit, que Dieu te garde! Et n'oublie pas de venir me saluer à la prochaine descente à Philadelphie.
Mes amitiés à Susan.
Cordialement,
Barry Eagleson

Les auditions préliminaires pour le concours ont lieu dans moins d'un mois. Comme il l'avait promis, monsieur Eagleson m'a remis sa lettre dans une enveloppe cachetée. J'ai bien l'impression que je ne recevrai rien de New York, aussi je prépare mon voyage. Je vais me rendre directement sur place et contacter monsieur MacTavish. Je saurai bien le convaincre de m'inscrire sur la liste des candidats, si ce n'est déjà fait.

J'en ai profité pour demander conseil à monsieur Eagleson sur la manière de se comporter en concert.

« Ouais, en effet. Il te faudra travailler tes effets un peu mieux. D'abord, tu entres en ligne droite, toujours du côté gauche de la scène. Tu n'agites pas les bras comme tu l'as fait à l'église. Et puis, avant de t'asseoir, tu poses la main gauche sur le piano et tu effectues une courbette pour saluer le public. Lorsque tu es prêt à jouer, tu t'assures que le silence soit complet avant de commencer. Tu peux te permettre des mimiques inspirées, le public aime. Comme il aime également applaudir l'effort à la fin de chaque pièce. Tu dois te lever et remercier, toujours avec une courte révérence. Dans tous les cas, tu dois sembler digne et en parfait contrôle de tes moyens. Tu ne dois jamais laisser transparaître ta nervosité. Tu piges? »

Je l'ai remercié, un peu médusé par un tel protocole. Comme je n'ai jamais assisté à un concert, j'ignorais l'existence d'un cérémonial en apparence aussi réglé que du papier à musique. Quoi qu'il en soit, je vais tâcher de m'en souvenir. Je m'imagine déjà sur scène en train de saluer, penché comme si je voulais examiner l'état de mes souliers. J'espère seulement ne pas être la proie d'un fou rire.

2 FÉVRIER 1913

Journée affreuse. Dora et moi avons profité d'une journée plus clémente pour nous rendre à West Hill, simplement pour y admirer la vue. J'avais emporté un fromage et quelques tranches de pain. Le soleil filtrait entre les branches dénudées des peupliers et des ormes. La terre molle et humide dégageait des arômes d'humus. Malgré la route boueuse, nous filions d'un bon pas, rieurs, naviguant entre les flaques, impatients d'arriver à destination.

Une automobile, cette nouvelle invention bruyante qui commence à apparaître dans la région, nous a croisés. À bord, des Blancs débiles hurlaient comme des possédés. La bouteille à la main, l'un d'eux nous a traités de sales nègres. Ils nous ont dépassés à toute vitesse en nous éclaboussant de boue.

Sous l'effet de la surprise, Dora a échappé son sac. Je me suis penché pour le ramasser, mais Dora, dépitée par sa robe maculée, n'a pas remarqué ma manœuvre et elle m'a marché sur la main par inadvertance. Sous l'effet de la douleur vive, j'ai littéralement paniqué. La crainte d'avoir été blessé au point de compromettre ma participation au concours a multiplié l'intenable tension dans laquelle me maintient justement l'incertitude de cette participation. J'ai hurlé de rage en observant minutieusement ma main, redoutant une coupure ou une contusion malheureuse. J'aurais dû savoir qu'en soi le poids plume de Dora ne pouvait pas m'infliger des dommages vraiment sérieux. Mais toujours, ma maniaquerie à protéger mes mains m'a fait perdre mon calme. Pour la première fois depuis que nous nous fréquentons, j'ai élevé la voix à l'endroit de Dora, en lui reprochant sa maladresse. Je crois même l'avoir traitée d'empotée. Étonnée et indignée de ma réaction excessive, Dora n'a pas mis de temps à répliquer.

« Elle est fracturée, ta main? Tu vas t'en remettre, dis-moi? Un peu de retenue, s'il te plaît. Je m'excuse, je ne t'ai pas vu. »

La douleur s'estompant, mes sens ont retrouvé leur usage normal. J'ai bredouillé une remarque embarrassée, trop peu pour ramener Dora à de meilleurs sentiments. Le mal était fait.

« Monsieur le pianiste devrait prendre des garanties pour mettre ses précieuses mains à l'abri du monde réel. De la sorte, il s'éviterait des colères honteuses. En attendant, je retourne chez moi. Ton pique-nique, tu peux le mettre au rancart! »

J'ai eu beau la supplier de me pardonner, un orgueil mal placé l'a fait continuer d'un pas décidé, sans même qu'elle se retourne. Je l'ai finalement laissée aller, jugeant qu'il valait mieux attendre qu'elle récupère ses esprits. Je suis rentré tristement, engloutissant en chemin le fromage et le pain. L'esprit vide, j'ai pris un bain jusqu'à ce que la nuit soit tombée. N'ayant rien de mieux à faire, je m'apprête à aller me coucher, mettant un terme à une journée stupide. J'avais bien besoin d'un tel feuilleton pour me remonter le moral...

13 FÉVRIER 1913

J'ai enfin réussi à obtenir mon congé pour pouvoir me rendre à New York. Ça n'a pas été sans peine. Monsieur Jenson ne voulait rien entendre.

« Compte-toi chanceux, Button. Je pourrais te foutre à la porte immédiatement si je voulais. Il n'est pas question que tu rates une journée, sinon tu iras pleurnicher ailleurs pour un emploi. »

Je lui ai expliqué que je ne partais que pour quelques jours et que le frère de Willie me remplacerait. Il a fini par accepter en échange d'une semaine de travail sans rémunération à mon retour. Le salaud, il profite de la situation. Il sait fort bien qu'il me tient. J'ai besoin de cet emploi. Je suis déjà chanceux de ne pas avoir à travailler aux champs ou dans quelque manufacture où je laisserais la moitié de mes paumes. Sans compter que trouver un job pour un Noir tient de la galère. Une semaine de salaire en moins, sans compter les jours où je serai parti à New York et les frais du voyage, va sérieusement grever mon budget. Tant pis, j'épargnerai en m'achetant un costume moins cher pour le concours.

Dora m'a finalement pardonné. Je l'ai fait rire en allant la chercher avec les mains emmitouflées dans deux paires de gants. Je lui ai expliqué que c'était pour préserver mon futur gagne-pain. Elle a fait remarquer que le pain tardait à venir, mais qu'elle comprenait et qu'elle me souhaitait du succès à New York. Willie l'avait persuadée de se réconcilier avec moi si on voulait favoriser mes chances à ce concours. Ce qu'elle a fait de bonne grâce.

« Les colères font partie des sentiments normaux, tant qu'on n'en vient pas aux coups, bien entendu. »

Je l'ai prise dans mes bras, trop heureux de retrouver son humeur enjouée, rassuré que l'incident soit derrière nous. J'aimerais qu'elle vienne chez moi pour lui faire entendre mon programme pour le concours de New York. Et pour pouvoir l'embrasser en paix, à l'abri des regards indiscrets...

15 FÉVRIER 1913

Je me suis rendu chez monsieur Lewis pour lui acheter un habit de scène. Il a ouvert de grands yeux quand je lui ai dit que j'en avais besoin pour la semaine prochaine.

« Mon garçon, tu n'es pas raisonnable! Il me faut bien plus de temps pour confectionner un habit! »

Un peu dépité, je ne savais trop quoi répondre. Je n'avais pas pensé à ce délai. Mais je connais monsieur Lewis depuis longtemps. Il a d'ailleurs assisté à mon récital à l'église. En voyant mon air embêté, il m'a proposé une solution.

« Écoute, Harry. Je dois bien avoir quelques vieux habits qui ne servent plus. Je vais te les faire essayer et prendre tes mesures pour les ajustements. Suis-moi. »

Monsieur Lewis m'a entraîné dans son arrière-boutique. Il s'agit d'une pièce assez vaste servant de fourre-tout, encombrée de boîtes et de retailles de tissu. Sur le mur du fond, des vêtements sont empilés presque jusqu'au plafond. Monsieur Lewis s'est mis à fouiller dans les tas, dégottant une veste par-ci, un pantalon par-là. Il me tendait ses trouvailles au fur et à mesure. Je me demandais d'où venaient tous ces vêtements.

« Beaucoup sont des commandes que les clients ne sont pas venus chercher, ayant perdu l'argent entre-temps. L'alcool et le poker, tu vois ce que c'est. C'est pourquoi j'exige un dépôt à présent. De la sorte, je ne perds pas totalement ma mise. »

Je lui ai assuré que j'avais l'argent et que je lui verserais le dépôt sans discuter.

« C'est très bien. Tiens, tu devrais pouvoir te satisfaire avec ceci. Je te laisse essayer ces habits. Quand tu auras choisi quelque chose, appelle-moi, et je viendrai prendre les mesures. »

Demeuré seul dans l'arrière-boutique, j'ai effectué un tri, mariant tant bien que mal chemise, veston et pantalon, éliminant tous les vêtements bouffés par les mites ou de couleur rouge. Après avoir longuement revêtu chacun des habits, j'ai arrêté mon choix sur une chemise à jabot, un pantalon bleu pâle et un veston à rayures noires et blanches. Monsieur Lewis m'a longuement examiné et a approuvé mon choix.

« Le jabot, c'est parfait! Tu n'auras pas besoin de cravate. Le bleu te va bien et ne s'accorde pas trop mal avec le veston. Bouge pas, je prends les mesures. »

Il m'a promis que mon habit de concert serait prêt dans cinq jours. Je peux faire confiance à monsieur Lewis. Tout le monde l'apprécie dans le quartier. Et il me fait un prix d'ami.

20 FÉVRIER 1913

Comme convenu, monsieur Lewis a terminé les ajustements à mon habit de scène. Je l'ai acheté aujourd'hui. Je crois que j'ai fière allure, même si je me sens un peu empêtré dans un tel déguisement. Il faudra que je m'exerce au piano pour m'habituer à jouer avec ce carcan sur les épaules. Monsieur Lewis semblait fier de son travail.

« Il te va comme un gant. J'ai fait du bon boulot, non? Tu ne paies pas cher pour tout le travail que ça m'a demandé! »

Pas cher peut-être, mais cet accoutrement me déleste d'une bonne partie de mes économies. De plus, en m'examinant de la tête aux pieds, j'ai constaté que mes vieilles bottines n'allaient pas du tout. Il me faudrait les remplacer, mais avec quel argent? Monsieur Lewis a saisi tout de suite la cause de mon embarras.

« En prime, je te remets cette cire à chaussures. Ce n'est pas tout à fait la couleur de tes souliers, mais ça ira. Tiens, essaie. »

J'ai raclé un peu de cire avec un chiffon et j'ai redonné une certaine vie à mes bottines. L'effet est plutôt curieux, mais je ne vais pas me plaindre. Si je m'achète des chaussures, il ne me restera plus suffisamment d'argent pour me rendre à New York. J'ai chaleureusement remercié monsieur Lewis.

« Bonne chance, fiston. Je compte sur toi pour me raconter comment s'est passé ton concours lorsque tu reviendras. »

Je suis sorti de la boutique, toujours revêtu de mon habit pour aller le montrer à Dora. Je voulais son avis et, sans me l'avouer, l'impressionner. Elle m'attendait comme toujours à la sortie de la teinturerie, discutant avec ses copines. L'une d'elles me fixait d'un œil envieux en donnant de légers coups de coude à Dora pour attirer son attention. Dora s'est retournée et a feint l'indifférence, cet insondable réflexe féminin. Elle ne m'avait pas reconnu! Je l'ai appelée et quand elle a réalisé que c'était moi qui approchais vêtu aussi élégamment, elle a placé une main devant sa bouche grande ouverte par la surprise.

« Harry? C'est toi? »

Je posais, d'autant plus qu'il y avait du public. Dora a semblé trop éberluée pour pouvoir vraiment apprécier mon élégance.

« Euh, c'est très bien, Harry, très chic. Je ne sais pas pour la chemise, mais le pantalon est très propre. »

J'espérais un enthousiasme plus débordant mais, devant ses amies qui riaient sous cape, je comprenais la retenue de Dora. Nous avons quitté le groupe bras dessus, bras dessous pour nous rendre à la salle de danse, comme nous le faisons quelquefois. Je crois pouvoir dire que j'y ai fait sensation!

22 FÉVRIER 1913

Je suis très nerveux. Je n'ai jamais pris le train de ma vie. Et me voilà assis dans un compartiment, rédigeant ces lignes tremblotantes, ballotté par les soubresauts du train, en route vers New York. Dora, Mae et Willie sont venus me souhaiter bonne chance à la gare. C'est à peine si j'ai remarqué leur présence, tant j'étais préoccupé par tous les détails à régler ou par la crainte d'un oubli important. J'ai payé mon billet plus cher que prévu. Le préposé refusait de m'en vendre un et il a fallu que je le graisse un peu pour qu'il cède. Il a bien insisté sur le fait que je ne pouvais m'asseoir que dans le dernier wagon. Il n'y a d'ailleurs là que quelques Noirs à se tortiller sur d'inconfortables banquettes de bois. J'ai replié mon veston sous mes fesses pour que ce soit plus supportable. Le wagon est surchauffé.

Écrire m'apaise tant bien que mal. La tâche qui m'attend n'est pas mince. J'ai surestimé mes capacités quand j'ai décidé de me rendre à New York pour forcer mon inscription au concours. Je n'ai pas la moindre idée où je vais dormir, j'ignore totalement comment m'orienter dans cette ville décrite comme la géhenne, je ne sais même pas comment je ferai pour me nourrir. Lorsque je suis venu à Allentown après la mort de madame Hayworth, je possédais déjà quelques contacts, et Allentown est une petite ville. J'ai pu me débrouiller sans trop de mal. Mais New York... Je redoute de m'égarer complètement, sans compter ma crainte des gangs, impitoyables à l'égard des Noirs à ce qu'on raconte. Et le plus important, est-ce que je réussirai à me faire accepter au concours? Comme il fallait s'y attendre, je n'ai reçu aucune confirmation pour ma demande, ce qui semble conforter l'hypothèse de monsieur Eagleson à propos de ce traître de Torrey. Il me reste la lettre d'introduction auprès de monsieur MacTavish, mais je demeure sceptique sur mes chances. Je dois me fier à ma volonté, en espérant qu'on me fournira au moins une occasion de démontrer que j'ai ma place dans ce concours. J'en suis convaincu, mais le plus tôt ce sera réglé, le mieux je respirerai.

Encore trois heures avant l'arrivée. Je serai à New York au début de l'après-midi. Je me laisse peu à peu bercer par le roulis du train, malgré la chaleur étouffante du compartiment et la dureté de la banquette. J'écoute les claquements gutturaux qui reviennent à intervalles réguliers. J'entends le souffle et les rugissements sourds qui accompagnent le déplacement du train. De temps à autre, un sifflet strident annonce notre arrivée dans une gare et me fait sursauter. Un vacarme assourdissant et dramatique retentit lorsque notre train en croise un autre. J'admets qu'une telle richesse sonore me séduit. En extrapolant à peine, je crois percevoir une cohérence entre tous ces éléments. Je détecte une sorte de contrepoint ingénieux qu'aurait imaginé un compositeur diabolique. Et il me vient cette idée farfelue qu'un jour peut-être des musiques naîtront à partir des bruits et non plus seulement des instruments comme on les connaît.

26 FÉVRIER 1913

Je n'en suis pas totalement sûr, mais je parierais que j'ai pris place exactement au même endroit qu'à l'aller, toujours seul dans ce même compartiment surchauffé. Je suis pressé de jeter sur papier les événements qui sont survenus ces derniers jours, un besoin impérieux de démêler mes sentiments confus et désordonnés. Je me sens à la fois fébrile et excité, mais également inquiet et incrédule. J'espérais aborder un tournant décisif avec le concours de New York, une sorte de départ, à tout le moins la pose de jalons sur lesquels prendre appui. J'étais loin d'être préparé à un tel revirement, à une perspective aussi inattendue que celle qui m'a été présentée. Encore faut-il que je prenne la décision, ce qui me flanque une trouille affreuse et m'incite à ne pas accepter. Mais comment dire non à une telle proposition?

Il y a quatre jours, donc, le train est entré en gare de New York à l'heure dite, en début d'après-midi. J'ai remis mon veston, fripé d'avoir servi de coussin. En sortant du train, j'ai été frappé par un froid vif et sournois. Je ne croyais pas qu'il pouvait exister un tel écart de température entre Allentown et ici. Je n'avais pas apporté de vêtements chauds, que je n'ai pas de toute manière. Je suis demeuré dans la gare, indécis, encore sonné par cette sensation glaciale que je n'avais jamais connue auparavant. Et puis, je me suis secoué. J'ai demandé à un porteur noir s'il connaissait un endroit où je pourrais passer quelques jours.

« Il y a bien la pension de Sarah. C'est pas le grand confort, mais elle te fournit le repas pour pas cher. »

J'ai pris note de l'adresse et de ses indications. Heureusement, ce n'était pas trop loin de la gare. Quand j'ai frappé à la porte, j'avais les doigts ankylosés. Une imposante Noire est venue m'ouvrir. L'endroit était vétuste et sentait l'aigre et le pipi de chat. Je lui ai demandé une chambre pour deux ou trois jours. Elle m'a lorgné de haut en bas, évaluant à ma tenue, j'imagine, si elle avait affaire à une personne recommandable.

« Je te fais un prix à quatre dollars par jour avec deux repas. Ça te va? »

J'ai failli m'étrangler. Certes, je n'avais qu'une conscience très vague des prix en vigueur à New York, mais je ne m'attendais pas à une telle saignée. J'ai tout de même accepté, doutant de pouvoir trouver moins cher ailleurs. Madame Smith m'a conduit à la chambre, au troisième étage. Il n'y avait qu'un lit à ressort recouvert d'une paillasse répugnante et un lavabo ébréché avec un robinet d'eau froide. Le seul éclairage des lieux provenait de la fenêtre, grise de poussière et de taches. Madame Smith m'a remis une couverture et l'horaire des repas.

« À toi d'être à l'heure, mon garçon. Je ne tolère aucun retard. Tu iras mendier ton repas à Washington Square si tu te présentes trop tard! »

Elle m'a laissé seul dans cette misère. Une eau bourbeuse sortait du robinet. Je me suis épongé le front. Heureusement, le chauffage fonctionnait assez bien. Je commençais à retrouver l'usage de mes membres et à me rappeler l'objet premier de ma venue ici. Je suis redescendu avec la précieuse lettre de monsieur Eagleson et j'ai demandé conseil à madame Smith pour me rendre au Robert Hall où se tiennent les auditions.

« Dis-moi, jeune homme, t'as quand même pas l'intention de te promener avec ce seul veston sur le dos? »

Je lui ai indiqué que je n'avais aucun autre vêtement à enfiler.

« Ah, ces jeunes. Tous des écervelés. Attends, prends ce manteau quand tu veux sortir. Mon bon à rien de mari ne remarquera même pas que je te l'ai prêté. Tu n'as qu'à le remettre à sa place quand tu reviens. »

Je l'ai remerciée avec gratitude. Le manteau était beaucoup trop ample pour moi, mais il me tenait chaud et je n'en demandais pas plus. Après quelques hésitations, je suis parvenu au Robert Hall. Durant le parcours, je n'avais jeté que des coups d'œil furtifs sur les alentours, me tenant loin des passants, ne relevant la tête que pour lire les noms de rue. Devant la porte d'entrée de la salle, j'avais le cœur qui battait à se rompre. J'ai poussé la porte et, sur le côté droit du vestibule, j'ai repéré un comptoir derrière lequel se tenait une dame à l'allure revêche. Je me suis avancé vers elle en prenant une grande respiration tandis qu'elle me surveillait d'un œil soupçonneux et méfiant.

« Que puis-je pour toi? »

Je lui ai expliqué ma situation, soulignant le fait que je n'avais pas reçu de confirmation pour mon inscription. Elle a ouvert un registre pour le consulter.

« Harry Button? Attends. Non, je ne vois rien ici. Aucun Harry Button. Et il est trop tard pour s'inscrire. »

Elle avait refermé le registre et s'affairait déjà à d'autres tâches plus urgentes. Hésitant et anxieux, j'ai demandé à voir monsieur MacTavish. La cerbère ne voulait rien entendre, même quand je lui ai parlé de la lettre qui lui était destinée.

« Monsieur MacTavish est très occupé. Je lui donnerai la lettre moi-même. »

À d'autres... Monsieur Torrey m'avait déjà fait le coup, et il n'était pas question que je parte sans avoir vu ce MacTavish soi-disant très occupé. Je sentais la rogne me gagner. Je n'étais pas venu de si loin pour buter sur le premier obstacle, ni pour me laisser contrer par une vulgaire potiche. D'un pas décidé, je me suis dirigé vers deux grandes portes qui semblaient donner accès à une salle, ignorant les glapissements de la dame qui menaçait d'ameuter la garde.

« Tu n'as pas le droit d'entrer là! Reviens ici, sinon j'appelle la sécurité! »

J'ai ouvert la porte, animé par une volonté indépendante de moi, et je suis effectivement entré dans une vaste salle. Sur la scène se tenaient trois hommes en train de discuter. J'ai marché rapidement vers eux et j'ai demandé à tout hasard lequel était monsieur MacTavish. Les trois hommes se sont retournés et m'ont regardé avancer. J'allais atteindre la scène lorsque j'ai senti qu'on me saisissait le bras et qu'on le repliait douloureusement dans mon dos me faisant craindre le pire pour ma main. Je n'ai pas opposé de résistance, me contentant de dire que j'avais une lettre de monsieur Eagleson à remettre à monsieur MacTavish. Un des hommes sur scène, un gros gaillard aux cheveux roux, m'observait, le regard sévère et offusqué.

« Qui c'est, ce clown? »

En entendant le mot clown, j'ai soudainement pris conscience de mon manteau trop grand et de mes chaussures d'une couleur brune équivoque. Réprimant ma gêne, j'ai réclamé qu'on me lâche pour que je puisse sortir la lettre de mon manteau. L'homme aux cheveux roux a fait un signe de tête à celui qui me tenait.

« Je suis MacTavish. Donne-moi cette lettre. »

Le bras libéré, j'ai sorti la lettre et, rempli de confiance, je l'ai enfin remise à son destinataire. J'avais réussi la première étape de ma mission. J'attendais le verdict, espérant qu'on me confirme enfin ma participation au concours, ou du moins aux auditions. Monsieur MacTavish a décacheté l'enveloppe et a parcouru la lettre d'un œil rapide.

« Ce bon vieil ivrogne d'Eagleson... Désolé, Button. Les inscriptions sont closes. Je ne peux rien faire pour toi. »

C'en était trop. Moi qui supporte déjà mal les bâtons dans les roues, je refusais de me résigner à une décision aussi arbitraire. Je pensais à ce foutu Torrey qui n'avait pas fait parvenir mon formulaire d'inscription. Je voyais ce MacTavish faisant la moue sur la lettre de recommandation de monsieur Eagleson. Surtout, je me sentais humilié, jugé sur ma tenue « clownesque » sans aucune possibilité de démontrer mes capacités. Car, même sans aucune expérience de la sorte, j'étais persuadé de posséder tout le potentiel pour me mesurer à n'importe quel concurrent inscrit à l'épreuve.

Je n'allais pas me laisser faire si facilement. Saisi d'une impulsion irrépressible, agissant sous la poussée d'un pur instinct, j'ai retiré mon manteau et je me suis retourné pour le fourrer vivement dans les bras de l'agent de sécurité. D'un seul élan, je me suis hissé sur la scène, puis j'ai couru jusqu'au piano pour m'y installer avant que quiconque revienne de sa surprise et s'interpose. Sous l'emprise de la rage et du dépit, j'ai attaqué l'*Étude numéro 12* de l'opus 10 de Chopin, l'étude « révolutionnaire ». Le piano tremblait sous mes assauts. J'exécutais les arpèges de la main gauche à une vitesse insensée. Je martelais les accords du plus fort que je pouvais. J'étais comme en transe, transporté par ce défoulement indispensable de la déception et de la frustration. Ma tension nerveuse se relâchait sous l'effet survolté de cette œuvre, née d'ailleurs d'une indignation à la mesure de celle que je ressentais. Lorsque j'ai plaqué les derniers accords, la sueur dégouttait sur le clavier. Mes mains étaient agitées d'un léger tremblement. Je me suis levé, étourdi, j'ai récupéré mon manteau et j'ai remonté lentement l'allée pour sortir de la salle. Je n'entendais que le bruit feutré de mes pas sur le tapis. Personne ne disait mot. Je me sentais à la fois soulagé et malheureux comme jamais auparavant.

Je n'ai pas accordé un seul regard à la préposée qui m'intimait l'ordre de sortir. J'ai revêtu mon manteau lentement, le regard perdu, tourné vers la porte vitrée. Au moment où j'allais la franchir, l'événement inespéré qui me chavire depuis et qui me plonge dans un état de panique euphorique s'est produit.

« Monsieur Button! »

Je n'étais pas sûr d'avoir bien entendu. On ne m'appelle jamais « monsieur ». Je me suis retourné par acquit de conscience, vidé de toute énergie. Un type maigre s'avançait dans ma direction, plus petit que moi, les cheveux séparés au milieu, un peu comme sur un buste de Chopin qui appartenait à madame Hayworth. J'ai reconnu un des trois hommes qui se tenaient sur la scène lors de mon irruption dans la salle.

« Monsieur Button? Puis-je vous parler un instant? »

Je comprenais mal ce qu'il me disait. Il parlait avec un fort accent étranger. Il prononçait mon nom « butome », si bien que je n'étais même pas certain qu'il s'adressait à moi.

« Je suis Alfred Cortot. Je fais partie du jury qui va présider ce concours. Monsieur MacTavish me confirme qu'il n'est plus possible d'ajouter de nouveaux concurrents. Mais je souhaiterais tout de même vous entendre davantage, si vous le voulez bien. Voici les coordonnées de mon hôtel. Je vous donne rendez-vous ce soir à huit heures. Au plaisir. »

De manière distinguée, il a incliné légèrement la tête avant de regagner la salle. Ce nom me disait vaguement quelque chose. Il me semblait me souvenir d'un pianiste que monsieur Eagleson avait mentionné dans un de ses articles, louant le génie de l'interprète d'origine française. Incrédule, je regardais le bristol comme pour m'assurer de la réalité de ce qui venait de se passer. Même la mégère s'était radoucie et avait cessé de m'invectiver. Je suis sorti, à peine conscient du froid, indifférent aux cris d'agonie de mon estomac vide.

Huit heures. Comme convenu, je cogne à la porte de la chambre de monsieur Cortot. Heureusement qu'il m'avait remis sa carte de visite, sinon on ne m'aurait jamais laissé entrer. Le portier m'a accompagné et a demandé confirmation de la légitimité de ma présence dans cet hôtel. Monsieur Cortot l'a rassuré d'un généreux pourboire et m'a invité à passer à l'intérieur.

« Entrez, mon ami. Donnez-moi votre pardessus. »

Complètement éberlué, je lui ai remis mon manteau, incapable de prononcer une seule parole. Une femme est apparue dans la pièce et m'a gratifié d'un sourire avant de s'adresser à voix basse à monsieur Cortot. Ils ont discuté un bref moment, puis la femme s'est retirée. Monsieur

Cortot m'a alors prié de m'asseoir au piano et de lui jouer quelques pièces. Hésitant, je me suis approché du piano à queue. Je ne comprenais rien à ce qui m'arrivait. Tout l'après-midi, j'avais tenté en vain de récupérer, agitant au milieu de mes tentatives de sommeil les diverses hypothèses qui pouvaient justifier une telle invitation. J'étais paralysé, incapable de me souvenir des premières notes de la *Sonate* opus 27 de Beethoven. Monsieur Cortot s'est amusé de ma confusion.

« Frisquet dehors, n'est-ce pas? Ah, tenez, voici un petit cognac pour vous réchauffer. Je vous présente Clotilde, ma femme. »

La dame aperçue auparavant revenait avec un plateau chargé de quelques verres. Elle m'a offert d'office une coupe bombée, remplie d'un alléchant liquide ambré. Je l'ai remerciée et, tandis qu'elle se tournait vers monsieur Cortot, j'ai calé le verre d'un seul trait, réconforté par le brasier intense de l'alcool, juste ce qu'il me fallait pour me remettre les idées en place. Je ne savais toujours pas très bien à qui j'avais affaire, mais j'avais là sous les mains un magnifique piano. Belle occasion à saisir.

Et que je n'ai pas ratée. À la dernière note de l'opus 27, j'étais encore subjugué par la sonorité cristalline du piano, par les graves d'une richesse inouïe, par l'équilibre parfait dans tous les registres. Je maîtrisais mal la touche, très sensible, permettant de varier l'intensité des notes avec une précision impossible à atteindre avec mon propre piano. Je voulais continuer avec une pièce plus intimiste comme un *Nocturne* de Chopin, justement dans le but d'assimiler davantage la délicatesse du toucher, mais monsieur Cortot a pris la parole.

« Très bien, jeune homme. Je vois que vous n'avez pas l'habitude de l'instrument. Par contre, je constate de nouveau que vous avez une technique brute impressionnante. Sauriez-vous jouer ceci? »

Il s'est alors approché du piano et a ouvert sur le lutrin

la dixième des *Études d'exécution transcendante* de Franz Liszt. Après un bref examen de la partition, j'ai enfin retrouvé le mode d'emploi de la parole. J'ai bredouillé que je ne connaissais pas l'œuvre, ce qui ne dérangeait pas monsieur Cortot, au contraire.

« C'est justement ce que je voulais. Prenez votre temps. Je souhaite observer votre méthode de travail. »

J'ai pris une grande respiration. Je me sentais intimidé, mais stimulé par le défi. L'œuvre était d'une difficulté démente. J'ai d'abord déchiffré la partie de la main droite, rejouant quelques passages plus ardus jusqu'à ce que j'obtienne la fluidité voulue dans l'exécution. J'ai ensuite fait de même pour la main gauche, avant de réunir les deux mains et d'effectuer une lecture à vue complète de l'œuvre, pour un résultat somme toute satisfaisant pour une première fois et dans les circonstances.

« Pourriez-vous rejouer l'œuvre en entier et plus rapidement, je vous prie. »

J'ai regardé monsieur Cortot. Madame Cortot était venue s'asseoir à ses côtés et tous deux semblaient m'examiner avec intérêt. Alors, j'ai décidé de leur en donner pour leur peine. Avec une application enjouée et concentrée, j'ai répété l'œuvre à quelques reprises, si bien qu'au bout d'environ trente minutes je n'avais pratiquement plus besoin de la partition. J'étais déjà en mesure de la jouer intégralement, dans le tempo indiqué, malgré quelques fautes normales vu qu'il m'aurait fallu encore une autre demi-heure pour la connaître parfaitement. Monsieur Cortot et sa dame se regardaient d'un air entendu. Puis, monsieur Cortot, après m'avoir invité à prendre place dans un fauteuil, m'a posé quelques questions. Je lui ai raconté que j'avais fait mon apprentissage et mon éducation avec madame Hayworth qui m'avait toujours encouragé à entreprendre une carrière de pianiste mais que, vivant dans une petite ville, je ne voyais pas comment y parvenir en dehors des concours. Monsieur Cortot continuait son interrogatoire, sondant ma connaissance du répertoire, tentant d'évaluer ma motivation et mon aptitude au travail soutenu. Séduit par le ton courtois de l'entrevue, je me détendais, ce qui m'arrive rarement en présence de Blancs. La dame y allait également de quelques questions, sur mes intérêts, sur la vie que je menais. Et puis, monsieur Cortot est allé au but.

« J'ai une proposition à vous faire. »

Je me suis braqué, sur la défensive. Je recevais rarement des propositions et encore plus rarement à mon avantage. J'étais cramponné à mon fauteuil, attendant la suite, la méfiance aux aguets.

« Que diriez-vous de venir étudier à Paris? »

Devant mon air ahuri, la dame a éclaté de rire. Elle avait bien conscience de l'extravagance de cette proposition. En même temps, elle et monsieur Cortot semblaient la trouver simplement naturelle.

« Je vous offre de venir travailler avec moi pour parfaire votre technique et aider au lancement de votre carrière. Je vous offre l'hébergement et une allocation de séjour. Naturellement, vous aurez à apprendre le français. Vous avez jusqu'à l'automne pour vous y mettre et acquérir une maîtrise suffisante de la langue pour me comprendre. À ce moment, je vous recevrai à Paris. D'ici là, nous resterons en contact. »

Malgré le fort accent de monsieur Cortot lorsqu'il parlait en anglais, j'avais saisi chacun des mots qu'il avait prononcés. Leur signification invraisemblable prenait lentement forme dans mon cerveau. Mon premier réflexe m'ordonnait de refuser catégoriquement. Je crevais de peur à l'idée d'une telle aventure, seul, isolé par la langue et la culture, dépendant de purs inconnus pour ma subsistance. Déjà, à New York, je me sens comme le dernier expatrié débarqué. Que dire de Paris dont je connais à peine quelques éléments folkloriques? Et puis, pourquoi moi? Pourquoi ce monsieur Cortot me faisait-il une offre aussi généreuse? En même temps, je me pinçais pour y croire. Je m'emballais sans trop le camoufler. Qu'est-ce que je valais si, à bientôt dix-neuf ans, je renonçais à une telle ouverture et si je ne profitais pas d'une occasion servie sur un plat d'argent? Je jonglais avec mes pensées qui fusaient de toutes parts. Je n'étais pas assez naïf pour croire que je pourrais entreprendre une carrière sans aide et sans contacts, à la seule force de mes doigts. Monsieur Cortot m'offrait un débouché des plus inattendus, et il s'agissait de la seule perspective concrète qui s'ouvrait à moi. Si je retournais m'encroûter dans ma petite ville, attendant une proposition moins risquée, qui sait quand s'offrirait une chance pareille? Évidemment, je pouvais poursuivre la stratégie que j'avais envisagée, celle des concours, mais l'expérience de New York me laissait entrevoir des embûches innombrables, sinon insurmontables. Et le fait d'être noir n'augure jamais rien de facile. D'autre part, j'ai bien peu à laisser ici, mis à part Dora et Willie, mes amis les plus chers. Mais j'imagine que mon séjour à Paris sera temporaire. Je pourrai toujours les retrouver à mon retour. J'aurai plein d'histoires à leur raconter.

Pour autant que l'idée me séduise, il n'en demeure pas moins que je crains de n'être ni à la hauteur ni en mesure d'affronter toutes les difficultés à prévoir. J'ignore également ce qui me rend digne de cette confiance. C'est finalement le seul mot qui m'est sorti de la bouche : « Pourquoi? »

« Pourquoi? Curieuse réponse, mon jeune ami. Mon mari est le meilleur pianiste du monde. Il vous offre de venir étudier avec lui et vous demandez pourquoi? À votre place, je brûlerais des lampions pour remercier le ciel d'une telle aubaine! »

Je suis devenu rouge de confusion. Serait-ce le propre des femmes de remettre les autres à leur place avec des remarques incendiaires, à la fois lucides et condescendantes? Dora me sert de temps à autre quelques leçons du genre. Maintenant, c'est au tour de l'épouse même d'Alfred

Cortot. Cette gifle a cependant eu l'effet escompté. Je me suis redressé sur mon siège et j'ai commencé à leur expliquer qu'étant noir je n'avais pu cultiver envers les Blancs qu'une méfiance de tous les instants. Que malheureusement ce réflexe ne permettait par toujours le discernement de circonstance et que je venais de me montrer bien peu digne d'une telle faveur. Et ainsi de suite. Je concluais en leur disant que j'acceptais avec reconnaissance, sous réserve de vérifier certaines affaires en cours. En réalité, je cherchais à gagner un peu de temps pour bien assimiler l'invraisemblance de ce qui m'arrivait. Je piaffais d'excitation et d'incrédulité, mais je désirais prendre un peu de recul avant de me lancer à fond dans cette aventure, ne serait-ce que pour assimiler toute l'émotion que je ressentais.

« Alors, c'est entendu. Je vais vous remettre un laissez-passer pour que vous veniez assister aux auditions. Vous ne pourrez malheureusement pas y participer, nous en avons déjà discuté, mais au moins vous verrez comment vous situer par rapport aux autres candidats. Il s'agira d'une expérience assurément utile. »

Nous avons continué à discuter un moment. Je cherchais toujours à cerner pourquoi il m'avait choisi, quel était le facteur qui l'avait incité à m'inviter à Paris, moi au lieu d'un autre. Monsieur Cortot est demeuré évasif, me prêchant quelques analogies à propos de matière brute et de potentiel à réaliser. Surtout, il sentait qu'il valait simplement la peine de m'aider à entreprendre une carrière à laquelle je semblais tant tenir. Pourquoi pas? On ne devrait jamais se montrer avare de coups de pouce, surtout quand la situation le permet. Et puis, l'enseignement lui plaît, bien qu'au Conservatoire l'encadrement rigide et le nombre d'élèves ne lui permettent pas d'aller aussi loin qu'il le souhaiterait. Avec moi, il tenterait une expérience plus poussée pour transmettre sa vision personnelle de l'interprétation.

Au moment de prendre congé, monsieur Cortot m'a

tendu la main, à ma grande stupéfaction. Mon hésitation ne lui a pas échappé.

« C'est vrai, j'oublie toujours que dans ce pays la poignée de main n'est pas d'usage. Vous devrez cependant vous y faire. À Paris, cette activité occupera une bonne partie de vos journées! »

Je lui ai parlé à la blague de mon obsession à préserver mes mains. Je ne lui ai pas dit que mon trouble, cependant, venait davantage du fait qu'il s'agissait de la première fois que je serrais la main d'un Blanc. En partant, monsieur Cortot a rajouté une dernière recommandation.

« Vous savez, monsieur MacTavish n'est pas un vilain bougre. Vous ne devez pas lui tenir rigueur de vous avoir traité de clown. Seulement, il n'est sans doute pas inutile de savoir que, dans nos milieux, un certain conservatisme est de mise et que votre habillement, même aussi... recherché que le vôtre, ne peut que faire sourciller. Vous prendrez exemple sur les candidats et vous veillerez à vous doter d'un habit semblable, n'est-ce pas? »

Je crois qu'il s'agissait là d'une manière élégante de faire passer un message. Sans trop savoir pourquoi, à ce moment-là, j'ai ressenti une certaine gêne dans ma chemise à jabot.

Ce que devait confirmer le lendemain ma présence aux auditions. J'avais beau avoir en ma possession un laissez-passer de la main même de monsieur Cortot, j'ai été relégué au troisième balcon. Le vide s'est d'ailleurs spontanément fait autour de moi lorsque j'ai pris place au milieu d'une rangée. Cela valait mieux sans doute. Non seulement étais-je la seule tête noire de toute l'assistance, mais j'étais également le seul à porter des vêtements qui n'étaient pas... noirs. Quelle ironie. J'ai cependant saisi ce que monsieur Cortot voulait dire. Le nœud papillon noir, le veston noir, le pantalon noir et les souliers noirs semblent unanimement adoptés. Seule la chemise d'un blanc immaculé apporte une touche de diversité. Même les femmes, peu nombreuses, portent de longues robes noires satinées et de curieux chapeaux comme je n'en ai jamais vu à Allentown.

Au demeurant, terré dans mon siège, cherchant à attirer le moins possible l'attention – malgré mon stupide veston à rayures – pour ne pas qu'un zélé vienne m'expulser, je dus admettre que les auditions étaient instructives. Mises à part les considérations du décorum que j'ai pu enfin observer et comprendre à loisir, j'ai assisté à des prestations remarquables, bien que souvent empreintes de nervosité et d'incalculables fausses notes. De voir mes « collègues » aux prises avec leur instrument, de constater leurs efforts de concentration et leur prudence empêtrée, je me suis senti en confiance. Je n'aurais pu faire pire dans bien des cas. Nous étions davantage ici dans le domaine de la performance, comme celle d'un funambule qui passe la majeure partie de son spectacle à prendre soin de ne pas tomber. Quelques lueurs musicales perçaient bien çà et là, mais le plus souvent la crainte de l'erreur enterrait sous une technique contrainte toute intelligibilité sensée. Seuls quelques pianistes maîtrisaient suffisamment leur instrument pour faire émerger un sens musical étudié et pour livrer un discours cohérent. Ces moments furent uniques pour moi. Je les enviais. Comme j'aurais voulu me mesurer à eux! Comme j'aurais voulu échanger nos points de vue respectifs sur telle ou telle œuvre! Il me faudra patienter encore. J'ai cru comprendre à travers les phrases prudentes de monsieur Cortot que j'avais encore du chemin à parcourir. Je n'en doute pas, mais je saisis mieux la signification de ses paroles en écoutant des œuvres interprétées par les candidats, œuvres que je connais bien. Dans certains cas, je croyais entendre une autre musique, une manière de jouer foncièrement différente de la mienne, une charpente solide et équilibrée, bien loin de mes fantaisies de tempo et de dynamique. Il ne suffit pas de posséder à fond une technique instrumentale irréprochable. Encore faut-il avoir développé une intelligence musicale qui me fait encore défaut, un sens du déroulement qui serve mes intentions sans se manifester au détriment de l'œuvre. Je profiterai de l'année à venir non seulement pour apprendre le français, mais également pour écouter tous les rouleaux et disques que je pourrai trouver. De la comparaison, je saurai bien développer et épurer mon style.

Le train va bientôt arriver. Je me rends compte en écrivant ces longues lignes d'une main endolorie mais enthousiaste que ma décision est déjà prise. De revivre les dernières journées en les fixant sur le papier m'aide à réfléchir d'une manière plus posée. Il n'y a pas de doute que l'inconnu me tente, que l'appel d'un territoire étranger me sourit. Ce ne sera pas comme si je partais seul et sans appui. Le parrainage de monsieur Cortot amenuise les risques et m'encourage à sauter dans la barque. J'ai peu à perdre finalement, et sans doute énormément à gagner. Si, étant loin du pays, ma carrière ne parvient pas à prendre son envol comme je le souhaiterais, il est clair qu'en contre-partie je retirerai beaucoup d'une telle expérience. Un bagage bien fourni ne peut pas nuire, jamais. Je dois faire confiance à la chance et un bon usage des occasions qui surgissent aux moments où on s'y attend le moins. Je vais écrire à monsieur Cortot dès mon arrivée pour lui signifier ma décision. Dans quelques mois, je mets le cap sur Paris!

Paris, le 12 mai 1913
Cher ami,
J'ai bien reçu votre lettre du 29 février dernier. Pardonnez mon retard à vous répondre. Je ne suis revenu à Paris qu'après le concours de New York et, depuis, les multiples engagements ne cessent de pleuvoir. Je profite d'une accalmie entre deux répé-titions, avec mes partenaires Pablo Casals et Jacques Thibaud, pour vous écrire ce petit mot et pour vous

faire parvenir quelques partitions que je vous incite fortement à étudier à fond. Apprenez à les maîtriser en respectant les consignes du compositeur, puis nous verrons comment y intégrer votre approche.

Vous trouverez également un acompte pour la préparation de votre voyage, en espérant qu'il suffira pour l'instant. Vous devriez au moins pouvoir réserver une place sur le bateau qui vous mènera au Havre. Je vous ferai parvenir une autre somme à la fin de l'été.

Je suis heureux que vous ayez accepté de venir à Paris. Tenez-moi au courant de vos progrès. Je vois que vous avez commencé à suivre des cours de français. Bien que je sois mal placé pour vous corriger (moi-même, j'ai fait traduire ma lettre en anglais par un bon ami), permettez-moi de vous indiquer que « salutation distinguée » s'écrit « salutations distinguées ». Ce n'est là qu'un des nombreux méandres que vous aurez à affronter, mais sachez que l'apprentissage d'une langue complexe comme le français ne peut que vous aider à comprendre et à mieux appréhender certaines œuvres musicales. Je suis intimement convaincu que la langue influence la pensée et donc toute approche de la musique. Nous aurons certainement l'occasion d'en débattre.

Bon travail, donc.
Cordialement,
Alfred Cortot

24 MAI 1913

Je n'ai pas écrit une seule ligne depuis mon retour de New York. Je me sens encore transporté par ce revirement imprévu du cours tranquille de mon existence. Alors que commençait à s'estomper l'excitation de mon séjour à New York et même la réalité de la proposition de monsieur Cortot, voilà que je reçois une vibrante lettre de sa part! Je me sens reparti de plus belle, surtout avec ces nouveaux cahiers qu'il m'a fait parvenir. Je passe tout mon temps libre à les déchiffrer et à les analyser avec une minutie fiévreuse. Sans compter que la technique de mon jeu s'améliore de jour en jour, surtout avec les *Études* de Czerny et cette chaconne de Bach transcrite par Busoni. Le piano crie grâce tant je le sollicite inlassablement dès que j'ai une minute à lui accorder.

Curieusement, le propriétaire ne vient plus se plaindre lorsque je joue, même tard dans la soirée. Depuis que je lui ai raconté que j'ai été invité à Paris pour étudier avec un grand pianiste, il me regarde avec plus de considération. Bien sûr, lui et bien d'autres ont réclamé des preuves tangibles. Aussi, cette lettre estampillée de timbres français tombe à pic. Elle me servira à prouver mes affirmations une fois pour toutes.

J'ai surtout hâte de la faire lire à Dora. Je ne savais pas comment lui annoncer la nouvelle de mon départ à l'automne pour Paris. Elle m'a écouté sans trop réagir, même quand je lui ai laissé entendre qu'elle pourrait m'accompagner là-bas.

« Il faut voir, Harry. Le patron m'a promis de l'avancement si je continue mon bon travail. Peut-être que je pourrai amasser assez de sous pour me payer des études. Et puis, il faut que je vienne en aide à mon père qui ne rajeunit pas et qui doit s'absenter de plus en plus souvent. Bien sûr, ses revenus en souffrent. Il faut voir... »

Évidemment, je n'aurais pas osé rêver que Dora saute de joie et m'annonce spontanément sa décision de partir avec moi, mais j'espérais peut-être une ouverture plus chaleureuse. Enfin, on verra, comme elle dit. Je ne désespère pas de la convaincre d'ici mon départ. Partir sans elle, d'ailleurs, m'apparaît à peine pensable. Ensemble, quel bonheur ce serait de découvrir une ville comme Paris!

Willie s'est montré plus réceptif. Il a fallu que je lui raconte en détail mon périple à New York. Il m'a posé mille questions, se livrant par personne interposée à sa propre visite new-yorkaise. Il n'en revenait pas lorsque je lui décrivais les tenues vestimentaires délirantes ou la circulation automobile effrénée. Sans même mentionner la bouffe indigeste à la pension de madame Smith...

« Mon frère, c'est ce qu'il pouvait t'arriver de mieux, crois-moi. Tu te rends compte? Enfin, on reconnaît ta valeur! Un Blanc par-dessus le marché! Un Européen, je veux bien croire, mais qui mise de nos jours sur une pauvre tête crêpelée comme les nôtres, tu peux me dire? Je suis bien heureux pour toi. Ah, comme j'aimerais connaître l'Europe. J'essaierai d'aller te voir, mais je ne sais pas si je pourrai avec mes études. J'ai été accepté dans le programme d'administration, tu te souviens. On retourne sur les bancs d'école ensemble, mon vieux! »

Willie et Dora constituent mes seules échappées, tout compte fait. Je me concentre quasi exclusivement sur mon piano. Je ne veux pas décevoir monsieur Cortot. Et ce sera autant de temps gagné s'il peut m'introduire dans les cercles musicaux pour me faire connaître. Le reste de mes journées se partage entre mon travail et mes cours de français. C'est monsieur Eagleson qui m'a fourni le nom de madame Cormier, une vénérable Louisianaise d'adoption qui se fait toujours un point d'honneur de lire les journaux français et de parler la langue comme ses ancêtres de la Loire, ainsi qu'elle me l'a expliqué. J'espère que son français ressemble à celui qui est parlé à Paris. Au moins, j'apprends également à l'écrire, ce qui me servira toujours, le temps de m'habituer à l'accent si jamais il diffère trop du sien.

J'ai revu monsieur Eagleson par hasard. Il est venu à l'usine pour un reportage de routine. J'ai eu peine à le reconnaître lorsqu'il s'est présenté à ma guérite. Il portait la barbe, et il m'a semblé que ses cheveux avaient blanchi. De grosses lunettes noires défiguraient son visage.

« La vue, mon pauvre Button. Je vois de moins en moins clair et je dois maintenant trimballer ces hublots sur le nez. Alors, comment s'est passée ta virée à New York? »

J'éprouve de la sympathie pour monsieur Eagleson. Son mal de vivre suinte à travers tous les pores de sa peau. Malgré tout, et en dépit de sa triste mine, il sait s'intéresser aux autres et le fait que je sois noir ne semble pas l'incommoder. Je lui ai raconté que monsieur MacTavish avait reçu sa lettre avec une grande joie et qu'il m'avait chargé de lui transmettre ses meilleures salutations. Monsieur Eagleson a esquissé un sourire mélancolique, mais je crois qu'il était content. Je lui ai ensuite parlé de la proposition de monsieur Cortot. Il a ouvert des yeux qui paraissaient exorbités derrière le verre épais de ses lunettes.

« Alfred Cortot? Pas possible! Alfred Cortot... Certainement un des plus grands pianistes vivants. Il a dû reconnaître en toi un talent unique pour t'accepter à ses frais parmi ses élèves. Il te faudra profiter de ta chance. Moi, j'attends encore la mienne... »

Pendant que monsieur Eagleson dérivait dans une rêverie attristée, je prenais note qu'Alfred Cortot n'était pas le premier venu. Même ici, à Allentown, j'en avais une vague conscience, mais je venais d'obtenir confirmation. Ému, gonflé de fierté et d'orgueil, je me vois déjà, patronné par un si prestigieux personnage, au faîte de la gloire. Pour l'instant, j'ambitionne de devenir rien de moins que le meilleur élève d'Alfred Cortot! Et, qui sait, un élève dépassant le maître! Dire que je dois attendre encore jusqu'à l'automne avant de me présenter à lui. J'espère que rien ne viendra entraver d'ici là cette marche miraculeuse. J'ai été interrompu dans mes pensées par monsieur Eagleson qui revenait à la réalité.

« Au fait, tu devras apprendre le français? »

J'avais entrepris quelques démarches pour trouver soit des bouquins soit un professeur, mais sans grand succès jusqu'à ce moment.

« Va à la bibliothèque et fais demander madame Cormier. Je sais qu'on ne te laissera pas entrer, mais elle fera sûrement une exception pour toi si tu lui expliques tes motifs. Une brave personne, cette Cormier. Je suis certain qu'elle sera enchantée de partager ses marottes en ta compagnie. »

Et depuis, je passe quelques heures par semaine avec Béatrice, comme elle veut que je l'appelle. C'est autant d'heures de moins au piano, mais elles sont évidemment essentielles à mon séjour en France. J'apprends une cinquantaine de mots nouveaux par jour et je commence à bien me débrouiller, malgré l'atrocité des conjugaisons. Béatrice comprend néanmoins que le *passé simple*[1] ne me sera guère d'utilité pour me commander un café (surtout que je n'ai jamais bu de café, hors de portée de mes moyens), aussi elle me guide essentiellement sur l'aspect pratique de la conversation. Je peux soutenir quelques phrases avec elle, exercice que je trouve particulièrement amusant, même si elle doit me corriger pratiquement à chaque mot. Et je lui remets consciencieusement tous les devoirs et exercices qu'elle m'impose. En échange de son enseignement, elle me demande seulement quelques services, comme tondre la pelouse ou repeindre son vaste balcon. Quelquefois, je lui joue une ou deux pièces sur son vieux piano délabré. Je me demande pourquoi tant de gens conservent un piano chez eux sans jamais s'en servir ou lui fournir un minimum d'entretien.

J'aime bien Béatrice. Elle transporte un peu de la poussière des livres qu'elle côtoie chaque jour, mais son chignon blanc, ses yeux bleus intenses et son visage parcheminé de longues rides s'harmonisent à sa gentillesse naturelle et à ses manières précieusement étudiées. Le fait que je sois noir ne la gêne nullement, bien qu'il lui arrive d'échapper quelquefois une remarque raciste comme

_____

1. En français dans le texte (NDT).

lorsqu'elle a parlé des « *tire-au-flanc*[2] de nègres » en voulant m'apprendre un nouveau mot. Le plus souvent, elle ne s'en rend même pas compte. Comme quoi il y a du chemin à faire avant d'éradiquer les préjugés...

7 JUILLET 1913

Aujourd'hui, impossible de travailler. Je souffre d'une chaleur particulièrement accablante. Mes mains en sueur glissent sur les touches du piano et de toute manière, l'esprit complètement ramolli, je ne parviens pas à me concentrer. L'étude du français, je n'en parle même pas. J'ai passé une bonne partie de l'après-midi dans l'encadrement de la porte, espérant un courant d'air bienfaisant, n'ayant rien de mieux à faire que d'attendre que la journée passe et que la nuit apporte enfin quelque fraîcheur.

Malgré mon hébétement, ce fut une bonne journée : pour la première fois de ma vie, j'ai aperçu un avion. Il y a eu d'abord ce grondement sourd, rugueux, continu, ample, pire qu'un bourdonnement d'insecte à proximité de l'oreille. Comme le bruit s'amplifiait et semblait venir du ciel, j'ai levé la tête et, enfin, j'ai vu un aéroplane. Depuis le temps que j'en entendais parler, il était là au-dessus de ma tête, comme une apparition se déplaçant lentement, les ailes déployées à une hauteur qui me semblait inimaginable. Dire qu'on prétend qu'un jour on traversera l'Atlantique à bord de ces engins. J'ai peine à le croire. Je ne sais même pas si j'oserais tenter le coup. En attendant, je commence à m'informer des modalités de mon voyage vers l'Europe. Je devrai encore me rendre à New York, cette fois pour y prendre le bateau. Huit jours sur un paquebot... Me laissera-t-on circuler sur le pont parmi les Blancs ou serai-je confiné à fond de cale pour leur épargner ma présence?

---

2. En français dans le texte (NDT).

Allentown, 12 juillet 1913
Cher mr. Cortot,
Tout va bien. Je ~~tins~~ tenais à vous remersier pour les partistions que je connais maintenant par ~~queur~~ cœur. J'ai hâte de vous les faire entaendre. Pouvé envoye d'autre, s' vous plait. Je seréais heureux (d'en) recevoir de nouvelles si vous vouléez bien.

Ici, notre ~~croniquor~~ croniqueur musical vous ~~conaitre~~ connait et dit que vous ~~ètte~~ ètes un grand pianiste. Je suis tréès honoré de ~~travayer~~ travailler avec vous. En passant, j'ai ~~rézervai~~ réservé une ~~plassce~~ place sur le Saint-Nazaire, un cargo qui ~~ariverra~~ arrivera au Havre le 29 septembre.

Au plaisir de vous revoir. Hommages respéctueux.

Harry Button

18 JUILLET 1913

Rien n'arrive dans ce trou perdu d'Allentown, surtout depuis la fermeture des fonderies. Quelques petites manufactures apparaissent, mais rien pour secouer la sclérose de la ville. Je me dis que je ne perds rien pour attendre. Paris m'offrira sûrement toutes les stimulations dont j'ai envie. Heureusement qu'il y a Dora, encore qu'il m'arrive quelquefois d'éprouver un peu d'ennui en sa présence. Elle ne comprend rien à la musique dont je lui parle, elle ne partage pas ma passion à déchiffrer une nouvelle partition. Si bien que j'évite d'aborder le sujet, mais en contrepartie elle ne me pose jamais de questions. Nos conversations finissent par glisser sur la pente des banalités et je me sens inconfortable et impuissant à freiner la descente. Je lui parle de mes découvertes sur Paris au gré de mes lectures et de mes conversations avec Béatrice. Je lui mentionne l'existence d'immenses églises tout en pierre et qui ont été bâties il y a plus de cinq cents ans! Tout juste si elle ne réprime pas un bâillement. Elle attend sans doute que je la demande en mariage, même si elle sait que je n'en ferai rien pour l'instant. Elle-même ne pourrait accepter, bien consciente que son père s'y opposerait. Nous faisons du surplace embarrassant.

J'ai écrit à monsieur Cortot, histoire de maintenir le contact. Je crains toujours une lettre fatidique qui m'annoncerait son impossibilité à donner suite à notre entente. J'ai rédigé un brouillon de lettre en français. J'ai eu du mal. Béatrice l'a corrigé, et, ma foi, je ne m'en suis pas trop mal sorti, même si ma prose me semble un peu rudimentaire. Béatrice m'encourage beaucoup. Je dois dire que je prends goût à cette langue, sans compter le temps que je passe avec Béatrice qui me raconte en français quantité d'anecdotes. Je ne saisis pas toujours et je la fais répéter souvent. Mais elle maintient toujours sa gentillesse et sa patience. L'autre jour, elle m'a décrit sa rencontre avec un certain Gambetta à Tours. Cela se passait durant une guerre avec la Prusse, ou quelque chose comme ça, et Béatrice lui avait fait la *bise*[3]. Peu après, il avait remporté une victoire à Orléans. Mais la France a fini par capituler, ce qui a décidé Béatrice à s'exiler en Louisiane. Elle ne se plaint pas, mais on sent que son pays lui manque.

Le pasteur m'a dit qu'il avait enfin fait réparer le piano. Il m'a demandé de participer à une nouvelle souscription en faveur de l'association. J'ai accepté, bien entendu. Pourquoi refuserais-je de prêter mon plaisir de jouer à une bonne cause? Le pasteur y voit également une forme d'au revoir. Il se propose même d'offrir un punch en mon honneur aux auditeurs présents.

---

3. En français dans le texte (NDT).

6 AOÛT 1913

Je ne rédige pas mon journal avec beaucoup d'assi-
duité. Il faut dire que j'égrène mollement les jours, ne
pouvant croire qu'il me reste encore d'interminables
semaines avant de rejoindre monsieur Cortot à Paris. Il n'a
pas encore répondu à ma dernière lettre, d'ailleurs. Il a
sûrement d'autres chats à fouetter, et je ne m'inquiète pas
outre mesure. Seulement, je suis à court (et avide!) de
nouvelles partitions. Il est très difficile de m'en procurer
ici. Béatrice a sorti quelques vieilles transcriptions de
folklore conservées à la bibliothèque. Elles sont plutôt
rudimentaires, mais je m'amuse à leur insuffler un peu de
complexité et d'allant, calquant mon inspiration sur les
Variations Diabelli de Beethoven.

Je consacre en revanche beaucoup d'énergie à mon
apprentissage du français. Je progresse rapidement et
Béatrice se montre fière de moi. Je prends beaucoup de
plaisir à découvrir les différentes facettes d'expression
permises par la langue. Béatrice m'enseigne les racines,
suffixes et préfixes, pour m'aider à m'y reconnaître, comme
anti et extra dans les mots *antidote* ou *extraordinaire*. Je suis
également fasciné par certains mots, tellement plus
mélodieux, encore que peu commodes à prononcer,
comme *éclabousser* à la place de « splash » ou encore
déambuler pour « walk ». Il semble exister des mots en
français pour la moindre nuance de pensée. Béatrice me
donnait l'exemple de « eat » qu'elle traduit par *manger,
déguster, savourer, ingurgiter, engloutir, dévorer* et d'autres
mots plus populaires comme *bouffer*, que j'adore. Nous
discutons beaucoup des contextes où tel ou tel mot
devient approprié. Et je m'émerveille de constater que tant
de mots de ma langue soient d'origine française.

Béatrice me rappelle madame Hayworth qui avait les
mêmes exigences vis-à-vis de la langue. Combien de fois
me suis-je plié à ses exercices, alors que l'envie de jouer du

piano me démangeait comme un prurit. Aujourd'hui, je comprends mieux son insistance à enrichir le vocabulaire, à choisir les mots justes, à soigner l'organisation des phrases. Elle me répétait souvent que le langage constitue l'assise de la pensée et de la perception. Refuser l'apprentissage de la langue est une forme de régression, me répétait-elle. Béatrice ne dit pas autre chose. Lorsque je lui ai mentionné l'énoncé de monsieur Cortot à propos de la complexité du français qui ne pourrait, selon lui, que m'aider à approfondir ma pensée musicale, Béatrice a surenchéri :

« Non seulement tu développeras ta pensée, mais tu puiseras à la source de deux cultures, sans compter tout ce que la comparaison entre les deux langues t'apprendra. Désormais, tu possèdes un outil pour juger, évaluer, découvrir et sortir des ornières. Pas comme ces sots qui refusent tout apport étranger et ne prêchent que le repliement sur soi. »

Je n'ai pu m'empêcher de lui souligner que pour l'instant, en tant que Noir, je faisais partie de « l'étranger » et que la couleur de la peau, bien plus que la langue, servait de repoussoir aux *étroits d'esprit*. Béatrice n'a rien trouvé à redire. Elle s'est contentée de placer sa main sur la mienne et de la presser délicatement.

9 AOÛT 1913

La rancœur me corrode, tout comme la haine intolérable que je ressens envers les Blancs. À ce point qu'il me vient l'envie d'envoyer paître ce Cortot et tous les sales blanchis de son espèce! Et puis, je me raisonne. Tous n'appartiennent pas à la race de ceux qui ont attaqué Willie et Mae, hier, durant la soirée. Tous ne s'abaissent pas à gifler des femmes et à écraser les testicules de mon ami. Mon pauvre Willie. Il a eu le malheur de s'aventurer distraitement un peu trop loin dans le territoire que les Blancs se sont arrogé et auquel ils nous interdisent l'accès par une loi non écrite. Lui et Mae ont rencontré un comité d'accueil qui s'est chargé de leur faire payer leur erreur. Ce matin, lorsque j'ai retrouvé Willie à l'hôpital, il avait le visage tuméfié, un doigt fracturé, le bas-ventre enflé comme une chatte enceinte. Il avait repris conscience et il s'inquiétait de sa copine. Je l'ai rassuré. Elle lui tenait déjà la main et Willie ne s'en était pas rendu compte.

Lorsque Mae est venue me prévenir, elle pleurait encore, quelques mèches de cheveux en moins et un méchant coquard à l'œil gauche, mais elle allait bien. Elle m'a raconté que la police avait conduit Willie à l'hôpital, non sans avoir laissé le temps aux Blancs de se défouler. Aucun d'entre eux n'a été arrêté. Je me suis précipité au chevet de Willie, accompagné de Mae qui avait peine à me suivre, tant j'étais bouleversé. Willie a pu sortir cet après-midi, chaque pas lui arrachant un gémissement de douleur. Je suis demeuré avec lui jusqu'au souper. Je l'ai laissé aux mains de Mae après leur avoir préparé un bouillon de lard.

Sam, le frère de Willie, crie vengeance, et il en faudrait peu pour que je m'unisse à sa croisade. Mais j'hésite. Répondre à la haine par la haine, soigner le mal par le mal m'apparaissent comme des solutions douteuses ne servant qu'à alimenter un brasier qui n'a que trop duré. Willie lui-même réprouve toute tentative de représailles. Pour lui, il faut plutôt se servir de cette adversité pour souder les rangs et parvenir méthodiquement à des positions solides. Mais me sentir ainsi partagé entre les instincts vengeurs de Sam et les sages consignes de Willie ne fait qu'accroître mon sentiment d'impuissance et de dégoût.

Mon jeu au piano s'en ressent. Je parviens à peine à me concentrer. Je réfléchis à ce que me disait Willie cet après-midi. Il ne voulait pas que je parte, malgré sa fatigue et les élancements de son ventre. Il m'a retenu en me livrant ses réflexions.

« Tu sais, Harry, nous sommes tous dans le même bain.

Les places sont comptées et les Blancs, qui bénéficient de l'avantage du nombre, n'entendent pas nous céder le terrain si facilement. L'insécurité alimente leur intolérance à notre égard, simplement parce qu'en raison de la couleur de notre peau, signe distinctif incontournable, nous leur apparaissons comme des boucs émissaires désignés, comme un dérivatif commode de leur inquiétude, comme des cibles immédiatement identifiables à portée de main. Dans ce système où les employeurs peuvent maintenir la pression à la baisse sur les salaires en raison de l'abondance de la main-d'œuvre, n'importe quel chercheur d'emploi est un adversaire potentiel. Aux yeux des Blancs, confortés en cela par leur religion idiote qui nous présente comme des créatures du diable, un Noir n'est qu'une nuisance, peu importe ses compétences ou ses qualifications. Et je ne mentionne même pas le fait que nous sortons tout juste de l'esclavage durant lequel nous étions à peine considérés comme des êtres humains. Il faut s'attendre à ce qu'il en soit ainsi tant que nous n'aurons pas réussi à établir un rapport de force équilibré. »

Je lui ai dit de se reposer. À peine avait-il fermé les yeux qu'il dormait profondément. Mae, encore atterrée par ce qui leur était arrivé, le regardait avec tendresse, tout en lui caressant le front. Je lui ai serré les épaules avant d'aller à la cuisine pour me rendre utile. Je me disais que vivre dans une telle précarité nourrissait une angoisse que nous n'avions pas toujours à cœur de reconnaître, mais qui n'en était pas moins étouffante. Il suffirait que je tombe sur une bande de Blancs fêlés pour que je perde à jamais l'usage de mes mains et que je ne puisse plus donner suite à mes rêves. Il faut bien peu de chose pour ruiner une vie. Et dire qu'à Paris je serai probablement uniquement entouré de Blancs. J'ignore encore quelle sera leur attitude envers une peau noire, une simple enveloppe extérieure, pourtant, mais rongée par la vermine des préjugés.

Paris, le 12 août 1913

Cher ami,

Comme promis, je vous envoie ci-joint de quoi couvrir en principe votre traversée et votre train du Havre jusqu'à Paris. Je vous attends comme vous le savez au 37, boulevard Saint-Michel dans le 5ᵉ arrondissement. Vous aurez seulement l'amabilité de me prévenir de l'heure exacte de votre arrivée. Je regrette de n'avoir pas eu le temps de vous préparer quelques partitions. La rentrée qui se prépare s'annonce déraisonnable. Mais comment me plaindre? Je n'en ai jamais assez!

Sur ce, je vous souhaite le plus agréable des voyages et je vous attends à Paris avec un programme particulièrement chargé!

Cordialement vôtre,

Alfred Cortot

27 AOÛT 1913

J'ai reçu une lettre de monsieur Cortot aujourd'hui. Une lettre qui me réconforte et qui calme ma rancœur. Willie a repris ses activités, comme si rien ne s'était passé. Il se permet même quelques blagues sur le fait qu'il a failli perdre ses attributs masculins. Je ne vois rien d'amusant dans cette bonne humeur surfaite et je m'impose indirectement l'obligation d'alimenter ma colère pour nous deux. Mais la lettre me ramène à mes propres dispositions. J'éprouve de plus en plus d'inquiétude à l'idée de ce départ où tellement d'inconnu se profile à l'horizon. Mes préparatifs s'achèvent, malgré ma hantise d'oublier quelque détail capital. Après tout, je vais mettre les pieds en Europe pour la première fois, et il est sans doute normal que je ressente ces crispations à l'abdomen. Et qui sait si, de ce séjour, je ne vais pas radicalement changer d'existence et d'avenir?

Je suis par contre assez fier du moyen de transport que j'ai réussi à trouver, grâce à un ami du pasteur. J'ai négocié une place à bord d'un cargo où, en échange de quelques corvées, on me fournira le gîte et le couvert. Le fait de jouer du piano a plaidé en ma faveur. Semble-t-il, les marins ont bien besoin de distractions à bord. De plus, je me sentirai plus à l'aise sur un cargo où plusieurs marins sont noirs, que sur un paquebot où je serais méprisé par un ramassis de bourgeois blancs. Et puis, l'argent économisé sur le voyage me sera sûrement très utile à Paris; mes économies m'apparaissent bien maigres pour assurer une subsistance décente. Je ne souhaite pas demeurer tout le temps au crochet de monsieur Cortot.

Dora m'a confirmé qu'elle ne pourrait pas m'accompagner, ce qui n'a pas constitué une surprise. Il aurait fallu nous marier et, outre le fait que le temps et l'argent auraient manqué, Dora ne semble pas vraiment pressée. Elle témoigne à mon égard de son habituelle gentillesse, mais je ne peux m'empêcher, sans doute troublé par les remous de l'escapade que je m'apprête à vivre, de discerner une certaine distance dans ses gestes, comme si elle cherchait déjà à s'habituer à un éloignement trop long pour elle. Du coup, je me surprends à imaginer notre séparation moins pénible que je ne l'appréhendais jusqu'à ces derniers temps. Je pourrai aller et venir plus librement, sans constamment ressentir la cavité de son absence puisque déjà les vagues de son contact agitent de moins en moins mes sentiments.

J'espère qu'elle viendra tout de même à mon concert de mercredi prochain. J'y travaille avec minutie. Je n'ai jamais entendu en vrai l'œuvre que je vais interpréter. Si bien que j'explore différents rythmes et tempos, je soigne les dynamiques, j'expérimente les nuances et les jeux de pédales. Je me guide évidemment sur les indications de la partition, mais je recherche une interprétation qui plaise en priorité à mes oreilles, fût-elle moins fidèle aux intentions du compositeur. J'espère que monsieur Cortot approuvera une telle conception. La hâte que je ressens à l'idée de discuter ces questions avec un pianiste aussi chevronné que lui compense bien ma nervosité de quitter Allentown et son petit quotidien rangé comme sur une étagère.

Concert à l'église St. Edward

Suite au succès de son récital de l'an dernier,
monsieur Harry Button, nouvel élève du pianiste
de réputation internationale Alfred Cortot,
vous invite à assister à son concert-bénéfice,
le mercredi 2 septembre 1913
à l'église St. Edward, à 7 heures P.M.
Une contribution volontaire sera demandée.
Les profits de la soirée seront versés
à l'Association d'entraide Fairmount.
Au programme, les Tableaux d'une exposition
du compositeur russe Moussorgski.
Venez en grand nombre saluer Harry
avant son départ pour le Vieux Continent!

The Evening Star

3 SEPTEMBRE 1913

Grandiose Moussorgski!
PAR BARRY EAGLESON

Près d'un an après son concert marathon à l'église St. Edward, Harry Button nous a offert cette fois un court programme consacré aux *Tableaux d'une exposition,* œuvre composée en 1874 par Modest Moussorgski. Mais quel programme! Quelle interprétation stupéfiante et grandiose! Sous les doigts de Button, nous avons pu découvrir une œuvre transfigurée, un déploiement sans pareil de sonorités chatoyantes, une intelligence du texte alliée à une technique irréprochable. Une vision extrêmement personnelle qui aurait peut-être fait retourner Moussorgski dans sa tombe, mais qui fait vibrer une corde sensible à chaque instant. Un phrasé limpide enrobe des arabesques foudroyantes, en dépit de quelques extravagances hardies à la limite de la faute de goût. Nul doute que, sous la gouverne d'Alfred Cortot avec qui il part bientôt étudier, Harry Button saura tempérer les ardeurs juvéniles d'un pianiste prometteur pour mieux servir la noble cause du grand répertoire. À suivre!

6 SEPTEMBRE 1913

Le pasteur n'a pas lésiné. Il a placardé des affiches dans toute la ville et n'a pas cessé de haranguer les gens, même lors de ses sermons du dimanche. Depuis que la rumeur circule que je pars bientôt étudier en Europe avec un maître connu, événement suffisamment rare dans cette ville pour attirer l'attention, des passants ont commencé à m'interpeller lorsque je les croise dans la rue. Mais, depuis le concert, je ne peux faire un pas sans entendre : « Salut, Harry! » On dirait que tout le monde me connaît! Chaque fois, je m'esclaffe malgré moi en répondant à la salutation. Même monsieur Goldberg, le Juif qui accepte de servir les Noirs dans sa boucherie, m'a souhaité bonne chance. Il est vrai que le départ a lieu dans deux semaines. Deux semaines! Deux semaines d'attente insoutenable, tant je suis galvanisé à la suite de ce concert et impatient de démontrer à monsieur Cortot mes progrès.

Il faut admettre que la soirée a été un franc succès. Après l'inévitable et non moins interminable allocution du pasteur pour me présenter, j'ai fait mon entrée sur l'estrade vêtu de mon habit de concert spécialement commandé à monsieur Lewis. Une partie de l'argent économisé sur le voyage m'a permis de faire l'achat d'une tenue calquée sur celles que les candidats portaient à New York. Monsieur Lewis, d'ailleurs présent, bien assis au premier rang de l'assistance, n'était pas peu fier du résultat. De fait, la tenue noire fait ressortir ma silhouette élancée et le nœud papillon me donne beaucoup d'élégance. Mes souliers neufs manquent encore de souplesse, mais ils ne m'incommodent pas.

Je me suis tourné vers l'assistance et j'ai incliné le buste très bas pour la saluer. En me redressant sous les applaudissements, j'ai pris le temps de jeter un œil sur le public, ce que j'avais évité de faire pour mieux contenir ma nervosité. À ma grande surprise, l'église était bondée! Il y avait même quelques Blancs installés à l'écart, accompagnés de monsieur Eagleson. J'avais peine à croire que le seul nom d'Alfred Cortot fût suffisant pour attirer autant de gens à mon concert. Ému et excité, j'ai pris place sur le banc. Dans une courte introduction, j'ai expliqué le propos initial du compositeur de décrire musicalement une dizaine de tableaux dans une exposition qui était consacrée à son meilleur ami, décédé à l'âge de trente-neuf ans. Et une fois le silence bien établi, j'ai commencé à jouer l'œuvre de Moussorgski sur ce modeste piano droit, au moins convenablement accordé et ajusté.

Puisque les *Tableaux d'une exposition* racontent plus ou moins un parcours dans une salle et que chaque mouvement cherche à transmettre le climat dégagé par différents tableaux, j'ai appliqué au pied de la lettre ce principe à mon interprétation. C'est-à-dire qu'au lieu de jouer les mouvements dans l'ordre de la partition, je me suis amusé à modifier l'enchaînement à mon gré, explorant chaque tableau dans une séquence qui me convenait davantage, comme je l'aurais fait si j'avais été un visiteur réel à cette exposition. Ainsi, j'ai fait succéder *Le Vieux Château* à *La Porte de Kiev* et j'ai terminé par *Le Marché de Limoges*. J'ai même adapté quelques transitions, figurant le déplacement d'un tableau à l'autre, à partir du thème inaugural de l'œuvre. Au total, je ne cherchais pas seulement l'exécution impeccable de chaque mouvement. Je voulais que l'œuvre au complet forme un tout, comme une longue musique continue coulant naturellement et sans cassure d'une étape à l'autre. J'avais donc consacré beaucoup de soin à préparer les enchaînements et la succession des pièces, ménageant les respirations que je jugeais nécessaires ou, au contraire, accolant rapidement deux mouvements conjoints, comme un regard qui passe immédiatement d'un tableau au suivant.

Mais il y avait encore plus. Ce soir-là en particulier, les sens sans doute hypertrophiés par l'excitation du concert et par la présence d'un public imposant, j'entendais distinctement, avec une précision quasi chirurgicale, chacune des notes qui surgissaient de mes doigts. Je percevais la plus infime fréquence harmonique dans chaque accord, le moindre battement de chaque corde. En dosant la force des doigts qui frappaient les touches et en modulant la sonorité avec la pédale douce et la pédale de tenue, je parvenais à composer, je dirais, une palette de « couleurs » sonores, cohérentes avec le climat de chaque pièce, de chaque tableau décrit. J'imprégnais note, accord et passage mélodique ou harmonique d'une personnalité propre, sans toutefois jamais perdre de vue la cohésion de l'ensemble. Je construisais littéralement une nouvelle œuvre sous mes mains à partir d'un matériau fourni par la partition. Je pétrissais la sonorité du piano, contrôlant les résonances, clarifiant le scintillement des aigus, enrichissant la rugosité des graves, dosant minutieusement la place de chaque note dans un accord, variant d'une fois à l'autre le rôle de chacune. J'étais entièrement absorbé et enivré par l'expérience, cherchant à contourner les limites du piano, projetant les mille possibilités que j'aurais pu obtenir avec un instrument de meilleure qualité. Je faisais partie intégrante de la musique, enrichie d'ailleurs par la réverbération de l'église et dont je me servais pour accentuer certaines notes pivots des mélodies et pour mieux marquer les respirations du rythme.

Lorsque j'ai relâché la dernière touche, j'ai lentement émergé de cette sorte d'état second et j'ai renoué avec la réalité grâce aux applaudissements qui se frayaient un chemin à mes oreilles. Je me suis levé et j'ai péniblement salué, vidé par la dépense d'énergie et de concentration que je venais de livrer. Plusieurs personnes avaient instinctivement bondi sur leurs pieds pour m'applaudir à tout rompre, dont Willie qui m'acclamait à tue-tête, et d'autres qui sifflaient ou qui criaient : « Alléluia! » Ébahi, je souriais et remerciais en dodelinant de la tête. Sans vraiment m'en rendre compte, j'ai bientôt été entouré d'une meute de gens qui me félicitaient, insistant pour me serrer la main ou pour me frapper l'épaule d'une claque amicale. Tous mes muscles se relâchaient à l'unisson, et je sentais une bienheureuse allégresse m'envahir. Je me rendais compte à quel point la reconnaissance d'un public comptait pour moi. J'avais tout donné, mais on me le rendait bien. Harmonie parfaite, et je sais que, désormais, pour paraphraser monsieur Cortot dans sa lettre, je n'en aurai jamais assez!

À ce moment, faisant fi des regards hostiles braqués sur lui, monsieur Eagleson s'est avancé pour me parler, poussant du coude et m'interpellant de vive voix.

« Button, t'es fou à lier! Je n'ai jamais rien entendu de pareil! Comment fais-tu? »

J'ignorais s'il était offusqué ou enchanté. Son sourire indéfinissable pouvait aussi bien révéler une extase joyeuse qu'une moquerie mesquine. Mais lorsque, parvenu à ma hauteur, il m'a saisi la main pour la secouer vigoureusement, sous les yeux écarquillés des Noirs qui m'entouraient, je n'ai plus eu de doute. Je l'ai remercié chaleureusement en lui serrant la main à mon tour et, ne sachant trop quoi dire, je crois lui avoir demandé s'il avait vraiment aimé.

« Si j'ai aimé? Je connais cette œuvre depuis longtemps pour l'avoir entendu jouer à quelques reprises, entre autres par le grand Josef Hofmann lors d'un récital mémorable à New York. J'ai analysé la partition page après page. Et pourtant, il m'a semblé entendre ces tableaux pour la première fois. Déjà une œuvre que j'adore, jamais elle ne m'a paru plus formidable. Je dois y aller, Button. Encore bravo! »

Et il est reparti en trombe, sans doute conscient de l'inconfort de sa situation. D'ailleurs, une fois monsieur Eagleson parti, les auditeurs encore présents m'ont dévisagé d'un drôle d'air et certains ont commencé à déserter l'église, sans me saluer. Mais Willie est intervenu pour rétablir les humeurs.

« Hé! Harry! Tu vas avoir un bel article dans le journal. Ça va leur clouer le bec à ces Blancs! »

Aussitôt, l'atmosphère s'est allégée. La poignée de main de monsieur Eagleson prenait une autre signification. Elle devenait une sorte de signe de soumission, de reconnaissance d'une vague supériorité du Noir sur le Blanc. Je n'ai pas renchéri. Je préférais conserver le simple sentiment d'une poignée de main spontanée et strictement amicale, exprimant uniquement le partage réussi d'un plaisir musical.

Le lendemain, un article de monsieur Eagleson est en effet paru, ne ménageant pas les compliments. Depuis, plusieurs passants, curieusement, me disent bravo pour l'article dans le journal plutôt que pour le concert lui-même. À travers ma prestation appréciée, plébiscitée même par un Blanc, un motif de fierté semble s'être répandu dans ma communauté, concrétisant du même coup les hypothèses de Willie à propos de la nécessité de s'imposer sur les territoires mêmes des Blancs au lieu de se terrer dans des retranchements déshonorants. Je deviens partie intégrante d'un enjeu revendicateur, même si de mon point de vue purement personnel j'ignore encore quel scénario apprendre. De toute manière, le temps me manque pour y réfléchir avec tous les détails que je dois encore régler avant mon départ.

18 SEPTEMBRE 1913

Ce soir, j'ai dit au revoir à Dora. Nous nous sommes embrassés longuement, avec une douceur amère, sans vraiment trouver quoi nous dire. J'ai promis de lui écrire, mais elle n'y croit manifestement pas. J'irais même jusqu'à dire qu'elle ne le souhaite pas réellement. Par crainte de souffrir de mon absence, elle a déjà entrepris le travail de détachement et elle se concentre sur des préoccupations plus immédiates. Ses responsabilités à la maison s'alourdissent et accaparent le peu de disponibilité qu'elle pourrait me consacrer. J'avoue que son attitude me laisse perplexe et triste. En même temps, elle me dévoile un pan contrariant de sa personnalité. Je me sens blessé par son refus apparent de conserver un attachement envers moi durant mon absence, par son indifférence à me soutenir dans cette démarche qui propulse ma fierté à des sommets. Ce n'est pas parce que je vais vivre une aventure exaltante que Dora ne me manquera pas, que je ne souhaiterai pas chaque jour la tenir par la taille et goûter ses lèvres. Sans doute ne partage-t-elle pas la même optique. Sans doute ne se sent-elle pas concernée par ce qui m'arrive. Et puis, sans doute, je ne me place pas suffisamment de son point de vue. Emporté par cette rupture tranchée de ma routine, je semble oublier que la vie continue, inchangée pour la plupart de ceux qui m'entourent. Et la vie de Dora n'a rien de palpitant, partagée entre un boulot astreignant et des tâches domestiques de plus en plus exigeantes. Autant d'aspects irréconciliables qui finissent par jeter leur ombre sur l'excitation de mon départ.

Ces derniers jours ont été largement consacrés aux adieux bien arrosés d'alcool frelaté. Heureusement, le fait que je supporte mal l'alcool m'a aidé à résister aux sollicitations insistantes de mes amis. Déjà miné par l'inquiétude, épuisé par les préparatifs et les petites fêtes organisées en mon honneur, j'écris ces lignes en proie à une certaine nausée, comme lorsque la crainte de commettre un geste irréparable ou de prendre une décision catastrophique nous secoue comme un vulgaire prunier.

Ce soir, j'ai effectué un dernier tour de ville pour imbiber mon souvenir de ces lieux que je n'arpenterai plus avant longtemps. En raison d'un crachin froid et désagréable, les rues étaient désertes, sans l'animation habituelle qui les caractérise. Je marchais sans but, autant pour alléger la tension nerveuse que pour écouler le temps. Je tentais de faire le vide pour ne pas me laisser contaminer par des idées noires ou par une brusque révélation qui me ferait tout annuler. Peut-être suis-je en train de faire une folie. Peut-être suis-je en train de me lancer dans une entreprise au-dessus de mes forces. Peut-être serai-je écrasé par un musicien de la prestance d'Alfred Cortot, suprêmement installé dans son milieu, milieu complètement inconnu et que je devrai apprivoiser comme un fauve d'une nouvelle espèce. J'espère seulement que les recommandations de madame Cormier pourront encore m'être utiles, depuis toutes ces années qu'elle vit ici. Nous nous sommes fait des adieux émus, heureux d'avoir pu nous rejoindre dans une langue commune, nostalgique et précieuse pour elle, stimulante et affolante pour moi.

Mon départ est prévu demain matin à l'aube. Seul Willie viendra m'accompagner, autant au nom de notre vieille amitié que pour m'aider à porter mes bagages. Je sais déjà que je penserai sans cesse à lui durant mon séjour à Paris, me demandant constamment comment il réagirait dans telle situation ou ce qu'il penserait de chaque événement. Plus que celle de Dora, finalement, l'absence de Willie, de ses opinions, de sa vision affûtée et réjouissante sur tout ce qui l'entoure me manquera cruellement.

Ce soir, il s'agit de mes derniers moments dans une ville que je ne reverrai pas avant je ne sais combien de temps. Mais, demain, je vais devoir partir sans regarder en arrière, advienne que pourra.

28 SEPTEMBRE 1913

Le capitaine m'a dit que nous approchions du Havre qui devrait être visible d'ici quelques heures. J'avoue que je suis impatient de remettre les pieds sur la terre ferme, même si ces huit jours en mer auront servi de transition salutaire, comme le ferait un rite initiatique. Dans le fond, je crois que j'avais tort de redouter autant un changement radical. La vie en mer constitue de ce fait une expérience véritablement hors de l'ordinaire, ne serait-ce que par la nécessité d'une bonne entente commune, indépendante des règles qui régissent en général les relations entre Blancs et Noirs. Il est vrai que, grâce au piano, j'ai pu réunir autour de moi la majeure partie de l'équipage, des nettoyeurs de fond de cale à qui je donnais un coup de main durant le jour, jusqu'aux officiers généralement distants, mais pour une fois se prêtant aux chants et se mêlant aux marins, sous l'apanage de la musique que je leur pianotais volontiers, improvisant sur des thèmes qu'ils me soumettaient ou reconstruisant un accompagnement harmonique lorsqu'ils s'égosillaient en chœur sur des chansons paillardes. Le capitaine, un Français de Toulon avec un accent inimaginable, m'a même demandé la faveur d'un petit récital privé pour lui et ses principaux officiers. Pour me remercier, il m'a offert un verre de vin blanc, ce que je goûtais pour la toute première fois de ma vie. J'en ai profité pour le questionner en français, malgré ma difficulté à comprendre ses réponses. J'ai seulement retenu que pour lui Paris était une ville de *fadas*[4] et que les seuls Noirs que j'y rencontrerais viendraient probablement du Sénégal, pays dont je n'ai jamais entendu parler.

J'avais par contre raison de craindre le mal de mer. Tom, un aide-cuisinier noir avec qui je me suis lié durant le trajet, m'a préparé un bouillon de poulet pour me remettre l'estomac en place. Je dois admettre que vomir l'intégralité de ses boyaux par-dessus bord a constitué un admirable dérivatif à la sourde angoisse qui ne cessait de me vriller les intestins depuis que nous avions appareillé. Curieusement, ce malaise m'a fait renaître et, lorsque ce matin j'ai aperçu au loin les côtes de l'Angleterre, j'ai ressenti un spasme de bonheur avec l'impatience d'arriver et de me mettre au travail avec monsieur Cortot.

---

4. En français dans le texte (NDT).

Entre deux tâches peu exigeantes, j'ai souvent sillonné le pont, me méfiant au début des marins blancs, la plupart européens. Mais ici chacun a un travail à effectuer et personne ne perd de temps à chercher noise aux autres. D'ailleurs, tout écart disciplinaire est durement sanctionné, comme j'ai pu le constater un matin où le capitaine a fait bâtonner devant tous un mécanicien qui avait seulement fracassé une bouteille vide dans un élan de frustration, abîmant légèrement un comptoir près de la cuisine. La punition m'a semblé cruelle, mais n'était encore rien comparée à ce que mes ancêtres esclaves ont eu à subir, la peau en lambeaux sous les coups de fouet à répétition.

Je fais souvent le tour du navire, admirant cet océan que je vois pour la première fois. Je repense à Willie sur le quai de la gare me donnant l'accolade et me faisant promettre de lui écrire, comme si cela n'allait pas de soi.

« Et tu me décriras la mer, mon frère. Tu te souviens, nous nous étions fait une promesse, il y a longtemps. Le premier qui verra la mer devra payer à l'autre un souper de pattes de crabe! »

Je n'y manquerai pas, Willie. En attendant, j'admire sans réserve les nuances incessantes qui enluminent la surface de l'eau. On pourrait croire qu'une étendue qui se perd à l'infini devient monotone à contempler. Il n'en est rien. Tout, les nuages, le vent, le soleil, la pluie, les ombres que l'on devine sous l'eau, tout concourt à faire de l'océan un extraordinaire spectacle en perpétuel changement. Je passe de longs moments à contempler les éclats scintillants du soleil et les reflets orangés qu'il abandonne avant de disparaître à l'horizon. Je remarque les gradations du bleu au gris selon l'état du ciel, palette de couleurs chamarrées d'une incroyable diversité.

Et il n'y a pas que la mer elle-même. Toute une faune grouille également à proximité. Je regarde les oiseaux qui suivent inlassablement le navire et qui foncent à toute allure sur le moindre déchet jeté par-dessus le bastingage.

De temps à autre, une énorme masse sombre émerge à la surface pour retomber avec une forte gerbe d'eau, comme une fugitive apparition de début du monde.

Dire que le voyage s'achève déjà. Demain, je prendrai le train pour Paris où m'attend monsieur Cortot. J'ai les doigts déjà fébriles rien qu'à cette idée.

30 OCTOBRE 1913

J'ai eu dix-neuf ans aujourd'hui. Je n'en ai parlé à personne, si bien que je me retrouve seul ce soir, livrant quelques lignes à mon journal, prenant une gorgée de la première bouteille de vin que j'ai achetée, dégustant une pâtisserie étrange et délicieuse, mais surtout heureux de délester quelque peu mon pauvre esprit encombré de toutes les impressions qu'il encaisse depuis déjà un mois.

Je suis plutôt bien installé, une grande pièce au cinquième étage d'un immeuble situé dans une petite rue peu passante. J'habite tout près de chez monsieur Cortot, ce qui m'arrange, car je peux m'y rendre à pied, sans devoir prendre le métro qui me terrorise littéralement. Je bénéficie d'un petit coin-cuisine grâce auquel j'apprivoise des mets inconnus comme la *bavette de chaval*[5], les fromages ou encore les poissons que je ne sais toujours pas très bien comment apprêter. Il m'arrive d'avoir de mauvaises surprises, comme le jour où j'ai eu l'imprudence de m'acheter du calmar sans m'informer de la manière de le préparer, mais dans l'ensemble je me débrouille plutôt bien, en particulier grâce à monsieur Norbert, le charcutier, qui m'a pris en affection et qui me prodigue ses bons conseils. Il fait l'effort de me parler len-te-ment (attitude très rare ici), si bien que je comprends pratiquement tout ce qu'il me dit.

---

5. En français et tel quel dans le texte (NDT).

La pièce est bien insonorisée; aussi je passe la majeure partie de mes journées au piano, sans déranger personne. Quel bonheur de pouvoir jouer sans culpabilité, sans attendre les coups de balai au plafond pour m'intimer de cesser mon boucan, contrariété que je n'ai que trop connue à Allentown. Il faut dire que je travaille avec un acharnement tel que même monsieur Cortot me conseille la modération.

Quel incroyable personnage ce Cortot. J'ai été touché de son accueil. Lorsque je suis arrivé sur le pas de sa porte, je venais de passer plusieurs heures dans un train, puis sous la pluie battante, alors que je me rendais à pied jusque chez lui. Je ressentais une nervosité terrible. J'avais l'esprit embourbé d'idées noires. Et si depuis notre dernier échange la situation avait changé? Et s'il refusait désormais, sous quelque prétexte, de m'accueillir comme convenu et que je sois venu ici pour strictement rien? Mais dès qu'il a ouvert la porte, toutes mes appréhensions ont été balayées.

« Monsieur Button! Je vous attendais plus tôt! Entrez, entrez, vous êtes tout trempé. Clotilde! Monsieur Button est ici! »

Il m'a chaleureusement serré la main et m'a aidé à entrer mes bagages. J'ai commencé à relaxer, d'autant plus que j'arrivais à temps pour le souper, le dîner devrais-je dire, malgré l'heure tardive. J'étais affamé; aussi le potage Crécy et le poulet chasseur, servis par une domestique à peau blanche, ce que je n'avais jamais vu auparavant – et encore moins imaginé servant un Noir! –, ne pouvaient mieux tomber. J'ai été bombardé de questions en français, bonne occasion de mettre en pratique les enseignements de madame Cormier. Au fur et à mesure, je prenais de l'assurance, encouragé par le fait que mes réponses étaient compréhensibles malgré mon accent hésitant.

« Je vois que vous avez mis à profit le dernier semestre. Je vous félicite d'avoir pu, en relativement peu de temps, acquérir les fondements d'une langue réputée si difficile par nos amis anglo-saxons. »

J'ai dû évidemment m'habituer à des phrases d'une telle longueur. Monsieur Cortot en est particulièrement friand. J'ai appris un nouveau mot par un autre élève. Il a parlé d'*amphigouri* pour qualifier le langage de monsieur Cortot. Mais j'apprécie cette manière un peu précieuse de transmettre un message. Des affirmations comme : « Vous savez, il n'y a pas une seule interprétation possible. Les chefs-d'œuvre sont inoxydables; ils demeurent, quoi qu'on leur ait fait refléter » me plongent dans une douce rêverie où il me semble découvrir de nouvelles lucarnes sur l'univers de la musique. Ou encore : « Un art qui se réclame de sa technique est un art déjà condamné », lorsqu'il cherche à inciter les élèves à analyser les œuvres et à approfondir leur connaissance du répertoire, bref à développer ce qu'il nomme si joliment une « pensée musicale ». Ce que j'aime le plus, toutefois, c'est lorsque monsieur Cortot nous fait réellement entendre par une démonstration le message qu'il a en tête. La semaine dernière, durant son cours, il a silencieusement écouté une jeune élève qui jouait avec un ennui manifeste un *Capriccio* de Brahms, œuvre qu'elle-même avait osé qualifier de « timide et fleur bleue », prétendant n'éprouver aucun véritable plaisir à l'interpréter. Lorsqu'elle a eu terminé, monsieur Cortot lui a gentiment demandé de lui céder la place au piano, et sous sa férule une autre musique a pris corps, révélant un discours épanoui, pleinement achevé, qui donnait littéralement envie de nous asseoir à notre tour et de nous attaquer sans délai à la partition. Il s'est ensuite tourné vers la jeune fille, déjà cramoisie de honte, pour lui dire : « Je crois que vous avez confondu "gai et rapide" avec "gracieux et mélancolique". Tout cela mérite d'être sérieusement repensé. »

Il n'avait rien de plus à dire et surtout à entendre. Pour le reste, monsieur Cortot est toujours d'une courtoisie sans égale. C'est lui-même qui est venu me conduire à l'appartement qu'il m'avait réservé, profitant de l'occasion, a-t-il dit, pour « prendre l'air ». Depuis, à chaque leçon, il s'informe toujours de ma santé, me demandant si tout va bien, si je me plais à Paris, ainsi de suite. Je m'empresse de le rassurer, trop heureux d'une telle sollicitude qui contribue d'ailleurs à faire en sorte que je me sente de plus en plus à l'aise dans ce territoire étranger.

Territoire que j'explore encore de manière trop timorée. Je n'ose guère m'aventurer trop loin, la topographie de Paris n'ayant rien à voir avec celle d'une bourgade comme Allentown et ses rues qui se croisent à angle droit. Je me suis égaré quelquefois et depuis je demeure prudent. Il y a également le fait que me promener m'intimide, étant donné ces regards impudents que me jettent les passants. J'ai bien vite remarqué que j'étais un des rares Noirs dans cette ville, ce qui ne va pas sans susciter la curiosité amusée de la plupart des gens. On me demande fréquemment de quel pays d'Afrique je viens. Lorsque je réponds que j'arrive des États-Unis, je déclenche un registre d'exclamations enjouées et intéressées. Du coup, dans tous les commerces que je fréquente régulièrement, j'ai droit aux salutations expansives « Bonjour, monsieur Button » et « Au revoir, monsieur Button » qui finissent par me bourdonner dans la tête. À Allentown, je me faisais discret pour éviter les confrontations raciales avec les Blancs. Ici, il n'y a rien à faire, la couleur de ma peau me dénonce à tous ces gens dont la bienveillance un peu envahissante me surprend autant qu'elle me touche.

Il y a bien sûr des moments déconcertants qui me font mesurer la distance avec mon pays et mes habitudes courantes. Comme le soir où monsieur Cortot m'a invité à un repas auquel assistait d'ailleurs Pablo Casals avec qui j'ai joué une sonate de Beethoven. Il y a d'abord cette curieuse coutume de l'entrée que je confonds toujours avec le repas principal. Croyant, au grand désespoir de mon estomac, qu'il s'agit du seul plat, je me gave de pain et de beurre, jusqu'à ce qu'à mon grand effroi (et toujours au désespoir de mon estomac) je voie apparaître devant moi une assiette large comme une roue de calèche où s'amoncellent viande, légumes et pommes de terre en purée, généreusement nappés de sauce grasse. À peine ai-je héroïquement fini, sans laisser une miette, car je ne connais rien de plus inconvenant que d'abandonner des restes dans une assiette, qu'une salade est servie, suivie de fromages, de desserts et de digestifs qui m'arrachent la gorge et me trouent les intestins. Sans compter les cigares! Il me faut en général deux jours pour me remettre d'une telle épreuve qui semble pourtant naturelle chez mes hôtes.

Il y a ensuite ces mets que je dois dompter comme un animal sauvage et rébarbatif. Je crois bien n'avoir jamais autant suscité l'hilarité que lorsque je me suis vaillamment attaqué à un artichaut, mâchant inlassablement chaque feuille coriace d'un goût atroce. Jusqu'à ce que je remarque le silence autour de moi et que je lève la tête pour apercevoir tous les convives qui me dévisageaient avec un air interloqué. Et lorsque j'ai enfin compris qu'il s'agissait de détacher chaque feuille et de la tremper dans une sauce à l'huile, il s'en est suivi un éclat de rire général qui a pratiquement perduré toute la soirée. Ce fut d'ailleurs l'occasion d'un bon mot de la part de monsieur Cortot qui cherchait à me mettre à l'aise tout en m'expliquant les rudiments de la dégustation des artichauts.

« Les artichauts sont comme la sonate *Appassionata*. On la croit légère et monotone dans son déroulement, un peu comme ces feuilles au goût un peu fade qu'il faut sucer une après l'autre. Pourtant, il s'agit de diversifier cette prétendue uniformité en variant l'intonation. Imaginez un défilé à la même cadence, mais où les visages changent d'expression à chaque instant. Ainsi en va-t-il de cet original légume et de la vinaigrette qui l'accompagne, n'est-ce pas? »

J'ai raconté à Willie toutes mes petites mésaventures. Il me tarde de recevoir une lettre de sa part, lui qui a dû commencer ses cours à Atlanta. Je n'ai jamais mis les pieds à Atlanta, mais je doute que le contraste soit aussi frappant qu'ici. Je ressens une sorte de vertige à contempler ces hauts immeubles, tous cordés les uns à côté des autres et surchargés de moulures et de motifs architecturaux. Peu de bois, peu de couleurs, peu de fleurs, sinon dans les marchés que je ne fréquente guère, n'étant pas habitué à une telle promiscuité. Beaucoup de pierre, en revanche, même dans les rues, couvertes de ce qu'ils appellent des pavés. La charge du passé est écrasante, moi qui ne connais à peu près rien de l'histoire de la France, rien de l'évolution de l'art, à l'exception de la musique, rien de la marche du monde sur ce côté de la terre. Je me sens déboussolé devant la somme de connaissances qu'il y aurait à acquérir, seulement pour commencer à percer la signification du moindre ornement, du moindre tableau exposé au Louvre, pour entrevoir les véritables raisons de l'inquiétude générale des gens sur la « situation européenne » et les interminables débats et discussions auxquels elle donne lieu. À Allentown, je vivais à l'écart, plongé dans une bulle lénifiante et entièrement absorbé par la musique. Tout à coup s'abat sur moi la lourde immensité de la planète. Désorienté, je ne sais pas quelle part je dois intégrer, quelle masse d'informations je devrais assimiler pour commencer à saisir les clés de cet univers sans fin. Surtout, j'ignore totalement quelle importance je dois accorder à tout ce qui ne relève pas de la musique. Chaque minute que je ne consacre pas au piano est-elle une minute perdue, dommageable à ma carrière d'interprète? Y a-t-il de la place pour s'encombrer l'esprit de particules étrangères sans risquer de polluer l'essentiel pour moi?

Morehouse College, 12 novembre 1913
Mon cher Harry!

Je vis, mon frère! Je vis le rythme des jours exaltants! Je vis la parade continue de nouveaux visages! Je vis le bonheur du temps qu'on ne voit pas passer! J'ai l'impression de gratter couche par couche la gangrène qui paralysait mon cerveau dans cet immonde cloaque qu'on appelle Allentown. C'est fini! Plus jamais je ne retournerai vivre dans ce coin perdu, étriqué, provincial, borné, aussi bouché et sans avenir que le cul d'une nonne! Je me contenterai d'aller saluer ma famille de temps en temps, et ça sera bien suffisant!

Ta lettre a mis un certain temps à me parvenir puisque, entre temps, j'ai déménagé avec Mae à Atlanta où on peut enfin s'éclater! Terminée la chape de plomb des hypocrites bien-pensants qui passent leur temps à fustiger les « pervers » et les « possédés du démon », mais qui sont les premiers à se soulager dans le pantalon dès qu'ils aperçoivent une cheville découverte. Alors, on en profite enfin. Et tu sais quoi? À toi je peux bien te le dire. Mae, c'est une affaire, mon ami, une sacrée affaire au lit! Passons... Elle suit les cours d'infirmière, et moi je me concentre sur les affaires sociales et politiques. J'étudie l'histoire de ce maudit pays, sa soi-disant constitution égalitaire d'où les Noirs sont exclus, sales parias n'ayant pas leur place sous le soleil. Je m'amuse ferme, tu t'en doutes.

Au moins, dans ce collège réservé aux Noirs, on se sent pratiquement en famille. Y a que des nègres ici, vieux! Tu devrais voir. Pour un peu, on se croirait dans la brousse! Du moins telle que je l'imagine. Je passe une bonne partie de mes journées à la bibliothèque. Tu te rends compte? C'est la première fois que je peux mettre librement les pieds dans un temple des livres! Chaque fois que j'y entre, je me pince durant cinq bonnes minutes pour y croire! Je dévore des dizaines de livres par semaine. Je me pète le cerveau à force de le bourrer d'informations. Je suis insatiable, avide de tout connaître. Je comprends pourquoi les Blancs nous empêchent d'entrer dans les bibliothèques. Le savoir mène à la liberté, et cette liberté, ils ne voudront jamais nous l'accorder.

Et puis, je joue au baseball! Je te le jure sur la tête du pasteur! J'ai frappé mon premier circuit l'autre jour! Dire que j'ai attendu toutes ces années avant de tenir un bâton dans mes mains. Ce n'est pas faute d'avoir essayé, hein? Tu te souviens de toutes mes démarches auprès de la mairie pour un terrain et de l'équipement, ma famille étant trop pauvre pour nous acheter une seule balle. Ça n'a jamais rien donné d'autre que de belles promesses jamais tenues. De toute manière, avec tes précieuses mains, tu n'as jamais trop insisté!

Et toi, Harry? Comment se porte ton piano? Tu ne m'as pas beaucoup parlé de ton mentor. Comment aimes-tu te retrouver seul dans un monde de Blancs? Je te le répète, vieux frère, tu vis à l'avant-garde. C'est toi qui devras nous frayer la voie à ton retour.

Je te laisse. Mae arrive. Elle t'envoie ses baisers. Mes vœux les plus chaleureux et écris-moi vite!
Ton Willie

4 DÉCEMBRE 1913

Il fait un froid humide à transpercer les os. Je peux à peine jouer du piano tellement je grelotte. Pour me tenir au chaud, j'en profite pour imiter Willie. Je me plonge dans les livres à la Bibliothèque nationale où ce n'est pas sans émotion que j'ai pu admirer dans une vitrine une partition de la main même de Jean-Sébastien Bach. Surtout, je profite de la chaleur et de la douce torpeur dans laquelle elle me plonge pour réfléchir à ce qui m'arrive, simplement pour sonder le pouls de mes sentiments et établir mon « bilan de santé » provisoire.

Ce n'est pas seulement pour la chaleur que je consacre une partie de mes journées à la bibliothèque. Monsieur Cortot semble de plus en plus décontenancé par mon jeu au piano. Il insiste pour que je me plonge dans des bouquins consacrés à la musique afin d'élargir ma connaissance du répertoire et de consolider mes assises musicales, mais j'ai un peu l'impression qu'il n'est pas lui-même entièrement persuadé que ce soit essentiel. Au début, je suivais les cours en compagnie d'élèves avec lesquels monsieur Cortot souhaitait travailler de manière plus privée qu'au Conservatoire ou à l'École normale. Mais depuis quelques semaines je ne passe plus qu'une heure par semaine avec monsieur Cortot. Il me fait comprendre que ses obligations l'empêchent de m'accorder davantage de temps, et lorsque je l'ai questionné pour savoir pourquoi je n'étais plus avec les autres, il a eu ces mots surprenants :

« Vous savez, Harry – vous permettez que je vous appelle Harry? –, il est de ces individus qui se forgent une fausse idée d'eux-mêmes et qui, dès qu'ils se retrouvent confrontés à leurs limites en regard du talent déployé par d'autres, finissent par développer une aigreur qui peut s'avérer néfaste si on demeure trop longtemps exposé à ses effets. »

Je mijote encore cette phrase dans ma tête, car il m'apparaît de plus en plus évident que j'ai suscité une jalousie involontaire chez mes collègues. J'avais même remarqué que certains d'entre eux me serreraient désormais la main mollement, ce qui m'arrangeait étant donné mes réticences envers cette coutume. Mais j'étais bien forcé d'admettre que les sourires se faisaient plus compassés, que les conversations s'étiolaient, que les discussions tendaient à m'exclure. Ces prises de distance ont commencé après la leçon où chacun devait interpréter la difficile *Sonate en si mineur* de Franz Liszt. Ce jour-là, non seulement j'avais été le seul à pouvoir jouer par cœur et sans une erreur l'œuvre dans son entier, mais au dire même de monsieur Cortot, en général avare de compliments, j'avais été « éblouissant ». Son dithyrambe était tombé au milieu d'un silence inhabituel, rompu seulement par deux ou trois collègues qui m'ont félicité avec sincérité. Les autres n'ont émis aucun commentaire. C'est peu après que monsieur Cortot a jugé utile de me prendre à l'écart et de m'expliquer, à mots couverts, son point de vue. Sur le moment, je n'ai pas insisté, d'autant qu'il s'est empressé d'ajouter qu'il jugeait préférable pour mon apprentissage que je travaille seul avec lui. Il n'en subsiste pas moins un mauvais goût dans la bouche. Pourquoi mon « jeu » devrait-il susciter l'envie grinçante? Ne devrait-il pas plutôt favoriser l'échange, les prises de position, la mise en commun de nos points forts pour corriger nos points faibles? Après tout, je ne peux quand même pas croire être « parfait », même si je peux sans naïveté me rendre compte que je dépasse les autres d'un cran. Serait-ce la « peau » une fois de plus? Cette simple couleur qui fait de moi un spécimen facile à classer et surtout à caser dans des recoins où on préférerait m'oublier, le nombre de places accordées à ceux qui veulent faire carrière étant bien limité. Quelle idée inconcevable d'exclure sur le simple témoignage visuel de la couleur de la peau... De plus, le fait que je me retrouve seul avec monsieur Cortot facilite effectivement le travail, mais il entre en contradiction avec le besoin que j'avais, selon lui, de confronter mes interprétations à celle des autres, d'entendre la diversité des expressions et des angles d'approche, de me forger une sensibilité musicale plus élargie, plus mûre, comme il dit. Et pour couronner le tout, hier, à son cours, je n'ai pas touché le piano une seule fois. Nous n'avons fait que parler.

« Je vais vous dire, Harry, vous êtes sans conteste le pianiste le plus doué qu'il m'ait été donné d'entendre. Vous maîtrisez la technique instrumentale à un point qui me fait sentir bourrique, moi justement à qui on reproche fréquemment mes fautes en concert, voire mes oublis. Au début, j'avais cru que vous manquiez de culture musicale, ce qui expliquait vos interprétations souvent, il faut bien le dire, peu orthodoxes. En réalité, ce que je réalise de plus en plus, c'est que vous possédez également une intuition de la structure musicale, une compréhension intime de l'œuvre que vous transmettez avec une précision rigoureuse et une justesse sensible qui me laissent pantois. Il me semble quelquefois découvrir l'œuvre sous un jour nouveau. Et je vous avouerai avoir tenté d'interpréter à votre manière la *Sonate en fa dièse* de Hummel, œuvre que je croyais surfaite et assommante, pour y découvrir soudainement des contours dont je n'avais jamais pris conscience auparavant et qui conféraient à cette musique une tout autre dimension. »

Monsieur Cortot a pris une pause, tandis que je buvais ces paroles avec une émotion qui me nouait la gorge. D'entendre un tel éloge de la part d'un maître si réputé, au moment où je m'y attendais le moins et où pourtant j'en avais le plus besoin, concrétisait une confiance inestimable en mes choix et en mes aspirations. J'attendais depuis longtemps un signe de confirmation, sans trop savoir quelle forme il prendrait. S'ouvraient soudainement devant moi des avenues, des projets, des perspectives, des appétits, des désirs, des objectifs, des audaces même, dans lesquels je pourrais m'aventurer avec la conviction inébranlable de pouvoir renverser tout obstacle, de gravir les échelons sans risque de me fracasser le crâne en chutant de trop haut pour mes moyens.

« Il me faut beaucoup d'humilité pour vous révéler de

telles confidences, mais je possède l'avantage de l'âge sur vos collègues et je n'éprouve aucune honte à avouer mes faiblesses. Et puis, ne sommes-nous pas là pour servir la musique et non, au contraire, pour assujettir la musique à notre service? Cette position éminemment romantique apparaît peut-être un peu démodée, mais je n'en demeure pas moins convaincu qu'il n'y a rien à espérer d'une attitude qui nous ferait œuvrer uniquement pour notre place dans le monde, sans considération pour celle que les autres méritent tout autant, souvent même davantage. J'aime répéter que je suis un homme qui ne croit pas que la vie est faite de ce qu'on y trouve, mais de ce qu'on y apporte. »

La conversation a ensuite dévié sur la possibilité que je me produise devant public. Il a vanté ma mémoire phénoménale qui non seulement me permet d'apprendre des œuvres à une vitesse prodigieuse, mais également à converser en français avec déjà une aisance surprenante. Il a parlé d'un salon auquel seraient conviées différentes personnalités, dont quelques compositeurs. Ce qui l'a amené à me parler de la fois où monsieur Casals et moi avons joué ensemble. Le violoncelliste espagnol a bien apprécié le duo avec moi, mais il a été un peu dérouté par mes tempos très accentués. Il ne comprenait pas l'œuvre de la même manière, ce qui, dit avec son accent un peu pâteux qu'imitait monsieur Cortot, « ne nous a pas empêchés de faire de la bien belle musique ».

Nous avons pris congé sur cette conclusion indulgente. Je suis revenu chez moi en faisant un long détour par les jardins du Luxembourg, à la fois exalté et troublé. Quelle formidable impulsion je venais de recevoir! Mes intuitions étaient donc fondées et j'avais toutes les raisons d'espérer réussir une carrière musicale. Qui plus est – au dire même de monsieur Cortot – avec un talent qui me plaçait au-dessus de la mêlée et qui devrait par conséquent me conférer un avantage au départ et, pourquoi pas, m'ouvrir toutes les portes.

Reste que, pour l'instant, je piétine sur place. Aucun engagement à l'horizon, confiné à un statut d'élève et toujours ignorant de la marche à suivre pour qu'elle démarre enfin, cette carrière : telle apparaît ma véritable situation actuelle. Il me faut encore exercer ma patience. Monsieur Cortot a parlé d'une participation à un « salon ». J'ignore en quoi consiste ce genre de prestation. J'ignore même s'il s'agit d'un pas dans la bonne direction, même si l'expérience me permettra sans doute de manipuler de nouveaux ingrédients et peut-être de découvrir de nouveaux alliages. C'est tout ce que je peux dire pour l'instant.

Mais, manifestement, la musique ne m'assouvit pas entièrement, totalement. Malgré ce cap décisif qu'il me semble avoir franchi, je ne parviens pas à me départir d'une sorte d'inconfort tendu. Et, en y réfléchissant, il n'est pas difficile de deviner pourquoi. Dora me manque, bien plus que je ne voulais l'admettre et bien plus que ce à quoi je m'étais préparé. Pour être bien honnête, par contre, je ne suis pas entièrement persuadé que ce soit de Dora elle-même dont je me sente privé que d'une présence féminine de manière générale. Ce cher Willie a placé, bien involontairement, un petit distillat empoisonné dans ma tête, un petit grain de sable pernicieux dans l'engrenage de mes circuits émotionnels. Ses remarques cabotines sur Mae, si elles me comblent de joie pour Willie, ont provoqué un redoutable pincement envieux que je ne parviens pas à calmer. Elles ont surtout jeté en pleine lumière l'existence plutôt recluse et solitaire que je mène ici. Existence qui, malgré ses côtés grisants, n'en sécrète pas moins un malheureux sentiment de solitude.

J'en viens du coup à me questionner sur mes intentions lorsque j'aurai terminé mon stage auprès de monsieur Cortot. Bien sûr, je pourrais laisser parler le hasard et attendre que le moment soit arrivé pour prendre une décision. Mais rien n'interdit de mettre les facteurs d'évaluation en perspective. Et le premier de ces facteurs, c'est celui du choix de demeurer ou non en France.

Trois mois, c'est bien peu pour se faire une juste idée d'un nouveau pays, pour apprivoiser toutes les facettes d'une culture si riche, si différente de ce que j'ai connu, pour même commencer à saisir les subtilités étranges de coutumes et d'attitudes face auxquelles je crains toujours de commettre l'impair ou l'injure involontaire. Sans compter une langue nouvelle que, quoi qu'en dise monsieur Cortot, je suis bien loin de maîtriser. Je bute encore sur plusieurs mots, je cherche les constructions appropriées, surtout, je ne parviens pas toujours à verbaliser fidèlement l'idée que j'ai en tête. Il me faudrait encore beaucoup de temps pour penser autrement, conformément aux exigences inhérentes de cette langue, trop de temps à mon goût pour me sentir suffisamment à l'aise, bien que je sois prêt à y consacrer l'effort nécessaire.

À part la langue, les Français eux-mêmes ne sont pas en cause, si ce n'est le fait que je demeure pour eux un étranger envers qui on adopte une attitude avenante, mais qu'on ignore comment intégrer dans le cercle d'amis. Pourtant, ce que je peux apprécier les moments où je me joins à des élèves pour une bière dans un coin de bistrot enfumé, au milieu de tous ces gens qui débattent à outrance et plaisantent à grands coups de gueule! Au départ, il s'agit d'une expérience éminemment dérangeante, compte tenu de la couleur de ma peau, seul Noir parmi des Blancs. Un tel tableau est impensable aux États-Unis, tout autant d'ailleurs que celui de retrouver un Blanc parmi un groupe de Noirs. Il me faut surmonter une répulsion naturelle à m'asseoir parmi eux puisque je partage avec mes frères noirs une appréhension innée envers les Blancs, chez qui le regard sauvage et haineux corrobore chaque contact. Ce regard unanime auquel nous répondons par le mépris et par l'aversion. Le choc que j'ai ressenti lors de ma première tournée de bière en compagnie de

Français m'a fait réaliser à quel point, aux États-Unis, nos attitudes raciales hostiles sont profondément encrassées en chacun de nous. En France, nous ne représentons pas une menace pour l'hégémonie blanche. Là sans doute réside la raison de leur relative bienveillance. Je demeure tout au plus un objet de curiosité, sans risque de danger immédiat. Curiosité dont on tente poliment de cerner les contours et le mode de fonctionnement par des questions anodines, cordiales et bien intentionnées, qui font office de remplissage verbal distrait qu'on se sent obligé d'émettre, sans pour autant porter attention aux réponses.

« Alors, vous venez des États-Unis?

— Oui, exact.

— C'est beau là-bas?

— Je crois, oui. Les villes en tout cas sont très différentes.

— Vous vous sentez bien à Paris?

— Beaucoup.

— Et les petites Parisiennes?

— Formidables! »

Et ici commence à s'effilocher la politesse de façade. Les Français ne connaissent des États-Unis que la traversée de LaFayette et le fait que la révolution s'y soit déroulée treize ans avant la leur. Pour eux, il s'agit d'une contrée peuplée de hors-la-loi qui se canardent sans merci et de pauvres Indiens parqués dans des enclos. Les Français ne peuvent s'empêcher de considérer mon pays d'origine avec une certaine condescendance, ce pays qui a longtemps cautionné une ignoble société esclavagiste et qui demeure à leurs yeux une vaste prairie anarchique où tous les coups sont permis. Pays parfait donc pour accueillir ces « mangeurs de patates » d'Irlandais qui crèvent de faim chez eux, mais contrée sans grand intérêt autrement. La « vraie » histoire se déroule en Europe et, les consciences ainsi flattées, on ne prête qu'un faible intérêt à ceux qui viennent d'ailleurs.

La manière hautaine des Français de parler des

Irlandais comme une lie humaine me laisse même croire que la tolérance et l'amabilité dont ils font preuve envers les étrangers se trouveraient sans doute mises à rude épreuve si les Irlandais, ou toute autre population d'importance fuyant la misère de son propre pays, se mettaient à envahir la France plutôt que les États-Unis. Je me doute que cet afflux provoquerait les habituelles réactions tribales d'exclusion et de favoritisme. Les nouveaux immigrants subiraient à leur tour le même ostracisme que celui infligé quotidiennement aux Noirs.

Dans ce contexte, les questions qu'on m'adresse perdent leur substance, rien ne venant ancrer les réponses dans des schémas où elles combleraient des vides et nourriraient les échanges. Souvent, je ne réponds que sommairement, ne sachant quelle piste fournir pour alimenter la conversation, me doutant bien de toute manière que la réponse est quasiment superflue. Lorsque j'ai mis les pieds ici, j'ignorais tout de la France. Encore aujourd'hui, il m'arrive d'observer divers aspects de la vie de tous les jours et de me sentir incapable d'en percer la signification. Pourtant, conscient d'être celui qui doit faire l'effort d'intégration et non l'inverse, je pose beaucoup de questions, m'intéressant aux hommes politiques, au dernier scandale symphonique de Stravinski, à la recette de céleri rémoulade. On me répond avec courtoisie, mais le lien ne se crée pas. Mon débit parlé trop lent lasse mes interlocuteurs, la concentration se perd, et puis il y a tant à raconter aux autres qui partagent la même communauté d'esprit. Alors, j'écoute, relégué aux cercles concentriques qui s'éloignent du centre d'intérêt.

Il y a bien Mathilde qui m'accorde un peu plus d'attention. Elle est la seule d'ailleurs à me *faire la bise*[6]. Quel choc la première fois que ses lèvres ont frôlé mes

---

6. En français dans le texte (NDT).

joues! J'étais tellement sidéré que j'ai figé sur place. Mathilde a éclaté de rire, comme heureuse d'un bon coup qu'elle aurait fait. J'étais à la fois vexé, car il était évident qu'elle avait agi ainsi par curiosité personnelle de toucher une peau noire, et ravi, car elle l'avait également fait sans aucun préjugé. Une fois, je me suis retrouvé en tête-à-tête avec elle. Elle m'a fait goûter un curieux mélange de sirop et de vin blanc. Nous parlions de musique et de théâtre. Elle me racontait comment elle avait débuté dans le métier. Et puis, des amis à elle sont arrivés et l'ont accaparée. Il n'y a pas eu d'autres tentatives depuis, et de toute manière je ne le souhaite pas vraiment. Je suis dérouté par son regard moqueur que je ne sais comment interpréter. Elle m'intimide par ses réparties quelquefois provocantes, attitude à laquelle elle semble prendre un malin plaisir, comme si justement elle se trouvait sur une scène et devait épater son public. Mais cela ne règle pas le problème et je me sens toujours trop isolé à mon goût. La question de savoir combien de temps je vais séjourner en France demeure entière pour l'instant. Je suis ici en pays étranger, donnée de base avec laquelle je ne sais pas encore comment composer. Mais le pire, c'est que, même à Allentown, je me sens tout autant en pays étranger, en raison de ma peau noire. Je fais partie d'une sorte de peuple damné, sans patrie et sans passé. Il n'y a même pas de traits culturels que nous pourrions mettre en commun, malgré ce que croit Willie. Il n'y a que la couleur de notre peau, et je ne sais pas si cela suffit pour créer une appartenance. Par contre, à Allentown il y a Dora. Peut-être espère-t-elle mon retour autant que je m'ennuie d'elle.

16 DÉCEMBRE 1913

Aujourd'hui, j'ai assisté à un concert d'orgue. Battant des bras pour me réchauffer tant bien que mal, je passais devant l'église Saint-Sulpice au moment où une porte s'ouvrait. Une intense musique d'orgue en a profité pour se faufiler à l'extérieur, provoquant mon étonnement et ma curiosité. La musique s'est estompée au fur et à mesure que la porte se refermait lentement. Je voulais en entendre davantage mais, pour ce faire, je devais pénétrer dans l'église. Je n'avais jamais mis les pieds auparavant dans une église catholique et je ne savais pas du tout à quoi m'attendre. La curiosité a finalement eu raison de mes hésitations et je suis entré le plus discrètement possible. Quelle étrange sensation de se retrouver dans un si vaste édifice, tout en pierre, aussi sombre qu'un caveau, au son d'une musique envoûtante et assourdissante. J'ai pris place dans la dernière rangée sur un inconfortable siège de paille, n'osant pas m'aventurer plus loin. J'ai pu à loisir observer le contraste entre notre petite église éclairée par de vastes baies vitrées et en bois tout blanc, où je tenais l'orgue chaque dimanche, et cette succession de piliers tirant le regard vers l'immense voûte. Les vitraux laissaient passer une lumière chiche, malgré la richesse des coloris. Cette austérité me rappelait les moqueries que j'entendais sur les catholiques lorsque j'étais enfant. On les appelait les « flagellants » et les « punaises de sacristie ». Ils nous apparaissaient tous austères, pudibonds et étroits d'esprit. Mais aujourd'hui, il n'y avait rien à redire sur la ferveur musicale qui se dégageait du son de cet orgue puissant et de la *Passacaille* de Bach. Chaque note résonnait en moi comme si j'étais moi-même aux commandes de l'instrument. J'anticipais ma propre interprétation au fur et à mesure, évaluant la distance avec celle que j'entendais, jugeant les écarts et les différences de conception. Je me sentais en parfaite maîtrise de l'interprétation, sentant que « ma version » coulait naturellement, faisait ressortir le contrepoint du pédalier et la clarté limpide du ruban mélodique en triples croches. J'intériorisais la musique avec une conviction telle que j'ai dû me retenir pour ne pas monter prendre la place de l'organiste. Je ne sais combien de temps je suis demeuré dans cette église, mais lorsque je suis sorti la nuit était tombée et je mourais de faim. J'ai mis le cap sur mon petit appartement, apaisé par cette musique solennelle et inventive, tout à coup optimiste qu'une lettre de Dora m'y attendrait. Voilà bien deux mois que je lui ai écrit, une lettre pleine de mots tendres, et je suis toujours sans réponse de sa part. Mais la boîte aux lettres était aussi désespérément vide que les jours précédents, à l'image de mon moral que trop peu vient stimuler.

> *Mon petit Harry[7],*
> *Je me déside enfain à te écrire. Tu sais, mon père va mal en pis et je n'ai pas eu beaucou de minute pour penser à toi. Ta letre était gentille, merci. Mais je ne suis pas bonne comme toi pour écrire. Je crois que tu devrais trouvé quelqu'un qui écrit aussi bien que toi. Moi, je suis gené et je pense que ça peut pas marcher entr nous. Je serai toujour ton ami quand tu reviendra, mais une simple ami. Je croi que c'est mieux ainsi, tu trouve pas?*
> *Ici, tout va bien. J'ai un nouveau travail, je fais des pantalons. J'aime beaucou mais c'est fatigant. J'espère que t'aime tes cours de piano.*
> *Je t'embrasse en ami,*
> *Dora*

26 DÉCEMBRE 1913

Une lettre... Une pauvre lettre truffée de fautes... Style petite école... Dora... On a beau s'y attendre, on refuse d'y

---

7. La traduction qui suit tente de reproduire la maladresse du texte original (NDT).

croire tant que la vérité n'éclate pas au visage. Dora... C'est bien fini. Je m'en foutais de ton écriture enfantine. Je voulais seulement qu'on prenne la route ensemble et qu'on la parcoure un bout en se tenant par les épaules. C'est fini... Et sans doute est-ce mieux ainsi si tout ce que je t'inspire, c'est de l'embarras. Un embarras à cause de mes mots trop bien choisis! Quelle ânerie! Quel dérisoire prétexte! J'ai failli déchirer la lettre, la jeter au panier... Deux jours à me sentir dégoûté, découragé, enragé et surtout profondément attristé. Six heures de suite au piano à jouer la *Deuxième Sonate* de Chopin... Hier, Noël, j'ai marché. Rues sombres, nauséeuses, humides d'une mince couche de neige à demi fondue... Je grelottais, transi, et puis après? Nerfs en charpie. Mes pas résonnaient sur les pavés avec un désagréable bruit de succion. La détresse aiguise les sens. Trompe des voitures tonitruantes, clochettes des calèches, bruit sec des sabots réverbéré dans les ruelles étroites, gouttes s'écrasant des corniches sur le sol pierreux. Peu de passants. Sauf ceux qui se rendent aux réveillons, vêtus de haut-de-forme et de vison. Leurs rires innocents m'énervent. Ce soir, c'est moi qui dévisage ceux que je croise. Je les gêne. Je les embar-rasse. Parfait. À leur tour de savoir ce que ça fait d'être considéré comme une bête curieuse. Le Pont-Neuf. La belle affaire... Crasseux et vétuste au-dessus d'une eau brunâtre et fétide... Quand je pense aux courants translucides de la rivière Lehigh à Allentown... Je marche. Je marche, d'un pas lent et traînant. Seul quand tous sont à la fête. Je traverse un creux de vague. Un pénible passage à vide. Tout ça pour une lettre... Pour une lettre qui tourne dans la plaie tous mes fers d'indécision et de mécontentement. Quand vais-je émerger enfin? Quand vais-je m'attarder plutôt sur mes découvertes et sur mes encouragements? Je franchis la Seine. Je me retrouve dans un quartier que je ne connais pas. Des femmes traînent... L'une d'elles m'accoste. Sa voix est cajoleuse, mais je ne porte pas attention à ce qu'elle me dit. Puis, sans que je sache trop bien comment, je marche derrière elle. Nous pénétrons dans un immeuble mal éclairé. Escalier aux marches usées. Je la suis toujours. On entre dans une chambre. Il fait chaud. Tant mieux, car je tremble de froid. La fille me déshabille avec douceur. Elle essuie mes cheveux humides. Elle me caresse. M'embrasse gentiment dans le cou. Elle ôte tous mes vêtements un après l'autre. Je me laisse faire. Je ferme les yeux. Cette fille sent bon. Son odeur évoque les pivoines de madame Cormier. Je suis bien, enfin. Nervosité paisible. Excitation vivace. Sensation intense qui dure je ne sais combien de temps. Je réalise à peine que je connais ma première femme. Je m'abandonne aux sollicitations. Je sens tous mes muscles se contracter et se relâcher, pour la première fois depuis des semaines. Je m'endors, le bras de cette fille passé autour du torse. Au petit jour, je lui donne de l'argent. Elle se nomme Noéline. Quel curieux nom. Je l'embrasse... Sur la bouche. Longuement. Merci, Noéline. Au revoir, Noéline. Je m'arrête dans un café. Un café. Je n'ai jamais bu de café. Il est temps! Le garçon sommeille. Il maugrée. Nous sommes le lendemain de Noël, après tout! M'apporte une petite tasse de trois gorgées. C'est noir, âcre, amer, bouillant. Mais l'effet promis se produit. Mes sens recouvrent leur raison. La brume de mon esprit se dissipe. Toute la neige a fondu. Paris, apaisé par les réjouissances de la veille, m'offre un tableau incomparable. Je mets mes appréhensions en suspens. Qui peut se vanter de vivre une expérience comme la mienne? Je suis à Paris, *merde!*[8] Qu'est-ce que j'attends pour cesser de pleurnicher? Qu'est-ce que j'attends pour cuver pleinement cette ivresse, cette conjonction exceptionnelle de hasards et de perspectives? Je me lève. Le goût du café est encore prégnant sur ma langue un peu gommeuse. Je paie, laisse un généreux pourboire. Je rentre chez moi. Je me prépare une tartine couverte d'une épaisse confiture d'abricot.

---

8. En français dans le texte (NDT).

J'aime les abricots. Je regarde par la fenêtre tout en masti-
quant. Le ciel s'éclaire. Le profil des toitures se dessine,
émerge sur fond bleu. J'aime les toits, imbriqués les uns dans
les autres. Je suis en forme! Belle journée pour attaquer les
Romances de Schumann et le concerto *Empereur* de
Ludwig Van. Assez de temps perdu.

Atlanta, 19 janvier 1914
Salut, mon frère!
Quelle lettre cafardeuse! Non, mais ça suffit!
Suffit les jérémiades sur Dora! Passe à l'étage supé-
rieur! Dora... Je suis retourné à Allentown durant les
Fêtes et je l'ai vue, ta chère petite Dora. Elle me l'a
dit qu'elle avait « rompu » avec toi. Rompu! Quand
j'y pense! Quel mot stupide, tu crois pas? Rompu!
Elle est bien bonne! Ta Dora a changé d'horizon.
Elle se tient avec des mecs qui me semblent peu
recommandables, mais de toute manière c'est sa
vie, non? L'important, c'est que tu t'occupes de la
tienne. Que tu accostes enfin sur les rives de ta
chance. Pourquoi perdre du temps avec ce qui ne
peut pas changer? Avec ce qui mine inutilement le
moral? Tu te tiens sur un carrefour décisif de ta vie.
C'est pas le temps d'attendre que le train te passe
dessus! Choisis une direction et avance! De toute
manière, c'est justement ce à quoi servent les
coups de pied au cul : à faire avancer!
Plus facile à dire qu'à faire, je l'admets! Mais
toi-même tu sembles être en bonne voie de refaire
surface. « On accuse le coup et on continue. » Tes
propres paroles, non? Très bien, mon vieux!
Concentre-toi sur ce que tu sais faire si bien et, avant
même que tu puisses te demander ce qui se passe,
tu ne suffiras plus à la tâche! Tu regretteras même le
bon temps où tu tournais en rond sans trop savoir

sur quel pied danser. *Tu vas vivre des moments exaltants, je le pressens!*

Bon, j'ai un travail important à remettre demain. Je dois aller potasser mes bouquins si je ne veux pas trop souffrir. Je te laisse pour l'instant, mais sache que je suis toujours là!

Willie

4 FÉVRIER 1914

J'ai croisé Mathilde, aujourd'hui. Elle transpirait de colère à la suite du vote de la Chambre des députés qui refuse le droit de vote aux femmes. Indignée, elle pestait contre tous ces « *phallocrates* » – je me demande où elle a pu pêcher un mot pareil – qui empêchent les femmes de respirer. Je lui ai offert une bière pour la consoler. Au lieu de cela, elle m'a fait monter chez elle et elle s'est littéralement jetée sur moi. Avant même que j'aie pu réaliser ce qui m'arrivait, elle avait « conclu » et se rhabillait déjà. Et elle a eu l'amusant culot d'ajouter : « *Alors, on se la tape, cette bière?* » Je l'ai accompagnée, encore tout étourdi par cet assaut éclair. Mais Mathilde avait retrouvé sa bonne humeur. Intarissable, elle disait qu'elle et moi faisions partie d'une minorité et que nous menions le même combat, moi en tant que Noir et elle en tant que femme. Elle porte le pantalon par provocation et affirme que bientôt les femmes s'empareront du pouvoir et alors, attention, des siècles de brimades vont prendre fin.

Attablé avec elle dans un tripot enfumé et animé où la bière a bon goût, je l'écoutais attentivement, séduit par son envolée verbale quasi lyrique, et par la nature hardie de ses revendications. Elle n'a fait aucune allusion à la scène chez elle, autre avatar, j'imagine, de son statut minoritaire provocateur. Je me disais que, la prochaine fois, ce sera mon tour de la prendre d'assaut, sans avertissement.

Nous verrons alors si elle se montrera aussi libérale qu'elle le prétend et si sa solidarité affirmée entre minorités ne repose pas sur du vent.

> *« Les gens ne soupçonnent pas que, si l'on veut obtenir dans le domaine de l'art un résultat intéressant, toute l'éducation, toute la vie doivent être différentes de ce qu'elles sont dans des circonstances ordinaires. »*

Clara Wicks

12 FÉVRIER 1914

J'aime beaucoup cette citation. Toujours conformément aux recommandations de monsieur Cortot, mais de plus en plus par intérêt personnel, je continue de consulter quantité d'ouvrages sur la musique à la Bibliothèque nationale. J'adore prendre place à l'une de ces immenses tables en chêne disposées dans la salle de lecture, salle si vaste que tous les sons s'y promènent avec une résonance feutrée. Je viens de terminer un ouvrage sur Clara Wicks qui devait devenir ensuite Clara Schumann lorsqu'elle a épousé Robert Schumann, le compositeur. Robert Schumann... J'ai lu son journal également. Quel personnage tourmenté et excessif... Pour devenir un grand virtuose, il avait imaginé un dispositif bloquant complètement son index de la main droite de manière à procurer au médius davantage de force et d'agilité. Quelle émotion de lire les passages de son journal où il rend compte de l'évolution de son troisième doigt : « Le troisième doigt marche assez bien [...]. L'attaque est maintenant indépendante. » « Le toucher est bon, le troisième un peu plus fort. » « Le troisième semble vraiment incorrigible. » « Le troisième est complètement raide. » En l'espace de six semaines, Schumann a tellement forcé sa main qu'il a provoqué une paralysie totale et définitive de son médius. Il a donc été contraint de dire adieu à sa carrière de pianiste. En revanche, c'est cet incident qui a contribué à faire de Schumann le compositeur que l'on connaît. Revirement du destin, ces revirements qui tiennent quelquefois à tellement peu de chose. Mais je n'ai pas de difficulté à imaginer l'état d'esprit de Schumann en fixant son doigt raidi qu'il était incapable de bouger. Pas étonnant qu'il ait souffert de dérèglements mentaux. Je le comprends sans peine. Je panique à la simple idée d'une coupure à un doigt, et c'est d'ailleurs avec la plus grande répugnance que j'utilise un couteau pour trancher un aliment.

Oui, j'aime cette citation de Clara. Ses mots trouvent un écho en moi et me fournissent une première réponse aux insistantes interrogations à propos de la marche à suivre de ma vie. Épouser la carrière de pianiste, c'est s'obliger à ne pas se comporter comme tout le monde. C'est s'astreindre à consacrer à sa pratique instrumentale une disposition mentale et physique entière, constante, permanente. Je perçois dans l'énoncé de Clara Wicks une sorte de caution de tout ce temps que j'investis à me perfectionner, au lieu de sortir et de connaître le monde qui m'entoure. Dire que je n'ai pas encore visité le Louvre où on a fait grand état le mois dernier du retour d'une toile ancienne – la *Joconde*, je crois –, plus de deux ans après avoir été volée. Mais je répugne à gruger ainsi les tranches de temps dédiées au piano, car je sais que je ne dois pas relâcher l'attention et la concentration, que je ne dois pas risquer de perdre une forme physique et une maîtrise sonore qui me rapprochent chaque jour de mes objectifs. Ce qui ne m'embête guère, d'ailleurs. J'adore le piano. J'adore jouer du piano à un point tel que même après huit heures ininterrompues de jeu, si ce n'est pour m'abreuver de temps à autre, je referme le couvercle du clavier à regret, encore tout imprégné de ces masses sonores et de ces enchevêtrements mélodiques dont je ne me repais jamais.

Je fais quand même exception pour mon journal. Lire ceux de Clara Wicks et de Robert Schumann m'a donné le goût de renouer avec le mien. Je crois que Willie avait raison. Outre le repos bénéfique que me procure sa rédaction, ce journal m'oblige à prendre un recul indispensable pour mieux me situer et pour tenir la barre dans la bonne direction. J'y vois également une sorte de gymnastique mentale qui me fait le plus grand bien, m'obligeant à réfléchir, à asseoir mes positions, à ne pas devenir un pauvre acharné comme Robert Schumann qui a d'ailleurs fini ses jours à l'asile. Bref, ce journal m'aide sûrement à demeurer encore humain.

19 FÉVRIER 1914

Enfin! Demain, je suis invité chez monsieur Henri Prunières, un ami de monsieur Cortot et le fondateur d'une revue importante consacrée à la musique. Monsieur Cortot m'a demandé de me préparer, car il souhaite me faire entendre aux autres invités. Il ne m'en a pas dit plus. Mon ignorance indécente des mondanités, qui me procure habituellement un détachement utile, ne m'est d'aucun recours cette fois-ci. Même sans savoir quelles seront les personnalités présentes et sûrement intimidantes, je ressens un trac inhabituel, qui va jusqu'à m'empêcher de trouver le sommeil. Je refuse de me l'avouer, mais je sais que je nourris l'espoir qu'un imprésario vienne me prendre sous son aile et m'offrir mes premiers engagements. Sans trop me faire d'illusions sur ce point, il y a également le fait de me retrouver plongé dans un territoire vierge, inconnu, où je pourrais craindre de paraître ridicule et de commettre le geste malheureux. Mais, comme je n'ai rien à perdre, je préfère aborder la fréquentation de ce salon comme un cabinet de curiosités, comme une zone de découverte remplie de surprises. À moi d'improviser. Si j'en tire un bon parti, ma confiance ne s'en portera que mieux. Si je rate mon coup, il s'agira d'en retenir les leçons pour mieux réussir la fois suivante.

21 FÉVRIER 1914

Grande soirée chez les Prunières
PAR JÉRÔME AUGUSTIN

Toujours sous l'égide de la délicieuse madame Prunières, le salon de la *Revue musicale*, dont on ne saurait trop vanter l'arc-en-ciel flamboyant et l'éclat somptueusement lumineux que cette prestigieuse publication jette dans la communauté musicale parisienne, se tenait hier soir avec son faste habituel au domicile si chaleureux de monsieur Henri Prunières.

Je n'épiloguerai pas longtemps sur la présence de personnalités aussi bien en vue que Guillaume Apollinaire, Jean Cocteau, Georges Braque, Stéphane Mallarmé et un certain Kandinsky dont on commence à vanter les travaux « abstraits ». Je m'attarderai encore moins sur le passage en coup de vent du député Nectoux, toujours aussi pressé et volubile, et de madame Adrienne de Ponteaubant, toujours aussi coquette et séductrice. Et je ne mentionnerai même pas le champagne à volonté fourni par la maison Clicquot.

Car, n'est-ce pas, nous avions rendez-vous avec la musique! Et quel rendez-vous! Quelle incroyable prestation de Stravinski et de Licar nous livrant une version endiablée à quatre mains de *Petrouchka!* Quelle suavité, comme à l'accoutumée, dans les *Nocturnes* de Chopin interprétés avec son incomparable toucher par Alfred Cortot, le poète du clavier. Que dire du phénoménal Debussy nous offrant une fois de plus un chatoiement des plus brillants avec une palette sonore riche à demander grâce dans son merveilleux *Iberia* transcrit pour piano?

Un tel programme avait en soi de quoi ravir et combler les plus indolents d'entre nous. Mais il restait encore le dessert, présenté par Cortot lui-même. Décrit comme un de ses élèves les plus prometteurs, un certain Harry Button s'est alors installé au piano. Silence sidéré, car Button est... noir. Effet garanti, je vous jure. Il s'agissait de la toute première fois que j'entendais un Noir dans un répertoire classique et, ma foi, s'il faut en juger par son interprétation du *Premier Prélude* de Debussy, que le compositeur lui-même a écouté les yeux exorbités, il est à se demander si les gènes africains et esclavagistes de cet Américain pur laine n'ont pas réussi à sécréter une nouvelle race de pianistes surdoués. Et tandis que Button se levait pour céder sa place, Erik Satie, saoul comme à son habitude, lui a demandé de demeurer au piano et de jouer ses *Gymnopédies*. Button s'est exécuté et, là encore, peut-être contrarié par l'insistance de Satie à lui tenir la partition, il a créé tout un émoi en jouant l'œuvre en mode *prestissimo*, jetant une fois de plus la stupeur dans l'assistance. Quiconque a entendu cette œuvre à sa vitesse « normale » ne peut comprendre l'éloquence subite qui surgit lorsque la pédale d'accélération est à ce point enfoncée. Et puis madame Prunières a annoncé le cognac et les cigares, écrivant la cadence de cette soirée inoubliable qui se termina ainsi sur un exquis *ritardando* tout à fait approprié. Il me tarde déjà de recevoir sa prochaine invitation, rédigée à la main sur son fameux bristol vieux rose...

23 FÉVRIER 1914

À onze ans, j'ai fait un rêve étrange. Pendant la journée, madame Hayworth m'avait raconté son voyage en chemin de fer plusieurs années auparavant et qui l'avait conduite à travers un désert où, disait-elle, on ne voyait que du sable, des rochers et quelques maigres buissons à perte de vue. Et elle m'a raconté l'histoire d'intrépides prospecteurs qui décidèrent en 1849 de traverser la zone désertique de *Death Valley*, espérant y trouver un raccourci, et qui faillirent tous périr par la chaleur intense et la soif. La nuit même, j'ai rêvé que j'étais un de ces voyageurs qui, les yeux embrouillés par la sueur et la souffrance, croient apercevoir au loin des constructions, peut-être une ville, et certainement le salut. Et à ce moment, je me suis réveillé. Dehors, il faisait déjà jour, mais je ressentais une fatigue accablante comme si j'avais véritablement traversé une étendue sans fin de sable et me retrouvais en convalescence, encore commotionné par l'expérience.

C'est un peu ainsi que je me sens trois jours après le salon musical tenu chez monsieur et madame Henri Prunières. Je vacillais de nervosité lorsque j'ai frappé à la porte de leur appartement où monsieur Cortot m'avait donné rendez-vous. J'ai été accueilli par une domestique qui m'a poliment fait entrer et qui s'est occupée de mon pardessus, déplorablement élimé. Monsieur Cortot est arrivé sur les entrefaites.

« Ah, vous voilà, cher ami. Venez que je vous facilite les choses en vous présentant à quelques personnes, n'est-ce pas? »

Je lui ai donné une poignée de main comme si je lui lançais un appel à l'aide, puis je l'ai suivi en respirant à pleins poumons. J'ai retrouvé mon calme peu à peu. De toute manière, j'avais pénétré dans le cercle intime de ce salon. Il me fallait continuer d'avancer au meilleur de ma forme. Monsieur Cortot me présentait directement à certaines personnes qui m'accordaient un regard franc et une poignée de main énergique, agrémentés de formules de politesse convenues. L'échange n'allait pas plus loin, et je ne m'en plaignais pas. J'étais un inconnu ici. Tant que je ne me mettrais pas au piano, je n'aurais guère de motifs d'intéresser les gens. Ce en quoi je me trompais partiellement.

Monsieur Cortot continuait de déambuler dans la grande pièce où piétinaient déjà des personnalités aux mines importantes, affublées de moustaches gigantesques. J'avais revêtu mon habit de scène, que je n'avais pas encore utilisé depuis mon arrivée ici, mais j'avais l'impression de porter un sac de coton en comparaison de ces impeccables habits à nœud papillon que portaient tous les hommes. Les femmes n'étaient pas en reste. Je devais cligner des yeux devant ces galbes échancrés d'où des bijoux sans prix jetaient des lueurs aveuglantes. Lorsque les invités que voulait me présenter monsieur Cortot se trouvaient trop hors de portée, il me les désignait de loin.

« Là-bas, avec ce profil impossible à confondre, vous avez Igor Stravinski. Il parlote avec Claude Debussy. Vous serez au même programme qu'eux tout à l'heure. Ah, madame Boisseneault, quel plaisir! »

Et je me suis retrouvé soudainement seul, tandis que monsieur Cortot s'éloignait avec cette dame aux allures aristocratiques pendue à son bras. Je me suis tourné vers Debussy. J'étais impressionné par ce petit homme aux yeux vifs et perçants, au visage rond orné d'une barbichette. Il traverse une période un peu trouble, paraît-il. Son divorce fait jaser et on le dit malade. Mais chacune de ses créations suscite un intérêt fiévreux, comme j'ai pu le constater avec son ballet *Jeux* où le danseur Nijinsky tenait le rôle principal. J'étais très impatient de rencontrer Debussy et de discuter de ses *Préludes* qui m'avaient fait une si vive impression l'an dernier. Malheureusement, il semblait fort occupé à discuter, avec un groupe de musiciens sans doute, et j'ai décidé plutôt de m'approcher du buffet au lieu de demeurer planté comme un épouvantail au milieu de la place. En tendant le bras, j'ai agrippé un verre de vin blanc et une biscotte recouverte d'une pâte gluante et noire. Il m'a fallu deux verres vidés à grandes lampées pour faire passer le dégoût de cette chose inqualifiable qui me rappelait la première et seule fois où on m'a fait goûter des rognons de tortue à Allentown. Par la suite, assommé par ce vin bu beaucoup trop rapidement, je me suis écrasé dans un fauteuil miraculeusement libre, en retrait près des fenêtres heureusement ouvertes, résigné à attendre la suite des événements.

Un gringalet est venu peu après s'asseoir à mes côtés en me fixant avec des yeux hallucinés. Tout respirait chez lui l'extravagance forcée et la fausse assurance d'une intelligence trop souvent vantée. J'attendais qu'il donne signe de vie tout en examinant son prétentieux foulard de soie, son visage anguleux et ses cheveux en broussaille. C'est alors qu'il a posé une main sur ma cuisse en la tapotant légèrement.

« Je m'appelle Jean. T'es un beau mec, dis donc! »

Je suffoquais. Je devais avoir les yeux si agrandis qu'il fallait craindre de les voir s'échapper de leur orbite. L'autre énergumène me regardait toujours aussi intensément, jouissant manifestement de mon trouble. Je voulais lui répondre, mais je devais auparavant retrouver l'usage de ma respiration. Finalement, j'ai fini par balbutier une question.

« Je peux savoir à quoi vous jouez? »

Le dénommé Jean – je devais apprendre plus tard qu'il était un poète en vogue – a éclaté de rire. Puis, il a plissé des yeux et m'a lancé, avec un sens de la bravade dont il était certainement coutumier :

« Et en plus, il a un joli accent américain! Eh oui, mon ami, j'aime les hommes! Ça vous surprend, n'est-ce pas? Et puis qu'est-ce que ça peut faire? Je ne vous oblige pas à partager mes penchants, si ce n'est pas le cas des vôtres. »

Il a pris une grande bouffée de cigarette avant d'expulser la fumée dans ma direction.

« Mais, dans le fond, vous n'avez aucune raison de vous effaroucher. Vous et moi partageons l'auguste souci de faire partie d'une minorité inconvenante, moi en raison de mes mœurs, vous à cause de la couleur de votre peau. Une simple minorité mise au ban par des barbares qui ne nous reprochent nos "tares" que pour mieux se conformer à un esprit grégaire décadent et arriéré. Quel étrange comportement, ce génocide de l'ouverture d'esprit sur des aspects si bénins, vous ne trouvez pas? »

Je l'ai invité à poursuivre, malgré la fumée qui m'incommodait et qui me piquait les yeux. Et malgré ce style touffu que j'avais un peu de peine à suivre.

« Vous savez, j'ai décidé d'ignorer tous ces demeurés de bas-fond qui fuient la déviance ou la marginalité comme si leur survie en dépendait. Je les laisse à leur misérable conservatisme et j'assume que tous les hommes ne deviendront pas mes amis. Et j'imagine que vous êtes contraint d'agir de même, je me trompe? Dans le cas contraire, je vous conseille d'en faire autant. »

Il peut bien parler, ce Blanc imbu de lui-même, qui se pavane avec sa différence comme un porte-étendard. Lui, il peut poser son cul partout où il veut. Lui, il peut se mettre à table dans n'importe quel restaurant sans se faire interdire l'accès. Rien ne l'oblige à attendre le train dans une salle miteuse à l'écart des Blancs. Aucun hôtel ne lui refuse une chambre. Personne ne l'injurie sans aucun motif. Malgré moi, une vague d'irritation sapait ma tolérance. Je trouvais abusif qu'on m'associe le plus innocemment du monde à une « minorité », avec un mode d'emploi tout trouvé, avec un guide de survie élémentaire. Comme si ses conseils présomptueux pouvaient régler tous les problèmes et colmater toutes les fissures de la bêtise. Je lui ai livré le fond de ma pensée en une phrase.

« Vous avez sans doute raison, monsieur, jusqu'au jour

où un groupe de Blancs vous fracassent le crâne à coups de barre de fer, simplement parce que votre peau est noire, et qu'ils vous abandonnent au milieu de la chaussée, baignant dans votre sang et sans que personne ne lève le doigt pour vous venir en aide. »

Il a à peine cligné des yeux. Il a réfléchi un moment, toujours en pompant sa cigarette comme un perdu. Puis, en se levant et en me tapotant la jambe une dernière fois, il a conclu brièvement.

« À chacun son calvaire, j'imagine. Mais je ne suis pas davantage à l'abri que vous, croyez-moi. »

Je l'ai regardé s'éloigner avec sa nonchalance feinte et ses gestes théâtraux. Au même moment, un individu éméché prenait le relais et s'écrasait pratiquement sur mes cuisses. Petit, voûté, lunettes cerclées d'or, barbichette, voix grasseyante où perçait une espièglerie à la limite du mépris, il jetait des coups d'œil à la ronde d'un air entendu.

« Alors, mon bon négro, t'as vu ce cheptel de salon? Insupportable! Et après on s'étonne que je ne laisse jamais entrer personne chez moi! »

En entendant « négro », de redoutables frissons ont parcouru mes phalanges. Décidément, pour un premier salon, j'étais servi! J'ai senti une bouffée de rage m'envahir, même si ce petit minus aux allures de vieux avait parlé avec une désinvolture probablement sans conséquence. J'ai retenu mon souffle, attendant qu'il se trahisse davantage, sans compter que cette soirée huppée n'offrait pas le cadre idéal pour le déclenchement d'une bagarre. Je demeurais cependant sur mes gardes, car chaque fois qu'un Blanc traite un Noir de « négro », cela n'augure jamais rien de bon.

« Au fait, je m'appelle Erik Satie. Je suis censé jouer une de mes compositions, ce soir. Il se trouve que je ne me sens pas au meilleur de ma forme... J'ai demandé un remplaçant, mais ce cher Alfred ne veut rien savoir de moi. Il m'a envoyé à toi. Paraît-il, t'es un pianiste qui mérite attention. Tu viens d'Amérique? »

Il parlait d'une voix pâteuse, les yeux à moitié fermés. Je ne connaissais pas ce type, mais j'avais remarqué qu'il suscitait beaucoup de commentaires sur son passage, commentaires auxquels il répondait par des réparties vives et spirituelles à en juger par les réactions amusées. Je lui ai confirmé que je venais des États-Unis.

« Un bon négro américain... Très bien, très bien. Dis, je t'engage. Je voudrais t'entendre jouer mes *Gymnopédies* tout à l'heure, lorsqu'il faudra nous prêter à nos mimiques de singe savant. Ces divertissements de tribune ne sont plus de mon âge. Toi, par contre, t'as tout à gagner, pas vrai? Tiens, voici la partition. Je ne te demande pas ton accord, je sais que c'est dans ton intérêt de me rendre ce petit service. Et je suis toujours curieux d'entendre comment les autres exécutent ma musique. D'ailleurs trop souvent dans le sens "d'exécuter", on se comprend. »

J'ai pris les partitions pour les lire rapidement. La musique me semblait plutôt rudimentaire. En une seule lecture, je savais que je pourrais les interpréter par cœur, mais j'avais préparé un petit programme, à la demande de monsieur Cortot, et je n'avais guère envie d'y déroger pour cette musique trop simpliste à mon goût. Je lui ai dit que je verrais, mais que ça dépendrait du temps qu'on m'accorderait.

« Le temps, le temps... Toujours le même argument, le même stupide argument. Toute ma musique repose sur le postulat qu'au contraire, nous avons toujours le temps! Seulement, dans la majorité des cas, on ne se souvient plus où on l'a remisé! Sache, mon cher négro, que mes *Gymnopédies* enseignent la séduction de la lenteur et du temps bien saisi. Je tente de développer la notion du rythme consenti qui fait de nous des individus distincts de la bête qu'on mène aux champs. Il fait une chaleur, ici. Je vais aller me réhydrater. Alors, à tout à l'heure, cher ami. »

Il empestait l'alcool tandis qu'il me parlait à quelques pouces du nez. J'ai été soulagé lorsque je l'ai vu s'éloigner.

J'ai déposé ses feuilles de musique sur une table basse après les avoir lues. Pour passer le temps, j'ai examiné les lieux, les lustres qui pendaient au plafond, les moulures de plâtre, les étranges tableaux colorés accrochés aux murs. À ce moment, une voix féminine nous a invités à passer au salon adjacent pour y amorcer le programme musical de la soirée. Toujours nerveux à l'idée de me produire devant ce beau monde, je n'en étais pas moins impatient d'entendre les compositeurs et les musiciens qui allaient se succéder durant la prochaine heure. Je me suis levé pour me placer le mieux possible à proximité du piano. Pour une rare fois dans mon existence, je prenais un siège où je le désirais, à proximité de Blancs qui ne me reprochaient rien et qui ne m'ordonnaient pas de dégager. Et même s'ils l'avaient fait, je ne me serais pas laissé menacer. J'avais une vue parfaite sur le piano et je tenais à la conserver.

Madame Henri Prunières, qui m'avait souhaité la bien-venue à mon arrivée, a réclamé le silence et a présenté le premier « numéro » – pour paraphraser Satie. Celui que monsieur Cortot m'avait signalé comme étant Stravinski s'est alors avancé sous les applaudissements. Le compo-siteur semblait nerveux. Il subissait encore les remous du scandale qu'avait suscité, paraît-il, la première de son ballet *Le Sacre du printemps*, l'an dernier. Il a parlé brièvement, avec un fort accent russe rocailleux.

« Avec ami Licar, nous jouer version piano quatre mains de *Petrouchka*. »

J'avais entendu cette œuvre une fois, lors d'un concert l'automne dernier. J'avais été grandement impressionné par le foisonnement sonore et rythmique de l'œuvre. La version pour piano perdait la dimension orchestrale, mais y gagnait en complexité harmonique et mélodique. Le piano ployait sous les assauts des deux pianistes. L'interprétation était d'une difficulté à faire frémir. Chacun retenait son souffle, moi le premier, devant la puissance de cette musique. Au dernier accord, les gens se sont spontanément levés pour applaudir les deux pianistes qui ont remercié avec de grandes révérences.

Ce fut ensuite le tour de monsieur Cortot. Quel pianiste remarquable! J'avais pu l'entendre à maintes reprises durant les cours, bien que rarement dans l'exécution d'œuvres au complet, seulement de courts extraits explicatifs pour illustrer ses propos. Ces brefs apartés me fournissaient de magnifiques hors-d'œuvre, mais me laissaient sur ma faim. Cette fois, j'ai eu droit à un véritable festin. Monsieur Cortot a interprété quelques *Nocturnes* de Chopin avec une fluidité et une aisance incomparables, une sonorité feutrée, des ornements lancés dans des arabesques majestueuses, des accords plaqués jusque dans les entrailles du piano, des tempos endiablés sans jamais que ne souffre l'intelligibilité musicale. J'étais proprement renversé. Après Stravinski et sa violence effrénée, le Chopin faisait l'effet d'un thé de quatre heures, dont les bienfaits dureraient des jours.

J'ai retenu mon souffle en voyant Debussy prendre ensuite place au piano. Sans un mot, il a tout de suite attaqué une pièce que je ne connaissais pas, une musique somptueuse, éclatante de lumière, aux notes graves, vibrantes de richesse. J'étais envoûté, admirant la concentration de ce musicien qui jouait avec une conviction entêtée, sachant que sa musique soulève des réticences, qu'elle écorche facilement les sensibilités peu familières avec des sonorités si recherchées. D'ailleurs, les applaudissements furent moins nourris à son endroit que pour les musiciens précédents. Ce qui ne m'a pas empêché de l'acclamer bruyamment, subjugué par sa performance.

Au moment où un flou s'installait et que les gens, repus de grande musique, commençaient à vouloir retourner au buffet, monsieur Cortot s'est avancé et a demandé un instant d'attention.

« Chers amis, je vous prierais de patienter encore quelques instants. Je sais que madame Prunières n'a pas fini de vous régaler, mais je vous ai moi-même concocté un entremets que vous saurez apprécier à sa juste valeur, j'en suis persuadé. Je vous présente Harry Button qui a quitté son lointain pays, les États-Unis, pour venir étudier avec moi et qui déploie un trésor de virtuosité que j'ai pensé partager avec vous. Je vous demande donc d'accueillir monsieur Button, un pianiste des plus prometteurs. »

J'avais presque oublié que je devais également me présenter devant ce public. Une bouffée de nervosité m'a fait battre le cœur à tout rompre. Tandis que je m'installais au piano, sous des applaudissements discrets, je me sentais encore imprégné de la musique de Debussy et trop éloigné de l'état d'esprit requis pour la *Troisième Sonate* de Brahms que j'avais prévu de jouer. J'ai gardé les mains en l'air quelques secondes, puis je me suis tourné vers le public pour leur annoncer un « changement de programme ».

« Mesdames, messieurs, après avoir entendu monsieur Debussy, j'ai décidé de jouer une de ses œuvres, le *Premier Prélude*. »

Je n'avais pas répété cette pièce depuis un certain temps, mais, les caresses sonores de Debussy bien en tête, je voyais la pièce défiler sous mes mains sans aucune hésitation. Comme il m'arrive souvent, je me suis complètement englouti dans mon interprétation, écoutant la musique que je produisais au bout des doigts comme si elle émanait de quelqu'un d'autre, mieux, comme si elle provenait d'une divinité en train de m'ensorceler. Cette distanciation me permet de créer une sorte de boucle grâce à laquelle je nourris l'interprétation sans aucune entrave causée par les difficultés techniques de l'instrument ou par la complexité de l'œuvre elle-même. Je possédais un contrôle total sur la sonorité et je crois que ce prélude de Debussy ne pouvait mieux servir de canevas à la palette de couleurs sonores à ma disposition.

Plutôt content de moi, je me suis levé le sourire aux

lèvres, espérant avoir fait mouche. Mais personne ne réagissait. J'ai jeté un œil en direction de Debussy qui me fixait avec un regard médusé que je ne savais pas comment interpréter. Un peu déçu, j'ai fait quelques pas pour regagner mon siège. À ce moment, Satie a surgi de nulle part en s'égosillant. Je l'avais complètement oublié, celui-là.

« Attendez, attendez, notre ami négro n'a pas terminé! »

Et il a flanqué ses partitions sur le lutrin, me saisissant par le bras pour que je reprenne ma place au piano. Contrarié, n'ayant nulle envie d'interpréter cette musique, excédé par le comportement insistant de cet hurluberlu, je me suis assis sur le banc de piano, attendant que quelqu'un s'interpose pour mettre fin à cette comédie grotesque. Satie continuait de gesticuler, annonçant d'une voix rendue mollasse par l'alcool la suite du programme.

« Les *Gymnopédies*, bonnes gens! »

Voyant que rien n'allait me sortir de ce désagrément, je me suis tourné vers le clavier, et sans même regarder les partitions, irrité de me faire traiter de négro, je me suis mis à jouer les trois pièces, les *Gymnopédies*, le plus rapidement possible et en les enchaînant sans interruption, sans aucune respiration. Le piano bougeait sous l'impact, faisant basculer les partitions que Satie s'empressait de ramasser et de me remettre sous le nez, sans comprendre que je n'en avais aucun besoin.

En moins d'une minute, j'avais expédié ma tâche. À ma grande surprise, j'ai eu droit à des applaudissements et à quelques bravos. Satie, d'abord dérouté, a semblé heureux de la tournure des événements.

« Eh bien! Il faudrait que je scribouille une transcription en quadruple croche! Ça simplifierait la vie des assoiffés de virtuosité! Que d'émotions! »

Mais le programme de la soirée était terminé, ce qu'a confirmé madame Prunières en annonçant la distribution des digestifs, annonce accueillie avec des « Ah » de satisfaction. J'ai laissé tout le monde s'éloigner. Désemparé, je ne savais pas du tout quelle conduite adopter. Les cigares et les digestifs ne me disent rien du tout. Pendant un instant, j'ai été tenté de me remettre au piano, mais je craignais de commettre un geste déplacé. C'est alors que j'ai senti quelqu'un s'approcher de moi et me tendre la main.

« Je suis Claude Debussy. »

Aussi surpris qu'une jouvencelle, je lui ai chaleureusement serré la main, n'en croyant pas mes yeux, mais tout de même un peu inquiet des motifs qui le poussaient à venir me voir. Je lui ai demandé ce qu'il avait pensé de mon interprétation de son *Prélude*.

« C'est la première fois qu'il m'apparaît qu'un pianiste comprenne enfin ma musique. Vous avez été en mesure de tirer des sonorités de cette composition que moi-même je n'avais jamais réussi à obtenir, ni même à soupçonner. Je vous lève mon chapeau. »

Je n'ai su que sourire béatement. Venant de Debussy en personne, un tel éloge relevait de l'inespéré. Monsieur Debussy m'a posé quelques questions auxquelles je répondais de manière détaillée. À mon tour, j'ai cherché à savoir s'il avait une nouvelle œuvre en chantier.

« Je travaille à une pièce que je compte intituler *Blanc ou Noir*. Tenez, laissez-moi vous montrer mes premières esquisses. »

Il s'est alors installé au piano, me faisant entendre quelques minutes d'une composition échevelée, emportée, ne ressemblant à rien de ce que j'avais pu entendre auparavant.

« Qu'en pensez-vous, monsieur Button? »

En souriant de plaisir, j'ai pris sa place au piano et j'ai rejoué intégralement, avec quelques variations de mon cru, le passage qu'il venait de me faire entendre.

« Absolument stupéfiant... »

Nous avons continué à discuter de la sorte, échangeant nos impressions sur tel enchaînement d'accords ou sur telle superposition harmonique. Personne n'est venu nous interrompre. Debussy et moi étions ensemble, isolés du reste du monde, entièrement plongés dans cet échange musical au cours duquel une nouvelle œuvre germait dans l'esprit d'un des compositeurs que j'admire le plus. Je me contentais surtout de traduire au piano les idées très imagées de monsieur Debussy, enchanté et comblé de pouvoir lui prêter main-forte.

« Après ce *fortissimo*, je cherche une sonorité contrastée, comme un nuage en pleurs. »

Alors, j'essayais quelques traits dans les aigus, avec la pédale enfoncée, avec une tenue de doigts qui faisaient ressortir et cumuler les harmoniques, « comme un nuage qui enfle et qui finit par se déverser ». Lorsque les invités ont commencé à quitter les lieux et qu'il nous a fallu en faire autant, monsieur Debussy a conclu cet épisode gravé à jamais dans ma mémoire.

« Finalement, je crois que je vais choisir le titre *En Blanc et Noir* pour ma pièce! J'ai été ravi, monsieur Button! »

Monsieur Cortot est venu me chercher, et nous avons remercié madame et monsieur Prunières avant de prendre congé. Au moment de nous quitter, monsieur Cortot a rajouté une perspective qui me fournissait une ample matière à rêverie :

« Il est dommage, finalement, que vous ne soyez pas inscrit au Conservatoire. Je suis certain que vous y auriez remporté le premier prix haut la main. Vous devriez songer à vous inscrire pour la session d'automne. Vous vous emmerderez, pardonnez-moi l'expression, durant une partie de l'année, mais les récompenses vous propulseront dans les salles de concert. Allez, cher ami, soyez en forme pour la prochaine leçon. »

Je ressens encore cette bienheureuse fébrilité des grands jours et des bonheurs d'exception, de celle qui nourrit la confiance lors des dérapages de l'existence et nous remet sur la bonne voie. Ne demeure que cet inconfort persistant devant la lenteur du cours des événements. Il m'apparaît que ce qui est accordé à la confiance le soit au détriment du capital de patience. Et la patience, je commence à sentir qu'elle me fait de plus en plus défaut.

18 MARS 1914

J'ai été voir Noéline, aujourd'hui. Je la retrouve quelquefois lorsque la marée de la solitude m'envahit et que le besoin de me changer les idées insiste pour avoir la priorité. J'ai beau observer comment se comportent les gens d'ici, tandis que je suis attablé à la terrasse d'un café ou que je circule le long des boulevards, je demeure toujours à l'extérieur, spectateur attentif mais non impliqué par les affaires courantes. Je cherche à comprendre les discussions sur les questions politiques, sur les polémiques dont les gens sont si friands. Je tente de faire preuve de bonne volonté. Je ne saisis pourtant que des bribes informes et inconséquentes. Le fond de l'histoire, c'est que ces questions ne m'intéressent aucunement. Je sais que j'apparais comme un être borné, dont les intérêts sont uniquement axés sur la musique, et que cette attitude à laquelle je ne veux rien changer semble étrangement anormale à mes collègues. C'est à peine si je connais le nom du président de mon propre pays et cette ignorance suspecte me fait considérer au mieux comme un rustre, au pire comme un arriéré.

Je revendique toutefois mon droit à des intérêts exclusifs. La semaine dernière, je me suis même emporté avec Jean, Sabine et Rodrigue. Jean a eu une remarque vexante que je n'ai pas appréciée.

« En somme, tu vis dans ton bocal et tu te fous de l'univers entier. Tu me fais penser à un poisson rouge! »

Et rouge, justement, je le suis devenu. Mais comme je devais m'exprimer en français, et donc avec une retenue naturelle puisque je manque encore de la fluidité verbale qui sied à l'indignation, ma colère s'est déversée sans atteindre personne.

« Et pourquoi devrait-on croire que je me fiche de l'univers si je suis ignorant de l'affaire Dreyfus ou des révoltes de paysans en Russie? Vous ne me considérez que comme un pauvre descendant d'esclave, avec la peau de ceux qui vivent dans des tribus et envers qui vous ne manifestez qu'une compassion hypocrite. Vous vous targuez de belles connaissances sur les capitales du monde, sur les grandes dates de l'histoire, sur les coutumes des Lapons, mais vous n'êtes même pas foutus, comme vous dites, de comprendre comment il se fait qu'un pauvre Noir dans mon genre ait pu apprendre le piano et à écrire, alors que la plupart de ses frères crèvent de faim. Et c'est justement grâce au piano que je souhaite faire ma marque, que je souhaite contribuer à changer l'ordre des choses dans un pays dominé par une race méprisante et où nous n'avons aucun droit. Toute ma détermination et ma ténacité à transmettre la musique visent à toucher ces zones indistinctes mais pourtant capitales grâce auxquelles nous éprouvons une raison de respirer. Ce qui m'intéresse, c'est l'ordre du sensible, celui qui définit les affinités et qui procure la satisfaction d'une compréhension soudaine du passage des choses, cet apaisement incomparable que nous ressentons quand la fuite du temps n'apparaît plus comme une calamité inéluctable et qu'elle se conjugue avec nos convictions les plus profondes. Seule la musique touche de près ce fondement de l'existence, ce fait que nous évoluons, que nous vieillissons et qu'un jour nous mourrons. Elle vaut bien, à mon avis, que j'y consacre l'intégralité de mes efforts. »

Oui, la musique vaut bien tous les efforts. Sauf pour ces moments où une chaleur humaine et un rire joyeux résonnent dans un vide intérieur que la meilleure musique ne saurait combler, dont la musique, au contraire, a peut-être un besoin essentiel pour se déployer efficacement. Durant ces périodes où l'absence de Dora, à qui il m'arrive encore de penser, se fait plus cruellement sentir, il est temps pour moi de prendre du recul et de laisser le piano se reposer. Ce répit est nécessaire pour distiller et consolider les acquis, pour laisser le mortier de ma volonté prendre corps et sécher correctement. Bref, j'aurais envie de dire, pour être meilleur musicien.

Noéline. J'apprécie sa compagnie, sans même mentionner les acrobaties auxquelles nous nous livrons dans sa petite chambre! Elle ne porte pas de jugements sur ma passion dévorante pour la musique. D'ailleurs, que je sois pianiste lui est parfaitement égal. Elle s'intéresse davantage à mes impressions sur tous les petits faits qui tissent le quotidien et qui donnent forme au confort d'existence. Elle me raconte sommairement son enfance, comment sa famille a dû quitter son Alsace chérie lorsque les Allemands ont annexé la province lors du dernier conflit de 1870. Elle me décrit les difficultés d'adaptation que ses parents ont rencontrées. Noéline est née à Paris et a passé son enfance entre un père épuisé, une mère aigrie et une marmaille turbulente jamais rassasiée. Elle tente aujourd'hui de leur venir en aide en arrondissant les revenus qui s'égouttent maigrement de petits boulots peu valorisants. Elle souhaiterait devenir danseuse, mais elle ne gagne pas suffisamment pour prendre des leçons. N'empêche, elle en rêve. Aujourd'hui, elle a esquissé quelques pas devant moi, et je l'ai prise dans mes bras pour l'accompagner. Elle a d'abord cédé, souriante, puis, comme si elle se réveillait et prenait conscience de l'incongruité du moment, elle m'a légèrement repoussé, sans doute pour maintenir la distance « professionnelle » entre nous. Je n'ai pas osé lui demander si le fait que j'étais noir avait pu également motiver son geste, mais je sens bien que je ne suis pas du genre qu'elle présenterait à ses parents et que, de toute manière, même ici dans ce pays qui se veut libéral et tolérant, il s'agirait pour elle d'un geste au-dessus de ses forces.

4 AVRIL 1914

Cours de piano avec monsieur Cortot.

« Comme disait Rubinstein, la pédale est l'âme du piano. La pédale n'ajoute rien au son en tant que tel. Elle lui permet simplement de se développer, de sortir de ses limites et de prendre une dimension qui rende justice à cet instrument formidable que vous avez entre les mains. La pédale, grâce à un ingénieux mécanisme, relève les étouffoirs et libère les cordes, leur permettant d'entrer en résonance les unes avec les autres, révélant un système d'harmoniques sur lequel repose toute la musique occidentale. Les fréquences célèbrent leur libération; à l'interprète de canaliser cette fête sonore pour qu'elle soit pleinement réussie. Expérimentez les œuvres avec la pédale, donnez-leur des contours, façonnez-les à votre guise. Mais attention de ne pas céder à l'abus qui masque les maladresses et que les débutants utilisent comme pont aux ânes. Au contraire, sachez magnifier les potentialités sonores offertes par la pédale, par les pédales, devrais-je dire, la pédale de tenue et la pédale douce. Par là, vous saurez vous distinguer du tâcheron qui ne comprend rien de la véritable nature des notes affichées sur une partition. »

Ce que j'adore du piano, c'est ce jeu d'explorations perpétuelles qui en maintient l'intérêt sans jamais faiblir.

Atlanta, le 28 avril 1914
Mon cher Harry,
À mon tour de découvrir New York! Crois-le ou non, j'ai séjourné dans la ville quelques jours durant le congé de Pâques. Nous étions six à arpenter Manhattan de haut en bas. Mais on a dû

forcer le pas. Six Noirs en randonnée libre attirent un peu trop l'attention, et pas pour des motifs rassurants, crois-moi. Sans compter tous ces restaurants qui refusent de recevoir des Noirs. Difficile de se nourrir dans ces conditions! Du coup, on a décidé de mettre le cap au nord de Central Park dans un quartier qui s'annonce du plus haut intérêt pour les années à venir. Il s'agit du quartier Harlem. De plus en plus de Noirs s'y installent, faisant fuir les bourgeois blancs de leur maison cossue, non sans l'avoir auparavant cédée pour une somme astronomique à des familles noires trop heureuses d'avoir enfin un toit où s'abriter. Mais il y a une ébauche de communauté en train de se mettre en place. Un dynamisme incroyable émane de chaque rue, de chaque édifice, de chaque commerce. Des Noirs viennent acheter des denrées à d'autres Noirs et sont accueillis à bras ouverts. Personne ne nous crache sur les pieds! Tu n'imagines pas la dose d'énergie que j'ai engrangée durant ces quelques jours. Gonflé à bloc! Je pulvérise la moindre idée déprimante qui se pointe le nez!

À Atlanta, j'ai un collègue noir, mais à la peau blanche, inscrit au même programme que moi. Il aimerait devenir imprésario et prendre sous son aile des artistes noirs à qui il donnerait les moyens de percer. Il croit qu'avec sa peau blanche – son grand-père était irlandais –, il pourra se faufiler chez les Blancs et ouvrir les portes à sa guise. Il est dommage que la simple nuance de couleur d'une peau puisse faire autant de différence, qu'il s'agisse du premier facteur considéré pour évaluer des compétences. Étrange, tu ne trouves pas? J'ai demandé à Frank – c'est son nom – pourquoi il avait choisi de fréquenter un collège noir alors qu'il aurait très bien pu se retrouver dans une institution beaucoup plus

157

reconnue, réservée aux Blancs, et sans que cela paraisse. Il m'a répondu que même avec une peau pâle il se sentait solidaire de la condition des autres Noirs, condition déplorable dont il a été constamment témoin. Il souhaite renverser cet état de fait et, si les hasards génétiques peuvent le favoriser, autant en faire profiter les autres. Il rêve à un partage équitable entre Blancs et Noirs où tout le monde gagnerait. Unis dans l'adversité! Voilà ce qu'il prône. Et pourquoi pas? Vivre parmi d'autres gens sans se sentir exclus et rejetés constitue une expérience humaine privilégiée qu'un jour nous connaîtrons sûrement. Peut-être même est-ce ce que tu vis déjà à Paris?

Je m'intéresse de plus en plus à la politique et à l'activisme social. J'ai rencontré récemment William DuBois, un des fondateurs de la NAACP, tu sais, la National Association for the Advancement of Colored People. DuBois a également lancé la revue Crisis dans laquelle il revendique des droits pour les Noirs, par exemple, que le lynchage soit reconnu comme un crime fédéral et sanctionné au même titre. Il défend un peu la même approche que celle dont Frank m'a parlé, en préconisant le développement de valeurs culturelles et esthétiques spécifiques. Il s'oppose à Booker T. Washington qui pense que les Noirs doivent se contenter d'enrichir leurs compétences techniques pour se rendre indispensables. Le débat entre eux est passionnant. J'ai l'impression que tous les deux ont en partie raison, mais le départage ou la synthèse de ces deux approches n'est pas simple. Nous aspirons à vivre libres, « émancipés », comme le dit DuBois, mais dans notre tête nous agissons trop souvent comme si nous étions encore des esclaves.

Quoi qu'il en soit, je crois que je vais partir m'installer à Harlem. Il me tarde de passer à l'action et ce n'est pas sur les bancs d'école que je parviendrai à me sentir concerné, à mettre en place des éléments utiles et profitables, à m'engager dans des causes où mes gestes produiront des retombées heureuses. Je te prépare une place si jamais tu veux venir me rejoindre!

Dans un autre registre moins réjouissant, je t'annonce la mort de madame Cormier. Cette pauvre dame a été frappée par une voiture en traversant la rue. Ce genre d'accident devient de plus en plus fréquent. Une vraie calamité! Madame Cormier est morte sur le coup. Et tu sais quoi? Elle avait préparé un testament dans lequel elle te lègue tous ses bouquins en français et quelques babioles. Regarde, je t'envoie une de ses photographies, qui m'ont été confiées en attendant que tu en prennes possession. Pas mal, cette photo, non? Remplace les deux personnages par un Noir et un Blanc. Qu'en penses-tu? Si les pires ennemis ont pu y parvenir, pourquoi pas nous?

J'ai très hâte de te revoir. J'espère que tu reviendras auréolé de la gloire à laquelle tu aspires et que tu mérites!

Ton Willie

14 MAI 1914

Quel choc d'apprendre la mort accidentelle de madame Cormier! Je lui avais écrit une lettre avec mes meilleurs vœux en décembre dernier. Peut-être était-elle déjà décédée à ce moment-là, ce qui expliquerait pourquoi elle ne m'a pas répondu. Je m'étonne toujours de constater le temps que prennent les nouvelles à être transmises. Quelquefois, les faits se produisent tellement longtemps avant de les connaître qu'ils semblent perdre leur matérialité et passer directement à l'état de souvenir.

Je repense à nos conversations en français lorsque madame Cormier évoquait son passé, trop heureuse de le raconter à quelqu'un trop heureux de l'écouter. Je crois bien qu'elle a été la première personne blanche à ne pas me traiter comme un Noir intellectuellement inférieur. Je lui en serai toujours reconnaissant, comme je garderai toujours vivace cette émotion d'apprendre qu'elle m'a légué ses bouquins et ses photographies.

J'ai installé sur la tête du lit celle que Willie m'a fait parvenir. Je la regarde chaque soir avant de me coucher. Sur un fond de campagne grise et dénudée, deux soldats prennent un verre. Celui de gauche, un soldat prussien, je crois, tient une bouteille et encourage le soldat de droite, un Français, à trinquer avec lui. Le Français s'efforce de sourire, malgré la douleur de la défaite, sachant bien qu'entre deux hommes les affaires politiques n'ont pas toujours à interférer. La photo semble avoir été envoyée à madame Cormier après la guerre de 1870 qui l'avait décidée à s'exiler. Quelques mots au verso :

> *Chère Yolande, puisses-tu nous revenir quand cette scène sera générale et naturelle. Je t'embrasse.*
> *Ton frère, Fernand.*

Et ce Willie qui voit la possibilité qu'un Blanc tende un verre à un Noir et que celui-ci l'accepte avec le sourire, dans un geste de réconciliation et de fraternité... Noble intention, sauf que pour l'instant la scène n'est plausible que dans le contexte d'une taverne où les Noirs sont rabaissés à servir des Blancs grossiers et arrogants. Même ici, dans ce pays où les Noirs n'ont aucun antécédent menaçant envers les Français, on refuse presque constamment mes offres de tournée. Bien sûr, on me sert toujours des alibis plausibles, les refus sont agrémentés de regrets « sincères ». Il n'en demeure pas moins que, conditionné comme je le suis au mépris de ma peau de la part des

Blancs, le doute s'installe et me laisse souvent un goût suspect dans la bouche. Je regretterai toujours cette eau-de-vie que madame Cormier nous servait au début des cours et ce sympathique tintement qui résonnait lorsque nous frappions nos verres. Je m'ennuie de cette simplicité, de ces petits gestes sans façon qui saluent l'intelligence des relations bien menées.

8 JUIN 1914

Je ne sais pas si je retournerai au Lapin agile. Ce tripot sympathique, constamment emboucané, cacophonique et toujours bondé, rendez-vous de tout ce que Paris exsude d'écrivains, de poètes, de musiciens, de comédiens, de peintres, de sculpteurs, de philosophes et de penseurs du dimanche, me vide de mon énergie. Ma pauvre tête ne parvient pas à contrer la décharge de stimulations qui jaillit de tous les côtés. Des théories géniales naissent autour des tables, comme les canulars les plus farfelus. Ainsi, le peintre Boronali dont l'œuvre exposée au Salon des Indépendants a obtenu un succès considérable auprès des critiques jusqu'à ce qu'on apprenne que la toile *Coucher de soleil sur l'Adriatique* avait été peinte devant la porte du Lapin agile et devant huissier par un âne à la queue duquel un pinceau avait été attaché!

Je côtoie donc dans ce cabaret des gens peu ordinaires, des artistes pour la plupart, dont les idées étranges et téméraires suscitent des débats houleux qui tournent quelquefois à la bagarre, heureusement toujours conclue à grandes rasades de bière et de vin. L'Espagnol Pablo Picasso jette son fiel contre l'Italien Marinetti qui prône une approche futuriste de l'art, que Francis Picabia de son côté tourne en dérision avec des collages irréels. C'est sans compter les élans communistes de la plupart des écrivains qui fréquentent l'endroit, comme Apollinaire, et qui appellent à la « révolution du peuple ». Je me retrouve au cœur de débats d'idées auxquels je me surprends d'apporter ma contribution, mettant à profit ma condition « minoritaire », comme dirait Mathilde, et la sensibilité sociale que je lui dois, pour opposer plutôt une vision égalitaire des chances à celle qui préconise le remplacement d'un pouvoir par un autre. J'affiche également une confiance de plus en plus affirmée dans mes opinions musicales. Je prends parti pour Schönberg et son approche antitonale de la musique. Je défends Debussy et Ravel contre Milhaud ou Honegger. Je préfère les audaces harmoniques de Scriabine à la suffisance d'un Sibelius. Et surtout, je prends un malin plaisir à adopter le contre-pied systématique de chaque commentaire qu'émet Erik Satie. Il n'arrête pas d'ailleurs de raconter la manière « déchaînée », selon lui, avec laquelle j'ai interprété ses petites pièces pour piano. Et toujours en m'appelant « négro ».

« Ah, ce bon négro! Comment va-t-il, aujourd'hui, notre Paganini du clavier? »

Le personnage n'est pas bien méchant, mais je m'amuse, à la manière des Français, à lui *tirer la pipe* [9]. Hier soir, j'ai quand même fini par lui demander de cesser de me traiter de négro.

« Et pourquoi, mon bon négro? »

Je le regardais tenir son verre d'une main tremblante. Il n'était pas en état de discuter de toute façon, encore moins de saisir la signification chargée de « négro », même si lui-même l'utilisait sans mauvaise intention. Je me suis contenté de lui répondre une boutade :

« Monsieur Satie, vous buvez trop d'absinthe. Votre cerveau commence à être atteint. »

Il m'a regardé de ses petits yeux bigleux, indécis. Puis, il a éclaté de rire en avalant son verre d'un seul trait et en me gratifiant d'une grande claque dans le dos.

---

9. En français dans le texte (NDT).

« Ah, ce bon vieux négro! »

Je préfère la compagnie de Stravinski. Il semble toujours fiévreux, entièrement livré à son monde musical intérieur dont on sent les bouillonnements perpétuels. Encore atterré par la commotion causée par son *Sacre du printemps*, il ne perd pas une occasion pour exprimer ses conceptions musicales. J'aime beaucoup discuter de la pratique pianistique avec lui. Il m'a raconté qu'il commence toujours ses journées en interprétant le *Clavier bien tempéré* de Bach. Pour lui, il s'agit d'un exercice essentiel à sa démarche de compositeur.

« Il ne faut pas mépriser les doigts. Eux très stimulants. Au contact de l'instrument qui sonne, les doigts éveillent idées qui sommeillent dans inconscient et qui, sans eux, resteraient cachées. »

Je lui ai dit qu'il en allait de même pour l'écriture d'un journal, qu'en mettant des mots sur papier on se surprenait quelquefois à relire des idées, des perceptions, des impressions comme si elles provenaient de quelqu'un d'autre, alors qu'elles nous appartiennent pourtant en propre et sont simplement révélées de cette manière. Il s'est montré très séduit par le parallèle.

« Je crois que je vais écrire bouquin sur approche à moi de la musique. Ce travail permettra de faire le point sur mes pensées et donner suite constructive à œuvre que je compose. »

Tout en parlant avec ce gros accent trébuchant qui le caractérise, il regardait Mathilde d'un œil envieux. Mathilde m'accompagne quelquefois, toujours avide d'épater et de susciter des réactions. Elle se faufile au milieu des comédiens, espérant sans doute qu'on finisse par lui offrir un rôle dans une production de boulevard. Elle se montre spirituelle et brillante, mais son jeu de séduction forcée ne trompe personne et elle se retrouve souvent reléguée au bout de la banquette sans que personne ne s'intéresse à elle.

Je suis remonté quelquefois dans la chambre de

Mathilde. Elle n'a pas opposé de résistance trop vive à mes avances. Je suffis pour combler ses besoins charnels, même si son affection à mon endroit ne dépasse pas le stade de la simple sympathie. Et de temps à autre elle me rejoint au Lapin agile. Stravinski la trouve manifestement de son goût.

« Dis-moi, comment elle est, cette fille? »

Je lui ai répondu :

« Mathilde est libérale et solidaire... »

Il n'a pas compris ce que je voulais dire, mais ça n'avait aucune importance. Mathilde nous avait rejoints et servait déjà à Stravinski son boniment enjôleur. Je les ai vus partir ensemble un peu plus tard dans la soirée.

Je côtoie également Debussy à cet endroit, bien qu'il ne vienne pas très souvent, sa santé lui causant certains problèmes. J'aime beaucoup Debussy. Le regard farouche qu'il oppose à chaque personne qui s'adresse à lui ne masque pas sa bonté de cœur. Il faut dire, à sa défense, que sa méfiance naturelle est nourrie par des années d'affrontements. Ses audaces harmoniques et formelles suscitent de véritables polémiques où aucun outrage ne lui est épargné. La garde ainsi relevée en raison des innombrables critiques à son endroit, Debussy n'en demeure pas moins sensible à ceux qui l'intéressent, surtout, explique-t-il, depuis la naissance de « Chouchou », sa petite fille.

« Que veux-tu, cette enfant est un baume sur ma misère. Je ne saurais me passer un seul jour de son rire espiègle et de son innocence rêveuse. Revivre mes illusions perdues à travers cette innocence me procure davantage de joie que n'importe quelle suite d'accords jetés sur une partition. »

Il n'empêche, Debussy m'a fait un grand honneur en me proposant de créer ses *Études* lors d'un concert à la salle Pleyel à la rentrée d'automne. Je me suis confondu en remerciements, incrédule devant une telle proposition. Ce concert va enfin marquer mes débuts sur la scène artistique parisienne. Il s'ajoute à celui que m'a promis monsieur Cortot, après mon entrée au Conservatoire. Les examens auront lieu à la fin de l'été et je me concentre sur le programme imposé. Je ne prévois aucune difficulté, pas même celle de ma peau, même si je serai potentiellement le premier élève de couleur à être admis dans cette vénérable institution.

J'ai également commencé à déchiffrer les partitions manuscrites que Debussy m'a remises en attendant les copies. Ses *Études* révèlent une profonde compréhension non seulement du piano, mais de la musique et de son évolution en général. Cette continuité évolutive de la musique, qui se ramifie et se radicalise de plus en plus, me fascine, me subjugue, j'irais jusqu'à dire m'enivre. Quoi de plus exaltant que de vivre de l'intérieur un processus, que de pouvoir suivre un parcours depuis les origines, que de projeter les infinies possibilités d'un domaine aussi riche et d'englober les facteurs qui influent sur cette dynamique? Ma persévérance à devenir pianiste est en filiation étroite avec ce désir de faire partie d'un développement aussi palpitant, d'y apporter ma contribution, de mettre ma science au service d'idées qui traduisent mieux que n'importe quelle théorie philosophique l'esprit effervescent de notre époque. J'endosse ces entorses au langage musical qui m'apparaissent comme un calque des ruptures qui secouent nos mœurs et nos traditions. La musique offre ainsi un reflet symbolique, une prise directe sur l'évolution des pensées, et c'est ce qui la rend si précieuse.

Dès cet automne, à vingt ans seulement, je vais voir ma carrière se mettre en branle. J'en possède une certitude intuitive qui me remue d'un bonheur constant, d'une énergie de travail sans égale, d'un élan de confiance à me rendre indifférent à tous les obstacles.

30 NOVEMBRE 1914

Pourquoi rien ne se passe-t-il jamais comme on le souhaiterait? Emportés par nos passions, le regard centré sur nous-mêmes, nous entretenons l'illusion de conserver le parfait contrôle sur les événements, alors que le monde réel continue de tourner selon sa logique propre et finit toujours par nous rattraper. La collision provoque alors un réveil brutal qui nous couche sur le carreau et nous laisse hébétés d'un tel choc.

Je suis étendu sur un lit étroit, recouvert d'une paillasse inconfortable, d'où je mesure les dimensions réduites d'une chambre sordide aux murs écaillés et souillés. Cette masure est située au dernier étage d'un immeuble sur la Cent Vingtième Rue dans Harlem, ce quartier décrit par Willie comme la future Mecque des Noirs. J'entends les voisins hurler, une odeur tenace d'urine imprègne l'air, la poussière âcre me fait éternuer. Le soleil va bientôt se coucher. J'écris ces lignes, mes premières depuis mon retour au pays, avant que la noirceur m'empêche de continuer et m'oblige à me mettre au lit, n'ayant rien de mieux à faire puisque je n'ai aucun éclairage à ma disposition.

Je suis assommé de pensées moroses, l'estomac noué, incapable d'avaler une bouchée. Le tourbillon des jours me laisse sans force et la comparaison avec ma vie somme toute casanière à Paris forme un contraste que je ne parviens toujours pas à surmonter. J'ai beau lutter, faire appel aux meilleures ressources de ma volonté, tenter d'oublier le passé récent pour me concentrer sur ma situation actuelle, rien n'y fait. Je n'entrevois aucun changement significatif à court terme. Je me répète que cet engrenage impitoyable n'est que temporaire, mais le doute s'installe, aucune circonstance nouvelle ne venant alimenter un espoir qui m'apparaît chaque jour plus vain que la veille. Aujourd'hui, j'ai senti le découragement me gagner, ce découragement qui entraîne de tout son poids vers le bas sans que nous puissions opposer de résistance. Dévoré par l'angoisse, j'ai relu mon journal que j'ai laissé de côté depuis mon retour. Je ne peux pas croire que mes ambitions et mon entêtement à devenir pianiste se soient émiettés comme un croûton séché dont on balaie les restes sous le tapis. Je respire, je dors, je me lève, je mange de temps à autre, et je reviens dormir quand le nombre d'heures établi est enfin écoulé. Je suis accroché à la remorque d'une horloge. Je subis une vie qui ne m'apporte plus aucune satisfaction. Et la noirceur qui tombe et qui assombrit ma page traduit à s'y méprendre la brume opaque de mon moral.

4 DÉCEMBRE 1914

L'humidité de la chambre et le froid extérieur embuent ma fenêtre. Je frissonne dans cette pièce non chauffée. Willie m'a prêté une couverture de laine dont il n'a pas besoin. Heureusement, car le temps se refroidit de plus en plus et je suis confiné ici, comme tous les dimanches où je n'ai rien à faire et où, en général, rien ne m'attire. Peut-être l'occasion est-elle propice pour reprendre ce journal et le laisser décanter une situation que je ne parviens pas à accorder au diapason.

Il faut dire que je me sens en meilleure forme, aujourd'hui. J'ai trouvé un autre emploi, un deuxième emploi, devrais-je dire, guère plus satisfaisant que le premier, mais qui offre le mérite de stimuler mon imagination. Du coup, l'optimisme reprend ses aises et je profite de l'accalmie pour entreprendre les démarches que j'ai négligées depuis mon arrivée. Avant de perdre définitivement la main, il faut que je trouve un engagement qui me remettra enfin sur les rails de mes intentions.

C'est la guerre, en Europe. Monsieur Cortot me l'avait annoncé et, malheureusement, il avait vu juste. Je ressens encore la tristesse accablante de cette journée de juillet où monsieur Cortot m'a demandé de venir le rencontrer le plus rapidement possible. Il avait laissé un mot laconique à la concierge et, aussitôt après l'avoir lu, je me suis précipité chez lui, craignant qu'un accident ne lui soit arrivé. Je n'étais pas loin de la vérité.

Monsieur Cortot lui-même est venu ouvrir.

« Ah, cher ami. Entrez. »

J'étais indécis. En apparence, rien ne semblait le préoccuper outre mesure, excepté une mine un peu soucieuse et un regard concentré comme lorsqu'on cherche à rassembler les idées avant d'annoncer des nouvelles pénibles. Monsieur Cortot m'a invité à m'asseoir et ne m'a pas laissé dans l'expectative très longtemps.

« Le 28 juin dernier, vous le savez sans doute, l'archiduc héritier du trône d'Autriche-Hongrie, François Ferdinand, et son épouse ont été assassinés à Sarajevo par un fanatique, cette plaie des temps modernes. Je ne sais pas si vous êtes très au fait des imbrications politiques qui caractérisent notre vieux continent, mais ce geste signifie que la guerre va très probablement éclater d'une journée à l'autre. Une guerre terrible, à une échelle encore jamais vue. Sans s'en douter, ce fanatique, par son geste de démence, se retrouvera responsable de la mort de millions d'êtres humains. »

Monsieur Cortot parlait avec un débit lent, à peine audible. Enfoncé dans son fauteuil, il tenait son front dans le creux de sa main, comme s'il anticipait déjà les tourments qu'il allait devoir bientôt affronter. Je me figurais mal l'ampleur du désastre annoncé, autant du point de vue des populations impliquées que des conséquences sur la vie de tous les jours. Pour moi, les seules guerres dont j'avais entendu parler étaient celle qui avait mené à l'abolition de l'esclavage et celle racontée en peu de mots par madame Cormier lors de mes leçons de français. Dans les deux cas, trop jeune sans doute pour en mesurer véritablement les impacts, j'ai été peu conscient des dévastations qu'un tel conflit engendre. Lorsqu'on les entend décrits comme un souvenir lointain, les faits nous semblent appartenir à un passé révolu. On soupçonne l'évocation amplifiée par la distance, les émotions teintées d'exagérations destinées à susciter une fallacieuse compassion. N'ayant jamais vécu de guerre directement, autre que le conflit larvé qui oppose les Noirs aux Blancs, je ne possède aucun vécu susceptible de m'aider à projeter les conséquences d'un affrontement armé. Mais monsieur Cortot entretient une autre vision du cataclysme à venir.

« La guerre, mon ami, la guerre. En raison des alliances politiques, des dizaines de pays seront emportés dans la tourmente. Mais il y a plus. Il y a plus que les traités signés et les promesses interventionnistes. Il y a un moteur qui va mettre en branle un terrible broyeur de vies. Il y a la haine. Une haine aveugle qui se répand comme une traînée de poudre. Chacun crie à la revanche de 1870, où nous avons subi une douloureuse humiliation. Chacun défile le regard sévère, déterminé à embrocher le premier Boche visible. Les années à venir seront marquées d'un sceau inédit de l'horreur et de la sauvagerie. »

J'ai pris une gorgée au verre de vermouth servi par la bonne. Le goût amer du breuvage collait parfaitement aux circonstances. Je me demandais toujours pourquoi il m'avait fait venir, si c'était pour ne me parler que d'une guerre à venir. Je me rends compte aujourd'hui à quel point j'ai pu être stupidement innocent pour ne pas deviner en quoi j'étais concerné.

« Tout ça nous conduit bien loin de la musique, mon ami. Moi-même, je devrai mettre en veilleuse ma carrière,

169

et mon enseignement va certes souffrir de tous ces jeunes gens qui seront appelés sous les drapeaux. Je verrai peut-être la plupart d'entre eux pour la dernière fois et j'anticipe déjà les regrets que j'éprouverai devant ces vocations brisées et ces promesses non tenues. Ce qui m'amène à vous, Harry. »

J'ai avalé nerveusement une nouvelle gorgée de vermouth. Cette fois, je pressentais la cuisante tuile.

« Vous n'êtes pas citoyen français, donc *a priori* vous n'avez rien à voir dans cette guerre. Par contre, si nous nous faisons écraser comme en 1870, personne ne sera épargné, pas plus vous que moi. Peut-être même serez-vous davantage ennuyé du fait que vous venez des États-Unis, pays que méprisent les Allemands. Qui sait quels abus vous ferait-on subir, surtout avec votre peau noire? Et enfin, le plus difficile, c'est que, dans cette période trouble qui s'annonce, mes finances ne me permettront plus de supporter votre séjour à Paris. J'ai bien peur, Harry, que, pour toutes ces raisons, il vous faille retourner dans votre pays. »

Je sentais distinctement mon ouïe refuser de relayer à ma faculté de compréhension les paroles qui venaient d'être émises, comme lorsqu'un coup du sort nous apparaît tellement extravagant qu'on refuse d'y croire, ou comme lorsqu'un événement terrible ou une désillusion intense nous font élever des barrières contre un désarroi dont on craint ne jamais pouvoir se relever. Peine perdue. Un déferlement de scénarios, de sentiments et de perturbations physiques s'est alors mis en branle, tandis que je tenais ridiculement mon verre de vermouth suspendu dans les airs, la mâchoire entrouverte, le souffle coupé. Certes, je comprenais que la guerre aurait forcément un impact sur le déroulement de mon séjour en France. Mais je n'y percevais aucune incidence devant contrecarrer mes projets ou différer mon apprentissage du piano. J'ai d'abord cru qu'il me suffirait de me mettre à l'abri des combats, sans aucune idée de l'ampleur qu'ils pourraient prendre, sans le moindre soupçon des privations qu'un tel cyclone impose toujours. N'étant pas citoyen français, je me voyais dispensé et épargné par l'appel aux armes. Il s'agissait simplement d'attendre que le calme revienne. Une fois la paix rétablie, je reprendrais mes études et ma carrière qui s'amorçait à peine, confiant de rattraper sans difficulté le temps perdu. Parenthèse fâcheuse, certes, mais autant en tirer son parti quand aucun contournement n'est envisageable. Dans ce raisonnement simpliste n'entrait aucune considération sur l'issue de la guerre ou sur ses conséquences, ni non plus sur sa durée. Nulle pensée pour les destructions, les pertes, les misères, les mutilations ou même la mort. La mort ne constitue encore pour moi qu'une vague entité abstraite réservée aux personnes plus âgées, confrontées à un horizon de vie plus restreint. Je m'imaginais sans peine me reconnecter avec la période antérieure comme si rien ne s'était interposé dans l'intervalle.

Mais monsieur Cortot venait de m'annoncer un autre scénario aux implications passablement plus considérables. Au moment même où je commençais à me sentir à l'aise dans mon habit de Français, au moment où je parvenais graduellement à surmonter l'obstacle de la langue, au moment où enfin s'annonçaient des étapes cruciales, l'entrée au Conservatoire, la création d'une œuvre de Debussy et d'autres esquisses du genre, voilà qu'on me signifiait le retour à la case départ. Voilà qu'on m'annonçait que je devais retourner aux États-Unis, là où rien ne m'attend, là où encore aucune percée significative ne s'est produite, là où, à part Willie, absolument personne n'espère mon retour. Qui plus est, avec la seule perspective de retourner à Allentown et à mon petit boulot de gardien de sécurité, en autant que je sois en mesure de le reprendre. Non, impossible. Je n'ai pas investi toute une année dans un autre pays pour ne pas en récolter quelques bénéfices. Je n'ai pas consacré tant d'efforts et d'espoir pour me retrouver soudain face au mur, sans autre possibilité que de tout recommencer à zéro. Je sentais un poids m'écraser impitoyablement les épaules, me comprimer les intestins où la tristesse et la déception exerçaient déjà des ravages considérables. En un mot, j'étais anéanti. Monsieur Cortot m'a observé quelques instants du coin de l'œil, le temps de s'assurer que j'avais bien saisi le sens de ses paroles, avant de poursuivre.

« Je vous regretterai particulièrement, Harry. De tous mes élèves, vous êtes sans contredit le meilleur et le plus doué que j'aie rencontré. Je me demande même parfois si vous ne me dépassez pas déjà. Quoi qu'il en soit, j'aurais eu grand plaisir à suivre votre carrière qui, je l'espère, pourra quand même prendre son envol dans votre pays. Et, qui sait, peut-être un jour nous reverrons-nous quand cette folie barbare aura fait place à l'apaisement. À ce moment, soyez assuré que j'aurai le plus grand plaisir à interpréter avec vous la *Fantaisie* à quatre mains de Schubert. »

Pour un peu, je me serais effondré en larmes. Mais j'étais encore trop sous le choc pour que les émotions s'extériorisent à leur aise. D'ailleurs, monsieur Cortot, pressentant bien la gamme des bouleversements qui se produisaient en moi, s'est levé pour mettre fin à notre entretien. Par pur réflexe, je me suis également mis debout. Il a alors retiré une enveloppe de sa poche pour me la remettre.

« Voici un billet qui vous permettra de faire la traversée à bord du *Lorraine* qui part la semaine prochaine, ainsi qu'une petite allocation pour vous faciliter la transition. J'aurais aimé faire mieux. Sachez à quel point je regrette cet imbroglio. Vous êtes sûrement très remué, mais le temps presse, croyez-moi. »

Me secouant, reprenant un semblant d'esprit, j'ai voulu refuser une offre par ailleurs très généreuse. J'ai évoqué la possibilité de me débrouiller seul, quitte à me trouver un travail, prêt à tout pour ne pas devoir retourner aux États-

Unis. Monsieur Cortot, en quelques phrases bien senties, m'a fait comprendre la déraison de mes propos, appuyant ses commentaires sur les pénuries à venir et sur les risques pour ma vie. Il n'y avait manifestement rien de plus à ajouter. Je n'avais qu'à m'incliner devant la voix du bon sens. J'ai saisi l'enveloppe en tremblant et j'ai serré la main de ce maître que je voyais possiblement pour la dernière fois, comprenant soudain à cette idée la gravité de la situation et les largesses de monsieur Cortot à mon endroit. J'ai voulu lui exprimer toute ma reconnaissance et lui offrir tous mes remerciements. Il a coupé court à mes effusions d'un geste nonchalant où perçait la lassitude.

« Vous n'avez pas à me remercier, Harry. Si je ne faisais pas profiter les autres de mon talent, je ne vaudrais pas mieux que la pire racaille humaine. Revenez me voir la veille de votre départ. Avec Clotilde, nous ferons un dernier dîner ensemble et peut-être encore un peu de musique, si le cœur vous en dit. »

Et comme s'il avait fallu cette douche glaciale pour me réveiller, j'ai pu constater, durant mes derniers jours passés à préparer mon départ, à quel point le climat tendu et hostile primait dans la ville. Plus personne ne souriait. Tous les visages arboraient la même mine concentrée et rébarbative. On ne parlait que de l'imminence de la guerre, les souvenirs du dernier conflit encore vivaces dans les mémoires. Les magasins étaient pris d'assaut, chacun s'empressant d'engranger des provisions. J'assistais, crispé, à des défilés de conscrits volontaires. Je commençais à comprendre la sagesse de monsieur Cortot et son insistance pour que je retourne chez moi. Les pensées, les actes, les décisions, tout s'orientait dans une direction précise et unique, celle d'un conflit à venir où aucun coup ne serait épargné, où aucune pitié n'aurait place et d'où beaucoup trop ne reviendraient jamais.

Même le jour de Noël, il me faut travailler. Ça vaut mieux, sans doute. Je ne connais pas grand monde de toute manière et chacun est plongé dans sa bulle d'occupations personnelles. Willie lui-même est retourné à Allentown dans sa famille. Le plus étonnant, c'est qu'il y a pratiquement autant de clients qu'à l'accoutumée. Ils se sentent sans doute en manque de chansons pour égayer leur réveillon. Les Blancs viennent et m'ordonnent de leur jouer inlassablement des partitions. Ils en choisissent quelques-unes et repartent après avoir payé, sans un mot, pas même de simples vœux de Noël. Les quelques Noirs qui fréquentent la place n'agissent guère mieux. Les innombrables préparatifs de Noël absorbent les dispositions de chacun et seules importent les réjouissances à venir. Grand bien leur fasse.

Je n'ai aucune nouvelle de Paris et je n'ai aucune peine à comprendre pourquoi. Lorsque je parviens à mettre la main sur un journal, abandonné sur un banc, je lis les dernières informations sur la guerre en Europe. Mes anciennes connaissances ont mieux à faire que de me parler du temps qu'il fait. Je regrette tout de même de n'avoir pas reçu une lettre de monsieur Cortot. Je lui avais laissé un mot d'excuse avant de partir, mot destiné à décliner son invitation à dîner, mais où j'en profitais pour lui témoigner tout mon respect et toute mon admiration. J'espère qu'il m'a pardonné de ne pas m'être présenté chez lui comme nous en avions convenu. J'avais encore beaucoup à faire avant mon départ du lendemain. Surtout, je n'avais pas le moral suffisamment ancré pour affronter une dernière mondanité. J'ai préféré demeurer seul, un peu comme je l'avais fait l'an dernier à Allentown, avant de prendre le bateau pour la France. J'ai effectué une longue marche de reconnaissance des lieux que j'avais appris à aimer, cherchant à bien m'en imprégner, à les fixer dans une mémoire où, en temps voulu, ils serviraient d'évocation réconfortante. J'étais plus heureux que je ne le croyais à Paris, c'est maintenant que je suis véritablement en mesure de le réaliser.

J'ai également écrit à Debussy et à Mathilde depuis mon retour, sans réponse non plus de leur part. Mathilde... Je l'ai revue pour une dernière étreinte deux jours avant de monter à bord du *Lorraine*. Malgré nos deux univers trop diamétralement différents, malgré une incompréhension réciproque de nos intérêts et de nos motivations, nous avions parfaitement conscience d'une sorte de courant régulateur entre nous. Sans pouvoir aller jusqu'à prétendre éprouver une affection à son endroit, je me surprends à penser souvent à elle. J'aimais le fait qu'elle assumait pleinement sa vie et sa condition, confiante en ses moyens de réussir. J'aurais voulu aller l'applaudir au théâtre dans son premier grand rôle. Je suis sûr qu'elle aurait été touchée par les fleurs de félicitations que je n'aurais pas manqué de lui offrir. Mais ça ne s'est pas produit.

Mathilde parlait beaucoup de la guerre à venir, cherchant même, disait-elle, un moyen pour s'enrôler lorsque le moment serait venu et pour partir au front afin de contrer la « déchéance » qui cognait aux portes des vieilles civilisations. La connaissant, nul doute qu'elle y soit parvenue, bien que je m'inquiète pour elle, pour son idéalisme, pour sa fraîcheur, pour sa vie, simplement. Il y avait chez elle un peu de l'idéalisme naïf du héros, du genre dont on retrouve les carcasses tapissant tous les champs de bataille.

Ici, la guerre n'apparaît que comme un lointain fait divers. Je me rends compte à quel point les gens de ce pays possèdent des intérêts étroits et ne se sentent concernés par rien de ce qui dépasse de leur sphère immédiate – et rabougrie – de valeurs. Je me rends compte également combien le fait d'avoir séjourné dans un autre pays m'a ouvert la capacité de mettre les événements en perspective. Je possède, grâce à ce séjour, une sorte de pôle de comparaison, une nouvelle échelle d'évaluation. Je suis maintenant en mesure d'appliquer de nouveaux critères à la perception de ce qui m'entoure. Et si au départ j'avais de bonnes raisons de nourrir des réserves sur mes semblables, sur ceux qu'on désigne comme mes compatriotes, désormais j'en mesure beaucoup mieux les implications, j'en possède une compréhension moins évasive... et moins indulgente. Ne serait-ce que pour cet aspect, les quelques mois vécus dans un pays étranger constitueront toujours une inestimable boussole de jugement.

Paris, le 10 février 1915
Mon cher ami,
Permettez-moi de me faire le reproche de ne pas avoir répondu plus vite à votre lettre, qui m'a fait tant plaisir; je ne voudrais pas vous faire l'affront d'un étonnement, mais elle m'a confirmé des choses qui, de vous, me sont excessivement douces à croire!

Quand je repense à notre dernière conversation, parmi le deuil des meubles, cela m'attriste d'être un peu exilé de vous, et il ne faut rien moins que l'assurance de votre amitié pour effacer ce qu'a eu de déconcertant votre départ au moment où tout allait si bien.

La santé de ma petite Chouchou m'a un peu inquiété ces jours-ci, on sait si mal ce qui se passe dans ces petits êtres que l'on perd vite son sang-froid... Maintenant, j'espère qu'il n'y a rien à craindre et m'excuse d'avoir tant tardé à vous répondre.

À ma défense, une grande partie de mon temps a été consacrée à un jury au Conservatoire. Cette vénérable institution, que vous dites regretter! Il n'y a rien à regretter. Le Conservatoire est toujours cet endroit sombre et sale que nous avons connu, où la poussière des mauvaises traditions colle encore aux doigts. Mais ce jury m'a quand même permis de me persuader à jamais que Beethoven écrivait décidément mal pour le piano et qu'il existe une mystérieuse corrélation entre la laideur des gens et la musique qu'ils choisissent... Enfin, on n'a pas souvent l'occasion d'entendre une fantaisie sur Les Dragons de Villars, *sans parler d'un Scherzo de Wollenhaupt, musicien mort depuis longtemps, paraît-il, ce qu'on apprend sans émotion, dans l'ignorance qu'il ait jamais vécu.*

Mais, sinon, que de précieux temps arraché inutilement à la roue qui tourne. Quelle utilité de donner son avis à des gens qui n'entendent pas? La musique est présentement divisée en un tas de petites républiques où chacun s'évertue à crier plus fort que le voisin. Et si tout cela fait d'assez vilaine musique pour que l'on puisse craindre de voir se perdre le goût de « l'autre musique », on n'y gagne rien de voir s'affermir une sorte de médiocrité prétentieuse encore plus nuisible qu'elle n'est irritante.

Vous savez aussi combien on écrit sur la musique, puisqu'à notre époque, quand on ne sait plus quoi faire ni surtout quoi dire, on s'improvise critique d'art! D'ailleurs, les artistes eux-mêmes se sont mis à rêver profondément sur des problèmes d'esthétique. Le plus curieux, c'est qu'ils disent généralement beaucoup plus de bêtises que les autres. Ne croyez-vous pas qu'il faudrait garder une attitude plus réservée et conserver un peu de ce « mystère » qu'on finira par rendre « pénétrable » à force de bavardages, de potins auxquels les artistes se prêtent comme de vieilles comédiennes?

Il y a certainement des choses à dire, mais à qui? Pour qui? Pour des gens qui oscillent de Beethoven à Maurice Ravel! Enfin, il est heureux que

*personne n'ait de génie à notre époque, puisqu'il
me semble que cela serait la position la plus
fâcheuse ou la plus ridicule qui soit au monde. Il
suffirait peut-être de supprimer toute publicité
comme tous bénéfices pour mettre les choses et les
gens au point, au nom de cette vérité oubliée...
« l'art est complètement inutile ».*

*À titre d'exemple, je vous dirai en terminant
que l'art d'orchestrer s'apprend mieux en écoutant
le bruit des feuilles remuées par les brises qu'en
consultant des traités où les instruments prennent
l'air de pièces anatomiques et qui, au surplus,
renseignent médiocrement sur les innombrables
façons de mélanger ces dits instruments entre eux.*

*Ma femme et moi vous envoyons toutes sortes
de bons souhaits de séjour – et même de retour –
et je suis votre fidèle et amical*
Claude Debussy

19 MARS 1915

Je relis les feuillets de Claude Debussy reçus le mois
dernier. Je me suis empressé de lui répondre, trop heureux
d'une lettre si dense et si chaleureuse. J'y retrouve le ton
qu'on lui reprochait souvent, hautain pour la plupart, gentiment provocateur en ce qui me concerne. Ses positions
tranchées sur l'art ne visent qu'à affirmer son droit à une
écriture « audacieuse » qui laisse souvent les auditeurs
perplexes et qui provoque même des réactions inexplicablement hostiles. De là à prétendre que l'art est inutile! Je
me remémore les discussions au Lapin agile ou au Chat
noir entre Debussy et Maeterlinck ou Milhaud. Les voltiges
oratoires de chacun résonnent toujours à mes oreilles et
me fournissent encore une profitable matière à réflexion.
Quand l'énergie ne me fait pas complètement défaut...

Je travaille encore à Tin Pan Alley, six jours à la suite, un nombre d'heures effarant. Heureusement, trois soirs par semaine, je suis chargé de l'accompagnement musical du film projeté au cinématographe. Bien sûr, un tel emploi du temps implique de longues et épuisantes journées. Tant d'heures passées quotidiennement au piano me laissent le dos en marmelade et les mains ankylosées. Mais l'accompagnement improvisé des séquences muettes qui défilent sur l'écran blanc me procure un tel plaisir et une telle consolation de la médiocrité endurée durant la journée que j'en oublie tous mes maux. Sans compter que ce revenu d'appoint m'ouvre une marge de manœuvre substantielle et me permet même de ramasser quelques économies que j'espère pouvoir utiliser à bon escient.

Willie m'accompagne souvent. Je lui permets de se faufiler jusqu'aux étages supérieurs, les seuls où les Noirs ont le droit de s'asseoir. Le piano est placé sur scène, de biais avec l'écran de manière à ce que je puisse suivre le déroulement du film. Les spectateurs semblent s'amuser beaucoup de mes appariements sonores, comme l'ouverture *Guillaume Tell* lors d'une cavalcade ou encore *L'Apprenti Sorcier* quand les bandits attaquent les innocents par-derrière. Sans compter les différents « bruitages » que j'effectue avec le plat de la main ou des arpèges chromatiques joués à toute vitesse. Willie me sert de critique et de conseiller, surtout lors de la sortie d'un nouveau film. Sans visionnement préalable, je dois anticiper les péripéties à venir et inventer le plus rapidement possible une superposition sonore appropriée, exercice de haute voltige où les erreurs sont inévitables. C'est là que l'apport de Willie se révèle particulièrement fécond. Il me dresse une liste des moments réussis et de ceux à corriger. Sa contribution passe inaperçue pour les autres, mais il fait en sorte que mes prestations collent étroitement au déroulement du film et me valent même quelques compliments. Monsieur Holland, le propriétaire, voit son portefeuille se remplir au même rythme que la salle du *Rose Gardens*. Il se frotte les mains de satisfaction mercantile et ne trouve rien à redire.

Les films eux-mêmes m'amusent énormément. Je demeure ébahi devant cette ingéniosité technique qui permet à des personnages de parader dans un cadre défini et sur une surface plane. Il m'arrive même de me laisser emporter par les péripéties à l'écran, au point d'en oublier presque ce que je suis en train de jouer. Bien que mon visionnement diffère de ceux qui sont confortablement installés dans la salle, je n'en éprouve pas moins une vive fascination envers ce nouveau genre de spectacle que certains commencent même à qualifier de septième art. Soir après soir, même en mission d'illustration sonore au piano, je parviens à suivre le déroulement et à découvrir de nouveaux détails à chaque fois. J'adore en particulier les comédies de Sennett, bien que mes films favoris à ce jour demeurent *The Great Train Robbery* et *The Cheat* d'un nouveau réalisateur, DeMille.

Par contre, *The Birth of a Nation* d'un dénommé Griffith, qu'on présente comme un génie, me laisse plutôt froid. Le film est truffé de scènes raciales hautement suspectes. J'y détecte même une apologie du Ku Klux Klan, ces bandes armées qui ont décimé des familles entières de Noirs et qui continuent de le faire. Le frère de mon grand-père a été pendu par les pieds et fouetté jusqu'au sang, puis détaché et piétiné par les chevaux d'une dizaine d'hommes masqués. Je ne vois rien de gratifiant à rappeler ces exactions, même dans le contexte transposé d'une œuvre de fiction. Sur ce film, je ne plaque que des accords sombres et j'évite de contribuer à l'exaltation palpable des spectateurs blancs dont j'entends jusqu'à ma place les exclamations jouissives. Je me fais violence pour ne pas interrompre mon travail et envoyer paître ces charognes.

Willie et moi discutons souvent des films que nous voyons. Nous nous amusons de la démarche saccadée des acteurs, de leurs mimiques exacerbées, de leurs gestes grandiloquents, de leurs maquillages outranciers. Nous analysons les nuances de gris et les effets de lumière, cherchant à établir une corrélation entre ces choix du réalisateur et les intentions dramatiques véhiculées par la scène en cours. Nous refaisons les films, élaborant notre propre façon de mettre en scène pour mieux expliquer le développement de l'action en minimisant le recours aux intertitres. Ces jeux avec Willie, et Mae qui se joint souvent à nous, constituent mes seuls instants de grâce depuis mon retour et mon installation à New York. Willie en profite pour exposer ses conceptions sur l'avenir des films.

« Tu sais, mon frère, ne te crois pas assuré d'un travail à vie en jouant du piano devant un écran blanc. Je te prédis que dans moins de dix ans nous aurons droit à du son intégré à l'image, avec bruitage et musique à volonté. »

Ça tombe bien, car je n'ai pas l'intention d'en faire une vocation. Je n'ai pas oublié mon désir de devenir pianiste de concert.

« Un jour, il y aura même la couleur! Et peut être qu'à ce moment nous aurons également droit à de véritables acteurs noirs, hein, Mae?

— Pour sûr! Pas ces foutus Blancs mal déguisés en caricature ridicule. Chaque fois que je vois un de ces pantins en train de nous tourner en bourrique dans des rôles de domestique ou de cantonnier, je bous de rage.

— Tu ferais une actrice formidable, ma poule! »

Mae rigole et taloche affectueusement Willie. Elle est jolie, Mae. Dommage qu'elle cherche à se défriser les cheveux et à se pâlir la peau. Mais comment lui en faire le reproche? Ils peuvent être fiers, les Blancs. Ils ont même réussi à nous déposséder de notre principal trait distinctif et à nous rendre honteux de notre couleur. Willie partage mon avis.

« Oui, un jour il y aura des acteurs noirs, la peau aussi foncée que le cul de ma mère, les babines épaisses comme une tranche de mangue et une chevelure plus large que les épaules. Et on vantera leur beauté! Ce jour-là, je pourrai même envisager de devenir réalisateur! »

Et Willie se met à décrire sa première « œuvre ». Il interprète les différents rôles et en rajoute jusqu'à nous faire pisser des larmes de rire. Il se calme enfin et se met à rêver, avant de rentrer chez lui.

« Tu sais, Harry, j'aime bien la musique, mais tu veux que je te dise? Le cinéma, c'est l'avenir. Le cinéma a un gros avantage sur n'importe quelle autre forme de spectacle : l'histoire qui est racontée se suffit en elle-même. Elle possède sa logique intrinsèque, dépouillée, réduite à sa plus simple expression. On sait comment l'histoire va se terminer, on connaît le sort qui advient à chaque personnage, on connaît leurs mobiles et les conséquences de leurs actes. Et surtout, le film ne se termine pas avant que la logique ait eu le temps de s'exprimer et de se conclure. Nous savons que, quoi qu'il arrive, le film va se poursuivre, et qu'à la fin nous connaîtrons toutes les réponses. On n'a qu'à se laisser conduire, tout doucement. Ce n'est pas le cas de la vie ordinaire, celle que nous retrouvons avec un pincement dès que nous sortons du cinématographe. La mort guette à chaque instant. Il m'arrive souvent de penser que si je mourais aujourd'hui je ne connaîtrais jamais notre avenir, à Mae et moi. Je ne saurais pas si nous aurons des enfants. Et si même nous en avions, je ne saurais pas ce qu'ils deviendraient, je ne saurais pas comment ils évolueraient et s'achèveraient à leur tour. Lorsque la mort est passée, il n'y a plus aucun moyen d'observer la fin de l'histoire, d'attendre qu'elle se conclue comme au cinéma. Nous disparaissons, bêtement et simplement, peu importe ce que prétendent les religions ou autres exaltations du genre. Quand j'y pense, j'en frémis, mais j'y trouve toutes les raisons d'en profiter au maximum. Et lorsque je me lève le matin et que j'aperçois le soleil par la fenêtre, je bénis ma chance. »

Va pour le cinéma. Mais ces considérations loufoques

et pénétrantes ne suffisent pas à me faire douter de mes intérêts pour la musique. Après tout, qu'est la musique, sinon une histoire avec un début, un milieu et une fin? Une histoire se déroulant avec sa logique propre? Avec ses péripéties et ses rebondissements? Avec ses envolées ou ses déceptions, ses retournements ou ses parcours implacables? La musique est également une histoire de mort, une histoire dans laquelle nous pouvons nous transposer, sans l'artifice d'acteurs prêtant leurs traits et leurs attitudes à nos manières d'être. À ce titre, elle me semble refléter notre condition beaucoup mieux que n'importe laquelle de ces projections sur écran, amusantes, certes, mais combien superficielles. Elles ne forment qu'une heureuse parenthèse, consolatrice et vivifiante. Mais seule la musique procure des pistes et un support pour nous permettre de circuler moins aveuglément dans les impitoyables dédales de l'existence.

> *Honfleur, le 22 mai 1915*
> *Cher ami,*
> *J'ai croisé ce bon vieux Claude, récemment, et il m'a parlé de vous, dont je me souviens de la virtuosité frénétique! De passage à Honfleur, pour ce beau printemps, j'ai eu l'idée d'une petite cabriole que je vous fais parvenir et vous dédie, espérant que vous saurez l'accepter avec mesure et en toute amitié.*
> *Sans rancune!*
> *Toujours vôtre,*
> *Erik Satie*

Gymnonégro

Doucement!

À monsieur Harry Button

Erik SATIE

18 JUILLET 1915

Ma vie se déroule au ralenti, comme en témoigne l'espacement de mes interventions dans mon journal. Il me semble revivre jour après jour un scénario établi d'avance et où je dois inlassablement rejouer le même rôle et déclamer les mêmes répliques. Cela fait maintenant un an que j'ai quitté la France. Le plus curieux, c'est qu'il me semble que c'était hier. En dépit de la langueur de mes journées, le temps continue de filer sans regarder derrière. Je me suis adapté à de nouveaux rythmes qui m'empêchent d'ailleurs de trop réfléchir ou de trop regretter.

Je me souviens encore de mon état de choc quand je suis revenu de chez monsieur Cortot avec l'enveloppe qu'il m'avait remise. Je n'ai pas dormi de la nuit, atterré, désespéré. J'ai tout de même réussi à me secouer le lendemain pour envoyer un télégramme à Willie et lui annoncer mon arrivée. Je ne voyais personne d'autre que lui pour me venir en aide. Déjà désemparé, je tremblais d'horreur à la seule idée de retourner m'installer à Allentown. J'avais quitté cette vie sans regret, malgré mes difficultés d'adaptation dans une ville aussi gigantesque que Paris. Il avait fallu que je quitte Allentown et que je séjourne ailleurs pour mesurer pleinement le côté étriqué de ces insignifiantes villes de province. Ces villes qui, pourtant, se flattent le nombril avec une suffisance à laquelle je refusais désormais de prêter mon concours.

Heureusement, je pouvais compter sur Willie. Je peux toujours compter sur lui, sur cette indéfectible amitié entre nous, sur cette connivence, la seule pour laquelle je pourrais aller jusqu'à sacrifier ma vie si elle devait épargner celle de Willie, tout en sachant qu'il en ferait autant pour moi.

Le lendemain, j'ai reçu un télégramme de Willie qui me réconfortait et qui réglait temporairement le problème de ma réinsertion aux États-Unis. Quelqu'un m'attendrait à mon arrivée, quelqu'un m'hébergerait durant le temps nécessaire pour reprendre pied et retrouver mes repères. Le temps peut-être également pour récupérer l'énergie qui m'animait et pour me remettre sur les chenaux de mes ambitions de carrière.

Comme il se doit, le *Lorraine* a quitté les rives de France sous un ciel lugubre, métaphore parfaite de mon état d'esprit. Agrippé à la poupe, j'ai regardé l'horizon s'éloigner jusqu'à ce qu'une bruine glaciale me force à retraiter dans ma cabine. Ce n'était là que les prémices d'une traversée infernale. Rien de comparable avec l'aller à bord du cargo où je faisais partie des membres de l'équipage qui m'acceptaient comme un des leurs, surtout grâce au fait que j'égayais leurs soirées au piano. À bord de ce paquebot, il en allait tout autrement. Une clientèle fortunée accaparait les ponts supérieurs tandis que les classes plus pauvres s'agglutinaient dans les étages inférieurs. Dans sa générosité, monsieur Cortot m'avait doté d'une cabine simple au deuxième pont. Dès le premier jour, il m'est apparu clair que le voyage n'allait pas se dérouler sous le signe de l'indolence paisible et des convenances polies qui caractérisent la vie à bord des paquebots. La majorité des clients étaient américains et regardaient d'un fort mauvais œil la présence d'un Noir à leurs côtés. Plongé dans mon vague à l'âme anxieux, je ne l'ai pas remarqué jusqu'à ce qu'un officier me demande de le suivre. Il m'a fait asseoir dans un fauteuil, se grattant la tête à la recherche des formulations appropriées.

« Je ne sais trop comment vous annoncer une directive pénible qu'on me charge de vous communiquer. Nous avons reçu, à peine les amarres larguées, plusieurs plaintes en raison de la présence d'une personne de couleur parmi les passagers des classes supérieures. Malgré le fait que nous n'ayons aucune politique d'exclusion raciale, malgré notre insistance sur le fait que vous êtes un passager ayant réglé son passage en bonne et due forme, les pressions viennent de personnes très influentes qui pourraient causer des dommages sérieux à la réputation de notre paquebot, vous me comprenez? Les affaires sont les affaires. »

Je le voyais venir. J'ai toujours eu l'impression que, lorsque je traversais une période un peu plus chaotique, tous les événements semblaient converger pour empirer la situation. Au moment où on espère une accalmie, un nouveau pavé nous tombe sur la tête, prolongeant cette zone de turbulences où, décidément, « tout va mal ». En écoutant cet officier s'empêtrer dans ses formules tout en se tordant les doigts d'embarras, je comprenais qu'il me faudrait composer avec une nouvelle contrariété. Mon interlocuteur craignait à juste titre une protestation véhé- mente de ma part, exacerbant une tension dont personne n'avait besoin – même si je ne me sentais pas de taille à me battre et que je n'éprouvais surtout aucune envie de le faire. Il s'est donc empressé de prendre les devants.

« Si vous acceptez de demeurer dans votre cabine et de ne pas vous mêler aux autres passagers, la compagnie vous dédommagera en remboursant intégralement le prix de votre traversée. Qu'en pensez-vous? »

Ce que j'en pensais? Ce que je pensais de cette vie de paria que la simple couleur de ma peau m'imposait? Ce que je pensais de devoir constamment me trimbaler à travers les écueils de l'intolérance et de l'exclusion? Ce que je pensais des ondes de haine qui me faisaient courber les épaules sans comprendre ce qui peut bien justifier un tel débordement? À ce moment, écrasé dans un fauteuil, j'avais l'impression qu'on m'avait greffé des jambes de plomb et que je ne serais plus jamais capable de me relever. Une sorte de nausée m'envahissait, sentiment que j'avais pourtant déjà éprouvé, par exemple, lors d'une interdiction d'entrée dans un parc ou dans un restaurant. Je regardais fixement l'officier qui attendait ma réponse, impatient que cet entretien prenne fin. Lui-même m'observait, résigné à un accès de colère qui aurait pourtant été légitime, préparé à passer à l'étape suivante où probablement on me barricaderait dans une cabine jusqu'à la fin du voyage, si je refusais de coopérer. Que pèseraient par la suite les protestations outrées d'un pauvre nègre comparées à celles que laissaient planer les nantis qui prenaient l'apéritif dans le grand salon? Ces Blancs, certains de leur bon droit, qui refusaient de céder la moindre parcelle d'entente à ces misérables descendants d'esclave qu'il aurait été bien plus commode d'exterminer purement et simplement. Et moi, sale nègre, qui dérange par sa seule présence devant un pauvre officier qui ne cherche que le moyen de faire son boulot sans reproche. Toute cette mise en scène m'est apparue soudainement comme une telle farce, comme une comédie tellement grotesque, que je me suis mis... à rire! Inquiet et décontenancé, l'officier ne savait comment interpréter ma réaction qui ressemblait à un accès de folie. J'en ai profité pour poser mes conditions : je ne sortirais que la nuit et, en contrepartie, on me laisserait l'usage sans contrainte du piano, on me fournirait trois repas comme n'importe quel autre passager, repas que je prendrais dans ma cabine ou dans le salon, on me rembourserait la traversée plus un dédommagement pour ma coopération et on me fournirait des livres pour que je puisse passer le temps lorsque je serais confiné dans ma cabine. Trop heureux de s'en tirer à si bon compte, l'officier a immédiatement agréé à toutes mes conditions, et j'ai regagné ma tanière sans même répondre à la poignée de main qu'il me tendait.

Et ainsi s'est déroulé ce voyage pathétique, durant lequel je ne voyais la lumière du jour qu'à travers le hublot de ma cabine, ingurgitant seul mes repas, ne prenant l'air qu'enfin la nuit venue et partageant mon temps entre le piano, la lecture et le sommeil. Je sortais de ma cabine autour de minuit, avec des vêtements qui pouvaient me faire confondre avec le personnel de bord et ainsi m'éviter des ennuis de la part de passagers éméchés. Je me rendais au grand salon, attendant discrètement le départ des noctambules, puis je m'installais au piano. À ces heures tardives, on me fichait la paix. La musique me consolait de mon isolement et aidait à passer le temps, mais elle s'avérait impuissante à dissiper la mélancolie dont j'étais envahi.

Pour tout arranger, la mer houleuse m'a donné mal au cœur durant les deux tiers de la traversée. Le calvaire terminé, tous les passagers descendus et le dédommagement réglé, j'ai quitté le paquebot, ébloui par un soleil trop vif et étouffé par une chaleur moite. Willie est sorti de sa planque pour venir à ma rencontre au pied de la passerelle. Nous nous sommes jetés dans les bras l'un de l'autre, émus de nous revoir après tout ce temps.

« Dis donc, j'ai bien cru qu'on t'avait balancé par-dessus bord! T'en as mis un temps à sortir! »

Je lui ai raconté brièvement mon « assignation à résidence ». Willie m'a aidé à transporter mes quelques sacs d'effets personnels.

« Viens, Mae nous attend. Elle t'a concocté un petit repas de bienvenue qui te fera oublier les sauces françaises. »

J'ai éclaté de rire. Pour la première fois depuis deux semaines, je sentais le garrot de la tension lâcher prise. J'étais vraiment heureux de revoir Willie. Toujours le même, avec ses cheveux plus longs que la normale, ses bras qui bougeaient sans répit, sa taille trapue et son humeur débonnaire. Il habitait un petit appartement sur la Cent Vingt-Deuxième Rue à Harlem. Lui et Mae l'occupaient depuis le printemps dernier, tous deux ayant quitté Atlanta et abandonné leurs études pour venir s'installer à New York, en quête de la « grande vie », comme dit Willie. Mae avait trouvé un emploi de serveuse, tandis que Willie frayait dans diverses affaires louches qu'il refusait, et refuse toujours, de me décrire. En dépit des difficultés matérielles, ils semblaient enchantés de leur sort, au diapason d'une ville démesurée, mégalomane, mais où l'aventure et la découverte se nichent à chaque coin de rue. Leur logement ne comportait que trois pièces et avait été meublé avec les moyens du bord. Ce côté hétéroclite et sympathique faisait efficacement oublier la vétusté des lieux et les réparations en souffrance. Sans compter un loyer prohibitif de cinquante dollars par mois! Ce qui ne semblait pas préoccuper Willie. Il ne cessait plutôt de me vanter le dynamisme du quartier, majoritairement peuplé de Noirs, où une collusion d'intérêts prenait corps et s'affirmait de plus en plus.

« Pour la première fois, je vis l'incroyable sensation d'être chez moi, de faire partie d'une communauté dont rien ne vient m'exclure du simple fait de ma couleur. Tu n'imagines pas l'effet grisant que cela produit. J'en suis étourdi! Tu verras, dès que tu seras un peu acclimaté, tu ne voudras plus jamais partir d'ici. »

Je dois beaucoup à Willie et à Mae pour ces quelques mois où ils m'ont accueilli chez eux. Je dormais sur le canapé défoncé du salon auquel j'ai fini par m'habituer et d'où me tirait Mae pour que je déjeune avec elle lorsqu'elle partait pour son travail. Je descendais souvent en sa compagnie pour la conduire à son restaurant, puis pour me mettre en quête d'un logement, d'un emploi et surtout d'un piano dont j'aurais pu disposer. Les doigts me tourmentaient. Depuis que j'avais commencé à jouer du piano à l'âge de cinq ans, je n'avais jamais été si longtemps éloigné de l'instrument. Au cours de ces pérégrinations, j'en profitais pour me familiariser avec le quartier, en découvrir différentes facettes, en reconnaître les marques d'intérêt. J'arpentais les rues, admirant la richesse décorative de plusieurs immeubles, jetant un œil sur les affiches des clubs dont la réputation attirait les Blancs jusqu'à Manhattan. Je comprenais Willie d'apprécier autant le fait de se sentir intégré à un milieu accueillant, ce que moi-même j'avais partiellement expérimenté à Paris, avec la différence qu'ici les gens, des Noirs en très grande majorité, se saluaient les uns les autres, tous ébahis de leur chance de jouir enfin d'un mode de vie d'où l'hostilité et l'aversion étaient bannies autant que possible.

Mais les Blancs qui ont déserté le quartier pour l'abandonner aux Noirs, non sans au passage engranger de substantiels profits, ont créé un vide de commerces et d'emplois que les Noirs, peu rompus à la marche des affaires, n'ont pas encore eu le temps d'investir. Ma recherche d'un boulot s'en trouvait d'autant compliquée. Je commençais à désespérer, me butant à des refus incessants, même pour des tâches subalternes mal rémunérées. Et puis, on m'a parlé de Tin Pan Alley où les pianistes semblaient très en demande. Je me suis présenté au bureau d'embauche un matin. Un certain John Mulclair m'a reçu après une trentaine de minutes d'attente et m'a fait asseoir à un vieux piano droit dans un coin de son bureau. Il m'a tendu une feuille, sans aucune question préalable.

« Tiens, joue ceci. »

Il s'agissait d'une musique écrite dans le style « ragtime ». La partition s'intitulait *My Eyes in Heaven* et ne présentait aucune difficulté apparente. Je l'ai interprétée à vue sans aucune erreur et du premier coup. Monsieur Mulclair m'a regardé, un peu interloqué.

« Tu connaissais cette chanson?

— Non, c'est la première fois que je la vois. »

Il est allé tirer une autre feuille d'un classeur et l'a placée sur le piano.

« Si tu joues cette musique sans erreur, je te prends à bord. »

Je n'en croyais pas mes oreilles. La chance commençait-elle à tourner enfin? Si je décrochais cet emploi, je comblais deux besoins du même coup : des revenus et un piano. Je pourrais enfin participer aux frais chez Willie en attendant de me trouver mon propre logement, tout en renouant avec l'instrument dont la sensation des touches sous les doigts agissait comme un baume. Il n'était pas question que je rate mon coup. Pour impressionner monsieur Mulclair, j'ai lu la partition et je l'ai retournée avant de l'attaquer de mémoire avec un brio que l'inactivité des précédentes semaines, à mon grand contentement, n'avait pas trop émoussé. Après le dernier accord, monsieur Mulclair est demeuré silencieux quelques instants. Sur le coup, j'ai craint d'avoir trop beurré et de l'avoir contrarié pour quelque raison. Puis, il a annoncé le verdict :

« J'ai composé cette chanson hier soir. Il est donc impossible que tu la connaisses. Et tu peux la jouer par cœur après une seule lecture... »

Je le regardais sans rien dire, espérant la partie gagnée.

« Je t'engage. Tu commences demain. Présente-toi à huit heures à cette adresse. »

J'ai bondi sur mes pieds sous la secousse d'un élan de bonheur et de soulagement. Encore imprégné de l'expérience française, j'ai spontanément tendu la main à monsieur Mulclair pour sceller notre entente. Il m'a jeté une moue de dédain, puis m'a tourné le dos, sans rien dire. Je me suis empressé de quitter son bureau avant que ma familiarité exubérante le fasse revenir sur sa décision.

Le soir, on a fêté mon embauche avec quelques bières, manière symbolique de marquer le début d'une nouvelle étape, salut reconnaissant à la conduite des événements qui ne cessent de modifier le cours d'une vie et d'épicer un quotidien trop souvent fade.

Waterbury, 29 juillet 1915
Monsieur Harry Button
557, 120e Rue, app. 12
Harlem, New York

Monsieur,
Nous avons bien reçu votre proposition pour un récital au Symphony Hall. Nous avons cependant le regret de décliner cette proposition, le programme des deux prochaines saisons ayant déjà été fixé.
Nous vous remercions de l'intérêt que vous

avez manifesté envers notre organisation et vous prions de recevoir nos salutations distinguées.
Edmond Starkey
Directeur artistique

Springfield, 4 août 1915
Monsieur Harry Button
557, 120ᵉ Rue, app. 12
Harlem, New York

Monsieur,
Étant donné l'abondance de demandes que nous recevons, nous sommes dans l'obligation d'effectuer des choix rigoureux. Dans ce contexte, votre offre n'a pu être retenue. Nous vous invitons à soumettre votre programme à une autre institution qui saura sans doute y faire bon accueil.
Respectueusement,
Helen Roberts
Pour Sir Pete Fisher, président

19 AOÛT 1915

Sur les vingt-sept lettres que j'ai envoyées pour offrir mes services ou pour me proposer comme pianiste de concert, je n'ai reçu que deux réponses. Négatives, comme prévu. Je ne sais pas comment procéder pour m'insérer dans une saison de concerts. J'espérais que, par courrier, le handicap de la couleur de ma peau m'éviterait les préjugés, mais il semble que ce ne soit pas suffisant. À moins que le fait de vivre à Harlem soit déjà considéré comme une tare et m'ôte d'emblée toute chance de percer. J'ai beau me répéter que je n'ai que vingt ans, je trépigne d'impatience, de plus en plus excédé de travailler dans ces conditions minables à Tin Pan Alley. J'ignore comment m'y prendre et personne autour de moi n'est en mesure de me conseiller. Peut-être faudrait-il que je contacte un agent, mais qui voudrait s'occuper de la carrière d'un nègre? Je continue donc de marcher à vide, attendant un signe qui m'indiquerait enfin la direction recherchée. Je garde toujours espoir qu'une embellie finira par se produire et que je pourrai enfin atteindre mes buts.

Pour tout arranger, la canicule sévit de manière féroce en ce moment. Je travaille dans une pièce surchauffée, sans ventilation, suant à un point qu'il me faut éponger le clavier après chaque client. Heureusement, ils se font plus rares l'été. Je peux en profiter pour somnoler et franchir tant bien que mal mon chemin de croix horaire. Lorsque je reviens chez moi, le soir, vidé, affamé, le plus souvent à pied, je passe toujours près du bassin de natation municipal. Chaque fois, ma poitrine se serre lorsque j'observe les enfants noirs interdits d'accès, agglutinés à la clôture métallique, accablés de chaleur, enviant les Blancs qui s'ébattent dans l'eau fraîche et qui n'ont même pas un regard pour eux. Une scène similaire se déroule devant le marchand de glaces qui repousse hargneusement les enfants noirs qui lui tendent pourtant l'argent nécessaire. Tout le parcours jusque chez moi m'offre d'inconcevables tableaux de ce genre. Il n'y a qu'aux abords de Harlem que la normalité sensée semble reprendre ses droits. Bien qu'il n'y ait pas de piscine, les gamins du quartier trouvent le moyen de « s'épivarder » sous les jets d'une borne-fontaine défoncée, tout en bouffant des glaces qu'on ne leur a pas refusées. Ici, à Harlem, ils sont partiellement épargnés par le racisme. Leur insouciance me réjouit, mais combien de temps encore pourront-ils conserver leur candeur?

22 OCTOBRE 1915

Tin Pan Alley. Déjà trois mois, trois pénibles mois, que je travaille à Tin Pan Alley, cette foire de la chanson, ce

194

marché de la musique à rabais, ce miroir aux alouettes de l'argent vite gagné et de la gloire à bon compte. Chaque jour, je me sens dépérir et je ne parle même pas sur le plan physique. Non, les longues journées exténuantes ne m'effraient pas. Les doléances de clients insatisfaits ou souffrant d'indécision chronique, j'en fais mon beurre. Non, là où se situe le problème, c'est au niveau de ma réceptivité musicale. Il m'arrive quelquefois de me présenter au travail avant les heures d'ouverture. Je profite alors d'un peu de temps pour parcourir quelques partitions que je traîne avec moi. À mon grand désarroi, je constate que l'acuité de mes doigts s'estompe, que ma maîtrise du clavier se relâche. Il me faudrait quelques semaines d'entraînement intensif, d'exercices de gammes et d'accords pour retrouver le niveau auquel j'étais parvenu à Paris, lorsque je préparais l'examen d'admission au Conservatoire. Je ne sais même pas si je pourrais le réussir à présent.

La faute? Ces musiques sirupeuses et insipides que je dois débiter au piano, inlassablement, chaque jour, à des hordes de clients avides de chansons nouvelles ou à des prétendants venus présenter leurs géniales compositions constituées de trois accords et de mélodies à deux notes. Ce simplisme souvent arrogant a pour effet d'amoindrir mes réflexes, de diminuer mes facultés d'interprétation et d'engourdir ma sensibilité. Je m'en suis ouvert récemment à Debussy, de qui je tente laborieusement d'apprendre les magnifiques *Images*. Auparavant, j'aurais pu explorer quantité de pistes, varier les dynamiques et les tempos, approfondir le sens de cette musique jusqu'à la moelle. Ce matin, je me suis surpris à les interpréter dans un rythme qui faisait penser à une valse! Pour un peu, j'en aurais pleuré. À force de jouer ces chansons insignifiantes pour la grande majorité, mes doigts ont développé des automatismes, acquis une autonomie, pire une indépendance que je ne parviens qu'au prix des plus grands efforts à contrôler. Il me faudrait mon propre piano pour que le soir, chez moi, je puisse retrouver la souplesse et la fluidité de mon jeu. Encore que j'ignore où je trouverais l'énergie physique, après dix heures à m'éreinter sur un clavier, accroupi sur un tabouret inconfortable...

Tin Pan Alley. Je me suis demandé d'où venait ce sobriquet. J'ai posé la question à monsieur Mulclair, l'autre jour. Il m'a expliqué que ce nom avait été mentionné par un certain Monroe Rosenfeld dans une série d'articles tournant en dérision la cacophonie qui rugissait des locaux des éditeurs de musique, tous regroupés dans le quartier. Pour ce reporter excédé, ce vacarme ressemblait à une « fanfare de casseroles ». De fait, il suffit de se promener sur la Vingt-Huitième Rue et on comprend tout de suite l'allusion, encore que toutes ces mélodies enchevêtrées offrent une complexité contrapuntique non dépourvue d'intérêt. J'ai même entendu dire qu'un compositeur du nom de Charles Ives utilise un procédé semblable dans ses œuvres. Nul doute pour moi qu'il a dû traîner dans le coin pour pondre une idée aussi originale.

Mais en réalité, le plus souvent, ce « bruit d'enfer », comme s'en plaignent les résidants du quartier, n'est pas loin de s'apparenter à celui émis par une usine. Ce qui n'a rien de surprenant étant donné la vocation des lieux. New York est devenue une plaque tournante de l'édition musicale et des spectacles. La demande de musique est inépuisable. Aussi, tous les éditeurs, comme Thomas Harms ou Whitmark, ont choisi de s'installer dans le même quadrilatère et se font une concurrence féroce pour vendre leurs produits. Les enjeux financiers sont colossaux. Une chanson comme *After the Ball* s'est vendue à cinq millions d'exemplaires! Il faut dire également que l'offre ne concerne quasiment que des chansons, destinées au marché des vaudevilles et des théâtres. La musique « sérieuse » ne trouve pas place ici. Ainsi le veut la clientèle, sollicitée, auscultée, analysée pour mieux connaître ses goûts et pour mieux déterminer les tendances qui rapporteront une fortune à leurs auteurs. En ce moment, presque tous les thèmes des nouvelles chansons tournent autour de la vie paisible des petites villes rurales. Des compositeurs sont recrutés pour produire des chansons exclusivement sur ce sujet. Je les vois quelquefois entassés dans des locaux exigus, s'escrimer et se relancer pour trouver des idées et créer des mélodies inédites et des couplets faciles à retenir. Là encore, leur labeur s'apparente davantage à celui des travailleurs d'usine qu'à celui de créateurs inspirés. Ils suivent d'ailleurs des horaires similaires, dînant à heures fixes et quittant tous au coup de sifflet après avoir gagné à peine de quoi se nourrir. J'imagine mal Stravinski travaillant dans de telles conditions. Il serait certainement le premier à dénoncer cet asservissement de la musique à de la rémoulade bon marché.

Après avoir connu à Paris les débats fiévreux sur la musique, je n'étais pas préparé à cette réalité. Ici, le public-roi dicte ses conditions et métamorphose la création musicale en marché à la criée. Il suffit de hurler plus fort que le voisin pour convaincre de son génie. Tout est mis en œuvre pour provoquer le geste ultime de la part d'un client : l'ouverture des goussets et le versement des écus dans le tiroir-caisse. Je m'étonne de cette véritable comédie de boulevard. Je ne saisis pas que des compositeurs ayant derrière eux un imposant bagage musical et des années de formation qu'ils pourraient mettre à meilleure contribution acceptent leur sort et se prêtent à cette bouffonnerie. Mais je ne me désole pas pour autant, trop intrigué par ce phénomène émergeant dont je sens qu'il pourrait servir de modèle, si ce n'est pas déjà fait, à plein d'autres domaines. J'observe une tendance lancée à fond de train et à laquelle, je le sens bien, il est inutile de s'opposer. Willie y voit une illustration typique de la loi de « l'offre et la demande ». Je me dis qu'il faudrait sans doute enrichir « l'offre » si on veut élargir « la demande », d'où une motivation supplémentaire à me produire enfin en concert. Je me ferais le porte-étendard des nouvelles tendances de la composition, du moins j'essayerais d'ouvrir des horizons sonores plus diversifiés, de faire découvrir des styles et des manières susceptibles de susciter la discussion, voire la controverse. Willie y détecte une « autre de mes naïvetés coutumières », mais peu m'importe. Comment trouver l'effort de supporter des journées harassantes, sans le fil conducteur d'une conviction? Comment vivre sans épouser une cause? Celle qui m'anime en vaut bien une autre, et je la revendique bien haut.

Pour en revenir aux chansons, le bureau de monsieur Mulclair en propose plusieurs milliers. Une de mes tâches au début a consisté à les répertorier et à les jouer toutes, sans exception. De la sorte, si un client me demande une musique sur le thème d'une promenade au bord de la mer ou sur la rapidité des automobiles, je dois tout de suite pouvoir lui recenser un échantillonnage convaincant, l'appâter avec un choix abondant susceptible de faire vibrer sa fibre consommatrice. Il faut dire que je suis bien servi par ma mémoire, même s'il m'a fallu un bon mois pour m'y retrouver facilement et connaître la grande majorité des titres. Quelques clients font fi de la couleur de ma peau. Ils savent reconnaître ma dextérité et ma connaissance de ce répertoire de chansonnettes. Souvent, ils demandent à me consulter lors d'un nouvel achat. J'effectue mon boulot de mon mieux, accumulant une expérience malgré tout utile et instructive, y compris les inévitables contrariétés. Certains rats blancs me demandent exprès de leur interpréter des chansons comme *If Time was Money, I'd be a Millionaire*[10] qui se moque scandaleusement de la paresse « congénitale » des Noirs ou encore *Stay in your Own Backyard*[11], titre éloquent qui se passe de commentaires. Les Chinois ou

---

10. Si le temps était de l'argent, je serais millionnaire!
11. Reste dans ta cour!

les Irlandais en prennent également pour leur rhume et servent de souffre-douleur privilégiés. Seuls les Blancs, même en chansons, apparaissent sans reproches.

Je ne connais que très peu mes « collègues » de travail. Je n'ai pas obtenu le droit de m'asseoir avec eux durant la pause de quinze minutes le midi. Mis à part monsieur Mulclair ou mademoiselle Taylor qui me remet ma paie hebdomadaire, personne ne m'adresse la parole. Il n'y a que ce garçon, plus jeune que moi, qui vient quelquefois me rendre visite dans mon officine. Un matin, il m'a entendu travailler à une transcription de mon cru de *L'Oiseau de feu* de Stravinski. Il est entré dans mon local, ne marquant aucune surprise particulière de voir un Noir installé à un piano.

« Bonjour, je suis George Gershwin! J'aimerais savoir quelle est cette musique. »

Je lui ai parlé de Stravinski qu'il connaissait de nom. Nous avons discuté durant une trentaine de minutes jusqu'à ce que monsieur Mulclair vienne nous aboyer de nous mettre au boulot. Depuis, Gershwin et moi prenons quelques repas ensemble, toujours autour d'un piano. Il me plaît bien, ce type, malgré son habitude indécrottable de me souffler au visage la fumée de ses cigares. Je n'ai jamais vu un tel passionné, un tel boulimique de musique, de piano et de chanson. Il faut dire que, contrairement à moi, il baigne dans son élément. Il rêve lui-même de pondre des chansons à succès qui lui assureraient une gloire sans équivoque et une richesse sur mesure. Sa technique pianistique prouve ses immenses aptitudes, surtout lorsqu'il brode un thème classique à la manière jazz, ce nouveau genre de musique dont les Noirs font la promotion en la vantant comme un authentique produit de la culture nègre américaine. Gershwin s'y intéresse de très près et m'incite fréquemment à m'y mettre, mais je préfère lui faire entendre les *Préludes* de Scriabine. Il faut dire que je connais peu le jazz. On me parle d'un certain Jelly Roll Morton comme du plus grand pianiste noir et qui serait l'instigateur de ce courant, mais je n'ai guère encore eu l'occasion d'entendre quoi que ce soit qui s'apparente au jazz, sauf par quelques amateurs dans des fêtes publiques ou par des chansons qui font appel à la technique du ragtime. Le plus ironique, c'est qu'on ne peut écouter cette « musique de Noirs » que dans des clubs réservés aux Blancs. Willie connaît quelques combines. Je l'accompagnerai un de ces soirs où je ne serai pas trop crevé pour me forger une meilleure idée.

En attendant, j'explique à Gershwin mon désir de devenir pianiste de concert, ce qu'il comprend très bien. Il cherche même à m'aider, convaincu que mon jeu pianistique pourrait faire fureur.

« Ce qu'il te faut, ce sont des contacts pour t'ouvrir des portes et te présenter aux bonnes personnes, celles qui possèdent les leviers des décisions et des carrières enviables. T'as entendu parler du salon d'A'Lelia Walker? Un de mes clients réguliers m'a promis de m'y amener prochainement, grâce à une petite chanson que je lui ai composée pour l'anniversaire de sa femme. Je m'arrangerai pour que tu sois également invité. »

Je n'ai pas pu m'empêcher de lui faire remarquer qu'étant noir, il m'est difficile d'imaginer que ce soit aussi simple.

« Et pourquoi pas? A'Lelia est également noire! »

14 novembre 1915

La vitalité impétueuse de George Gershwin me dynamise salutairement. Les journées de labeur épuisant à Tin Pan Alley m'apparaissent ainsi moins futiles et moins éreintantes. En outre, notre connivence de pianistes n'a que faire de notre différence de peau, circonstance d'autant moins négligeable que peu courante. J'aime prétendre que la ségrégation n'a pas de raison d'être dans les arts, là moins qu'ailleurs. Ma relation avec ce Gershwin me conforte dans cette conviction, fût-elle, je m'en doute, du domaine de l'illusion la plus aveugle ou de l'utopie la plus puérile.

Ce baume que jettent sur mon humeur maussade et inquiète nos discussions virevoltantes sur la musique tombe pile. Il contraste avec le climat général qui sévit en ce moment, où la perspective que le pays entre en guerre et se joigne au chœur des belligérants de la planète apparaît de plus en plus plausible. Le président Wilson a beau continuer de revendiquer la neutralité dans le conflit mondial, on sent qu'il commence à chanceler. Le point tournant a été le torpillage allemand du *Lusitania* au mois de mai dernier. Plus de mille personnes, dont cent vingt-huit Américains, ont péri dans le naufrage du paquebot, ce qui a provoqué une vague d'indignation et fait progresser de manière inespérée la cause des militaristes et des interventionnistes. Le recrutement de l'armée s'est d'ailleurs intensifié depuis, et Willie se demande quand la conscription obligatoire deviendra générale.

« Pour une fois, la couleur de notre peau va jouer en notre faveur. J'ai entendu dire que même en cas de déclaration de guerre à l'Allemagne, notre armée maintiendrait la ségrégation et refuserait d'enrôler des Noirs. Tant mieux. Je ne crois pas que je me sentirais très chaud de participer à ce carnage, même pour descendre quelques Blancs, européens ou non. »

Mae et Nella étaient indignées. Pour elles, la signification de ce conflit est d'abord une question de liberté. Elles affirmaient qu'il faut laisser tomber sa mauvaise conscience, pour le salut d'une cause et pour la libération de peuples menacés par l'oppression.

« Liberté? Tu parles! Ces vieilles nations qui se jalousent au point de se déclarer la guerre au moins trois fois par siècle! Je vais te dire, tant que les torpilles allemandes ne viendront pas nous arracher quelques têtes, je ne verrai aucune raison de me faire saigner comme un goret pour une cause qui n'est pas la mienne. Je me bats d'abord pour nous libérer de notre propre asservissement en tant que Noirs. Nous sommes seuls dans ce combat. Jamais les Européens ne se risqueront à nous venir en aide. À leur tour de s'arranger. »

Question de point de vue, j'imagine. J'ai peine pourtant à épouser pleinement l'opinion de Willie. Notre propre situation ne devrait pas nous contrarier au point de laisser des peuples souffrir inutilement. Qui sait quelles pourraient être les retombées, même ici où nous sommes à la fois proches et éloignés de l'Europe, si l'Allemagne remportait cette saloperie de guerre? L'imbrication du monde se révèle chaque jour plus poussée, plus complexe. Le retranchement étroit et borné sur son petit territoire me semble constituer le plus méprisable des comportements. Tout est lié.

3 JANVIER 1916

En ce début d'année, rien ne vient m'inciter à participer aux réjouissances encore en cours, malgré une neige fine qui tombe lentement depuis hier, qui camoufle la saleté des rues et qui console de la fraîcheur de l'air. De ma fenêtre, j'aperçois quelques chantiers de construction. Ils ne sont rien en comparaison des immenses cratères du centre de Manhattan qui annoncent l'élévation de hautes tours de trente étages! J'ai peine à croire qu'une construction aussi vertigineuse puisse tenir debout. Cette folie des hauteurs caractérise pour moi celle qui semble s'être emparée de la ville entière. Il y a deux semaines, un dimanche, j'ai poussé ma promenade jusqu'à Battery Park tout au bout de Manhattan où j'ai vu des dizaines d'immigrants débarquer, en quête d'une vie meilleure. Un balayeur noir m'a expliqué que la famine sévit en Europe, en particulier en Irlande que les habitants fuient par milliers. Beaucoup accostent ici même, le dépit accroché au cœur mais la volonté inébranlable.

« Et écoute-moi bien, fiston. Ces foutus de rouquins

202

catholiques ne viennent pas ici nous offrir des bouquets de fleurs. Il faudra lutter avec eux. Les Noirs et les Irlandais, au lieu de faire front commun contre les Blancs qui dirigent ce pays merdique, vont finir par se battre entre eux, tu verras. Au lieu d'apparaître comme des alliés, nous serons leurs plus sérieux concurrents dans la recherche d'un foutu job ou d'un logement décent. Et regarde, il en arrive chaque jour un peu plus. »

Willie m'a en effet parlé de quelques bagarres entre Noirs et Irlandais, dressés les uns contre les autres par les nécessités économiques. Il a été témoin d'une embuscade à laquelle il a pu échapper de justesse et où l'affrontement à coups de barres de fer a laissé quatre macchabées sur le pavé. L'afflux d'immigrants dépasse les capacités d'accueil de New York. Ça n'augure rien de bon, bien que les New-Yorkais fêtent le Nouvel An avec l'innocence qui prévaut à cette période de l'année.

Pendant ce temps, la guerre sévit en Europe et personne de ce côté-ci de l'Atlantique ne semble s'en préoccuper. Rien ne dit pourtant que nous ne serons pas à notre tour emportés dans ce tourbillon meurtrier et destructeur. En attendant, il faut bien travailler. Travailler toujours et pour si peu.

Paris, le 4 janvier 1916

Mon silence a des causes misérables... J'étais malade depuis longtemps : pas assez d'exercices, avec les conséquences habituelles, mais je vivais avec cela sans vouloir m'y arrêter. Brusquement, tout s'est aggravé, et alors, intervention chirurgicale; vilains moments, suites douloureuses, etc. Ça ne peut se guérir que lentement, et par des moyens naturels. Seulement la nature a tout son temps, pour moi, il commence à se limiter : ce n'est pas de jeu, et je grogne, bien inutilement, notre mère à tous étant généralement sourde aux souffrances de ses enfants.

Ironiquement, cet incident m'atteint en pleine veine de travail; comme dit l'autre : ça n'arrive pas tous les jours. Il faut profiter des beaux instants pour compenser les mauvaises heures.

J'ai vu récemment Stravinski qui vous transmet ses salutations. Il dit mon Oiseau de feu, mon Sacre, comme un enfant dit : ma toupie, mon cerceau. Et c'est exactement cela : un enfant gâté qui, parfois, met les doigts dans le nez de la musique. C'est aussi un jeune sauvage qui porte des cravates tumultueuses, baise la main des femmes en leur marchant sur les pieds. Vieux, il sera insupportable, c'est-à-dire qu'il ne supportera aucune musique; mais, pour le moment, il est inouï!

Il fait profession d'amitié pour moi parce que je l'ai aidé à gravir un échelon de cette échelle du haut de laquelle il lance des grenades qui n'explosent pas toutes. Mais, encore une fois, il est inouï.

Sur les Images : la musique de ce morceau a ceci de particulier qu'elle est immatérielle et qu'on ne peut, par conséquent, la manier comme une robuste symphonie. J'essaie de faire « autre chose » – en quelque sorte, des « réalités » – ce que les imbéciles appellent « impressionnisme », terme aussi mal employé que possible, surtout par les critiques d'art qui n'hésitent pas à en affubler Turner, le plus beau créateur de mystère qui soit en art! Par ailleurs, je me persuade de plus en plus que la musique n'est pas, par son essence, une chose qui puisse se couler dans une forme rigoureuse et traditionnelle. Elle est de couleurs et de temps rythmés... Le reste, c'est une blague inventée par de froids imbéciles sur le dos des Maîtres, qui n'ont presque généralement fait que de la musique d'époque! Seul Bach a pressenti la vérité.

J'ai dîné il y a quelque temps avec André Gide, qui a un peu l'air d'une vieille demoiselle timidement gracieuse et polie à l'anglaise; il est d'ailleurs charmant, très apte à échanger des idées finement ingénieuses. Il a horreur de Wagner, ce qui est le signe d'un esprit filtré, peut-être un peu trop préoccupé d'une attitude, mais c'est là une manie très contemporaine. Pierre Louÿs revient d'Algérie, avec un burnous, et des impressions qui ne dépassent pas ce même burnous.

Sur le ton de cette lettre, ne me croyez pas devenu pessimiste, j'ai horreur de cette tournure d'esprit là; seulement, de temps en temps, les gens me dégoûtent et il faut que je le crie à quelqu'un qui ne prenne pas cela pour une maladie.

Croyez, cher ami, en mes vœux de réussite les plus sincères, adressés par-delà l'océan de cet antre de folie qu'est devenu le Vieux Continent.

Claude Debussy

Quelque part en enfer, le 22 février 1916
Cher Harry,

J'ai bien reçu ta charmante lettre à laquelle, incorrigible comme tu me connais, je mets beaucoup trop de temps à répondre. Seulement, du temps, il m'en reste sans doute très peu. Demain ou après-demain, dans quelques jours tout au plus, nous lancerons une grande offensive afin de tenter de percer les lignes allemandes et de renverser le cours de cette éprouvante guerre de positions. Eh oui, Harry, je t'écris du front, d'un endroit indéterminé de la Meuse, au milieu de zones dévastées, accroupie dans une tranchée boueuse que recouvre une mince couche de neige fondante. Je suis transie de froid et je tremble en écrivant ces lignes, mais je me console en pensant qu'avec un peu de chance ma lettre se rendra jusqu'à toi. Ce n'est que juste redevance. Tu auras été la dernière personne à m'avoir témoigné un peu de chaleur.

Comme tu le constates, j'ai réussi à me faire enrôler. Je n'ai pas grand mérite. Ce ne fut même pas difficile. Après tout, je voulais devenir comédienne et gravir les plus hauts sommets de la réussite! Il a suffi que je me coupe les cheveux courts, que j'enfile des vêtements masculins, que je me coiffe d'un béret et que je m'exprime avec une voix grave et rude. L'officier de réserve n'y a vu que du feu. Il faut dire que le ressentiment envers les Allemands atteint de telles proportions que n'importe quel individu doté de tous ses membres qui annonce son intention d'aller en découdre est accueilli à bras ouverts.

Maintenir la supercherie au sein des troupes a été plus ardu, cependant. J'y suis parvenue en me renfrognant, en me tenant à l'écart des autres et en conservant sur mes traits la croûte commune de saleté qui rend les visages méconnaissables. On a fini par me ficher la paix, si bien que personne ne sait encore que je suis une femme, malgré mes joues imberbes au lieu de ces barbes hirsutes et bourrées de poux qui affligent les visages des soldats. Heureusement, car outre le fait que je serais immédiatement renvoyée au service civil, sinon en cour martiale, je servirais très certainement de gibier à tous ces animaux puants et en rut qui placent le coït en tête de liste de leurs intérêts, avant même celui d'éclater le crâne d'un Boche à coups de crosse de fusil.

Tu te demandes sûrement si je regrette mon idéalisme un peu primaire, celui qui m'a poussée à participer à cette guerre directement là où elle se pratique, au lieu de me cantonner dans l'intendance parmi les autres femmes à qui on refuse le port des armes, mais qui veulent contribuer à l'effort de guerre. Comme tu t'en doutes, ce n'était pas le choix le plus commode. L'entraînement militaire, même succinct, même malgré ma stature plutôt forte, a constitué une épreuve inattendue, à la limite du supportable. Chaque coup de fusil m'arrachait l'épaule et me pulvérisait le tympan. L'effort des longues courses à pied finissait par me faire vomir les haricots du midi. Mon épuisement offrait l'avantage de me faire sombrer dans un sommeil profond, malgré les dortoirs surpeuplés et surchauffés, où odeur pestilentielle, ronflements et quintes de toux à répétition m'auraient autrement empêchée de trouver de précieuses heures de repos. Mais lorsque le clairon matinal venait nous tirer du lit et que je sentais mes muscles raidis qui craquaient comme si on les pressait dans un étau, que de surcroît j'avais l'impression périlleuse de n'avoir dormi que cinq minutes, je dois t'avouer qu'il devenait de plus en plus difficile de faire le vide d'esprit nécessaire pour affronter le laminage de la journée à venir.

En contrepartie, j'admets que l'entraînement a eu au moins le mérite de préparer nos esprits aux supplices qui nous attendaient. L'humain possède ce don curieux de pouvoir s'habituer à n'importe quoi. Tu vois, je parviens même à ordonner mes idées par écrit. Toute l'horreur qui m'entoure n'a pas suffi à me faire complètement oublier les gens que j'ai connus. Il m'arrive même de repenser à notre entraînement militaire intensif comme à une période festive! Au moins, nous n'y subissions pas la puanteur des corps éventrés et des charognes qui pourrissent sous la pluie. Je n'y entendais pas comme maintenant les gémissements perpétuels des blessés abandonnés sur le champ de bataille et que personne n'ose aller secourir par crainte de se *prendre une balle en plein front. Un tel fond sonore suffit à provoquer de véritables hallucinations dès que je ferme les yeux pour refaire quelques forces.*

L'entraînement m'a également permis de développer une certaine habileté au tir, grâce à laquelle, d'ailleurs, je dois d'être encore en vie. J'ai réussi à abattre mon lot d'ennemis, quelques-uns juste au moment où ils s'apprêtaient à m'embrocher d'un coup de baïonnette. Nul doute que si je survis à cette guerre j'aurai mis en réserve un bagage de souvenirs qui viendront allègrement hanter mes vieux jours. Rien de plus irréel que l'explosion d'un visage sous l'effet d'une balle bien placée. Dès que je ferme les yeux, je revois invariablement ces scènes se dérouler au ralenti, j'entends les râles et les hurlements de douleur de ceux à qui je viens de sectionner un membre ou de crever l'abdomen. J'imagine que notre ami Apollinaire, qui a joint lui aussi les rangs de l'armée, y trouvera là l'inspiration de belles métaphores dont il est friand.

Ainsi va cette guerre où l'ennemi, à quelques encablures de nos grenades, se trouve confiné lui aussi dans l'incertitude et l'évasif, dans la contradiction d'ordres arbitraires et de décisions insensées. À force d'avoir le corps constamment engourdi de froid, à force de vivre dans la peur des nuages de gaz qui dissolvent les poumons ou des éclats d'obus qui s'abattent de plus en plus près, à force d'avoir les nerfs tendus au point de rupture par la crainte de voir surgir un ennemi à l'improviste, même les plus endurcis commencent à lâcher prise et à s'interroger sur le sens d'une telle folie. Pour un peu, on irait trinquer avec les Boches, tout autant que nous coincés dans ce merdier et tout à fait ignorants de ce à quoi ils doivent s'attendre. Un jour à la fois devient notre seul leitmotiv, notre seul encouragement à surveiller une nouvelle aube qui se lève.

Il y a bien cette attaque prochaine, cette offensive à laquelle on nous a demandé de nous préparer. Cette perspective d'action nous aurait en d'autres temps galvanisés, nous aurait requinqué le moral, si ce n'était de toutes les autres fois où une décision de ce genre a été renversée, reportée, annulée, nous replongeant dans cette torpeur muette qui nous vide de nos dernières velléités de combattre. Mais cette fois semble plus sérieuse que les précédentes. Les positions allemandes sont pilonnées depuis deux jours, des batteries de canons sont déployées, des renforts sont arrivés et quelques impressionnants véhicules de transport attendent de se mettre en branle.

Voilà toute l'histoire, mon cher Harry. Demain ou après-demain, dans quelques jours tout au plus, je serai probablement devenue un autre de ces tas de viande sanguinolents dont les os blanchiront à l'air libre lorsque le soleil trouvera le moyen de percer les nuages et la fumée. Curieusement, loin de m'effrayer, cette perspective me procure une sorte d'apaisement intérieur, comme je n'en avais pas ressenti depuis tellement longtemps. Lorsque l'on vit une telle désolation, lorsque l'absence du moindre espoir nous martèle l'esprit tout autant que le froid et la souffrance, lorsque jour après jour s'éloigne tout semblant de bonheur partagé et de mouvements vers l'avant, la mort ne devient-elle pas l'ultime consolation? La vie est un acte de foi et, même si je sais que j'ai tort, j'ai cessé d'y croire. Tu auras été la dernière personne à qui j'aurai eu envie de confier ces quelques mots, comme tu auras été la dernière personne qui m'aura prise dans ses bras.

Je t'embrasse,
Mathilde

Ma chère Mathilde,

C'est par l'intermédiaire de mon journal que je t'écris, en réponse à ta lettre qui vient de me parvenir, deux mois après la date indiquée en en-tête et sans aucune adresse de l'expéditeur. Il aura fallu le choc de ton souvenir pour me faire renouer avec ce journal que même une lettre de Debussy en début d'année n'a pas réussi à motiver.

Curieuse impression que me font ces feuillets maculés que je relis au moins dix fois par jour, celle à la fois d'un bonheur soulagé et d'une tristesse incommensurable. D'un bonheur soulagé, d'abord, car je réalise mieux à quel point monsieur Cortot avait raison de me faire quitter ce continent désormais livré au chaos et à l'apocalypse. Bonheur soulagé en pensant que mon travail miséreux à Tin Pan Alley est infiniment moins pénible que ta situation périlleuse, ma pauvre Mathilde. Bonheur soulagé, enfin, pour les moments de joie furtive qu'il m'arrive encore de récolter de temps à autre, alors que plus aucune lueur ne semble vouloir réjouir tes gestes et tes attentes.

Mais tristesse, tristesse sans fond, à l'idée que je viens de lire sans doute tes derniers mots. Tristesse sans retenue de penser que je ne te reverrai plus, alors que cette perspective allait de soi lors de mon retour à Paris, même si, à en juger au ton de ta lettre, cette possibilité de retour m'apparaît plus utopique que jamais. Tristesse si douloureuse, enfin, de n'avoir pas pleinement profité de ta présence quand j'en avais le loisir, de n'avoir pas cherché à approfondir avec toi une relation que j'avais bêtement estimé devoir demeurer superficielle.

De mémoire, je n'ai eu que peu de regrets jusqu'à présent. Bien sûr, il arrive de sentir que le déroulement d'un événement aurait pu prendre un cours plus heureux si on avait su mieux s'ajuster, que la frontière entre la réussite et l'échec tient quelquefois à un mot surgi dans l'esprit et énoncé au moment opportun ou encore à un geste minime qui modifie toute la signification d'une conversation ou d'une intention. Mais jamais je n'avais éprouvé comme maintenant une sorte de dégoût cendreux devant le gâchis de ma réserve honteuse et injustifiée envers toi. Tu m'étais plus chère que je ne voulais l'admettre, et il a fallu ta lettre d'adieu pour que j'en prenne enfin, mais trop tard, pleinement conscience.

Tout n'est pas entièrement perdu, heureusement. Il me reste à te remercier pour cette conviction nouvelle qu'il ne faut rien négliger dans ce qui nous est offert, qu'il vaut toujours mieux préconiser l'audace que la veulerie, que toute déception pour une action commise est infiniment préférable au regret de n'avoir pas osé.

Je t'embrasse également, tendrement, où que tu sois.
Harry

7 JUIN 1916

Mae m'a présenté, ma foi, une fort jolie fille. Sa mère est d'origine danoise et son père, qu'elle a à peine connu, venait de l'Inde. Elle se nomme Nella Larsen. Sa physionomie foncée et ses traits accentués et harmonieux lui façonnent un visage envoûtant. Elle attache ses cheveux moins crépus que les miens en un ravissant chignon. Elle fréquente souvent le restaurant où Mae s'échine jour après jour. Dépassant peu à peu le stade des banalités d'usage, elles ont fini par se lier. Mae nous a arrangé ce rendez-vous il y a plusieurs mois, pensant que nous pourrions bien nous entendre, même si Nella est un peu plus âgée que moi. De fait, notre première rencontre à Central Park, dans un coin où seuls les Noirs s'aventurent, m'a enchanté. Sa vie familiale me fait un peu penser à celle que j'ai connue chez madame Hayworth, seul enfant noir parmi des Blancs. Nella s'est retrouvée également la seule Noire dans une famille de Blancs après le remariage de sa mère avec un homme d'affaires de Queen. Mais, contrairement à moi que ce contexte n'a jamais affecté, Nella a souffert d'un sentiment d'exclusion et d'inconfort du fait de sa « différence ». En contrepartie, elle a développé une sensibilité très vive et une attention aux autres comme j'en ai rarement constaté. Peu surprenant qu'elle travaille comme infirmière au Harlem Hospital Center où sa douceur naturelle fait, j'en suis sûr, merveille.

Depuis, nous nous sommes revus à quelques reprises. Les longues marches dans Harlem me font oublier la morosité poisseuse de ma condition. Elle-même vit davantage d'espérances que de bonheurs concrets. Ses études ont tourné court. Elle ne regrette pas sa décision et elle apprécie son travail d'infirmière. Seulement, elle aspire à une autre existence.

« À Tuskegee en Alabama, où j'ai séjourné un an, j'ai eu l'occasion de rencontrer Booker T. Washington. Un personnage fascinant qui vous parle toujours tout près du nez, les yeux exorbités et le doigt pointé comme pour bien appuyer ses propos. Au début, on se laisse convaincre. Ce qu'il prône, c'est de se mêler aux Blancs et de se contenter de la place qu'ils nous laissent en tâchant d'y exceller le mieux possible. Puis, le doute s'installe. La place accordée par les Blancs m'apparaît tellement exiguë que je crains d'y mourir étouffée. Et même si la position de Booker offre l'avantage de nous tenir à l'abri des ennuis en attendant une évolution en notre faveur, je crois qu'il est nécessaire de s'impliquer davantage, sinon rien ne bougera :

— Qu'aimerais-tu faire dans ce cas?

— Ce que j'aimerais faire? Je voudrais devenir auteur, écrivain. Je voudrais raconter des histoires qui seraient lues autant par des Blancs que par des Noirs. J'ai quelques ébauches en cours, mais écrire un livre prend beaucoup de temps. »

Je lui ai alors parlé du salon d'A'Lelia Walker.

« Un collègue de travail m'a promis de m'amener avec

lui chez A'Lelia Walker, si jamais lui-même parvient à se faire inviter, ce qui met du temps à se concrétiser.

— Walker? La coiffeuse?

— Enfin, celle qui vend des lotions pour défriser les cheveux des Noirs et qui fait fortune. On dit qu'elle est très férue de littérature. Il paraît que seuls les bons contacts, indépendamment du talent, peuvent jouer en notre faveur pour espérer réussir. Faudra trouver le moyen d'entrer chez elle. Qui sait quelles rencontres nous pourrions y faire? Mais surtout qui sait ce que nous pourrions y apprendre? Il y a tant à connaître. Et quand je pense que le Metropolitan Museum, que la moindre salle de concert, bibliothèque, exposition ou théâtre nous sont bloqués. »

Je lui ai parlé de mes déboires dans mes tentatives pour me faire accepter comme pianiste de concert. Nella a porté beaucoup d'intérêt à ce que je racontais. J'ai eu l'impression qu'elle puisait de la bonne matière à bouquin! Il y en aurait long à écrire, en effet, sur les places comptées et sur les embûches à franchir pour mettre à profit tant le talent exploité que les aspirations personnelles, pour simplement émerger du lot de ceux qui désirent être élus. En attendant, Nella et moi avons fait un pari. Celui qui réussit les premiers pas, elle en littérature, moi en musique, invite l'autre à un pique-nique à Coney Island. Cela me rappelle que je dois un repas de pattes de crabe à Willie pour notre vieux pari sur celui qui verrait l'océan le premier. Mais Willie devient plus taciturne depuis quelque temps. Il semble préoccupé. Je le surprends souvent le regard perdu dans le vague, le front soucieux. Je devrais en parler à Mae.

4 SEPTEMBRE 1916

« Tiens-toi prêt et fais repasser ton smoking. C'est pour cette semaine! »

J'ai sursauté à en tomber de ma chaise lorsque

Gershwin a ouvert la porte et est entré en trombe sans prévenir. Revenu de ma surprise, j'ai essayé de comprendre de quoi il parlait.

« Mais de Walker, voyons! Mon client a tenu promesse et a fait émettre un carton d'invitation à mon nom. Je sais, je sais! Ça doit bien faire un an que j'attends, mais ça y est! Je lui ai demandé s'il était possible que tu nous accompagnes. Il hésitait. Alors, j'ai promis que tu interpréterais les *Scherzos* de Chopin. Et je me suis permis de souligner que madame Walker apprécierait certainement le fait que tu sois noir...

— Bravo... Les *Scherzos* de Chopin, rien que ça...

— Allons, t'as qu'à t'entraîner quelques heures. Tu me les as fait entendre, l'autre jour. Faut seulement les réchauffer! Bon, je te laisse, j'ai déjà un client qui attend sa chansonnette. »

Et il est reparti aussi vite qu'il était entré. Depuis, je piaffe d'impatience. J'ai déjà connu une situation analogue lorsque monsieur Cortot m'a invité au salon où j'ai rencontré Debussy. Même si je me refuse à croire à la perspective de nouvelles rencontres significatives, ce qui serait sans doute beaucoup trop pressurer le citron de la chance, je ne peux m'empêcher d'en nourrir l'espoir, tant il me tarde d'échapper à ma routine sclérosée, de sortir de l'ornière profonde dans laquelle je suis enlisé. Et mes *Scherzos* sont fin prêts.

8 SEPTEMBRE 1916

Ce soir, au cours d'une promenade avec Nella, poussé par une excitation légitime, je n'ai pas pu résister à l'envie de lui montrer le carton d'invitation que George m'a remis le jour même pour la soirée de demain. Elle l'a retourné entre ses mains, le palpant de ses dix doigts comme pour s'assurer de sa réalité. En voyant son air songeur, j'ai eu un pincement de regret, soupçonnant qu'elle m'enviait secrètement de ce qu'elle estimait une aubaine peu commune.

« Superbe Harry, j'espère que tout se passera bien. Je ne te cacherai pas que j'aimerais beaucoup y être.

— Oh, tu sais, ton tour viendra. Moi, je n'y serai que pour amuser la galerie avec un peu de musique.

— Qu'importe. Au minimum, tu en récolteras un nouveau sens des réalités, ne serait-ce que parce que tu auras fréquenté des gens qu'en temps normal il nous est interdit de côtoyer. »

Elle n'avait pas tort. Je reconnaissais dans cette remarque un trait que devaient sans doute partager tous les écrivains. Elle faisait ressortir sa curiosité des relations humaines complexes, avec son cortège de comportements excessifs et d'opinions tranchées. Nella possède un sens de l'observation dont je me délecte. Il lui arrive souvent d'attirer mon attention sur des détails que je n'aurais jamais remarqués autrement, une inscription rageuse sur un mur, un cri assourdi, un rire sarcastique, un pli discret au coin des yeux qui dénote une souffrance endurée depuis trop longtemps, infinies extériorisations d'humeurs et d'émotions. Grâce à sa curiosité et aux yeux qu'elle me prête, j'ai parfois l'impression de recentrer mon regard, et le monde m'apparaît moins gris.

En contrepartie, sa sensibilité à fleur de peau déclenche quelquefois des réactions démesurées. Il m'est arrivé de la plonger dans les pleurs pour une simple impatience ou pour une moquerie innocente. À quelques reprises, elle est partie de chez moi le matin, en proie à une bouderie quelconque, sans donner signe de vie durant plusieurs jours, attitude butée qui m'horripile. Elle dresse ainsi d'inutiles barrières de contrariété entre nous. Je m'efforce donc de prévenir ces conséquences à coups de gestes précautionneux et de paroles prudentes, ce qui finit par brimer la spontanéité qui devrait pourtant couler de source. De plus, je commence à deviner que sa hantise d'écrire et d'être publiée lui pèse d'un poids plus lourd qu'elle veut bien l'admettre. Elle refuse de faire partie des laissés-pour-compte, ce qui constitue pourtant le lot inévitable de la plupart des aspirants aux faisceaux de la renommée. Elle rejette l'éventualité que son talent ne soit pas exploité et reconnu comme elle l'entend. Je suis moi-même loin d'être assuré de gagner mes galons en jouant du piano, mais je n'envisage pas encore comme une catastrophe l'idée de devoir subvenir à mes besoins autrement. En même temps, je ne serais pas surpris de succomber aux mirages de la gloire si jamais je réussis une percée victorieuse en tant qu'interprète. Pour le moment, le simple fait de me produire sur scène me comblerait de bonheur, que les applaudissements fassent de moi un héros du jour ou que les huées me blessent comme une entaille.

16 SEPTEMBRE 1916

Une semaine s'est écoulée depuis la soirée tenue au salon d'A'Lelia Walker. La nuit précédente, j'avais très peu dormi. George m'a remis mon carton d'invitation personnel et nous devions nous rencontrer directement chez madame Walker. Entre-temps, j'avais eu le temps d'en apprendre un peu plus sur elle. A'Lelia Walker est la fille de CJ Walker, la première femme d'affaires noire prospère. Elle mène d'une main de fer une compagnie spécialisée dans les produits capillaires dont le fleuron le plus rentable est une lotion destinée à défriser les cheveux! Un comble : une Noire qui fait fortune en vendant des produits pour ressembler aux Blancs! Au moment même où certains Noirs commencent à revendiquer une beauté propre et typique, comme le champion boxeur Jack Johnson qui vante ses attributs physiques jusqu'à l'arrogance et qui pousse même l'audace jusqu'à marier une Blanche, alors que les lois l'interdisent. Mais CJ Walker tient en réserve une réponse toute faite pour ceux qui l'accusent d'exploiter outrageusement le complexe de ces femmes noires, honteuses de leurs cheveux crépus, qui souhaitent tant ressembler à ces Blanches, pathétiques emplâtres à la longue chevelure lisse, magnifiées au rang d'idéal de beauté. Elle prétend qu'elle ne propose pas à sa clientèle de défriser les cheveux, mais plutôt de les « allonger »! Elle-même, tout comme sa fille, arbore d'ailleurs d'étranges coiffures compliquées, véritables éventaires publicitaires de sa marchandise.

Toujours est-il que, fortune faite, la fille Walker cherche tout de même à venir en aide à la communauté noire, ce qui est à son honneur. Férue d'art et en particulier de littérature, elle a commencé à tenir des salons de rencontre où des talents en gestation peuvent se produire devant un parterre choisi et, qui sait, lancer une carrière prometteuse. C'était bien entendu la grâce que je me souhaitais, tandis que, le cœur battant, je frappais à la porte pour annoncer mon arrivée.

À ma grande surprise, c'est madame A'Lelia Walker elle-même qui est venue m'ouvrir. Une splendide femme, au demeurant, affichant une assurance que seule l'aisance matérielle peut vraiment procurer. Vêtue d'une ample robe de soie et de foulards colorés, elle m'a tendu une large main en m'invitant à entrer.

« Soyez le bienvenu, monsieur Button. Je suis impatiente de vous entendre. On m'a beaucoup vanté votre talent.

— C'est beaucoup d'honneur, madame. »

Ma formule un peu empruntée l'a fait éclater de rire, sans toutefois aucune trace de méchanceté. Elle profitait à plein de son nouveau statut social grâce auquel on lui prodiguait des formulations bourgeoises en général réservées aux castes blanches supérieures. Mais, au lieu de plastronner, elle les recevait avec un détachement amusé qui ajoutait beaucoup à un charme déjà éloquent. Un nouvel invité arrivant, madame Walker m'a poussé vers l'intérieur et m'a encouragé à « faire comme chez moi », expression plutôt loufoque dans les circonstances quand je pense à quoi ressemble mon miteux chez-moi.

Un peu intimidé, plongé au milieu d'une assemblée de Noirs auxquels se mêlaient quelques Blancs habillés avec la dernière élégance, je me suis dirigé vers le piano que j'entendais au loin et où j'ai trouvé ce cher Gershwin en train de se livrer à un petit numéro de séduction.

« Ah, et voici maintenant une petite composition qui m'est venue à l'esprit hier, tandis que je traversais Times Square. »

Et d'enchaîner sur une chanson qu'il égosillait avec un bonheur évident, mettant à profit sa virtuosité pianistique au grand plaisir du petit groupe d'auditeurs agglutinés autour du piano. Je me suis faufilé jusqu'à lui pour attirer son attention. Sans réfléchir, je lui ai mis la main sur l'épaule, provoquant sans le vouloir une onde de choc chez les témoins de la scène. Heureusement, George n'est pas le genre à se formaliser pour si peu. Au contraire, conscient et excité de l'audace du geste, il a surenchéri en me serrant la main, avant tout impatient d'étaler ses prouesses musicales.

« Ah, Harry! Je t'attendais! Que dirais-tu d'un petit ragtime à quatre mains en ma compagnie? »

J'ai pris place à sa gauche. Un silence peu banal accueillait cette mise en scène. Même madame Walker s'est approchée, manifestement très heureuse de ce pavé dans la mare. Elle adore quand l'insolite engendre des rumeurs qui propagent la réputation de ses soirées. Nous étions sur son territoire, et elle ne détestait pas qu'un peu d'action vienne brasser l'atmosphère. George et moi avons commencé une improvisation sur *Good Old Days*, lui prenant d'abord la mesure, puis m'abandonnant peu à peu la main tandis que j'introduisais des accents tirés de *Préludes* de Bach, joués avec des rythmes de ragtime. À la fin, George a repris le tempo, et nous avons conclu dans une apothéose qui a soulevé un enthousiasme délirant et unanime. Madame Walker nous a félicités. Elle a profité de l'occasion pour faire une petite allocution et pour convier ses invités à venir goûter un « malt d'importation exceptionnel ». Avec des exclamations joyeuses, tout le gratin s'est dirigé vers la pièce attenante où des domestiques – noires – attendaient avec des plateaux chargés de verres de cristal remplis d'un limpide nectar de couleur ambrée.

Peu porté sur les alcools décapants, d'autant moins que je n'avais rien avalé avant de venir, j'ai été tenté de demeurer au piano. Mais la faim l'emportant sur tout autre considération, je me suis dirigé plutôt vers le buffet, temporairement déserté. Seule une femme, dont j'apercevais de dos les cheveux pâles et le décolleté d'une étroite robe rouge, s'y trouvait, pigeant dans les plats d'une main hésitante. Au moment, où elle attrapait un canapé, une partie de sa robe a touché un œuf mayonnaise qui se trouvait déjà dans son assiette, s'auréolant d'une tache aussi visible que gênante. S'apercevant du méfait, la femme a lancé un juron qu'à mon grand étonnement je connaissais bien :

« Merde! »

Amusé et ravi d'entendre un mot français pour la première fois depuis mon retour, fût-il grossier, je me suis approché de la femme pour l'aborder dans sa langue maternelle.

« À ce que j'entends, vous connaissez le mot de Cambronne! »

En sursautant, elle s'est retournée vivement. Je n'ai pu m'empêcher d'être frappé par sa beauté, bien que ce genre de faciès aux traits fins et réguliers me laisse en général indifférent. J'ai continué de la fixer, un sourire en coin, tandis que j'observais les mécanismes de l'interprétation qui modelaient les traits de son visage, phénomène hautement divertissant. D'abord la surprise, les sourcils relevés, la poitrine bombée comme pour une alerte pouvant signaler un danger ou une menace. La bouche entrouverte ne laisse passer aucun mot et les yeux figés, appelés en renfort pour

219

tenter de décortiquer les faits, enregistrent qu'un Noir vient de vous accoster sans que s'impose la signification de ce qu'il a dit. Puis, tandis que la phrase poursuit son chemin et emprunte les circuits de décodage à l'œuvre dans le cerveau, l'idée s'installe que les mots entendus n'ont pas été dits en anglais, comme il fallait s'y attendre. Les sourcils s'abaissent et les paupières clignent une seule fois. Le front se plisse légèrement. Ensuite, le déclic se produit : ce type, ce Noir qui plus est, vient de me parler en français! Comment est-ce possible? Le visage ne change pas d'expression, mais les paupières battent trois fois la mesure. Par contre, le sens n'a toujours pas été établi. C'est l'étape suivante. Elle comprend lentement mais sûrement que je lui ai parlé en français, que j'ai entendu ce qu'elle a dit et que je lui ai répondu en faisant allusion à un personnage tiré du folklore historique français qu'un Américain pure laine, encore moins un « illettré » noir, n'a pratiquement aucune chance de connaître. L'incrédulité cède peu à peu place à l'évidence des faits. Tout s'ordonne et s'emboîte. L'amusement prend désormais le pas sur l'attitude effarouchée. La poitrine se remet à respirer avec régularité, et un sourire rassuré s'esquisse légèrement, préparant enfin la réponse qui suit.

« *Vous parlez français?*

— *Pas aussi bien que vous, mais je me débrouille.*

— *Renversant!*

— *Au moins autant que cette mayonnaise sur votre robe! Tenez.* »

Je lui ai tendu une serviette de table brodée, tirée d'une pile en évidence près des assiettes. Elle m'a remercié d'un rire ingénu et a procédé au nettoyage minutieux du tissu. J'ai continué à lui parler, en anglais cette fois.

« Vous n'êtes pas à la dégustation de liqueur?

— Très peu pour moi. Je laisse ça à mon mari qui se délecte de ces poisons, au point d'oublier mon existence et de me laisser croupir de faim. »

Elle devait avoir autour de trente ans. Elle portait un

collier de prix autour du cou et des perles aux lobes d'oreille. Ses yeux noirs contrastaient avec le blond ocre de ses cheveux, soigneusement coiffés. Sa voix de miel faisait oublier les accents rauques qui trahissaient son habitude du tabac. D'ailleurs, au même moment, elle sortait un boîtier d'argent pour m'offrir une cigarette, offre que j'ai poliment déclinée. Je l'ai laissée prendre ses premières bouffées, estimant que ma présence ne devait pas trop l'importuner, sinon elle aurait déjà inventé un prétexte pour s'esquiver. Mieux encore, elle s'est identifiée.

« Je suis Adèle Leroux, nom de jeune fille, et, comme vous l'avez si bien remarqué, je suis française, devenue madame Spencer.

— Vous parlez remarquablement bien anglais.

Je travaille aux États-Unis depuis longtemps, comme attachée culturelle au consulat français. J'ai fini par prendre racine quand j'ai rencontré mon mari.

— Votre mari, ne serait-il pas Philip Spencer, millionnaire et mécène?

— Cela même. C'est pourquoi il a été invité ici, je suppose. Il fait partie des contacts jugés utiles à connaître. Et vous, que faites-vous et comment se fait-il que vous connaissiez le français? »

Je lui ai parlé brièvement de mon expérience parisienne. Elle m'a écouté attentivement, ponctuant seulement d'une interjection quand je lui mentionnais une personnalité qu'elle connaissait, impressionnée, semble-t-il, par leur notoriété. Et comme elle me posait des questions sur mes aptitudes pianistiques, madame Walker est venue me prendre par le bras pour m'attirer au piano et pour me demander de jouer.

« Alors, monsieur Button, on m'a promis du Chopin. À vous de tenir promesse! »

Je lui ai fait la révérence avant de prendre place au piano sous les applaudissements des invités. J'ai remarqué qu'Adèle s'était immiscée dans les premières rangées, curieuse de m'entendre. Flatté qu'elle s'intéresse à moi, confiant et désireux de ne pas la décevoir, j'ai attaqué le *Troisième Scherzo* de Chopin, comme si je jouais pour elle seule. Pour la première fois depuis fort longtemps, je me sentais en pleine possession de mes moyens. Mes mains filaient à toute vitesse sur le clavier. Comme il m'arrive dans les meilleurs moments, je les ai regardées comme si elles constituaient une entité indépendante et comme si je faisais moi aussi partie des auditeurs qui m'écoutaient. Elles semblaient animées d'une volonté propre, entièrement autonomes, soustraites au contrôle de ma responsabilité. Jamais je n'avais transcendé ma technique à ce point. J'étais dans un tel état de grâce que je n'ai pas pu m'empêcher de sourire, comme lorsque la contemplation d'un pur instant de beauté nous plonge dans un ravissement absolu.

Les applaudissements m'ont ramené à la réalité. J'ai remercié et j'ai invité George Gershwin à s'approcher.

« Mesdames et messieurs, je confie maintenant la bride du piano au prochain empereur du music-hall, George Gershwin! »

Et George de s'installer et de catapulter des flamm-mèches sonores dans toutes les directions. Il allait être éblouissant et occuperait le terrain pour le reste de la soirée. Je me suis retiré à l'écart, apaisé, satisfait de ma prestation.

« Vous jouez toujours aussi divinement? »

C'était Adèle. Elle était venue me rejoindre. Je me suis contenté de sourire à son compliment, n'ayant rien à répondre qui ne soit ni gauche ni emprunté.

« Et quel plaisir de voir un pianiste qui semble heureux de ce qu'il fait, contrairement à tous ces interprètes aux traits torturés, comme si on leur demandait de courir le marathon sur les genoux. Je me demande chaque fois ce qu'ils font sur scène si ça doit exiger de leur part tant d'efforts et de sueur. »

J'ai pouffé de rire, manquant m'étrangler. Je lui ai dit

que le dépassement de soi-même, ou du moins la volonté d'y parvenir, méritait plus d'indulgence qu'elle n'en démontrait. Jouer correctement du piano relève quasiment de l'apostolat; devenir interprète de carrière relève pratiquement du miracle.

« Pourquoi justement ne vous consacrez-vous pas à cette carrière? Vous possédez manifestement le niveau requis. »

Je ne savais pas si elle se payait ma tête. Cela faisait plus de trois ans que j'aspirais à monter sur scène, sans aucun succès notable jusqu'à présent, et elle me posait cette question comme si une telle ascension constituait l'avenue la plus naturelle qui soit. Prudemment, je lui ai parlé des offres soumises à plusieurs organismes musicaux, des réseaux directs interdits aux Noirs, de mon manque de contacts et d'expérience pour cogner aux bonnes portes. J'ai ajouté que gagner ma vie comme pianiste constituait pourtant mon rêve le plus obsédant. Adèle est demeurée quelques instants silencieuse, avant de commenter :

« J'oublie toujours que, dans ce pays, la ségrégation confine à la bêtise la plus profonde. Écoutez, voici ce que je vais faire. En tant qu'attachée culturelle, je possède une liste d'adresses susceptibles de vous faire bon accueil, sans tenir compte des barrières raciales. Laissez-moi faire le tour, et j'ai confiance de pouvoir vous débloquer quelques contrats. »

Bien sûr, ce genre d'affirmations bien intentionnées relève en général du répertoire des promesses gratuites, sitôt dites, sitôt oubliées, surtout lorsque l'on vient à peine de rencontrer la personne. Mais comment faire mauvaise grâce à ce qui se veut avant tout une marque de gentillesse? Et qui sait si pour une fois cela ne générera pas quelques retombées positives? En outre, tant que je ne me cramponne pas trop naïvement à cette ouverture, je n'ai rien à perdre. Au moment où je remerciais Adèle de son offre, un type rondouillard à la voix rodée aux opinions péremptoires s'est approché. Il s'agissait de Spencer.

« Ma chérie, il faut partir. Il se fait tard. »

J'ai bien perçu chez Adèle la courbure des épaules qui trahissait une lassitude certaine. Elle a mis quelques instants à réagir, assumant ces ordres typiques d'un mari qui ne souffre ni contrariété ni opposition. J'ai cru voir devant moi l'exemple parfait d'un couple de convenances que rien n'aurait uni autrement sans des considérations de prestige et de matérialité. Comme pour se donner un peu de temps, Adèle a fait les présentations.

« Au fait, Philip, laisse-moi te présenter Harry Button qui a joué si merveilleusement Chopin tout à l'heure. »

Poussant l'incongruité un peu plus loin, j'ai tendu la main à Philip Spencer.

« Enchanté, monsieur. »

Évidemment, il a fait semblant de ne pas remarquer ma main. Il a saisi le bras d'Adèle, accentuant sa pression pour partir, tout en marmonnant une politesse d'usage.

« Bonjour, monsieur. Tu viens, Adèle? »

Résignée, n'ayant aucune envie de quitter une soirée qui lui plaisait bien, Adèle s'est tournée vers moi et, sans doute pour se venger de son mari, elle a serré ma main toujours tenue en position.

« Au revoir, Harry. J'ai été ravie.

— Pas autant que moi, Adèle. »

Du coin de l'œil, j'observais le mari dont la couleur du visage avait soudainement viré au pourpre. En me tournant le dos pour se diriger vers la porte d'entrée, il a murmuré à sa femme, mais suffisamment fort pour que je l'entende, une directive qui révélait sans ambiguïté ce qu'il pensait de moi.

« Tu devrais soigner un peu mieux tes relations, Adèle! »

J'ai attendu qu'ils partent, puis je suis allé remercier madame Walker avant de prendre congé moi-même.

« J'espère vous revoir prochainement, monsieur Button. Mes invités ont été enchantés de votre musique. »

Je n'ai pas pu résister à l'envie de la gratifier d'un baise-main, provoquant un nouvel éclat de rire tout ce qu'il y a de plus séduisant. J'ai fait un long détour pour rentrer chez moi. J'écourtais ainsi ma nuit, ce qui n'augurait rien d'engageant pour la journée de travail qui m'attendait le lendemain, mais j'aime ainsi marquer les moments forts et profiter des transitions pour bien les graver dans ma mémoire. Il me semblait que la rencontre d'Adèle le méritait bien, indépendamment de sa promesse de me trouver des engagements. Son image et son allure ne me quittaient pas l'esprit. Ma marche même avait cette légèreté que seule procure l'incomparable sensation d'un élan du cœur.

31 OCTOBRE 1916

Hier, Willie et Mae m'ont invité chez eux pour mon anniversaire. Ils avaient préparé un poulet farci à l'orge et une tarte ornée de vingt-deux fraises pour mes vingt-deux ans. Ils avaient déniché quelques bières, je ne sais où. Toujours ces combines, j'imagine, combines que Willie s'entête à me taire, sans que je comprenne pourquoi. Un peu irrité de ce qui me paraît un manque patent de confiance, j'ai questionné sans détour, en commençant par Mae qui doit bien être au courant des manigances de son vaurien de copain.

« Et toi, Mae? Tu le sais ce qu'il trafique, ce truand, pour réussir à dégotter des bières de qualité? Des bières que les Blancs refusent de nous vendre et que les Noirs n'ont pas les moyens de fabriquer? »

Mae n'a pas éludé la question et m'a répondu du tac au tac :

« Oui, Harry, je sais ce qu'il fait, mais je ne te le dirai pas.

— Et pourquoi? On ne s'est jamais rien caché, pourtant! »

Willie a placé sa main sur mon bras dans un geste qui se voulait autant apaisant qu'amical.

« Ne le prends pas mal, vieux frère. Si je ne te dis rien,

c'est pour te protéger. Je trempe dans un trafic illégal et je tiens à l'écart les êtres qui me sont chers. Seule Mae est au courant. Il a bien fallu que je justifie l'argent que je rapporte. D'ailleurs, elle me prête même un coup de main à l'occasion.

— Et moi? Je pourrais pas t'aider aussi?

— Tu as justement beaucoup mieux à faire de tes mains.

— Et qu'est-ce qui te prend de te livrer à des magouilles pas catholiques?

— T'inquiète pas. J'ai parlé de trafic illégal, mais c'est pour une bonne cause.

— Une bonne cause... T'es pas en train de te foutre de ma gueule? Corrige-moi si je me trompe.

— Une bonne cause, crois-moi. Je viens en aide à des gens qui le méritent, mais qui butent contre les obstacles que l'on dresse sur leur chemin. C'est tout ce que je peux te dire, à part te demander de me faire confiance. Et si on le dépeçait, ce poulet?

— Tu ne risques rien au moins? »

Willie s'est mis à rire avec des tonalités désabusées.

« Qu'est-ce qui n'est pas risqué pour un Noir aujourd'hui, tu peux me dire? Rien que l'an dernier, on a dénombré soixante-dix lynchages! Et c'est sans parler des règlements de compte, sans mentionner les cadavres des Noirs retrouvés dans des fossés, à moitié déchiquetés après sans doute avoir été traînés sur des kilomètres, attachés par les poignets derrière une voiture ou un cheval, sans compter les crimes crapuleux passés sous silence pour préserver la réputation des meurtriers. Ne t'en fais pas, je ne cours pas davantage de risque que de me retrouver demain au fond d'une ruelle poignardé par une bande de Blancs décervelés. »

Mieux valait changer de sujet. La dégustation du poulet a d'ailleurs ramené une humeur plus appropriée à mon anniversaire. Mae voulait savoir ce que je pense de

Nella. Sans répondre directement, je lui ai appris que notre amie infirmière songe à aller offrir ses services au front, si jamais les États-Unis entrent en guerre, comme cela apparaît de plus en plus plausible, même si le président Woodrow Wilson persiste à affirmer le contraire. À l'évocation de cette perspective sombre – d'aucuns diraient « noire », comme quoi les véhicules de la langue sont les meilleurs porteurs des préjugés –, renforcée par les troubles de l'été dernier avec le Mexique et Pancho Villa, Willie s'est alors replongé dans ses pensées avant de démarrer une autre de ses envolées oratoires.

« Tu sais, cette guerre provoque un immense afflux d'immigrants. Leur arrivée et leur insertion vont changer et changent déjà considérablement le rapport de forces entre les communautés qui tentent de se partager le terrain. J'ai la ferme conviction que ce phénomène joue en notre faveur, les Noirs, et rétablira une plus juste balance dans les relations. Les gangs qui s'affrontent sauvagement pour délimiter des territoires sont appelés à disparaître, car aucun groupe assez puissant ne pourra émerger et continuer d'imposer sa loi comme les Blancs le font actuellement vis-à-vis des Noirs et de ceux qu'ils ne jugent pas de souche. Aucun groupe social ou ethnique ne peut longtemps continuer à ignorer ce qui se passe ailleurs sans risquer la désintégration ou la décomposition. Vouloir ériger des frontières soi-disant protectrices, au nom de principes éculés, constitue une démarche suicidaire. Ceux qui prônent un nationalisme borné et qui choisissent de se replier sur leurs positions vont s'éteindre comme les dinosaures avant eux. Trop occupés à protéger leurs arrières, ils ne percevront pas la dynamique qui se déroule sans eux. Quand ils se réveilleront, il sera trop tard. Le train sera passé et ils crèveront dans le désert. »

Willie a bu une longue gorgée de bière. Comme chaque fois qu'il s'emporte dans ses discours enflammés, il avait les yeux brillants.

« Moi, je dis que c'est le contraire qu'il faut faire. Il faut revendiquer son appartenance culturelle et sociale, non pas pour l'enfermer dans un écrin qui finira par pourrir avec le temps, mais pour la mettre en commun avec d'autres groupes, pour catalyser des échanges constructifs, pour provoquer une évolution et une adaptation aux inévitables changements. Il y a des risques, mais pour moi le salut est à ce prix. Les Noirs doivent commencer par cesser d'avoir honte de ce qu'ils sont, ou plutôt de ce qu'on leur a dit qu'ils sont, et se mettre à ramer dans la même direction. »

Par dérision devant le sérieux un peu emprunté de Willie, Mae s'est mise à applaudir.

« Tu devrais te lancer en politique, mon chou. Tu as l'étoffe pour devenir le premier président noir de ce pays! »

Nous avons éclaté de rire, tout en entrechoquant nos verres à cette optique réjouissante. Puis la soirée a lentement dérivé pour s'achever dans le mode assoupi qu'installe la consommation d'alcool. Lorsque je suis revenu chez moi, je me suis écrasé sur le lit, la tête lourde, mais comblé d'un de ces moments privilégiés, quand la connivence dessine autour de nous un vaste périmètre où tout paraît possible.

9 NOVEMBRE 1916

Mauvaise journée aujourd'hui. En me levant ce matin, j'ai ressenti la nausée caractéristique du dégoût qui nous envahit devant la liste des corvées qu'il faudra abattre durant la journée. George a quitté Tin Pan Alley pour mieux se consacrer à ses compositions. Je me retrouve de nouveau isolé et littéralement écœuré de ce boulot, toujours sans savoir quand je pourrai y échapper. Ce soir, au cinéma, panne d'inspiration complète. J'ai été franchement médiocre et j'ai eu droit à l'engueulade du patron. Et, pour couronner le tout, Nella m'a repoussé et m'a demandé de partir de chez elle, vexée que je n'aie pas voulu l'écouter raconter sa journée au cours de laquelle une femme, tirée à bout portant lors d'un hold-up, a rendu l'âme entre ses mains. Elle a claqué la porte sans entendre mon plaidoyer d'excuse. Je suis rentré chez moi sous la pluie, et cette douche lugubre et glacée cadrait si caricaturalement avec cette journée perdue que j'ai ri malgré moi, comme un dernier contrefort du désespoir.

Je n'ai plus aucune nouvelle de l'Europe. La distance et le temps ont fini, là comme ailleurs, là comme toujours, par distendre les liens jusqu'à ce qu'ils se désagrègent entre les doigts. La guerre fait rage et je sens intuitivement que je ne mettrai plus jamais les pieds sur ce continent. Quel qu'il soit, mon avenir se terre ici, que ça me convienne ou non. Je m'arme de patience et de volonté, même si aucun signe d'encouragement ne se profile à l'horizon. Une volonté qui résiste en dépit du bon sens et qui se trouve mise à rude épreuve lorsque même la pluie semble se liguer pour la faire flancher. Mais, curieusement, sentir que ma volonté à l'agonie résiste encore me procure un fragile sentiment de fierté, comme si cette résistance qui me permet de tenir le coup constituait l'unique enjeu pour m'empêcher de sombrer.

Et puis, de quoi devrais-je me plaindre? Plusieurs de mes frères ne gagnent même pas de quoi se nourrir. Là s'arrêtent leurs aspirations. Et moi, je me lamente parce mes ambitions de grandeur ne s'accomplissent pas. Je n'ai qu'à regarder autour de moi, les vieux vautrés toute la journée, englués dans une hébétude dont seule la mort pourra les libérer, les enfants en haillons qui se tiennent le ventre tenaillé par la faim, les femmes en sueur enceintes de leur huitième enfant qu'elles devront empiler dans un logement de deux pièces qui tombe en décrépitude; et vraiment de quoi devrais-je me plaindre? Le tiers des Noirs souffre d'illettrisme tandis que moi j'ai la chance et la capacité de jeter sur le papier mes pauvres états d'âme, appliquant le précepte de madame Hayworth que les mots constituent l'instrument privilégié de la pensée et que, sans un langage maîtrisé par l'apprentissage de la lecture, nous ne valons guère mieux que des veaux.

Mais pourtant, loin de me consoler, ce constat ne fait qu'aviver mon désarroi et accentuer l'épouvante de me retrouver un jour forcé de consacrer toutes mes ressources à la seule lutte pour la survie.

25 NOVEMBRE 1916

> *Cher Harry,*
> *Vous êtes prié de vous présenter jeudi prochain chez madame Walker avec cette invitation.*
> *Au plaisir de vous y retrouver,*
> *Adèle Leroux*

26 NOVEMBRE 1916

À ma grande stupéfaction, une lettre m'attendait ce matin à Tin Pan Alley. La secrétaire de monsieur Mulclair me l'a remise avec une nonchalance feinte qui n'est pas parvenue à masquer sa jalousie évidente. Une enveloppe de belle facture, avec mon nom soigneusement rédigé à l'encre verte sur le recto. En retournant l'enveloppe, j'ai mieux compris le visage pincé de la secrétaire. La lettre provenait d'A'Lelia Walker et contenait assurément un carton d'invitation à son salon qui fait de plus en plus parler de lui. Fébrile, je suis monté à mon bureau pour l'ouvrir. Une subtile fragrance se dégageait de l'enveloppe tandis que je la décachetais. Un bristol s'y trouvait bel et bien, accompagné d'un petit mot rédigé en français qui m'a fait retourner le cœur sur lui-même à quelques reprises. Incrédule, le souffle court, j'ai senti un flux de bonheur circuler dans mes veines comme si on venait enfin de me fournir le sésame de toutes les solutions. J'ai remisé l'enveloppe à l'arrivée du premier client, mais toute la journée ces quelques mots ont occupé mon esprit à soupeser leur sens caché. Ils signifiaient peut-être qu'Adèle avait du nouveau pour moi, conformément à la promesse qu'elle m'a faite. À moins qu'elle ne cherche simplement qu'à me revoir, hypothèse peu croyable, mais qui, je l'avoue, me rend impatient de croiser à nouveau le regard de ses yeux félins.

J'ai fait repasser mon complet chez madame Wong. Pour la première fois, nous avons échangé quelques mots. Elle commence à comprendre l'anglais, mais je devine facilement à quel point elle se sent déracinée. Ses yeux apeurés bougent sans arrêt comme si elle était à l'affût d'un guet-apens. Ce qui ne l'empêche pas d'effectuer du travail impeccable. Demain, je serai mis de manière irréprochable. Au cas où, je suis demeuré au travail pour profiter du piano et pour réviser, malgré mon dos éreinté, la *Sonate en si bémol* de Mozart. Je veux utiliser toutes les occasions pour me produire devant un auditoire attentif.

29 NOVEMBRE 1916

Le premier à qui j'ai annoncé la nouvelle de mon départ, c'est bien sûr Willie. Il n'en revenait pas! Il n'a pu cependant camoufler l'ambivalence de ses sentiments, entre le bonheur partagé pour la chance qui cognait enfin à ma porte et la tristesse des longs mois où nous ne pourrions pas nous voir. Mais il fallait d'abord fêter l'événement. Willie a ouvert une bouteille de scotch qu'un Écossais, fraîchement débarqué, lui avait donnée en remerciement d'un service rendu. Je lui ai demandé de quel service il s'agissait.

« Rien du tout, je l'ai simplement aidé à s'installer. L'Écosse est une terre lointaine et on apprécie toujours un coup de main quand on a franchi une telle distance. »

On a trinqué à sa philanthropie et à mes futurs succès, manquant nous étouffer avec un tord-boyaux que l'on s'enfilait pour la première fois. Willie a voulu que je lui raconte ma soirée que j'ai résumée en quelques lignes, passant sous silence la forte impression que me fait Adèle. Nous avons discuté ensuite de certains détails pratiques, exercice qui sécrétait chez moi la sève de l'excitation au fur et à mesure que je me transposais dans ma vie prochaine. Comme janvier me paraît loin!

Hier, je n'ai pas réussi à fermer l'œil. Pour passer le temps, je regardais ma chambre, sachant que j'allais bientôt quitter ce taudis et que je n'y remettrais plus les pieds. Cette simple amélioration de mon sort vaut bien toutes les inquiétudes de l'aventure. Il me reste encore à démissionner de mon travail. Mulclair ne l'appréciera pas. Il a l'habitude de botter ses employés dehors et non d'attendre leur démission. Je quitterai donc le navire sans espoir de retour, mais sans aucun regret. J'espère être lancé et que je n'éprouverai jamais le besoin de regarder en arrière.

Je ressentais une plus grande nervosité que lors de ma première visite chez madame Walker. Une fois de plus, c'est elle qui est venue m'ouvrir.

« Ah, ce cher monsieur Button, si galant, n'est-ce pas? »

Elle avait déjà tendu le bras pour un rappel de baise-main qui a provoqué chez elle le même rire tonitruant et enjoué. Elle m'a invité à entrer, me livrant à une foule compacte, plus nombreuse encore que l'autre fois. Je me suis mis à la recherche de visages connus. Il déambulait là une proportion importante de Blancs. Parlant de Blancs, aucune trace d'Adèle, ni même de George Gershwin, mais j'ai aperçu monsieur Spencer, se pavanant au centre d'un groupe de resquilleurs ou d'admirateurs, c'est selon, tout dépendant des besoins financiers. J'ai été tenté de lui demander où était Adèle, mais je me suis souvenu de sa réaction antérieure et j'ai douté que ce fût une bonne idée. Un peu désœuvré, j'ai assisté au déroulement monotone de la soirée, coincé au milieu de gens tous sérieusement affairés et avec qui je ne parvenais à établir aucun contact. Même le buffet, pourtant alléchant, ne m'attirait pas. Adèle brillait toujours par son absence et ce tour imprévu mobilisait tout l'arsenal de mes pensées et de mes nerfs.

Selon le scénario établi lors de ma première visite, différents artistes sollicités pour créer un peu d'ambiance ont défilé à tour de rôle, l'imposant poète James Weldon Johnson, l'écrivain Jean Toomer qui a lu un extrait d'un roman en cours intitulé *Cane*, le pianiste virtuose Joseph Hoffmann et moi-même, irritable et vexé de la dérobade apparente de madame Adèle Leroux-Spencer. J'ai joué sans grande conviction la sonate de Mozart, accueillie par des applaudissements polis. J'ai à peine salué et je me suis préparé à partir, ne sachant pas quel intérêt ni même quel plaisir j'avais à m'attarder plus longtemps. Je me targue de ne pas faire partie des intrigants qui arpentent les salons dans l'unique but de pavaner leur suffisance.

Je m'apprêtais donc à aller dire au revoir à madame Walker, quand j'ai senti une main effleurer mon bras, geste timide comme ceux destinés à attirer l'attention sans éveiller de réaction exagérée. Je me suis retourné pour me trouver face à face avec... Adèle. Muet de surprise et de joie, sidéré par l'aura de splendeur qui se dégageait de son visage, je ne parvenais à exprimer aucun mot intelligible. Adèle ne s'y est pas trompée, en femme d'expérience certaine de son pouvoir physionomique. Le sourire esquissé avec un léger pli de l'œil droit prouvait sa satisfaction devant l'effet évident qu'elle produisait sur moi et traduisait son plaisir à constater combien ses charmes opéraient avec toujours autant d'efficacité. En même temps, cette mimique révélait que je n'étais pas indifférent à ses yeux, et pas seulement parce qu'elle appréciait mes talents de pianiste. Le charme qu'elle exerçait sur moi répondait à celui qu'elle ressentait à mon endroit. Nous étions sur la même longueur d'onde. En prenant subitement conscience de ce fait, j'ai senti mes jambes flageoler, comme un stupide jouvenceau. Je me suis ressaisi juste à temps pour ne pas laisser paraître mon trouble, soucieux de conserver une contenance étudiée. J'ai pris la parole en premier.

« Bonjour, madame Spencer, je pensais bien que vous ne viendriez plus. Je me résignais à partir.

— Madame Spencer! Je vous en prie, Harry, pas tant de distanciation guindée! Appelez-moi Adèle. Après tout, nous allons peut-être faire affaire ensemble. Vous voulez un verre? »

Sans attendre mon assentiment, elle s'est éloignée quelques instants pour revenir avec deux verres contenant un liquide brunâtre indéterminé et imbuvable.

« Oui, veuillez m'excuser de paraître si tard après vous avoir annoncé ma présence. Avec la scène que m'a servie mon mari l'autre jour, j'ai pensé qu'il valait mieux attendre son départ des lieux avant de vous tenir compagnie. Comme il s'occupe très peu de ce qui m'arrive, j'ai prétexté un engagement pour ne pas l'accompagner ce soir, le même prétexte qui m'a servi à expliquer mon arrivée après le départ de Philip. »

Tout ça me semblait bien confus et délicieusement tordu. Je m'étonne toujours des contorsions auxquelles se livrent les couples parvenus au stade de l'usure. Leur vie est devenue une geôle justifiant tous les stratagèmes d'évasion.

« Je n'ai malheureusement pas pu vous entendre. Vous avez été bon?

— Je dirais quelconque. Pour être bien honnête, je vous cherchais dans le public. »

Ne s'attendant pas à une réplique si franche, mais agréablement réjouie de ce qu'elle contenait de sous-entendus, Adèle a laissé filer un long rire étouffé. J'ignorais à quel jeu nous étions en train de jouer. Par contre, le trouble sentiment que procure l'ambiguïté des jeux de séduction m'incitait à continuer. Adèle en venait toutefois au but.

« Écoutez, je vous avais dit que j'essayerais de vous dénicher quelques engagements, vous vous souvenez?

— Je n'ai pas oublié, bien sûr.

— Eh bien, sachez que ce ne sont pas quelques engagements, mais bien une tournée complète que je vous propose! »

Elle était fière de son coup, comme lorsqu'on offre un cadeau prestigieux totalement inattendu. Pour être surpris, je l'étais. Abasourdi même. J'ai avalé mon verre d'un coup sec, manquant de peu de m'étrangler. Je contenais mon émotion, car cela m'apparaissait trop beau pour être vrai, à la limite du concevable. Adèle voyait l'incrédulité passer sur mes traits, réaction qu'elle avait anticipée.

« Je vois que vous avez peine à le croire et je vous comprends. Moi-même, je suis légèrement étonnée de la rapidité avec laquelle il m'a été possible de mettre sur pied cette tournée. »

Adèle m'a décrit dans les grandes lignes la teneur de mon emploi du temps qui s'annonçait dans deux mois, si bien entendu j'acceptais la proposition. Si j'acceptais... Politesse de pure forme. Elle savait pertinemment combien j'étais ébahi d'un tel renversement du sort. Mais en même temps tout ne me paraissait pas si limpide. Je ne peux pas me livrer tête baissée dans n'importe quel portillon sans au moins connaître ce qui se trouve de l'autre côté.

« C'est extraordinaire, Adèle, mais puis-je vous demander pourquoi vous faites cela pour moi?

— Vous pouvez toujours refuser si je vous semble inconvenante. »

Je revivais une scène similaire à celle survenue dans la chambre d'hôtel de monsieur Cortot quand j'avais commis la bêtise de lui demander pourquoi il m'invitait si généreusement à Paris et que sa femme m'avait rabroué sans pitié. Je venais de répéter la même sottise avec Adèle et une fois de plus la réponse me giflait d'embarras. Je n'apprends pas vite...

« Pardonnez-moi, Adèle, c'est extrêmement généreux de votre part, et je ne saurai jamais comment vous exprimer toute ma gratitude.

— Oh, mais ne croyez pas que je fais tout ça uniquement par bonté de cœur. Votre prestation de l'autre jour m'a fait miroiter l'idée que je venais de débusquer un rare talent et que peut-être je pourrais tenter de devenir une sorte d'impresario. Et comme tout impresario, je ne fais pas des affaires gratuitement. J'ai déjà retenu par contrat des honoraires de vingt pour cent sur vos cachets! »

Je n'ai pas pu réprimer un sifflement admiratif. Cette femme savait où elle allait, et d'ailleurs à une cadence bien plus élevée que la mienne. Chapeau! Il me restait tout de même quelques objections en réserve.

« Comment avez-vous pu imposer un pianiste qui ne possède pas d'attestations reconnues d'une école prestigieuse, qui ne peut présenter aucune lettre de créance de la part de professeurs réputés, qui, circonstance aggravante, n'affiche aucune expérience significative du concert?

— Rien de bien compliqué. J'ai fait valoir que vous aviez étudié en Europe avec Alfred Cortot, si ce que vous m'avez raconté est exact. Ce simple fait compte pour beaucoup dans votre crédibilité. Et puis, en tant qu'attachée culturelle, j'ai développé un bon réseau de contacts. Mes partenaires me font confiance les yeux fermés. Ce qui est valable pour moi le devient pour eux.

— Mais comment justifier les coûts d'une telle tournée et votre implication alors que votre propre pays, la France, est plongé dans une guerre sans merci?

— C'est justement cette guerre qui sert mes intérêts et les vôtres. Il ne faut pas se le cacher. À la guerre, tous les moyens sont bons. Chaque coup risque d'entraîner des répercussions qui pourraient en changer le cours. Les Allemands ne se privent pas eux-mêmes de frapper. Vous êtes peut-être au courant des rumeurs qui circulent à l'effet que le gouvernement allemand effectuerait des démarches propagandistes auprès du gouvernement mexicain de Carranza. On prétend que les Allemands auraient promis aux Mexicains de les aider à récupérer le Texas et l'Arizona s'ils acceptent d'envahir les États-Unis.

— Et pourquoi?

— Parce que le gouvernement américain soutient l'effort de guerre des Alliés. De plus, depuis le torpillage du *Lusitania*, les Allemands sont convaincus qu'il ne s'agit que d'une question de temps avant une déclaration de guerre. Ils tentent donc de se protéger en cherchant à mettre le Mexique de leur côté. Comme vous le voyez, il n'est pas loin le jour où votre propre pays ne pourra plus conserver sa pudibonde neutralité. C'est ici qu'une intervention comme la mienne trouve sa raison d'être. En vous faisant passer pour un étudiant français, en vous faisant jouer dans une tournée financée par des fonds français, en promouvant la vigueur culturelle des Français auprès de vos concitoyens, je contribue à créer un climat de sympathie en faveur de la France qui servira en temps voulu à faciliter l'entrée en guerre des États-Unis. Je sers donc deux bonnes causes en même temps, la vôtre et celle de mon pays d'origine. La tournée que je vous propose ne constitue qu'un des nombreux rouages mis en place pour influer sur le dénouement de la guerre. Vous me suivez?

— Alors, je ne suis qu'un instrument de propagande à vos yeux?

— Pas du tout, mais pourquoi pas? Pour l'instant, vous n'avez qu'à profiter de l'occasion et à exceller au meilleur de vos capacités! »

Je réfléchissais à toute vitesse. Ces considérations politiques planaient dans des hautes sphères inaccessibles pour moi. Mon innocence des affaires du monde devenait incommodante, même en sachant que j'allais en faire partie à un infime degré. Mais j'avais le choix entre m'impliquer et laisser à d'autres le soin de gérer les motivations qui m'échappent, ou alors refuser de m'engager dans cette avenue par crainte de devenir un instrument de pouvoir où je risquerais d'être écrasé. En même temps, je regardais

Adèle, si sûre d'elle-même, et quelque chose dans son allure m'incitait à lui faire confiance. J'osais espérer qu'il n'y avait aucune clause cachée qui me rebondirait au visage à un moment donné. Et il y avait bien sûr l'irrépressible envie de me produire sur scène devant public, comme je rêve de le faire depuis si longtemps. Avais-je les moyens de décliner une telle offre? Qui sait quand une occasion pareille se présenterait à nouveau? Il demeurait tout de même une objection majeure à émettre avant de donner mon accord.

« Adèle, je dois quand même vous signaler un obstacle de taille à votre proposition. Combien d'auditeurs espérez-vous attirer à des concerts où un pianiste noir tient l'affiche? »

Elle n'a pas été surprise par la question. Je vis à l'éclat qui passait dans ses yeux qu'elle l'avait déjà retournée dans tous les sens.

« Il s'agit effectivement de la seule tuile envisageable. Bien entendu, le succès de l'entreprise aurait été plus facile à assurer si vous aviez été de la... bonne couleur, si je puis dire. Mais il y a un début à tout. Un certain courant de sympathie envers les Noirs commence à circuler parmi les Blancs qui dénoncent les conditions inacceptables dans lesquelles vous devez vivre. On le voit d'ailleurs ici même, chez A'Lelia. Beaucoup de Blancs viennent à Harlem, car ils perçoivent l'émergence d'une nouvelle force en train de souder les Noirs entre eux. Voilà donc une occasion inespérée de capitaliser sur ce sentiment latent et de donner la chance à ces sympathisants de se manifester en venant vous applaudir. D'autre part, nos services de renseignement nous communiquent que, en cas de guerre, les Noirs viendraient en nombre se battre sous les couleurs de la France, puisque l'armée américaine interdit leur accès à ses rangs. En montrant que nous appuyons les talents noirs, nous ne faisons, là encore, que préparer le terrain et inciter les Noirs à traverser l'océan le moment venu. »

Je n'ai pas pu masquer mon scepticisme. Sans même

mentionner que le fait de servir de leurre à des Noirs pour les amener à combattre en France ne m'emballait guère, je doutais foncièrement que mes concerts puissent attirer un public suffisamment important pour en valoir la peine. J'avais toutes les difficultés à croire qu'Adèle accepte de se donner tant de mal pour en apparence si peu. Aussi, a-t-elle cru nécessaire de rajouter quelques arguments plus décisifs :

« Et puis, le nom de mon mari possède au moins la vertu de faire taire les récalcitrants. J'entends bien m'en servir, même à son insu.

— Et comment ferez-vous?

— Simple, je vais vous accompagner durant une bonne partie de votre tournée! »

Elle ne blaguait pas. Elle connaissait pourtant les risques à s'afficher avec un nègre, surtout aux propres yeux de son mari. Pourquoi courir de tels risques? J'entrevois une autre explication, d'une telle extravagance que je refuse de toutes mes forces d'y souscrire. Adèle est-elle attirée par moi... autant que je le suis par elle?

16 JANVIER 1917

Ma démission à monsieur Mulclair n'a pas provoqué la secousse sismique que je redoutais. Je lui ai expliqué que je partais en tournée. Il m'a regardé attentivement pour s'assurer que je ne fabulais pas sous l'emprise d'une drogue quelconque. Et puis, voyant que je semblais sérieux, il m'a seulement demandé de travailler encore une semaine, le temps qu'il embauche un autre pianiste pour me remplacer. Je lui ai donné mon accord, trop heureux d'éviter la tempête appréhendée. Au moment de franchir la porte, monsieur Mulclair m'a interpellé.

« Button! »

Je n'ai jamais pu m'habituer à ces aboiements lancés à tue-tête. Je me suis retourné, m'attendant à une bordée de dernière minute. Monsieur Mulclair, tout en continuant à trier ses liasses de papiers, m'a simplement dit deux mots qui étaient bien les derniers auxquels je m'attendais, mais qui m'ont d'autant touché.

« Bonne chance! »

La tournée va s'échelonner sur environ six mois et me permettre de parcourir une bonne partie du pays. Vingt-neuf récitals sont prévus dans plusieurs villes, la plupart totalement inconnues de moi avant ce jour. Je n'ai aucune idée de leur superficie ni de leur nombre d'habitants. Je n'ai reçu aucune indication sur les salles où je me produirai, encore moins sur les différents pianos dont je me servirai. Vivrai-je une autre expérience « déconcertante » – terme des plus appropriés – comme à l'église d'Allentown sur le piano fêlé du pasteur? Adèle s'occupe de la logistique et je suis bien aise de lui céder cet aspect. J'évite de trop penser aux contrariétés qui m'attendent, la difficulté du transport et de l'hébergement pour un Noir n'étant pas négligeable, loin de là. Je me concentre davantage à mettre au point un programme qui saura faire la juste part entre la virtuosité pure et l'attrait musical proprement dit. Certains établissements ont demandé un programme spécifique, d'autres qu'on leur fasse simplement parvenir la liste des œuvres prévues, d'autres encore n'ont démontré aucun intérêt ni aucune préférence.

Adèle communique avec moi par courrier. Je lui laisse mes réponses en poste restante pour ne pas risquer d'alerter son mari. Depuis la soirée chez A'Lelia Walker, je ne l'ai pas revue. Ses messages se limitent au jargon administratif de circonstance. Rien ne filtre sur d'éventuels sentiments à mon égard, et probablement que ça vaut mieux ainsi. J'ai succombé à une lubie de croire qu'il en allait peut-être autrement. Après tout, c'est Nella qui compte pour l'instant.

Elle a d'ailleurs réagi plutôt froidement lorsque je lui ai annoncé mon départ. Je lui ai promis de lui écrire, mais elle semble penser qu'une correspondance, même suivie, ne suffit pas à maintenir les liens et que notre relation s'endommagera inévitablement. J'ai beau argumenter et plaider une parenthèse de seulement quelques mois, elle affiche une mine fataliste, comme si elle appréhendait que je ne revienne jamais, ce qui est beaucoup présumer de l'avenir en ce qui me concerne. Il va de soi que je ressens un certain cafard à la perspective de son absence durant les mois à venir, sentiment en partie compensé par l'excitation que suscite toute expédition comme celle que je m'apprête à entreprendre. Mais loin de moi l'idée d'entrevoir notre séparation temporaire comme un deuil éprouvant. De plus, si Nella a au moins la dignité de me souhaiter la meilleure des chances, je ne peux me départir de l'impression d'une certaine aigreur chez elle parce que j'ai remporté notre pari. Je pars en tournée avant qu'elle ait publié un roman. Je lui ai promis de l'amener comme convenu à Coney Island à mon retour de tournée, l'été prochain, où le temps se prêtera d'ailleurs mieux à un pique-nique. Elle acquiesce d'un sourire mitigé, sans me livrer le fond de sa pensée, probablement trop consciente des aléas qui peuvent modifier le cours d'une promesse et trop craintive que je fasse des rencontres qui m'éloigneraient d'elle.

En attendant, nous passons les trois derniers jours à colmater tant bien que mal les écorchures ouvertes par mon départ prochain. Nous nous promenons, comme nous avons toujours aimé le faire, et nous prenons nos repas chez Mae et Willie. Hier, Willie m'a offert une paire de gants « pour me tenir les mains au chaud ». Même Nella m'a récité un petit poème improvisé sur la « grandeur des carrières » qui ne remplace jamais « la magie des bonheurs conjoints ». J'étais très ému. Pour la première fois, j'ai éprouvé un doute soucieux à l'idée de partir et de devoir laisser derrière moi des amis irremplaçables.

WORD

28 FÉVRIER 1917

Harry Button au Tennessee Hall :
les paradoxes de la pauvreté
PAR CHARLES DANTON

Dans le cadre des festivités municipales du carnaval, organisées par notre vénéré maire, monsieur Davis, la société de concerts *Passionnata* avait le plaisir de proposer un récital de piano qui devait afficher salle comble. De fait, dix minutes avant le lever du rideau, tous les fauteuils étaient occupés par la bourgeoisie locale venue accueillir le pianiste Harry Button, ancien élève du célèbre interprète Alfred Cortot. Quelle ne fut pas la stupéfaction indignée lorsqu'un nègre s'est approché de l'instrument pour y prendre place, après la révérence d'usage. Avant même qu'il puisse faire entendre la première note, au moins la moitié de la salle avait commencé à évacuer les lieux, protestant et exigeant un remboursement. Harry Button a patiemment attendu que le malaise se dissipe, laissant les mécontents le conspuer à leur guise et quitter enfin la salle. Grand bien leur fasse.

Car il faut dès lors admettre que ceux qui ont eu la patience et le flair de demeurer ont eu droit à un récital peu commun et qui, j'en suis persuadé, alimente encore les conversations aujourd'hui. Étincelant dans la célèbre *Hammerklavier* de Beethoven, époustouflant dans la *Fantaisie* de Schumann, rêveur inspiré dans les *Nocturnes* de Fauré, compositeur français peu connu ici, Button s'est livré pour terminer à une interprétation magistrale de la transcription de Liszt du *Prélude et Fugue en la mineur* de Bach.

Malgré une satisfaction musicale évidente, on ne peut s'empêcher de noter ce programme malheureux consacré à trois ignobles Allemands contre un seul Français. Au demeurant, il est difficile de comprendre par quel incroyable loisir un Noir a pu apprendre à jouer du piano de la sorte – qui plus est, rappelons-le, chez Alfred Cortot – quand on connaît l'indigence de ce sous-peuple importé ici par les affres de l'esclavage. Il faut croire que la pauvreté peut quelquefois faire des miracles. Est-ce le cas pour Button, souffrant de manques qu'il parvient à combler, à « sublimer », pour reprendre un mot à la mode, grâce à un piano auquel le hasard lui aura donné accès? Face au clavier, Button semblait en effet affamé, et nul doute que des besoins purement alimentaires animaient d'abord son jeu, au plus grand plaisir, malgré tout, des auditeurs opportunément installés à leur siège et qui se sont « régalés »!

Nous avons l'intention de déclencher le premier février une guerre sous-marine totale. Malgré cela, nous tenterons de maintenir les États-Unis dans la neutralité. Si nous n'y parvenons pas, nous proposerons au Mexique une alliance sur les bases suivantes : faire la guerre ensemble, faire la paix ensemble, large soutien financier et accord de notre part pour la reconquête par le Mexique des territoires perdus du Texas, du Nouveau-Mexique et de l'Arizona. Le règlement des détails est laissé à votre initiative. Dès que l'ouverture des hostilités avec les États-Unis sera certaine, vous informerez très secrètement le président de ce qui précède et vous lui suggérerez qu'il devrait, de sa propre initiative, solliciter la participation immédiate du Japon et proposer simultanément sa médiation entre le Japon et nous. Prière d'attirer l'attention du président sur le fait que l'emploi sans restriction de nos sous-marins offre maintenant la possibilité d'obliger en peu de mois l'Angleterre à faire la paix. Zimmermann

New York, le 3 avril 1917

Salut, vieux frère.

Ici, c'est la méchante foire. Tout le monde est dehors, malgré la pluie, à gueuler le pour et le contre, la participation ou l'abstention. Mais il y a de plus en plus consensus. Ça y est, la guerre va sûrement être déclarée d'une journée à l'autre. Au cas où tu l'ignorerais, je t'envoie une coupure de journal qui reproduit le télégramme d'un ministre allemand[12]. La bombe, quand ce télégramme a été publié! Lis-moi ce texte, et tu n'auras plus aucune hésitation sur les intentions de l'Allemagne. C'était à prévoir, de toute manière, tu penses bien. Notre économie roule sur l'exportation de tonnes de matériel vers les pays en guerre, la France et l'Angleterre. Comment veux-tu que l'Allemagne accepte cette ingérence? Alors, ils annoncent qu'ils vont couler tous les bateaux qui s'aventurent à portée de tir, dans le but de donner le coup de grâce et de faire fléchir les pays alliés. Résultat? Si les Alliés perdent, qui va payer les factures? Pas le choix, mon vieux! Si les États-Unis veulent faire profiter leur mise, ils n'ont pas d'autres options que de se lancer dans la guerre à leur tour et de faire pencher la balance en leur faveur. Mais ne t'inquiète pas, je sais déjà que les Noirs ne seront pas admis dans l'armée, même s'il y a conscription. Au moins un avantage de notre couleur! À la condition que la guerre ne finisse pas par se transporter ici sur ce continent.

En attendant, très heureux d'avoir de tes nou-

---

12. Allusion au fameux télégramme Zimmermann daté du 16 janvier 1917, intercepté et décodé par les Britanniques qui en remirent ensuite une copie aux États-Unis. La commotion créée par sa publication le 1er mars devait faire pencher l'opinion publique en faveur de la guerre qui fut de fait déclarée le 6 avril 1917 (NDT).

velles. *Ta tournée semble couronnée de succès, du moins, c'est ce que je crois comprendre. Tu sais à quel point je te souhaite de réussir. On espère toujours le mieux pour ses vieux camarades de parcours.*

De mon côté, rien de bien neuf, quoique la guerre risque d'affecter indirectement mon emploi du temps. L'immigration va sans doute s'en ressentir et je risque de perdre une rentrée de fonds importante. Mais je t'en dis déjà trop...

On ne voit pas Nella très souvent. Elle va plus ou moins bien, toujours prisonnière d'une mélancolie qui commence même à la défigurer. Je ne voudrais pas être soigné par elle à l'hôpital. Je craindrais d'être contaminé par son humeur dépressive! Elle m'a quand même dit qu'elle t'écrirait bientôt. Je me demande ce qu'elle attend, mais c'est son problème.

Je te laisse, vieux. J'ai très hâte de te revoir. Mae t'embrasse très fort.

Willie

MUSICAL AMERICA

6 MAI 1917

La Fayette, nous voici!
PAR HENRY OSBORNE OSGOOD

Un mois après la dramatique déclaration de guerre des États-Unis au gouvernement allemand, les pensées tournées vers le continent européen ne doivent pas occulter les nécessités spirituelles qui seules peuvent faire traverser à l'homme sain les inévitables embûches de son destin. C'est donc dans une atmosphère empreinte d'émotion que le pianiste français d'origine africaine, Harry Button, nous a présenté un concert de soutien à la mobilisation, concert entièrement consacré au répertoire de ce doux pays qu'est la France, notre allié de toujours. Des suaves sonates de Rameau à l'extravagante *Suite bergamasque* de Debussy en passant par un mémorable arrangement pour piano de *Hymne pour l'élévation* de Hector Berlioz, c'est à une tranche de temps d'une noblesse infinie que nous a conviés cet incomparable pianiste qu'est Harry Button.

Après un bref rappel, c'est sous les fleurs et les bravos mérités que monsieur Button a quitté la scène. Une salle comble voulait exprimer à ce grand artiste que personne ici n'avait oublié ce que nous devons à la France, et qu'à notre tour, prochainement, demain peut-être, nous nous rendrons sur le continent de nos ancêtres et nous crierons en reconnaissance : « La Fayette, nous voici ! »

New York, le 19 mai 1917
Cher ami,
C'est avec une voix étranglée d'émotion que le bruit de vos exploits pianistiques est parvenu jusqu'à moi, confirmant la foi absolue que je voue à notre communauté noire d'origine africaine. Premier virtuose classique noir né aux États-Unis, vous personnifiez l'appartenance d'un peuple déraciné à la grande marche du monde! Vous vous inscrivez dans la droite ligne des autres musiciens noirs ayant réussi à transgresser les innommables barrières du racisme et de l'exclusion, du célèbre Chevalier de Saint-Georges à Robert Nathaniel Dett en passant par Samuel Coleridge-Taylor et Edmond Dédé. Recevez donc mes plus sincères vœux de réussite et de gloire, gloire qui ne pourra que rejaillir sur tous vos frères! Vous contribuez ainsi à donner corps à mon précepte : une race sans autorité ni pouvoir est une race sans respect!
Que Dieu vous garde, mon fils!
Marcus Garvey

New York, le 20 mai 1917
Ami très cher,
Comme j'ai flâné avant de répondre à ta chaleureuse lettre! Ne m'en veux pas. La grisaille de ce New York poisseux déteint sur mon âme souffreteuse. Je vis donc en symbiose avec l'air d'un printemps pluvieux, coulant mes pas lourds et pénibles dans les ornières de jours sans joie. Combien il me tarde d'apercevoir l'éblouissement d'un soleil! Bien sûr, tu me manques. Tu savais apposer sur moi une touche de douceur tellement réconfortante quand je me blottissais dans le creux de tes bras. Mais qu'y puis-je? Tu vis le bonheur

d'une carrière pleinement méritée, et je m'en réjouis pour toi. De mon côté, ma neurasthénie, pour reprendre le terme avec lequel l'infirmière en chef persiste à me taquiner, me sert au moins d'inspiration lorsque je trouve l'énergie de noircir quelques feuilles. Quelle magie peut se dégager d'un simple alignement de mots bien choisis! Écrire me procure une joie indicible. Il n'y a que penchée sur mes écrits que je sens ma respiration battre à un rythme régulier. Je te ferai lire mon petit ouvrage quand j'aurai terminé. Je suis évidemment terrifiée à l'idée que ma prose te déçoive, mais je devrai bien en venir au jugement d'autrui, tôt ou tard. Fais de moi une femme plus forte, comme lorsque tu donnes corps à une partition et que tu matérialises si bien ces musiques incomparables!

Je t'embrasse de tous mes vœux de succès,
Ta Nella

25 JUIN 1917

De retour à New York, ce n'est pas sans une certaine fébrilité que je renoue enfin avec mon carnet de bord! Je ne m'explique pas encore comment j'ai pu oublier ce fidèle compagnon de route depuis déjà près de cinq ans! Dans l'euphorie du départ, je l'ai laissé parmi les quelques effets entreposés chez Willie. Et pourtant, que d'impressions j'aurais eu à confier au jour le jour! Que d'observations à noter! Le temps aura cependant permis de décanter les événements et je vais me contenter de fixer à l'encre ce que la mémoire aura trié et retenu. Et que j'aurai intérêt à relire plus tard, quand la consolation d'un retour sur le passé primera sur l'incertitude des projets d'avenir. Ces quelques mois sans sa présence m'auront au moins permis de constater à quel point ce journal m'est devenu précieux.

Les faits que j'y consigne et que je me raconte comme s'il s'agissait d'une histoire m'instruisent plus que je n'avais voulu l'admettre. Il me plaît de poser des jalons, de consolider mes assises, de baliser le parcours pour le prochain bond. Mon journal s'affirme comme un auxiliaire inestimable quand vient le temps de franchir une étape.

Adèle avait bien préparé le terrain. Son efficacité devrait être citée en exemple. En tout cas, il s'agit pour moi de la démonstration la plus achevée d'une organisation rondement menée dont j'ai été témoin. Depuis son offre de tournée jusqu'au départ effectif, nous nous sommes revus en deux occasions. Une première fois pour la signature du contrat, ratifié les yeux fermés en toute confiance. Moment furtif, Adèle expéditive, son parfum suave, sa voix un peu chevrotante. Elle est repartie avec une étrange hâte non motivée à bord d'une impressionnante voiture Ford Model T, manquant frapper un piéton ahuri. Dommage, j'aurais bien aimé qu'elle me propose une promenade motorisée. Je ne suis jamais monté encore dans un de ces engins à quatre roues qui circulent de tous les côtés, reléguant de plus en plus les chevaux au rang d'ancêtres des moyens de transport.

Et puis, une deuxième fois sur le quai de la gare, le matin du départ. Je l'attendais, trop en avance sur le rendez-vous, le cerveau vidé par mon agitation nerveuse, affolé par le saut dans le vide que je m'apprêtais à effectuer, sachant qu'il était trop tard pour reculer. Adèle est enfin arrivée, toujours au volant de cette voiture, bruyante comme une catarrheuse, et accompagnée d'un valet, noir comme il se doit. Elle m'a remis une enveloppe contenant les instructions, les billets, les contacts et autres informations utiles.

« Je vous retrouve à Bloomingburg. Bonne chance, Harry! »

Je l'ai sentie hésiter une seconde, comme si elle avait souhaité une attitude moins formelle, moins distante.

Pendant un bref instant, j'ai même cru qu'elle me tendrait la main, relent de la tradition française qui l'habite encore. Mais elle savait que son valet l'observait d'un œil suspicieux et que si elle avait la moindre prévenance à mon égard, monsieur Spencer en serait inévitablement informé. Avant d'avoir le temps de la remercier, je recevais un nuage de fumée nauséabonde au visage. Ma quinte de toux calmée, l'arrière de son véhicule n'était déjà plus qu'une tache lointaine.

Le premier concert a eu lieu le soir même à Woodridge. Le voyage en soi, ainsi qu'il en a été durant toute la tournée, n'avait rien d'une sinécure. Relégué au dernier wagon avec quelques autres Noirs dépenaillés, forcé de loger dans des hôtels miséreux exclusivement réservés aux Noirs, me butant à une hostilité muette quand je tentais d'obtenir les renseignements voulus pour m'orienter, m'alimentant à la sauvette avec de la bouffe périmée là où on voulait bien me servir, bref, circuler sans cesse au milieu de Blancs avec la déplaisante impression d'être un intrus indésirable ne faisait qu'aggraver ma fatigue et ma tension mentale. Cet aspect de la vie d'interprète m'avait échappé et je dois convenir qu'il refroidit mon enthousiasme. À ce compte, je commence déjà à me demander si j'aurai la trempe pour résister encore bien des années. J'essaie de m'encourager en me disant que l'entraînement, l'expérience et une routine mieux ordonnée viendront à bout de ces anicroches.

Si au moins il y avait eu les concerts pour ranimer la flamme et recharger mon énergie, je n'aurais eu aucune objection à attaquer la situation à bras-le-corps. Hélas, j'avais malheureusement vu juste en pressentant le pire. Le fait d'être noir dressait devant moi et le public, venu assister en toute innocence au récital d'un pianiste dont il ne connaissait que le nom, une barrière de préjugés qui a bien failli venir à bout de ma détermination, même la mieux trempée. Tout commençait déjà à la salle elle-même où je

251

me présentais en général l'après-midi pour me donner le temps de m'acclimater au piano et pour répéter les pièces prévues au programme. Par bonheur, Adèle avait pris soin de laisser planer le nom de son mari, souvent un des bailleurs de fonds de l'endroit. Grâce à la formule magique « Philip Spencer », les réticences manifestées à mon arrivée se dissipaient comme par enchantement, mais non sans quelques tiraillements. Dans d'autres cas, il s'agissait d'organismes liés de près ou de loin à la France et qui faisaient moins de cas de ma couleur, même s'il était facile de comprendre que l'embauche d'un Noir contrevenait aux manières établies.

Après ce premier contact et le règlement des modalités du concert, après ma présence admise plus ou moins de mauvais gré, il ne restait en général que les visages contrariés et les réponses glaciales. Je provoquais une onde de choc ridant la surface polie d'une organisation routinière. De plus, l'incertitude quant à mon statut de pianiste débutant faisait naître une inquiétude non dénuée de fondement. Grâce à Adèle, je bénéficiais de passe-droits sans avoir fait mes preuves. Mais à ce stade, peu m'importait. Toute ma vie ou presque, j'ai été confronté à ces affrontements sournois entre Blancs et Noirs et j'ai appris à passer outre avec une indifférence imperméable. J'ai suffisamment entendu de remarques bassement mesquines pour ne pas me laisser intimider.

L'histoire se corse cependant lorsque vient le temps de fouler la scène et de m'installer au piano. À ce moment, si j'avais pu faire lever quelques réserves parmi les organisateurs qui constataient lors des répétitions que je n'usurpais pas ma place, il en allait tout autrement pour le public qui vociférait son indignation dès qu'il voyait un misérable Noir se présenter devant lui. Plusieurs auditeurs préféraient même quitter la salle en criant à l'escroquerie plutôt que de subir l'affront de se faire imposer un nègre, jugé d'emblée inculte et incompétent.

Le premier soir, à Woodridge, j'ai bien cru que j'allais craquer. Déjà rongé par le trac de mon premier engagement rémunéré, déjà incertain de la composition de mon programme, déjà conscient que mon interprétation – pour laquelle je n'avais pratiquement aucun repère – allait être jaugée et comparée, possiblement critiquée avec virulence, j'avais mis de côté les craintes liées à la réception qui serait faite à un pianiste noir, me concentrant uniquement sur le rôle à tenir et sur la prestation à livrer. J'entendais parler des Blancs qui applaudissaient les Scott Joplin, Otis Saunders, Kid Ory et autres vedettes noires qui tenaient l'affiche dans des clubs huppés très prospères. J'espérais raisonnablement pouvoir bénéficier d'une sympathie analogue. Mais j'avais malencontreusement sous-estimé le conformisme de la bourgeoisie cultivée. Pour les « tenants du bon goût », il s'agit d'une inconvenance inacceptable que le répertoire classique soit servi par un descendant d'esclave. Si dans les clubs réservés aux Blancs on venait applaudir la musique « sauvage » des Noirs en s'y délectant comme s'il s'agissait d'un encanaillement, rien de comparable ne pouvait surgir au sein d'une prestigieuse enceinte consacrée à la musique classique.

Il s'agissait donc d'un facteur supplémentaire avec lequel il a fallu composer. J'ai adopté d'instinct l'attitude que j'estimais la plus appropriée ou la moins risquée. Chaque fois, j'ai fait preuve de patience. Je m'exhortais à faire ravaler les injures en fournissant un effort maximum dès que le calme était revenu et que je pouvais enfin commencer à jouer. Que faire d'autre, de toute manière?

Le mécontentement ne recueillait d'ailleurs pas toujours l'unanimité. Au milieu du brouhaha déclenché par mon apparition sur scène, certains auditeurs applaudissaient en signe de solidarité, ayant le bon sens de ne pas condamner sans m'avoir au moins entendu. Ces quelques signes de soutien de la part de Blancs conscientisés aux problèmes du racisme, dans une assistance où aucun Noir ne figurait pourtant jamais, tombaient à point nommé. Ils m'ont permis de tenir le coup et m'ont fourni l'impulsion suffisante pour me jeter dans la fosse. Si mon jeu s'est ressenti du climat fielleux lors de mon premier récital, il a bénéficié de l'expérience. J'ai été en mesure de mieux me préparer pour les concerts suivants, arrivant même parfois à balayer les scrupules d'auditeurs demeurés à leur place. Peu à peu, je renversais la vapeur en ma faveur. En prenant la parole pour présenter les œuvres en début de concert, j'appelais quelquefois un peu d'humour en renfort afin de détendre l'atmosphère.

« Je ne croyais pas que la musique de Mozart pouvait faire fuir les gens à ce point! »

D'autres fois, je commençais à jouer sans attendre la fin des manifestations, le plus souvent une pièce tapageuse et extravagante comme une *Étude* de Liszt. Je parvenais ainsi à calmer les ardeurs et même à faire regagner leur place à quelques auditeurs qui avaient d'abord décidé de déserter. Le concert pouvait alors prendre son envol et se dérouler normalement. De là à dire que mes récitals obtenaient un triomphe, il y a une marge. Quelques applaudissements ostentatoires saluaient davantage les convictions égalitaristes de certains que la réussite de mon jeu. Peu de huées, par contre, à la fin des concerts, soit que le silence exprimait le plus grand des mépris, soit qu'il m'accordait le minimum de respect en droit d'être récolté par un nègre, même après une prestation éblouissante. Quoi qu'en ait pensé Willie à la lecture du compte rendu que je lui ai écrit, il est un peu exagéré de prétendre que la tournée a été couronnée de succès. J'attends encore le verdict d'Adèle à ce sujet, cette chère Adèle que je devrais retrouver dans deux jours à l'Aeolian Club où elle m'a donné rendez-vous et de qui j'espère avec impatience une suite à l'aventure.

En général, heureusement, et à ma très agréable surprise, j'ai interprété mes programmes avec une aisance étonnante. Aucune erreur, aucune fausse note, aucune défaillance de la mémoire. Le trac et les contraintes du voyage, du séjour et de l'animosité ambiante me faisaient redouter d'affronter l'arène sans la pleine disposition de mes moyens. Il n'en fut rien, comme si le fait de m'installer au piano et de commencer à en extraire de puissantes sonorités parvenait à soutirer de zones insoupçonnées un regain d'énergie salutaire. Absorbé par mon récital, heureux de partager le bonheur que j'éprouve chaque fois que je m'installe au piano, j'oubliais le temps de quelques œuvres toutes mes fatigues et toutes mes contrariétés.

Il y a bien eu une exception, la fois où une sérieuse altercation dans un patelin perdu m'a plongé dans un tel état que j'ai été incapable le soir de retrouver ma concentration. Surtout que j'avais cru remarquer dans le public la présence du chef de gare qui m'avait apostrophé de vilaine manière l'après-midi, me traitant de tous les noms simplement parce que j'avais osé m'abreuver à la fontaine des Blancs. J'ai eu beau rétorquer que celle réservée aux Noirs était défectueuse, il ne voulait rien entendre. La morsure de son doberman m'élançait encore à la jambe au moment du concert et la douleur s'irradiait jusqu'au haut de la cuisse. Ni la souffrance ni même la tension suscitée par l'incident n'expliquaient pourtant le trouble obsessif qui me bouleversait. Ce que je ne parvenais pas à surmonter, c'était le sentiment d'impuissance, c'était le sentiment d'être livré seul et sans recours à la cruauté d'imbéciles qui se croient tout permis, c'était leur supériorité abusive et leur immunité inacceptable. La rage qui m'agitait encore à mon arrivée sur scène, rage avivée par la réaction hostile habituelle, me faisait trembler des mains. Du coup, mon interprétation fut franchement horrible, mais l'incident a au moins servi à augmenter la résistance de ma carapace. Déçu de ma contre-performance, je me suis juré qu'à l'avenir les prétextes raciaux ne me gâcheraient plus l'existence et ne viendraient plus contrarier mon jeu.

Autrement, les concerts se sont avérés moins épuisants que je ne l'avais d'abord redouté. L'entraînement intensif de Tin Pan Alley avait renforcé mes muscles et accru mon endurance. La plupart du temps, j'ai donc pu jouer plusieurs heures sans ressentir aucune fatigue. De la sorte, il m'a été possible de fournir des efforts qu'en temps normal il eût été insensé d'exiger, comme lorsque j'ai dû aligner un dimanche d'avril trois concerts dans la même journée.

Une autre plaisante surprise a été ma capacité à m'adapter aux différents pianos mis à ma disposition. Il faut dire qu'à côté de l'exécrable instrument du pasteur lors de mon premier concert public n'importe quel piano défilait sous mes doigts comme une véritable bénédiction. Dans de trop rares cas, j'ai même pu bénéficier de pianos à queue d'origine allemande d'une exceptionnelle qualité. Lors de ces occasions rêvées, je me sentais en état de grâce et je livrais des performances que je n'hésite pas à qualifier de prodigieuses! J'avais peine à quitter la scène, livrant rappel sur rappel, même sans être sollicité, pour pouvoir me gorger à profusion de la sonorité irréprochable de ces instruments envoûtants. Il m'arrivait même de demeurer au piano une fois la salle vide, ne me résignant à quitter que lorsque l'on m'intimait l'ordre de le faire. Ces « heures supplémentaires » compensaient en quelque sorte pour les journées où il m'était impossible de m'exercer. Distribuées sur le cours de la tournée, elles m'ont permis de tenir la forme.

Un autre aspect insoupçonné sur lequel je n'avais pas réfléchi concerne les salles elles-mêmes. Là encore, j'ai eu droit à un registre de salles aux qualités acoustiques passablement inégales. De l'auditorium rectangulaire avec des proportions idéales aux granges vétustes, mieux conçues pour l'abattage du bétail que pour un récital de piano, en passant par des kiosques en plein air exposés aux quatre vents, la confrontation avec autant de diversité sur le plan acoustique m'a singulièrement compliqué la tâche. Chaque fois, je devais m'ajuster intuitivement afin d'être assuré que les auditeurs placés à l'arrière des salles puissent entendre le piano, ce qui dans certains cas relevait davantage de l'exploit sportif que de la prestation musicale. J'émergeais de ces soirées avec des crampes aux bras tant j'avais dû me défoncer sur le clavier, uniquement préoccupé par un rendu d'intensité sonore qui excluait toute subtilité dynamique. En revanche, lorsqu'une superbe scène en forme de pavillon, bordée de murs épais en bois dur, autorisait la projection du son dans un espace de dimension raisonnable, au plafond recouvert de plâtre et agrémenté de volutes permettant la diffusion uniforme dans tous les coins de la salle, je pouvais enfin rendre pleinement justice aux musiques que j'interprétais. Un soir à Bloomingburg, dans un magnifique amphithéâtre de huit cents places, j'ai modifié le programme pour y inclure la *Pavane pour une infante défunte* de Ravel et le fameux *Nocturne posthume en do dièse mineur* de Chopin. J'ai réussi à créer un climat quasi religieux, servi par des graves d'une richesse exceptionnelle et par une clarté des aigus que je n'avais pu obtenir nulle part ailleurs. Ce fut le seul soir où je suis parvenu à arracher aux auditeurs des applaudissements nourris.

D'autres salles, par contre, tenaient davantage du cauchemar éveillé. D'étranges effets d'écho et de résonance engendraient des bruits parasites, des dédoublements, des décalages de notes qui réussissaient à me déstabiliser carrément. Je me rassurais en me disant que les auditeurs ne devaient de toute manière percevoir qu'une bouillie sonore dans laquelle toutes mes imperfections de jeu se trouvaient gommées. À d'autres moments, la réverbération de la salle était tellement accentuée que je me rabattais sur un répertoire d'œuvres qui excluait le recours à la pédale de tenue, comme les *Sonates* de Scarlatti, afin de ménager un peu de transparence à la sonorité. Je jouais également plus lentement de manière à obtenir un phrasé plus intelligible.

Les conditions acoustiques ne fournissent qu'un aspect parmi tous ceux qui composent la tenue d'un concert. Les conditions de jeu proprement dites présentent autant d'importance, sinon plus, que l'architecture des salles elles-mêmes. Là encore, j'ai eu droit à toutes les circonstances imaginables. Quand je pense qu'en vingt-neuf concerts je n'ai jamais retrouvé deux fois les mêmes conditions de confort et d'exécution, il y a de quoi laisser songeur. Ainsi, certaines salles dans des villes un peu reculées se trouvaient totalement dépourvues de chauffage central, encore dans ses balbutiements. Les auditeurs peu incommodés, habitués à de telles conditions d'écoute, luttaient aisément contre l'inconfort du froid et de l'humidité des lieux à l'aide de lourds manteaux de fourrure et de bottes bien doublées. Bien entendu, il était exclu pour moi de me présenter au piano les mains gantées et mon manteau aux épaules étroites sur le dos. Avant même d'entrer en scène, j'étais transi, les mains blanchies par le froid. J'avais beau uniquement me consacrer à des pièces *agitato* ou *vivace*, c'est à peine si je parvenais à me désengourdir. Dès que je cessais de jouer, je me remettais à frissonner. Aussi, j'enchaînais les pièces sans attendre, semant la confusion dans l'esprit des auditeurs qui croyaient que je jouais une seule et même œuvre interminable. Par la suite, j'ai toujours pris certaines précautions. Entre autres, je me plonge durant environ vingt minutes les mains et les avant-bras dans de l'eau très chaude. De la sorte, j'accumule de la chaleur et je peux résister au froid une bonne partie du concert.

À l'inverse, la chaleur suffocante de certaines salles était réellement incommodante. Il suffisait d'une chaudière mal ajustée, comme cela arrive fréquemment, pour faire monter la température au niveau d'un sauna norvégien. Dans cette étuve, la sueur dégoulinait à grosses gouttes, finissait par me brouiller la vue et rendait le clavier aussi poisseux qu'un mollusque. Ainsi, à Williamsport, l'atmosphère fut à ce point étouffante que les auditeurs ont quitté la salle au bout de trente minutes, interrompant un concert prévu pour deux heures. Je n'allais certes pas m'en plaindre, étant moi-même au bord de perdre conscience.

Mais la pire torture, ce furent les démangeaisons et les éternuements réprimés, lors d'un concert à Clarksdale. C'était une froide journée de mars, soumise aux derniers soubresauts de l'hiver. J'avais dû marcher trois miles entre la gare et la salle de concert sous une giboulée glaciale et humide. Mes pieds rapidement mouillés et gelés, ma gorge insuffisamment couverte, mes cheveux détrempés ont eu raison de ma résistance. Le refroidissement et la fièvre se sont emparés de moi, mais pas question de me décommander. Malheureusement, la malchance profite toujours de telles occasions pour en rajouter : la scène était parcourue par un courant d'air qui me faisait grelotter sans arrêt. Dès le début du concert, la goutte me coulait du nez, les larmes me venaient aux yeux, ma gorge était irritée et à tout moment je devais combattre les éternuements qui montaient à l'assaut. Je luttais de toutes mes forces pour ne pas me laisser déconcentrer par cette salve de picotements, de fourmillements et autres tourments cutanés similaires. J'ai choisi des pièces faciles que je connaissais sur le bout des doigts, mettant ainsi de côté un peu d'énergie que j'opposais vaillamment à mon état de plus en plus défaillant.

Plusieurs auditeurs n'ont pas toujours fait preuve de la même endurance. À quelques reprises, quintes de toux à répétition, discussions animées pendant que je jouais, raclements de semelles sur des parquets de bois, froissements incessants et reniflements intempestifs sont parvenus à me déconcerter complètement. Je n'arrivais pas à déterminer s'il s'agissait d'un chahut destiné à mon intention ou d'incidents sonores courants lors des concerts. J'ai fini par m'y habituer et par ne plus leur prêter attention, mais sans jamais réussir à comprendre de quelle disposition d'esprit procédaient ces défoulements corporels. Il faudra que je demande à Adèle ce qu'elle en pense.

J'entends Willie qui vient d'arriver. Nous allons pouvoir passer à table. J'ai acheté des pieds de cochon dont il raffole. Je poursuivrai plus tard ce court bilan qui m'aide à mieux ajuster la lorgnette sur la petite vie d'interprète que je viens d'entamer. Les aspects pratiques inédits auxquels, plongé dans un idéalisme rêveur, je n'avais prêté aucune attention, compliquent grandement la tâche; mais, fort de cette expérience, j'anticipe impatiemment les prochaines occasions, muni que je suis de quelques idées que je compte mettre à l'épreuve.

6 JUILLET 1917

Nella vient de partir, au lever du jour. Je me suis installé à la petite table bancale où je prends mes déjeuners, près de la fenêtre qu'éclaire un soleil blafard. J'ai loué une chambre temporairement dans une pension de la Cent Douzième Rue, attendant de reprendre la route si la guerre ne vient pas contrecarrer les plans. Willie avait raison. La guerre a été déclarée à l'Allemagne voilà trois mois très exactement[13], à peine quelques jours après la lettre qu'il m'a envoyée durant ma tournée. La machine militaire s'est mise en branle, l'entraînement a débuté avec les premières recrues, mais la question de mobiliser ou non les Noirs est toujours âprement débattue. Dans l'intervalle, j'ai une liste d'engagements pour les prochains mois et je poursuis ma préparation comme si de rien n'était, malgré l'incertitude tendue qui plane sur les têtes.

Nella était fort heureuse de la plume-fontaine Waterman que je lui ai rapportée en souvenir. Je ne lui ai pas dit que le choix était celui d'Adèle. Elle m'a rendu ce

---

13. Le 6 avril 1917, le président Wilson se résigne à déclarer la guerre au « gouvernement allemand », tant pour des raisons militaires qu'économiques (NDT).

service à ma demande puisqu'on m'interdisait l'entrée du magasin. Adèle avait pris soin de faire préparer un emballage-cadeau que Nella a défait avec un amusement empressé. Je trouve déroutante cette situation d'intermédiaire entre une Adèle toujours plus attirante et ma Nella dont le tempérament paisible et l'affection accaparante révèlent une fragilité à fleur de peau qui me touche beaucoup. Peut-être le temps et l'usure de nos fréquentations finiront-ils par émousser ce sentiment. Peut-être un tempérament d'action comme celui d'Adèle, sans même mentionner nos intérêts communs, me conviendrait-il mieux. Je lutte toutefois contre cette idée sournoise. Adèle n'est pas libre et je n'ai aucune envie d'encourir la vindicte de son mari, Philip Spencer. Il possède des moyens à la hauteur de sa puissance pour mater les intrépides qui oseraient tourner autour de sa femme. Mais j'ai beau tenter de me défendre, même dans les bras de Nella, il m'arrive de voir la tête lumineuse d'Adèle surgir dans mes pensées. Stupidité obstinée, d'autant plus aberrante que nous ne sommes pas de la même race. Ce qui, par contre, explique peut-être cette séduction diffuse entre nous, séduction que je sens réciproque.

Quoi qu'il en soit, je profite pour l'instant des moments passés en compagnie de Nella. Elle me pose d'innombrables questions sur mon périple. Je lui réponds volontiers, heureux de la voir s'intéresser à autant d'aspects éclectiques, conscient que sa curiosité d'écrivaine en devenir est attisée par ce que j'ai vécu. J'insiste davantage sur les détails sociaux et humains, captant son attention avec une telle intensité que je me demande quelquefois si elle m'écoute encore.

« Au Tennessee, le train passe dans des zones qu'on croirait isolées du monde. Aucune construction à perte de vue. Quelquefois, on peut apercevoir un âne tiré par un gamin sans qu'on puisse deviner où il peut bien se rendre. Un matin, pendant que je regardais distraitement par la fenêtre, un passager, un vieillard noir buriné et voûté, a commencé à me décrire la vie des métayers noirs que j'apercevais, pauvres à un point indescriptible, descendants d'esclaves affranchis après la guerre de Sécession et livrés à eux-mêmes sans nulle préparation à une vie indépendante. Lorsqu'ils étaient soumis à un maître, les esclaves n'avaient aucune autonomie ni aucune instruction. Il s'agissait d'une stratégie délibérée pour maintenir plus facilement les Noirs dans un état de servitude. De leur côté, les Noirs, soumis aux vexations, au fouet, aux privations, au travail exténuant, ont développé des réflexes de défense, ne dépensant que le minimum pour éviter les châtiments, vidant leur esprit pour s'empêcher de prendre conscience de leur existence éteinte, sombrant dans une apathie sans issue. Quand on considère que ces mécanismes, profondément ancrés, perdurent encore aujourd'hui et provoquent toujours le mépris des Blancs pourtant responsables de cet état de fait, on peut facilement imaginer le désarroi de ces humains réduits à l'état d'épaves lorsqu'on leur a signifié qu'ils étaient désormais libres d'aller où bon leur semblait. On sortait ces bêtes de leur cage en leur disant bon vent! Rien de plus simple. À elles de se débrouiller.

« Plusieurs esclaves sont partis à la recherche de leur famille décimée, cherchant à retrouver un fils ou une mère, vendus à d'autres intérêts sans aucune considération pour le tissu familial auquel ces Noirs originaires d'Afrique étaient très attachés. D'autres complètement démunis, ne sachant où aller, ne possédant aucun bien ni aucune compétence pour se débrouiller seuls, ont offert à leurs anciens maîtres de demeurer à leur service. Frustrés et ruinés par la guerre civile, ces despotes déchus sautèrent sur l'occasion, trop heureux de se venger à si bon compte en imposant des conditions de travail qui ne différaient pratiquement en rien de l'ancien état de servitude.

« Certains esclaves affranchis, plus débrouillards ou plus

chanceux, sont parvenus à se procurer un lopin de terre et à l'exploiter, suffisamment bien mais non sans peine, pour assurer leur subsistance. Ces cabanes délabrées, construites de quelques cloisons de bois sur de la terre battue et disséminées dans les campagnes arides, leur appartenaient. Je pensais au père de Dora, fier de ses maigres possessions, symbole de son libre arbitre. Il en allait peut-être de même pour ces familles s'escrimant aux champs, labourant à bras des parcelles de terrain pour y faire pousser de chétifs plants de maïs, au milieu de moustiques infectieux et d'un air desséché par un soleil impitoyable. Au moins, personne ne les fouettait au moindre prétexte.

« Quand le vieillard m'a demandé où j'allais, j'ai pris le risque de lui expliquer ma tournée de pianiste. Il m'a longuement regardé d'un œil perçant et il a tourné la tête sans aucun commentaire. Je me demande encore ce que son cerveau mijotait de bonnes ou de mauvaises pensées, partagé peut-être entre l'envie d'une existence qu'il estimait étrangement privilégiée et la satisfaction de constater que les Noirs commencent enfin à sortir des voies d'accotement où ils ont été maintenus quasiment de force, malgré la fin de l'esclavage.

« Il m'est arrivé de discuter également avec quelques Noirs à qui je demandais des renseignements ou lorsque je prenais mes repas. Certains reluquaient mes souliers trop propres à leur goût, mais dans l'ensemble on saluait l'arrivée dans le coin d'un nouveau visage, celui d'un frère de race, et on lui faisait bon accueil. Dans quelques régions, comme le Mississipi, j'ai éprouvé par contre des difficultés à comprendre ce qu'on me disait. L'accent local était à ce point prononcé que je doutais qu'il s'agisse encore de la langue anglaise. L'isolement et l'analphabétisme des Noirs de la région semblent avoir engendré un curieux phénomène de défense et d'appartenance, dans lequel la langue devient le dénominateur commun d'individus qui cherchent leurs repères. Ils nourrissent ainsi le sentiment d'une culture leur appartenant en propre et qui n'est redevable à personne. Mais l'enfermement dans un idiome reconnu par eux seuls contribue à les isoler davantage. Au lieu de favoriser la maîtrise d'une langue et ainsi l'ouverture et l'échange, ces prononciations molles, ces mots détournés de leur sens premier, articulés bizarrement, souvent amputés d'une ou deux voyelles, ces phrases incomplètes laissées en suspens les coupent de tout apport extérieur. On a l'impression, à les écouter parler et lorsque l'on parvient à décoder le sens, qu'ils appartiennent à une époque ancienne figée dans le temps, où tout est immuable et autosuffisant, à l'écart de toute évolution ou influence extérieure. Ils baignent dans un état de stagnation orgueilleux dont ils seront tôt ou tard forcés d'émerger, mais à ce moment, le retard accumulé sera impossible à rattraper. »

Nella boit mes paroles avec avidité. J'active bien sûr une corde sensible chez elle. Par le remariage de sa mère, elle s'est retrouvée seule Noire dans une famille de Blancs et elle connaît bien ce sentiment d'usurper une place, de ne posséder en propre aucune attache ni aucun lieu. Elle connaît bien ces réflexes d'identité auxquels on s'accroche pour ne pas se sentir totalement dépossédé. Tout le contraire du privilège qui m'a été accordé chez madame Hayworth où le fait d'être noir n'a jamais fait aucune différence ou presque. Je n'en demeure pas moins sensible et réceptif à ce qui affecte mes frères. Je souhaiterais parfois avoir la trempe des DuBois ou Washington ou même ce Garvey qui commence à faire parler de lui et qui m'a écrit une lettre d'encouragement. Comme eux, je souhaiterais monter aux tribunes, prendre la parole et revendiquer l'abolition des ségrégations et l'émancipation des Noirs. Mais je ne suis que pianiste. C'est peu et beaucoup. En transgressant les cercles réservés aux Blancs, j'ose croire que je fais autant œuvre utile pour la cause.

28 JUILLET **1917**

Huit mille personnes. C'est le nombre estimé de ceux qui ont défilé aujourd'hui lors de la marche silencieuse. Huit mille personnes, vêtues de leur plus bel habit, marchant dignement et noblement, sans proférer une seule parole, au son de tambours sur lesquels des maillets feutrés scandaient un rythme lent et solennel. Ce son sourd, espacé, grave, témoignage sobre de notre état d'esprit meurtri, ne pouvait mieux convenir à exprimer l'indignation et la solidarité envers nos frères assassinés par la fureur et la démence. Chaque coup de tambour résonnait dans un silence de plomb comme un cri de douleur, de désespoir, d'amertume, de rancœur et de volonté de vengeance.

Au début du mois[14], à St. Louis, quarante d'entre nous ont trouvé la mort durant les émeutes qui ont éclaté lorsque des Blancs ont envahi les usines où travaillent des Noirs et les ghettos dans lesquels on les relègue. Sous la poussée migratoire du Sud vers le Nord, de plus en plus de Noirs, à la recherche de travail, sont embauchés dans des usines qui tournent à plein régime en raison de la guerre. Leur présence est mal tolérée par les Blancs en place qui y voient une atteinte à leurs privilèges. Depuis quelque temps, la montée des tensions a provoqué plusieurs étincelles, escarmouches et incidents espacés qui commençaient à se répéter fréquemment. La haine larvée a fini par embraser la ville de St. Louis. La folie s'est emparée des Blancs, phénomène collectif incontrôlable où la surexcitation poussée à son paroxysme finit par faire perdre la tête. Toute la journée, des Noirs ont été éjectés de chez eux, pour-

---

14. Le 2 juillet 1917, des émeutes raciales ont éclaté dans la ville de St. Louis, entraînant la mort d'une quarantaine de Noirs. Une marche de protestation a effectivement eu lieu à New York le 28 juillet (NDT).

chassés, frappés, poignardés, pendus et brûlés. Des femmes et des enfants sont morts piétinés, battus, lapidés. Les maisons du ghetto ont pour la plupart été réduites en cendres. On parle de dégâts considérables, de l'ordre de plusieurs centaines de milliers de dollars. Il a beau dire, le président Wilson, lorsqu'il affirme que gagner la guerre en Europe est une nécessité vitale pour la survie de la démocratie. Si on ajoute les lynchages de Waco et de Memphis à la boucherie de St. Louis, comment peut-il si hypocritement prêcher pour la démocratie quand dans le propre pays qu'il dirige les droits élémentaires de ses citoyens sont bafoués aussi tragiquement? Lui qui a été élu en affirmant son intention de venir en aide aux Noirs n'a fait que renforcer les lois ségrégationnistes depuis sa prise du pouvoir. Je le vois déjà minimiser l'ampleur des troubles, détournant les projecteurs de l'indignation grâce à la guerre dans laquelle il nous a précipités, qui accapare toute son énergie et qui nous laisse sans aucun recours ou moyen de défense.

Willie, Mae et Nella m'accompagnaient, ainsi que Sam, David, Louise et John Boe. Nous nous tenions par le bras en descendant la Cinquième Avenue. J'apercevais, le long du parcours, parmi la foule qui nous observait, quelques Blancs honteux, impuissants à manifester une solidarité bien intentionnée, dépassés par une culture sociale où la majorité persiste à nous faire ramper dans la boue et à nous faire verser le sang. Ils appréhendent certainement le jour où nous refuserons d'en endurer davantage et qu'à notre tour nous leur servirons la même médecine, dans une spirale sans fin où pourtant personne ne gagne.

The Tribune

11 octobre 1917

« Non, mais... »
par Lawrence Gilman

Je le retiens, ce Max. « Va à ce concert. Ma tante m'a dit le plus grand bien de ce pianiste, même si ce n'est qu'un négro. » Je finis par me laisser convaincre. Non, mais il me faudra enquêter sur le degré de sénilité de cette tante! Sans doute vit-elle à l'écart, recluse au fond d'une grotte où seuls des égarés comme Harry Button osent mettre les pieds.

Harry Button! Non, mais quelle blague! Dans deux semaines, plus personne ne se souviendra de ce sinistre pianiste noir, vulgaire et emprunté, dont la carrière annonce le cul-de-sac avant même d'avoir vraiment démarré! Non, mais qui a bien pu avoir l'idée de foutre dans la tête de ce pitre crépu qu'il avait l'étoffe d'un pianiste? Non, mais sait-il seulement que le *Clavier bien tempéré* de Bach se joue dans un ordre déterminé? J'en doute, à voir son faux air extatique au sourire niais. Heureusement, le public de connaisseurs ne s'est pas privé de copieuses huées pour ramener à la raison cet incapable. C'était sans doute leur seule motivation pour demeurer jusqu'à la fin et subir une telle torture. Il faudrait davantage blâmer les organisateurs pour leur manque de considération envers les fidèles membres de cette communauté qui ont toujours infailliblement soutenu les efforts de promotion culturelle, mais qui viennent d'être spoliés de manière inacceptable.

Non, mais de qui se fiche-t-on ici?

THE MUSICAL GAZETTE

27 OCTOBRE 1917

Afféterie et extravagance
PAR JAMES HILLMAN

Par un soir d'octobre qu'on espérerait moins pluvieux, un récital de piano assuré par un interprète consciencieux procure en général un réconfort utile avec l'hiver à venir. Par contre, lorsque la supercherie et le scandale font front commun pour gâcher une soirée qu'il aurait mieux valu passer assis devant un bon feu, il y a de quoi s'étouffer de rage, ce qui n'a rien pour remonter le moral.

Hier, dans ce qui passera sans doute aux annales de l'indignité et de l'outrance, un nègre dont on taira le nom par charité chrétienne nous a servi une prestation pianistique où un jeu des plus affectés le disputait à une excentricité du plus mauvais aloi. Quasiment couché sur le piano, chantonnant stupidement en même temps qu'il jouait, défilant Bach à une vitesse telle que le discours musical en devenait complètement inintelligible, allant jusqu'à orner des passages fugués qui commandent pourtant la retenue la plus élémentaire, ce pianiste qui se croit sans doute original n'aura réussi qu'à semer la moquerie dans le meilleur des cas, la honte et la colère dans tous les autres. J'ai quitté à l'entracte, sachant que la deuxième partie du programme n'allait être qu'un massacre supplémentaire, avec Schubert qui plus est!

Quand on pense que nos fils se font tuer sur le continent européen, en ces heures difficiles, il devient impardonnable que de tels égarements nous soient imposés. Il serait bon à l'avenir que monsieur Paterson, directeur du pompeux Collegium musicae, choisisse avec davantage de conscience professionnelle les jeunes artistes à qui il confie sa scène et qu'il nous épargne de telles horreurs quand il ne trouve personne de valable sous la main. Qu'on se le dise.

14 DÉCEMBRE 1917

Il fait froid, aujourd'hui, un froid humide et pernicieux. De minces courants d'air glacé s'infiltrent par la fenêtre mal ajustée de la cellule où je pensionne en prévision du concert de demain. Emmitouflé dans une épaisse couverture, j'ai peine à tenir ma plume pour écrire quelques mots, même si trop de mois se sont écoulés depuis la dernière fois où j'ai tenu ce journal. Je m'étais promis de le traîner avec moi durant cette nouvelle tournée, mais je ne trouve pas le moyen de démarrer. Le moral initiateur manque à l'appel, si bien qu'il m'arrive d'ouvrir le journal et de garder la plume suspendue sans qu'aucune idée ne parvienne à percer le brouillard de mes pensées. Et je le referme, déçu, maussade, n'ayant personne ou rien d'autre pour démêler mon désarroi.

J'en suis à me demander si cette tournée valait la peine. J'ai l'impression que je ne suis pas encore prêt à assumer tout ce qu'exige le cheminement d'une ville à l'autre, les déplacements incessants, les mêmes convenances à affronter, les mêmes contrariétés matérielles toujours ardues à surmonter, et surtout un public chaque fois différent qu'il faut chercher à combler pour sa plus grande satisfaction. La première tournée m'avait semblé moins exigeante, certainement en raison du nouveau genre de vie que je découvrais. Cette fois, je sais davantage à quoi m'attendre. Et je constate que je n'affiche pas toujours la patience requise. Je n'ai pas non plus développé les réflexes qui permettent de parer efficacement les volées de bois vert. J'ai évidemment encore beaucoup à apprendre et je sais que l'expérience s'acquiert, mais l'adversité que je rencontre durant cette présente tournée, dénuée du capital de sympathie que me valait mon faux statut de pianiste d'origine française – une idée d'Adèle –, me prend au dépourvu. Si je m'attendais certes à des objections, des doutes même, face aux programmes que j'ai eu l'audace de proposer, j'étais loin d'anticiper des déchaînements si intenses d'hostilité et de rejet pour de simples idées à explorer et à débattre sans qu'il soit nécessaire de me clouer au pilori.

Adèle saurait sans doute me conseiller, mais je ne la verrai pas avant le mois de janvier. Dire que durant la période des Fêtes je vais devoir stationner deux semaines interminables à Oklahoma, pour deux petits concerts destinés principalement à des œuvres de charité et à des collectes de fonds pour les soldats envoyés au front. Je frémis d'avance de l'ennui éprouvant que je subirai, si je ne parviens pas à trouver un piano pour m'occuper et pour m'extirper de ma torpeur.

Adèle... Pourquoi est-ce que je pense plus souvent à elle qu'à Nella? Peut-être parce que Nella ne prend même pas la peine de répondre à mes lettres. J'imagine qu'elle ressent de l'embarras face aux problèmes que je rencontre et que je lui confie, elle qui est incapable de donner des conseils, encore moins du réconfort ou des encouragements, elle qui s'interdit de livrer le fond de sa pensée. Je crois qu'elle m'énerve. Je ne devrais pourtant pas les comparer, mais comment faire autrement? Adèle arrive triomphante, sûre d'elle-même, trop expéditive à mon goût, certes, mais toujours en prenant le soin de s'informer de moi et de me fournir le mot juste qui sait si bien faire mouche. Je la complimente sur sa robe, sur sa coiffure, sur sa prévenance et sur ses conseils avisés. Elle s'en montre flattée et non effarouchée comme Nella qui croit que tout compliment à son endroit n'est qu'une escroquerie ou une fausse manœuvre de séduction camouflant une arrière-pensée. Quelle aliénation, quand j'y pense! Je me rends compte que je reconnais davantage d'affinités dans le tempérament d'Adèle que je devrais l'admettre, étant donné le fossé social qui nous sépare et qui ne pourrait jamais être comblé, même si elle n'était pas mariée à ce tyran de Spencer. Je m'en veux d'autant plus de la laisser occuper à ce point le terrain de mes réflexions.

Je me souviendrai toujours de cette soirée à Bloomingburg, où j'avais sans doute livré ma meilleure performance de la tournée. Après le concert, heureux, transporté, fier de ce que je venais d'accomplir, je savourais quelques instants de repos bien mérité dans la loge où je m'étais retiré. Personne ne venait jamais me trouver après un concert, si ce n'est un organisateur ou le plus souvent un gardien qui me grognait qu'il était temps de partir. Aussi, quand j'ai entendu frapper doucement à la porte, trois petits coups brefs, j'ai cru qu'on venait déjà m'ordonner de quitter la salle.

« Entrez, c'est ouvert. »

Quelle ne fut pas ma surprise d'apercevoir Adèle, resplendissante dans un tailleur étroit qu'ornait une broche sertie d'une émeraude, coiffée d'un chapeau à large bord et chaussée d'élégants souliers à talons très hauts qui mettaient en valeur ses chevilles fines et élancées.

« Bonjour, Harry, vous avez été divin, ce soir! »

Je la regardais, bouche bée, comme une apparition céleste. Adèle a éclaté de rire devant ma confusion. Elle m'a pris la main pour la serrer, puisque j'étais tellement renversé de la voir surgir ainsi que je n'avais même pas remarqué qu'elle me tendait la sienne pour me saluer.

Quand les rouages de la parole ont recommencé à fonctionner, je l'ai invitée à prendre un siège et nous avons discuté de la tournée. J'ai compris qu'elle la suivait de près malgré la distance géographique.

« Je vous avais mentionné, Harry, qu'on se retrouverait à Bloomingburg. On m'avait vanté la qualité de la salle ici. Je pensais qu'il s'agissait d'un lieu approprié pour faire le point sur la série de concerts jusqu'à présent. »

J'aurais bien aimé lui offrir quelque chose à boire, mais cette loge était aussi dégarnie que le crâne d'un moine. De toute façon, Adèle y allait déjà de ses commentaires intarissables.

« Vous avez sans doute remarqué mon insistance sur

votre apprentissage auprès d'Alfred Cortot. J'ai voulu capitaliser sur le mouvement de sympathie envers la France, affligée par une guerre sans merci, et atténuer le fait que vous êtes noir. Mais cela n'a pas suffi. On accepte mal qu'un pianiste de couleur ait le culot de s'attaquer au répertoire classique. Aussi, je vais changer de stratégie. Désormais, vous n'êtes plus américain. Vous êtes originaire d'Afrique et nationalisé Français. Ce léger mensonge devrait vous faciliter la vie, la déclaration de guerre anticipée faisant le reste. »

Je l'écoutais exposer son stratagème comme un général bonapartiste. J'étais littéralement subjugué. À la fin, je lui ai signifié mon admiration et ma reconnaissance. Grâce à elle, j'amorçais enfin la carrière dont je rêvais, et elle faisait tout pour arrondir les angles.

« Il n'y a pas de quoi, Harry. Vous êtes un pianiste extraordinairement doué. Ce soir, vous avez offert une performance qui en d'autres circonstances aurait pu être qualifiée d'épique. Je suis simplement heureuse de vous offrir ce coup de main. Et, tel qu'il est stipulé au contrat, j'encaisse quelques bénéfices au passage! »

La conversation a ensuite dévié sur des sujets plus courants. Elle m'a donné les dernières nouvelles de New York, avec verve et humour. Et puis, l'éviction attendue s'est produite. Un agent de sécurité a fait irruption dans la loge avec un air bourru.

« Il faut y aller maintenant. Je n'ai pas que ça à faire! »

Il a alors remarqué Adèle, ce qui a coupé court à son élan. D'abord gêné de son entrée en matière peu civile, il a repris le dessus quand son analyse de la situation lui a fait réaliser qu'elle était enfermée dans une pièce avec un Noir.

« Madame, puis-je vous demander ce que vous faites ici, seule avec ce nègre? »

Adèle a eu un sourire suave. Elle se moquait bien de la crétinerie raciste.

« Cher monsieur, je protège mes intérêts, étant l'agente de ce grand artiste. Et si j'étais vous, je protégerais également les miens en m'abstenant de remarques désobligeantes! Vos patrons n'apprécieraient pas, je les connais. »

Le pauvre gardien, craintif de perdre son job, est devenu cramoisi. Il a bafouillé quelques excuses. Pour l'aider à se remettre de ses émotions, Adèle l'a gratifié d'un pourboire en lui promettant que nous allions partir.

De fait, nous nous sommes bientôt retrouvés sur le trottoir, devant la voiture d'Adèle que j'examinais avec envie. À ma grande surprise, peut-être parce qu'elle remarquait l'intérêt que je portais à son engin mécanique, elle m'a offert de me conduire à mon hôtel. À mon tour de devenir cramoisi! Cette femme avait un don pour désarçonner! J'ai cru bon de lui bredouiller que je n'avais jamais pris place dans une automobile auparavant. Nouvelle envolée rieuse, tout en réitérant l'invitation. Je me suis donc installé avec précaution, comme si je craignais de déclencher une explosion fatale. Lorsqu'elle a démarré, j'oscillais entre la jubilation et la terreur, mais je me suis détendu en observant Adèle qui pilotait son bolide d'une main sûre. La sensation était incroyable. Je n'avais jamais vu les objets défiler si rapidement et ce dérèglement perceptif avait quelque chose d'étourdissant. Je n'ai cependant pas pu m'empêcher de noter l'incongruité de la situation.

« Adèle, vous ne craignez pas qu'on vous voie en ma compagnie? »

Elle n'a pas répondu tout de suite, le temps de laisser s'éteindre le léger sourire amusé qu'elle avait depuis notre départ.

« Vous savez, Harry, je viens d'un pays qui n'est pas à l'abri du racisme, mais qui, pour l'instant, en est plus ou moins épargné. Et puis, si on souhaite voir évoluer les mentalités, vous ne croyez pas qu'il soit opportun d'enfreindre quelques règles de temps à autre? Si c'est mon mari qui vous inquiète, sachez que, depuis que je lui rapporte d'intéressants dividendes, il se montre enchanté de ma nouvelle vocation de "protectrice des arts", pour reprendre son expression. Bien entendu, il ne sait pas que vous êtes noir. Chaque chose en son temps. »

Quand je suis descendu de la voiture devant la pension minable où je logeais et qu'Adèle regardait avec commisération, je me sentais disposé à sacrifier ma carrière d'interprète pour terminer la soirée en sa compagnie. Je me suis contenté, nerveux comme un puceau, d'appuyer mes mains sur le rebord de fenêtre, et d'avancer légèrement la tête pour la remercier. À son tour, elle a avancé la tête, le regard trouble, bref élan pour recevoir une bise, mais qu'elle a tout de suite réprimé. Il est des barrières, sans doute, qu'elle ne se sent pas encore prête à enjamber. Elle s'est contentée de me sourire et de me saluer avant de disparaître dans une pétarade enfumée. Je suis monté à la chambre, encore imprégné des fragrances de son parfum. Il m'a été difficile de trouver le sommeil.

La dernière fois que j'ai vu Adèle, c'est l'été dernier, lorsque qu'elle m'a invité à l'Aeolian Club pour m'annoncer qu'elle avait organisé une nouvelle tournée de concerts. Il s'agit d'un immense établissement à la mode sans doute éphémère, mais où on faisait la queue pour obtenir le privilège d'y entrer. Adèle possédait un droit d'accès par une porte dérobée gardée par un individu peu rassurant, charpenté comme une glacière. Il voyait d'un très mauvais œil l'arrivée d'un Noir.

« Madame, vous connaissez le règlement...

— Bien sûr... »

Le billet a disparu à une telle vitesse que je n'ai pas eu le temps de remarquer sa valeur. Le gardien m'a laissé entrer, non sans me suivre d'un regard menaçant. Je réprouvais ces agissements clandestins et je me sentais très inconfortable. J'ai quand même suivi Adèle jusqu'à son petit salon privé avec vue avantageuse sur la scène où une plantureuse Noire, dénommée Bessie Smith, chantait des complaintes de blues d'une voix extraordinairement puissante.

« Adèle, pourquoi prenez-vous ces risques pour moi? »

Une nouvelle fois, j'ai vu passer sur son visage un soupçon de tristesse. Elle a écrasé sa cigarette avant de descendre d'un trait son verre de whisky.

« Vous avez raison, Harry, je prends des risques inconsidérés. Il me faudrait craindre des conséquences fâcheuses si mon mari apprenait que je fréquente ces tripots, accompagnée d'un Noir. J'imagine que vous me plaisez assez pour que je tente le coup. »

Placée sous le faisceau d'un projecteur, auréolée par le brouillard de la fumée, Bessie Smith modulait un blues lancinant. Son regard intense et ses chaudes inflexions vocales exprimaient mieux que je ne saurais jamais le faire le fourmillement intérieur qui me faisait venir la sueur au front et battre la chamade. Heureusement, Adèle est venue à ma rescousse en imposant une perspective plus juste à ce qu'elle venait de dire.

« Mais nous sommes d'abord et avant tout en affaires! Il faut bien trouver un endroit pour discuter de choses sérieuses. »

Et aussitôt d'attaquer le plan établi pour les prochains mois, jusqu'au printemps. Une tournée de quarante-deux concerts, dont une grande partie dans les villes déjà parcourues. Après un moment de flottement, Adèle retrouve son aplomb. Je me joins à elle pour mener à terme cette tractation strictement professionnelle, puis je me lève pour quitter l'endroit, pure sagesse de ma part. Adèle comprend sans signaux inutiles.

« Au revoir, Harry. Bonne chance. Je vous verrai sans doute au mois de janvier. »

Je suis à peine levé qu'elle accapare déjà des connaissances et leur fait un accueil chaleureux. Je n'ai plus qu'à repasser devant le portier qui m'ouvre sans dire un mot. Je retrouve la rue et je rentre la tête dans les épaules, en proie à un curieux mélange de sentiments, hésitante nostalgie ou fébrile vague à l'âme. Je repars bientôt en tournée, mais la tonifiante énergie d'Adèle me fait déjà défaut.

New York, le 20 décembre 1917
Mon cher Harry,
Noël approche. Belle occasion de bombance! Dommage que tu ne sois pas parmi nous. Vivement des moyens de transport qui permettront de parcourir des centaines de miles dans la même journée! On bouffera un gigot à ta santé. On aura même du champagne! Paraît que c'est sublime!

Pauvre Harry, je manque de la plus élémentaire charité. Quand je pense à tout ce que tu subis, les huées, les critiques virulentes, les pluies d'injures. Même des tomates? T'es sûr? J'ai peine à le croire. Du moins, pas pour des raisons musicales. Je te dirais bien que c'est simplement pour te teindre la peau, mais je doute que ça corresponde à la réalité de tes persécutions! Simplement parce que tu ne joues pas Bach dans le bon ordre? Folie pure et totale! Tous fêlés, ces Blancs, autant les plus cultivés que les plus ignorants. Mais comment évaluer le soi-disant sacrilège que tu commets? C'est un monde qu'on ne connaît pas bien. Je parle pour moi, bien entendu, mais tu n'es pas non plus à l'abri des surprises, d'après ce que je constate.

Si ça peut te consoler, c'est pareil pour moi, d'ailleurs. Je croyais qu'en venant en aide aux immigrants j'apprendrais à les connaître, à établir des liens. Tu parles! Chacun lutte pour sa survie économique et se fiche éperdument de ce qui arrive aux autres. Dans ce pays, l'argent abolit toutes les valeurs et toute solidarité. Ma situation devient périlleuse. Je me sens quelquefois le bras coincé comme une vulgaire paire de chaussettes dans une de ces essoreuses à rouleaux, tu sais, celles que l'on retrouve sur les nouvelles « machines à laver ». Heureusement, Mae est là. Tu te rends compte? Six ans déjà que nous voguons ensemble! Sa vie n'est pas simple, bien loin de ce qu'elle imaginait. Mais elle accepte son boulot de serveuse, sans perdre de vue les objectifs qu'elle s'était fixés même si le jour où elle pourra les atteindre semble bien éloigné. Et pourtant, elle conserve une bonne humeur proverbiale. Je l'adore.

À part ça, rien de bien nouveau. Mon frère Sam fait toujours son possible, mais sans grand succès ni trop de conviction d'ailleurs. Et quant à Nella, nous ne la voyons plus du tout. Elle a même cessé de fréquenter le restaurant où Mae travaille. Te donne-t-elle signe de vie?

Et toi, tu tiens le coup? Je suis étonné qu'on te reproche d'être « excentrique », toi si calme et si ennuyeusement posé! Ne le prends pas mal, c'est justement la raison pour laquelle je t'aime tant! Tu es un baume pour qui te connaît! Tout ça pour te dire que j'espère que la suite de ta tournée se déroulera sous de meilleurs auspices, sans pour autant te faire renoncer à tes convictions. Tu sais, je n'y pige pas grand-chose, mais peut-être faut-il simplement que le temps fasse son œuvre et que ton public s'habitue à tes innovations. Qui sait? Peut-être même renverseras-tu la vapeur et que ce pour quoi on te honnit en ce moment deviendra précisément ce pour quoi on te vénérera. Ce ne serait pas la première fois, même pour un Noir!

Fais attention à toi, vieux frère. Et passe de bonnes Fêtes, même dans ces lointaines bourgades!
Willie

MUSICAL ♪ SCENE ♪

9 JANVIER 1918

Peut-être un peu trop
PAR FRANK MARSHALL

Harry Button au Massachusetts Coliseum, présenté comme un pianiste d'avenir, voilà pour l'enseigne. Résultat? Disons qu'il faut une dose d'objectivité surhumaine pour parvenir à demeurer concentré sur le strict jeu pianistique d'un tel « interprète », davantage préoccupé par sa mise en scène de mauvais goût que par les partitions dont il a la charge pourtant glorieuse d'exprimer l'âme. Oserais je dire que l'effort vaut pourtant la peine? Certes, ce Button affiche une maîtrise technique peu ordinaire. Il démontre des qualités de virtuose époustouflantes. Mais lorsqu'on le voit arriver sur scène avec des gants aux mains, gants qu'il enlève cérémonieusement pour les déposer sur un coin du piano, le doute s'installe sur le sérieux de cet artiste. Quand en plus il se met à psalmodier en jouant Mozart, on se met à craindre d'avoir confondu le concert avec la représentation du cirque prévue demain soir. Quand finalement le pianiste tape des pieds comme un jazzman, le doute n'est plus permis : nous avons affaire à un bouffon fourvoyé.

Dommage, tout de même. En toute humilité, j'admets avoir été à certains moments captivé par l'enchaînement des œuvres, quand j'oubliais qu'elles étaient jouées cul par-dessus tête, vous me prêterez l'expression. Le hasard sans doute créait donc autour de certains passages un climat de continuité et d'intensité d'une grande beauté. Pour ces quelques instants de bonheur, le déplacement était mérité. Il faudrait cependant une bien meilleure constance pour travestir ce pianiste – noir, faut-il le souligner – en un interprète de valeur. Et lui apprendre qu'on ne touche pas aux grandes traditions du passé sans en payer le prix.

19 JANVIER 1918

Alors que la guerre fait rage en Europe et que des Américains commencent à leur tour à tomber sous les balles, je trouve étrange que cette conjoncture internationale tendue et décisive pour l'avenir n'incite pas à une retenue de circonstance. Les clubs ne désemplissent pas, les salles de cinéma croulent sous l'affluence, les débits de boisson craquent sous toutes leurs coutures de boit-sans-soif, bref, la vie continue avec une insouciance tapageuse qui me laisse songeur. À moins qu'il ne s'agisse justement d'une forme de compensation opposée à l'inquiétude et à l'attente du dénouement de cette guerre interminable. Curieux, tout de même. Pour la première fois de l'histoire, les implications d'un conflit se répercutent à l'échelle du monde entier. Dès demain, des ennemis pourraient débarquer à New York et rayer sous les explosions les hauts immeubles qui font l'orgueil de cette ville. Et pourtant, chacun poursuit ses activités avec une innocence et une candeur que je ne sais s'il faut les traduire par une inconscience aberrante ou par un mécanisme d'adaptation des plus ironiques. Par certains côtés, je suis admiratif de cette propension à nier les préoccupations tant qu'elles ne se matérialisent pas concrètement. Je devrais peut-être m'en inspirer. J'éviterais ainsi de me tourmenter sans motif valable.

Je bénéficie évidemment du fait que beaucoup d'artistes ont été appelés sous les drapeaux. Cette saignée de culture me permet en quelque sorte de combler les vides. Même la couleur de ma peau présente moins d'inconvénients qu'en temps normal. C'est là une première grande différence avec la précédente tournée. Alors que j'étais presque systématiquement accueilli avec huées et indignation, cette fois, je ne suscite que peu de réactions lorsque je me présente au public. Comme je suis déjà venu dans un grand nombre de ces villes, ceux qui achètent un billet d'entrée savent à qui ils ont affaire, ce qui explique sans doute par ailleurs que les salles ne soient qu'à moitié pleines...

Mais la deuxième grande différence, c'est cette transposition de guerre qui se produit *durant* les concerts, comme si je devenais une citadelle ennemie qu'il faut abattre à tout prix, ce que je n'avais pas vécu l'an dernier. J'avais alors bénéficié des finesses stratégiques mises au point par Adèle, allant jusqu'à me faire passer pour un pianiste européen d'origine africaine. Elle avait également capitalisé sur le climat d'empathie envers la France à l'aube de l'engagement du pays dans le conflit armé. Dès le concert lancé, je bénéficiais donc d'une relative accalmie.

Cette fois, je suis davantage livré à moi-même. Il n'y a aucune insistance sur mon séjour français ni sur mes soi-disant origines africaines. Au contraire, dans certains cas, il est même mentionné dans les annonces du concert que je suis noir, le public étant ainsi prévenu de ce qui l'attend. Je me trouve donc confronté à une mise où toutes les cartes sont déposées sur la table, ma négritude ne faisant que rendre ma position plus délicate.

Il faut dire que j'ai un peu négligé de mettre toutes les chances de mon côté. J'admets que la nature de mes programmes est teintée d'une certaine provocation et touche des zones sensibles que j'aurais dû aborder plus prudemment. Lors de ma première tournée, je m'en étais tenu à des valeurs sûres : grandes œuvres bien connues du public, œuvres classiques éminentes appréciées par tout mélomane digne de ce nom. Mais, pour la deuxième tournée, je me suis risqué à proposer des « audaces » qui, au vu des réactions explosives suscitées, ne font pas l'unanimité, loin de là.

Il y a également la question de mon « comportement scénique » dont il faut bien dire un mot. Ces tournées de concerts ont réveillé chez moi la hantise de protéger mes mains, hantise qui s'était atténuée par la force des choses avec les malaxages de mains quotidiens endurés durant mon séjour en France. Mais après avoir connu les salles glaciales et les engelures aux mains, j'ai recommencé à craindre pour mon gagne-pain. De là vient mon *nouveau* rituel de me plonger les mains dans l'eau chaude avant d'entrer en scène. Lorsque la situation le commande, je n'hésite pas à mettre des gants et à ne les retirer qu'au moment de jouer. Il s'agit d'une simple question de bon sens, du moins à mes yeux. À lire cependant les critiques acerbes, cet avis n'est pas partagé par tous.

Excentrique, moi? J'avoue que je n'arrive pas à comprendre. Certes, peut-être le fait que je batte la mesure avec mon bras laissé libre lors de certains passages en surprenne plus d'un. Je n'y puis rien, cela vient seul, sans aucune intention délibérée de mise en scène ou d'originalité. J'appuie tout mon travail sur trois éléments : une faculté de concentration pratiquement à toute épreuve, une oreille absolue et une excellente mémoire musicale. Ces trois éléments se combinent quand je joue. J'entends la musique avec détachement, je perçois les polyphonies dans ma tête grâce à mon oreille absolue, chaque note trouve sa hauteur juste sans qu'il soit nécessaire de la valider sur un instrument. À ce moment, il est vrai que je perds une certaine conscience de « mon image ». Entièrement absorbé par l'acte de jouer, je ne réalise pas toujours que je marmonne, que ma chemise sort de mon pantalon, que j'agite les bras comme un chef d'orchestre, que j'incline le torse jusqu'à presque toucher le clavier avec le nez. Il m'est même arrivé de me déchausser et de croiser les jambes durant un programme où je n'avais aucun besoin de recourir aux pédales. Le pire, c'est que je ne m'en suis même pas rendu compte! À la fin, j'ai tout naturellement remis mes souliers avant de saluer le public, qui d'ailleurs me huait copieusement, à mon grand désarroi. Ce n'est qu'en recensant les articles parus que je commence à comprendre que mes agissements irritent les sensibilités traditionnelles. Comme je m'investis totalement quand je joue, je trouve pénible de subir ces jugements sur mon émotivité extravertie, mais indépendante de ma volonté. Et je tiens d'ailleurs à ce que cette émotivité ne soit réprimée d'aucune manière. Si je me mets à trop y penser, si j'analyse mes réflexes au lieu de leur laisser la bride sur le cou, je cours à la catastrophe, comme celui qui se met à chercher le point d'origine d'une boule de billard et qui finit par... perdre la boule.

Mais il me faut bien admettre également que le fait d'aborder les œuvres d'une manière personnelle et non conventionnelle m'attire des ennuis dont j'aurais pu me dispenser. Le principal grief qu'on me fait est celui de ne pas jouer les pièces dans l'ordre de la partition. Le *Clavier bien tempéré* constitue le cas le plus exemplaire. Je connais cette œuvre par cœur depuis l'enfance. J'en maîtrise la plus extrême difficulté technique. Malgré tout, je continue d'adorer cette œuvre d'une inventivité musicale inouïe et je ne me lasse pas de la jouer. Seulement, il ne s'agit pas d'une partition écrite en continu d'un bout à l'autre. Elle est segmentée en vingt-quatre préludes et fugues, quarante-huit courtes pièces ordonnées uniquement en fonction de la gamme. Le premier prélude est donc en do majeur, suivi de sa fugue également en do majeur, et ainsi de suite jusqu'à la dernière fugue en si mineur. Il s'agit donc d'un ordre uniquement imposé par celui de la gamme, do-ré-mi-fa-sol-la-si, des demi-tons bémol et dièse, et des modes majeur et mineur, bref d'un ordre strictement conventionnel n'ayant rien de commun avec un enchaînement conçu et réalisé à partir d'une intention compositionnelle. Alors pourquoi tant d'obstination à conserver intact cet ordre purement artificiel? Pourquoi accepter cette séquence figée quand les climats se succèdent sans aucune intention de continuité, souvent même avec de forts contrastes pas toujours heureux? Pourquoi également cautionner que la fugue suive toujours obligatoirement le prélude écrit dans la même tonalité?

C'est en jouant au hasard une suite de préludes, par

une matinée paresseuse marquée d'une fatigue inhabituelle, que j'ai pris conscience que je créais une enveloppe propice à une ambiance cohérente et beaucoup plus fluide sur le plan musical. Quel plaisir d'entendre soudain la quatrième fugue après la dix-huitième, suivie du quatorzième prélude et de la septième fugue? Je me suis donné un mal de « nègre » pour analyser un nouvel ordre d'enchaînement et je suis très fier du résultat. Mais je semble être le seul à avoir compris l'intention. Dès que je me mets à jouer et que les auditeurs se rendent compte qu'ils n'entendent pas les arpèges du premier prélude, ils se questionnent. Dès qu'ils ont la confirmation que je ne jouerai pas les pièces dans l'ordre de la partition, ils se mettent à hurler comme une horde de loups, les canines toutes grandes braquées. Déstabilisé par les manifestations hargneuses de la salle, je persiste malgré tout jusqu'au bout de mon programme, sachant d'avance que rien ne viendra renverser le cours des humeurs.

Et s'il n'y avait que l'ordre de présentation, je finirais peut-être par obtenir gain de cause, mais j'en doute. Ainsi, à Harrisburg, j'ai tenté de prévenir les coups en fournissant dès mon entrée sur scène quelques explications sur mes motivations :

« Chers amis, je vous convie ce soir à une expérience que je vous demande de considérer en tant que telle. Il faut seulement se laisser aller à l'écoute de la musique sans préjugés ou idées préconçues. J'espère ainsi vous révéler une nouvelle facette d'une œuvre impérissable du grand Jean-Sébastien Bach. »

Peine perdue. Ce laïus pompeux est tombé dans le vide. On a même profité de l'occasion pour attaquer mon interprétation elle-même, me reprochant de jouer trop lentement ou trop rapidement, trop fortement ou trop doucement, trop saccadé ou trop enveloppé par mon jeu de pédale. Quoi que je fasse, il y a toujours un aspect qui ouvre des plaies vives et qu'on m'accuse ensuite d'avoir fait saigner. J'en déduis qu'il s'agit là d'un effet corollaire du métier d'interprète et je tente de ne pas y prendre garde. Mais, sans point de repère, il m'est difficile de déterminer si je fais véritablement fausse route ou non. J'anticipe le jour où je pourrai enfin recueillir des avis éclairés sur mes interprétations, avis qui m'aideront à me situer et à affiner mes convictions. Pouvoir assister aux récitals de « collègues » me serait certainement de la plus grande utilité. Malheureusement, les salles me sont interdites, sauf les scènes où, soir après soir, on me convie à une séance de lapidation...

> **New York, 24 janvier 1918**
> **Serai Stauton. Stop. Hâte vous voir. Stop.**
> **Bonne chance. Stop. Adèle.**

6 MARS 1918

J'ai fini par l'admettre : je suis amoureux d'Adèle. Comment expliquer autrement mes sens survoltés lorsque je joue au piano, ma fébrilité nerveuse qui me coupe l'appétit, mon incapacité à me concentrer sur le déchiffrage d'une nouvelle partition? Comment justifier l'épuisement béat de mes nuits sans sommeil, le délicieux état de torpeur dans lequel les contours du visage d'Adèle se développent en multiples variantes, comme le thème d'une fugue?

Elle m'attendait à la sortie de la salle à Stauton, après un autre de ces concerts houleux où pourtant je m'étais surpassé. Prévenu de la présence d'Adèle par un télégramme, je me surprenais moi-même à exécuter des passages des *Études* de Chopin avec une facilité déconcertante, poussant le culot jusqu'à jouer le plus rapidement et le plus fort possible, faisant retentir le piano comme, j'en suis certain, personne dans la salle ne l'avait entendu jusqu'à ce jour. Pour la circonstance, et contrairement à mon habitude de jouer très proche du clavier pour le répertoire de Bach et de Scarlatti, j'avais ajusté le banc du piano pour être placé très haut. De la sorte, je pouvais quasiment fracasser le clavier en levant les bras au-dessus de la tête et en les rabattant férocement sur les notes, avec autant d'efficacité qu'un coup de poing. Le public sidéré n'a guère apprécié, mais la seule opinion qui comptait ce soir-là était celle d'Adèle.

Par un accord tacite, nous avons attendu que tous aient quitté la salle avant de nous rencontrer discrètement, près de la porte située à l'arrière et donnant sur un petit parc. Cette fois, et sans souci de commettre un impair, j'ai donné une bise à Adèle, parant d'avance ses protestations en prétextant un vague rappel de traditions françaises. Ce fut inutile, car elle m'a sans aucune gêne tendu la joue et fait de même sur les miennes. J'étais pris à mon propre jeu et je rougissais à la fois de plaisir et d'étonnement.

« Comment allez-vous, Harry? D'après ce que j'ai pu entendre ce soir, vous ne perdez pas la forme!

— J'étais inspiré par ma muse, dirait-on! »

À mon tour de la faire rougir... Balançant d'un pied sur l'autre, nous flottions dans une tranquille indécision que nous n'avions aucune envie de trancher. Nous nous sommes mis à marcher, discutant des points forts et faibles de la présente tournée, relatant quelques nouvelles nous concernant, blaguant au moindre prétexte avec une bonne humeur contagieuse et réciproque.

J'aurais bien marché ainsi la nuit entière sans autre ambition que de me tenir à ses côtés. Mais le hasard a trouvé le moyen d'y ajouter son grain de sel. Nous nous promenions au fil de petites rues isolées quand le tonnerre au loin d'abord puis la pluie diluvienne nous ont forcés à retraiter dans le premier établissement venu. Dès le portique franchi, et au moment où je me secouais pour égoutter mes vêtements, je me suis figé, alarmé. Nous étions entrés dans le vestibule d'un restaurant huppé, auscultés des pieds à la tête par un maître d'hôtel tiré à quatre épingles et à l'œil sévère. Adèle finissait de s'éponger les cheveux à l'aide d'un mouchoir qu'elle avait tiré de son sac à main. Elle en profitait pour examiner les lieux et le menu affiché tout près du maître d'hôtel qui n'avait pas bougé d'un pouce. Puis elle s'est tournée vers moi, l'air résolu.

« Je meurs de faim et je prendrais bien une bouchée. Qu'en dites-vous, Harry? »

Avant même de pouvoir revenir de ma stupéfaction, j'ai vu le maître d'hôtel prendre Adèle à part et lui transmettre sans doute ses objections les plus vives. Je me suis senti dégoûté. Je souhaite que les Blancs puissent un jour connaître ce sentiment de bannissement que nous subissons à longueur de journée, qu'ils apprennent à vivre avec les portes qui se ferment et les regards qui se renfrognent, qu'ils éprouvent le fardeau des réactions pénibles et excessives que provoque la banale couleur de la peau. Une violente indignation brassait en moi l'insupportable idée d'être emprisonné, confiné et étouffé dans ces zones restreintes, comme les Indiens qui vivotent dans des réserves minuscules et qui voient leurs privilèges rognés abusivement par les Blancs, au mépris de tous les accords et de toutes les promesses. Ce seul exemple nous indique bien que tout espoir d'intégration et d'acceptation que les Blancs nous font miroiter n'est que pur écran de fumée, et qu'ils n'ont aucune intention de modifier un ordre établi qui fait trop bien leur affaire.

Je mijotais ces pensées noires quand Adèle est réapparue, triomphante, et attirant mon attention.

« Vous venez, Harry? »

Interloqué et hésitant, je lui ai emboîté le pas, la suivant au milieu des tables d'où des regards incendiaires nous inspectaient dans un silence sinistre. Le maître d'hôtel nous a ensuite désigné une table à l'écart où j'étais à toutes fins utiles invisible au reste de la salle. Malgré cet emplacement retiré, je savais fort bien que l'établissement était interdit aux Noirs. Je n'en menais pas large et j'appréhendais le pire. Je connaissais ces histoires de Noirs morts, vidés de leur sang devant l'entrée de l'hôpital où on refusait de les admettre et de les soigner. Je redoutais le moment où un zélé viendrait nous demander des comptes.

« Comment avez-vous fait, Adèle? Vous ne réalisez pas l'ampleur du sacrilège que nous sommes en train de commettre. Ne craignez-vous pas qu'on nous serve de l'arsenic? »

Adèle s'est esclaffée. Un air de défi balayait ses traits. Elle avait pris une décision et dès lors sa résolution devenait inébranlable.

« Vous savez, Harry, il n'y a rien que l'argent ne puisse arranger, même la ségrégation la plus ignoble. Et quant à nous surprendre ensemble, une Blanche avec un Noir, voyons-le comme une préparation des esprits à ce qui un jour deviendra peut-être courant. En attendant, demain nous aurons quitté la ville, et ils pourront déblatérer à leur guise. »

Son assurance avait de quoi impressionner et contribuait à me détendre légèrement. Est-ce là un pouvoir que confère l'argent à ceux qui en détiennent à profusion? Cela suffirait à expliquer la rage folle que soulève le moindre billet vert sur son passage et toutes les exactions commises en son nom.

Je n'avais plus qu'à m'incliner et à espérer que rien de malencontreux ne vienne gâcher ce moment privilégié qu'Adèle me faisait vivre. Je la regardais, admiratif. Elle avait le menton délicatement appuyé sur la paume de sa main et elle scrutait les tableaux placés à proximité de notre table. Je n'avais évidemment jamais pris place dans un endroit aussi luxueux, même à Paris, et, méfiant, je tardais à trouver ma zone de confort. De mon fauteuil, je n'avais qu'une vue voilée sur la salle, éclairée par d'impressionnants plafonniers et aux murs recouverts de tentures qui, de toute évidence, valaient leur pesant d'or. Le maître d'hôtel est venu nous réciter le menu et noter notre commande avec une froideur toute professionnelle. Adèle avait l'intuition qu'il ne fallait pas risquer d'en rajouter. Aussi a-t-elle pris la situation en main et elle a décidé pour nous deux, sans que j'aie besoin de prendre la parole. J'ai cru sentir que le maître d'hôtel respirait un peu mieux, épargné grâce à l'initiative d'Adèle de l'ignominie de devoir s'adresser à un Noir. De même, Adèle n'a pas commandé de consommation pour ne pas étirer inutilement notre présence.

J'ai ensuite commencé à retrouver le mode d'emploi de la conversation. Nos vêtements séchaient et une chaleur lénifiante nous engourdissait d'agréable manière. Je respirais un peu mieux. J'ai eu envie de questionner Adèle sur sa vie, ses attentes, ses opinions. Elle a semblé délicieusement ravie de parler un peu d'elle-même, une occasion qui ne devait pas se présenter très souvent à l'écouter raconter. Elle profitait de l'aubaine.

« Il m'arrive quelquefois de refaire le chemin que j'ai parcouru depuis mon arrivée dans ce pays. J'analyse principalement les carrefours où une décision m'a fait emprunter telle direction plutôt que telle autre. Je m'amuse à évaluer ce que serait devenue mon existence si ma décision avait été différente. Bien entendu, mon jugement est biaisé. J'enrobe les scénarios en éliminant délibérément tout élément négatif ou perturbateur. Ce faisant, je me retrouve à imaginer une vie bien plus réjouissante que celle que je mène. Mais, par expérience, je sais qu'en général tout finit par s'équivaloir. Il s'agit de tirer profit des circonstances et de contourner les obstacles. Mon mari est un dictateur, égocentrique et orgueilleux. Par contre, il est immensément riche et généreux. Il lui arrive de démontrer à mon égard une attention qu'on ne lui soupçonnerait pas et que d'ailleurs il ne révèle jamais en public. Grâce à notre rencontre, je crois pouvoir dire que j'ai pu sortir du corset social dans lequel on enserre les femmes et que j'ai même été encouragée à le faire par Philip, rare privilège. En contrepartie, je lui ai appris la retenue et la mesure, ce qui a contribué à consolider ses positions et à améliorer sa réputation. Et puis, je le conseille utilement lorsque vient le temps d'acheter une œuvre d'art. Vous voyez, j'aime penser que, peu importe la direction prise, rien n'est jamais ni mieux ni pire. On appelle cet état d'esprit de la sagesse, je suppose, mais peut-être aussi de la résignation. »

Adèle a laissé filer un rire à la fois serein et mélancolique. Il m'apparaissait clair qu'elle faisait bon cœur contre mauvaise fortune. L'essentiel de ses aspirations se planquait hors de portée et demeurait insaisissable. Ma question a d'ailleurs touché directement du doigt l'écharde qui égratignait sa sérénité.

« Et l'amour, Adèle? Vous aimez votre mari? »

Adèle s'est mise à mastiquer plus lentement. Elle réfléchissait, la tête penchée vers son rôti de bœuf. Je la sentais tiraillée, jaugeant l'étendue de ce qu'elle devait répondre, cherchant même peut-être à calmer l'importune démangeaison que j'avais réveillée.

« L'amour n'est paraît-il qu'une pure combinaison chimique volatile. À quoi sert-il de désirer ce qui ne dure qu'un temps si passager? Mais j'avoue que je ne connais aucune sensation plus délectable... »

Adèle avait sa main gauche posée à plat sur la nappe. De son autre main, elle trifouillait distraitement les restes de son assiette avec une fourchette. En regardant ce voile passer sur son visage, cette déception diffuse qu'elle compensait par une vie active et bien remplie, j'ai senti une bouffée d'émotion m'envahir. Adèle ne cherchait pas à crâner pour camoufler ses insatisfactions. Elle tentait de les mettre en perspective à l'intérieur d'un système sur lequel elle n'avait qu'un contrôle partiel. Mais elle le faisait avec tant de dignité que jamais je ne l'avais trouvée plus séduisante qu'à ce moment où elle se départissait de son flegme et entrouvrait sa carapace. J'avais le ventre parcouru de frissons et de sourdes sensations. Tout à coup, il m'est passé une idée folle par la tête, peu importe les conséquences. Comme une certitude catégorique, il me fallait vivre ce risque de... lui tenir la main. Adèle, toujours songeuse, ne disait rien. J'ai à mon tour placé ma main sur la table et je l'ai avancée imperceptiblement vers la sienne, pathétiquement nerveux, mais non sans raison, sachant fort bien qu'un Noir qui touche à une Blanche peut imparablement se retrouver lynché dans l'heure qui suit. Je misais sur ma confiance envers Adèle qui avait remarqué mon manège et qui regardait ma main avancer, sans bouger et sans dire un mot. Ma nervosité s'est accrue, car à ce moment j'ai eu la conviction que nous partagions un même désir, une vive attirance réciproque, que pour un peu nous étions prêts à basculer nos vies dans une insensée mais palpitante convulsion. Mes doigts tremblaient, et j'étais sur le point de toucher les siens.

« Madame, l'addition. Je vous souhaite une bonne fin de soirée. »

Le maître d'hôtel venait de faire irruption. J'ai retiré ma main à toute vitesse, comme pris en flagrant délit, le cœur battant, ne sachant pas s'il avait remarqué le manège en cours. Le charme était rompu. Adèle s'est secouée comme si elle émergeait d'une rêverie gâteuse et elle a retrouvé la précision de ses gestes éprouvés de femme d'affaires. À peine quelques minutes plus tard, nous étions sortis. Adèle semblait contrariée et pressée d'en finir.

« Il est tard, Harry. Je rentre à mon hôtel. Je dois quitter tôt demain et retourner à New York. Je vous y verrai à votre retour. »

Puis elle a tourné les talons pour disparaître d'un pas rapide derrière le réverbère au gaz. J'ai mitonné le reste de la nuit dans un bouillon de sentiments troubles et anxieux, cherchant vainement des solutions ou échafaudant des scénarios pour la revoir, fabulations que je savais pertinemment perdues d'avance, vouées à l'échec.

J'aviserai à New York, le temps venu, m'exhortant dans l'immédiat à oublier illusions et fantasmes. Mais, dès ce soir-là, il était clair que mes pensées allaient être accaparées par Adèle jusqu'au moment où elle surgira à nouveau sous mes yeux. Et de fait, accaparées, mes pensées le sont toujours. J'ai hâte que la tournée se termine.

TIMES

30 MARS 1918

Hommage à Debussy (1862-1918)
PAR OLIN DOWNES

En ce beau dimanche annonciateur du printemps à venir, plusieurs concerts ont souligné la triste nouvelle du décès, survenu le 25 mars dernier, du grand compositeur français Claude Debussy. Alors que la guerre étend toujours ses ravages sans aucun espoir de règlement à l'horizon, la perte de cet immense musicien novateur se fait encore plus rudement sentir. Et c'est à juste titre, dans un climat de ferveur et de recueillement, qu'un hommage mérité lui a été rendu pour son apport inestimable à la musique.

J'ai eu l'occasion d'assister hier au récital d'un pianiste qui a connu personnellement Debussy. Il s'agit de Harry Button, qui s'était déjà fait remarquer lors d'un concert mouvementé l'an dernier. Avec une retenue empreinte d'émotion, monsieur Button a pris la parole pour rendre hommage à celui qu'il considérait comme un ami et comme un être cher. Pour l'occasion, un programme tout Debussy a été établi. Sous le jeu proprement prodigieux et inspiré, il faut bien le dire, de monsieur Button, certaines des plus belles pages du compositeur nous ont rappelé l'empreinte indélébile que Debussy aura laissée derrière lui.

De l'aérien et lumineux *La Fille aux cheveux de lin* aux flamboyantes *Arabesques* en passant par les profonds et douloureux *Nocturne* et *Sarabande*, sans oublier *L'Isle joyeuse* d'une exultation débridée, ce fut tout au long du récital une invitation à un pur ravissement et à un bonheur complet que les véritables mélomanes n'oublieront pas de sitôt. Occasion privilégiée également pour oublier les préjugés et accepter qu'un Noir américain puisse servir la musique d'un Blanc français avec autant de panache et d'élégance. Harry Button : un nom à retenir? L'avenir le dira, mais il aura au moins contribué à ce que celui de Debussy demeure à jamais gravé dans nos mémoires.

New York, le 7 mai 1918
Bonjour, Harry,

Je vous fais parvenir cet article qui reproduit la lettre si émouvante de la fille de Claude Debussy, peu après sa mort, lettre d'autant plus touchante qu'elle a été écrite par une enfant de douze ans. Je sais que vous étiez attaché à lui. Puisse son nom vous servir d'inspiration. Lui aussi a eu à affronter les idées reçues, mais en fin de compte son talent aura eu le dernier mot. C'est la grâce que je vous souhaite.

Bonne fin de tournée et au plaisir de vous saluer à votre retour.

Bien à vous,
Adèle

Mon cher Raoul[15],

As-tu reçu la dernière dépêche? Oui, n'est-ce pas. C'est moi qui avais pensé à t'envoyer la première. Je l'avais écrite puis, pensant qu'il fallait plusieurs pièces d'identité à montrer à la poste et que je ne les ai pas puisque je suis une petite fille, j'ai chargé Dolly de la faire mettre. Elle est venue ici parce que je lui ai demandé, voyant la figure complètement décomposée de ma pauvre maman. Dès qu'elle fut partie, maman fut appelée auprès de papa, car l'infirmière le trouvait « très mal »! – Vite on fait venir deux docteurs qui disaient tous les deux de lui donner une piqûre pour qu'il ne souffre pas. Tu penses que j'ai compris. Roger Ducasse qui était là m'a dit : « Viens, Chouchou, embrasser ton papa. » – Alors tout de suite, j'ai cru que c'était fini. Lorsque je suis rentrée dans la chambre, papa dormait et

---

15. Il s'agit de Raoul Bardac, beau-fils et élève de Debussy. La lettre est datée du 8 avril 1918 (NDT).

respirait régulièrement mais très courtement. Il continua ainsi à dormir jusqu'à dix heures du soir et à cette heure-là, doucement, angéliquement, il s'endormit pour toujours. Ce qui s'est passé après, je ne peux pas le dire. Un torrent de larmes voulait s'échapper de mes yeux mais je les refoulais immédiatement à cause de maman. Toute la nuit, seule dans le grand lit de maman, je ne pus dormir une minute. J'avais la fièvre et mes yeux secs interrogeaient les murs et je ne pouvais croire à la réalité!

Le lendemain, il y eut beaucoup trop de personnes venues voir maman qui, à la fin de la journée, n'y put tenir, il y eut la détente pour elle et pour moi. Jeudi arriva, jeudi où l'on allait nous l'emporter pour toujours! Je le revis une dernière fois dans cette horrible boîte – par terre. Il avait l'air heureux, ô si heureux et cette fois-là je n'eus pas le courage de retenir mes larmes et, tombant presque, je ne pus l'embrasser. Au cimetière, maman, naturellement, ne put se comporter mieux qu'elle le faisait et quant à moi, ne pensant plus à rien, sauf : « il ne faut pas pleurer à cause de maman ». Je rassemblais tout mon courage qui venait d'où? Je ne sais pas. Je ne versais pas une larme : les larmes refoulées valent les larmes versées et, maintenant, c'est la nuit pour toujours. Papa est mort. Ces trois mots, je ne les comprends pas ou plutôt je les comprends trop bien. Et être là toute seule à lutter contre l'indescriptible chagrin de maman est vraiment épouvantable – mais cela m'a fait pendant quelques jours oublier le mien, mais maintenant je le sens encore plus poignant. Ô, toi, là-bas, si loin, pense un peu à ta pauvre petite sœur qui voudrait tant t'embrasser et te dire comme elle t'aime. Comprends-tu tout ce que je sens et que je ne peux pas écrire?

Mille tendres baisers et toute l'affection de ta petite sœur.

Chouchou

Ce n'est pas croyable. Je vis je ne sais pas comment et ne peux croire l'horrible réalité.

13 MAI 1918

Il me reste un dernier concert la semaine prochaine et ensuite retour à New York. J'y prendrai un repos que j'estime bien mérité, mais surtout nécessaire. Je suis impatient de revoir Willie, peut-être même Nella dont je suis toujours inexplicablement sans nouvelles. Et évidemment Adèle, même si je me doute qu'elle n'aura que traversé mon système émotionnel, aussi fugacement qu'une éclaircie de soleil dans un automne du Vermont, et qu'il ne faut rien espérer de futile ou d'illusoire. J'ai retrouvé une plus juste mesure de mes sentiments envers elle. À quoi bon s'illusionner? Elle aura titillé une glande inconnue, et je me flatte d'avoir pu intéresser une femme comme elle. Il aurait fallu se rencontrer dans cent ans quand peut-être les choses seront différentes de ce qu'elles sont à notre époque. Je prends donc le parti de la raison, consolé par l'idée de ce qu'elle aura suscité d'impressions nouvelles en moi et rassuré par un curieux orgueil devant la sagesse raisonnable que nous avons conservée. Je tiens surtout à ce que notre relation « d'affaires » se maintienne, sans ambiguïté gênante et dans un simple esprit d'amitié confortée. C'est déjà beaucoup quand on y pense, même si je me laisse à moitié convaincre par ce que j'écris et que je sens poindre en moi une forme de mépris pour une attitude si abominablement convenable. En réalité, je comprends que je répercute la position prudente issue de ma condition de Noir, qui nous oblige à nous terrer et à ne nous contenter que des miettes. Et qui nous emprisonne l'esprit au profit du simple réflexe de survie.

Le mot à la fois sympathique et distant d'Adèle m'oblige de toute manière dans cette voie. Je relis souvent cet article paru dans *Le Figaro quotidien* que reçoit encore Adèle, malgré la guerre, et qui reproduit la lettre que Chouchou, la fille de Claude Debussy, a écrite peu après la mort de son père. Je me souviens de la première fois où je l'ai rencontrée. Elle devait avoir environ sept ans. Brillante et enjouée, elle accompagnait Debussy dans les jardins des Tuileries où je les ai croisés par hasard. Elle me regardait, fort intriguée, tandis que son père et moi échangions quelques propos. N'en pouvant plus, elle avait tiré sur ma manche pour attirer mon attention.

« Monsieur, qu'est-il arrivé à votre peau? »

Je n'avais pu m'empêcher de pouffer de rire. Debussy craignait que je ne sois offusqué, mais je l'ai rassuré d'un geste de la main. Je me suis ensuite accroupi à la hauteur de Chouchou, comme l'appelait toujours Debussy, pour répondre à sa question.

« Rien du tout. Ma peau est noire parce que j'aime la nuit et que, comme mes ancêtres d'Afrique, je crois que le noir permet d'apaiser les orages et de porter chance. Tu connais l'Afrique? »

Nous avions passé ensuite un bon moment à discuter de tout et de rien sous le sourire charmé de Debussy. J'avais déjà pu apprécier alors la vivacité d'esprit de cette petite fille. Aussi, c'est sans surprise, mais non sans émotion, que je constate la profondeur d'expression de sa lettre. Dure épreuve qu'elle traduit avec une noblesse et une maturité peu communes à son âge.

Dure épreuve pour moi également, la perte d'un être que j'ai connu et que j'admirais profondément. Je me rends compte que, depuis madame Hayworth, il s'agit de la première de mes connaissances à perdre la vie[16]. On est peu

---

16. Button oublie madame Cormier (NDT).

préparé dans la vingtaine à subir ce choc, encore que la plupart de mes frères noirs ont été éprouvés par une mort violente dans leur entourage proche. Cette forme de vide qui s'installe dans nos pensées devant la mort constitue j'imagine un mécanisme de défense pour mieux oublier le choc et pour poursuivre son propre cheminement, comme le souligne cette expression désabusée souvent entendue dans ces circonstances : « La vie continue. » Il paraît qu'il en va autrement en vieillissant, quand la mort d'êtres chers devient une intolérable routine et qu'elle martèle sans pitié l'approche de notre propre échéance. Mais je n'ai pas besoin que la mort vienne m'enseigner quelques préceptes de vie. Je sais déjà que chaque seconde compte et qu'il ne sert à rien de trop regarder en arrière.

Il me semble que c'est d'ailleurs ce qui caractérise la musique de Debussy. Les rappels thématiques sont peu fréquents dans sa musique. Au contraire, des regroupements mélodiques et rythmiques se succèdent inlassablement, chacun avec leur vie propre, semblables en cela aux événements qui jalonnent notre vie et qui transforment sans cesse notre perception et nos orientations. Et au lieu de se conclure en apothéose sur des accords grandiloquents plaqués comme un point final et définitif, la musique de Debussy se termine souvent avec quelques notes ténues, comme une échappée qui s'ouvre sur une autre dimension, comme une forme d'inachèvement qui incite à continuer et à persévérer. C'est du moins dans cette disposition d'esprit que je tente de rendre justice à sa musique pour piano. J'ose penser qu'il aurait entériné ma manière de faire.

6 JUIN 1918

New York enfin, depuis deux semaines. Étrangement, après avoir tant souhaité prendre une pause, il me tarde déjà de repartir pour une nouvelle série de concerts. Il faut dire que mes doigts frétillent, n'ayant ici que des accès trop occasionnels à un piano. Je ne possède pas encore assez d'économies pour établir une base, un petit appartement personnel équipé d'un piano où je pourrais travailler à mon aise et où je reviendrais après mes itinéraires de tournée. Je ne peux pour l'instant que me contenter d'une modeste location dans une pension et utiliser de temps à autre le piano droit de la salle paroissiale lorsqu'elle est libre d'activités, ce qui n'arrive pas souvent.

Willie et Mae, comme toujours, m'ont fait un accueil festif. Ils ont invité plusieurs amis à venir me saluer. Je les ai revus avec grand plaisir, bien que nos conversations aient tourné un peu à vide, comme si le fait de nous voir moins souvent en raison de mes tournées, plutôt que de multiplier les sujets d'échange, semblait au contraire distendre les liens et faire oublier ce qui nous rapprochait les uns des autres. Mais l'important c'est que la sympathie demeure, ce en quoi je peux être rassuré. Je tente depuis de visiter plus régulièrement les amis dont je me sens proche, histoire de consolider une assise à laquelle je tiens et qui compense en partie l'isolement et la solitude des petites villes visitées lors des tournées.

Je n'ai vu Nella qu'une seule fois depuis mon arrivée. Je suis allé l'attendre à la sortie de l'hôpital où elle travaille. Le moins que je puisse dire, c'est qu'elle n'a pas fait montre d'un excès d'enthousiasme en me reconnaissant. Comme trop souvent lorsque nous nous voyons, elle semblait égarée dans ses pensées d'où j'ai toutes les peines à l'extraire. Notre rencontre n'a d'ailleurs duré que le temps de franchir quelques rues. Elle a ensuite prétexté un quelconque rendez-vous avant de me laisser en plan sur la vague promesse de nous revoir sous peu, ce qui ne s'est pas encore produit. J'ai décidé de la laisser venir. Je crois qu'il est temps qu'elle fasse réellement la preuve de son intérêt envers moi, si bien sûr intérêt il y a, ce dont je commence à douter.

De toute manière, je pense plus souvent à Adèle. Je

suis encore sans nouvelles d'elle, mais cela ne saurait tarder. J'espère que tout comme précédemment elle aura réussi à mettre sur pied une nouvelle série de récitals. Elle avait mentionné la Côte Ouest, si loin, mais où semble-t-il l'activité bourdonnante permet la réalisation des rêves les plus extravagants.

Pour passer le temps, j'arpente les rues de Harlem. Certaines têtes d'affiche du quartier commencent à me reconnaître et à discuter avec moi, comme la vendeuse de pieds de cochon avec lesquels j'aime bien gâter Willie. Elle se nomme madame Lilian Harris, mais tout le monde la surnomme Pig Foot Mary. Elle a fui le Mississipi il y a plus de quinze ans pour venir s'installer à New York sans un sou. Mais, débrouillarde, elle a investi dans un landau et une grande bouilloire ses premiers dollars gagnés comme domestique. Puis, elle a réussi à s'entendre avec le propriétaire d'un petit restaurant achalandé de la Soixante-Sixième Rue pour mijoter ses pieds de cochon. Elle transportait ensuite la bouilloire fumante dans son landau et s'installait sur le trottoir en face. Le succès a été instantané. Bientôt, elle a pu ajouter des groins de porc, des tripes et du maïs à son menu, et obtenir une licence de marchand ambulant.

Pig Foot Mary est une personnalité pittoresque et chaleureuse. Quand je l'ai revue pour la première fois depuis mon retour, elle m'a serré les joues de ses deux immenses mains graisseuses en beurrant ainsi une mince pellicule sur ma peau. Elle aime bien échanger avec les clients, ce qui la désennuie. Elle me racontait l'autre jour qu'à ses débuts elle devait travailler debout tôt le matin jusqu'à tard dans la nuit. Depuis environ deux ans, elle est venue s'installer à Harlem pour se rapprocher de sa fidèle clientèle. C'est là que je l'ai rencontrée. Elle possède maintenant son petit commerce près de la Cent Trente-Cinquième Rue. Mariée et prospère, elle n'a plus besoin de son landau qu'elle expose comme une précieuse relique à l'intérieur de sa boutique. On dit qu'elle est une femme d'affaires avisée et qu'elle possède quelques immeubles très rentables. Ce qui ne l'empêche pas de préparer les meilleurs pieds de cochon de tout New York, j'en suis persuadé. Pig Foot Mary est devenue une sorte d'icône que les Noirs contemplent dans les moments difficiles. L'épopée de la vendeuse de « pieds de cochon » leur sert d'inspiration pour maintenir l'élan et ne jamais cesser de croire que la chance peut finir par sourire à tous.

New York, le 27 juin 1918
Mon cher Harry,
J'étais bien entendu fort consciente des risques que j'encourrais à patronner un artiste noir, même aussi merveilleusement doué que toi. Mon mari a beau se pavaner avec le fanion de sa philanthropie, il n'en demeure pas moins viscéralement rebuté par les « nègres », sans même parvenir à identifier ce qu'il leur reproche. J'ai souvent tenté de le raisonner, à la faveur de mes origines françaises où les Noirs ne souffrent pas encore des mêmes réflexes d'ostracisme qu'ici. Peine perdue. Si Philip prête souvent attention à mes opinions, sur ce point il demeure obstinément inflexible.
Cela explique en grande partie cette sorte de climat de clandestinité dont j'entourais nos rencontres. Discrétion et confidentialité, principes auxquels je n'ai failli qu'une seule fois, lors de notre souper à Stauton. Une fois de trop, puisque Philip a été avisé de cet écart par le propriétaire du restaurant à qui j'avais fourni mon identité pour forcer l'entrée. Lorsque je suis revenue à New York, c'est un époux outré et écumant de rage qui m'a accueillie. J'ai dû lui dévoiler l'entente que nous avions conclue et, malgré mon insistance sur le fait qu'il ne s'agissait que

d'une stricte association professionnelle et qui rapportait des dividendes, il m'a fermement ordonné de mettre un terme définitif à ma relation avec toi, sous peine de conséquences que je ne suis pas en mesure d'envisager et qu'il vaut mieux ne pas risquer, davantage pour toi d'ailleurs que pour moi. Les gens qu'il fréquente dans son milieu, classe huppée qui plastronne bien haut sa supériorité raciale, refusent toute forme d'association de près ou de loin avec les gens de couleur, sauf en tant que domestiques ou ouvriers subalternes, ne méritant pas plus de considération ou d'attachement qu'un vulgaire animal familier. Mon mari n'a fait qu'une seule exception, pour madame Walker où je t'ai rencontré, mais il ne faut pas en espérer davantage.

Quelquefois, je songe que les femmes et les Noirs se retrouvent logés à la même enseigne. On leur accorde le droit de se mouvoir jusqu'à ce que la laisse les étrangle. Je n'insiste pas sur la sensation acide qui circule dans mes veines depuis. Mis à part le préjudice qui t'est causé sans raison valable, mises à part ces objections de principe qui ne reposent sur rien de sensé, mise à part cette entrave à ma liberté d'agir et de concevoir, je ne parviens pas à me défaire d'un affreux sentiment d'aigreur en réalisant une fois de plus jusqu'où la bêtise peut se nicher. Mais surtout sentiment d'impuissance devant les limites convenues qui nous emprisonnent dans une chasse gardée. Beaucoup prétendent que le maintien de telles contraintes permet la cohésion du tissu social et forge l'identité nécessaire à toute communauté. La belle affaire! Faut-il pour autant cautionner l'aliénation dont souffrent les individus nés sous une mauvaise étoile? Comment peuvent-ils s'échapper et retrouver un cadre en accord avec leurs convictions? Je n'en sais malheureusement rien.

J'avais commencé à mettre sur pied une troisième tournée. À mon grand plaisir, je commençais à être sollicitée par certains organismes désireux de t'entendre, même après leur avoir confirmé que tu es noir. Ta réputation commence à te précéder, Harry! J'espère seulement que l'impulsion que je t'aurai donnée ne s'essoufflera pas avec mon retrait forcé. Tu trouveras ci-joint tous les documents que je possédais et qui confirment les engagements déjà conclus et ceux en cours de négociation. Puisses-tu en faire un usage profitable.

J'ajouterai, en comptant sur ta discrétion et sur ta parole que cette lettre demeurera strictement confidentielle, que tu me manqueras. Je m'ennuie déjà de nos conversations et de ton troublant regard perçant. Notre soirée au restaurant, même si elle marque l'incident conclusif de notre association, demeurera ancrée comme un de ces souvenirs cultivés par la mémoire et auxquels on aime se référer pour nous conforter dans le sentiment que nos actions n'ont pas toujours été vaines.

Bonne chance, Harry,
Adèle Leroux

4 JUILLET 1918

Jour de fête nationale, jour pluvieux et gris. Le genre de journée où j'aime bien, curieusement, promener ma morosité, comme si la transposition de mon humeur sur un temps morne et cafardeux contribuait à rétablir mes points de repère avec le bon sens. C'est complètement trempé de la tête aux pieds que je me suis présenté chez Willie et Mae, espérant les trouver, n'en pouvant plus de ruminer une rancœur aggravée de tiraillements et d'indignation. Mae m'a ouvert la porte, à mon grand soulagement. Ils étaient chez eux.

« Harry? Qu'est-ce qui t'arrive? Il n'y a que les batraciens pour s'aventurer dehors une journée comme aujourd'hui! »

Willie m'a apporté une serviette et des vêtements secs, trop petits pour moi mais bienvenus, étant donné que je commençais à avoir vraiment froid. Une fois changé et installé à la cuisine, j'ai eu droit à un thé bien chaud, préparé par Mae comme elle seule sait le faire. La détente soudaine provoquée par la douce irradiation dans tous mes membres du liquide brûlant a eu raison de mes derniers refoulements, et je me suis abandonné à de bêtifiants sanglots. J'avais honte de cet odieux apitoiement sur moi-même. J'actionnais pourtant une soupape d'évacuation pour permettre à mes circuits internes de retrouver leur régulation normale. Heureusement, mes meilleurs amis ne trouvaient rien à y redire.

« Alors, vieux frère, si tu nous expliquais ce qui se passe? On comprendrait peut-être pourquoi on te voit moins souvent ces derniers temps. »

Je leur avais déjà mentionné le rôle d'Adèle en tant qu'agent pour l'organisation de mes tournées. Je n'avais pas caché ma reconnaissance pour la chance incomparable qu'elle m'offrait de me faire enfin valoir. Mais ils ignoraient tout de l'attachement que je ressentais envers elle et qui s'est douloureusement pulvérisé avec cette lettre d'Adèle où elle m'annonce la fin définitive de mes illusions. Illusions que je continuais stupidement d'entretenir en dépit de mes précautions à ne pas me laisser envahir par elles. Je leur ai raconté dans le détail la progression de mes sentiments, profitant de ce retour sur moi-même pour mieux saisir ce qui me séduisait chez elle et ce qui semble me manquer avec tant de cruauté à présent. Mae et Willie m'écoutaient sans mot dire. Leur visage trahissait un amusement intrigué davantage qu'une compassion sincère. La réaction que je devinais chez eux contribuait à faire retomber l'inutile pression dramatique que je m'imposais. À la fin, ce fut plus fort que moi. Judicieusement défoulé par cette confession, je me suis mis à rire comme d'une bonne blague. Cette fois, c'est Mae qui a joué le rôle du grand frère et qui a commenté mes états d'âme.

« C'était couru d'avance, mon pauvre vieux. D'ailleurs, tu le savais dès le début. Mais tu es comme ces amoureux transis qui refusent de croire à l'impossible tant que la pierre de la désillusion ne leur roule pas sur le corps. Il n'y a rien de plus normal. S'il fallait que tous nos rêves se réalisent, que deviendraient nos désirs? »

Willie s'est mis à applaudir ces belles paroles. Mae riait et leur gaieté naturelle se transfusait en moi. Je sentais qu'une page tournait enfin, et qu'il n'y avait aucune raison de ruminer des regrets. Je n'avais rien de plus important à espérer. Mae est ensuite revenue à la charge :

« Et Nella? Elle est au courant de tes visées lubriques sur une Blanche? »

Je leur ai répondu que Nella se tenait à distance pour une raison que j'ignorais. J'ai dressé un portrait comparé entre le côté timoré de Nella et celui au contraire décidé d'Adèle qui fertilisait bien plus efficacement ma confiance et mon attirance. Quant à Nella, j'appréciais sa compagnie, mais son apparente dérobade vis-à-vis de moi me laissait croire que ce plaisir n'était pas forcément partagé. Willie a ensuite fait dévier la conversation sur un sujet qui va probablement occuper une bonne partie de mon temps durant les prochaines semaines.

« Et pour tes tournées de piano, que vas-tu faire? »

J'ai commencé à penser à voix haute, établissant un plan de match qui émulsifiait ma motivation et ma détermination au fur et à mesure que j'en exposais les détails. À la fin de la soirée, j'avais débarrassé mes engrenages des scories qui les encombraient. Je les sens à nouveau bien lubrifiés et prêts à réagir aux commandes. J'entreprends dès demain les démarches pour concrétiser une troisième tournée. Sans le poids d'Adèle dans cette entreprise, je sais d'avance que grimper la côte sera ardu, mais j'ai bon espoir d'y parvenir. Le moins que je puisse faire pour Adèle, c'est de tenter le coup, avec tout l'acharnement qui l'a fait croire en moi.

6 SEPTEMBRE 1918

J'ai été invité au premier salon de la saison chez madame Walker. Invitation surprise due au hasard des connaissances et des rencontres fortuites. J'ai revu Louis Blackburn au détour d'une rue où nous avons failli nous percuter. Je connais Louis depuis longtemps, guitariste invétéré, amateur de blues qu'il chantonne avec une voix rauque et traînante. Nous avions l'habitude de trinquer de temps à autre, répits occasionnels qui nous permettaient d'élucubrer sur nos passions et sur nos ambitions. Depuis mes tournées, je l'avais perdu de vue. À grandes claques sur les épaules, nous avons exprimé notre joie de nous revoir. Au cours du feu roulant de paroles qui s'en est suivi, il m'a annoncé qu'il allait chez madame Walker pour une soirée entièrement dédiée au blues. Quand je lui ai appris que j'avais déjà fait partie des invités à ces salons, il a insisté pour que je vienne, prenant sur lui de me dégotter une invitation.

« Ça te sortira de tes œillères classiques! Tu verras, le blues est l'expression du peuple dans son sens le plus noble! »

Il a tenu parole et, à l'heure dite, j'étais une nouvelle fois reçu par madame Walker.

« Monsieur Button! J'ai failli me mettre en colère quand j'ai su par monsieur Blackburn que vous étiez revenu de tournée et que vous n'étiez pas encore venu me rendre visite! »

J'avais heureusement pris soin de lui apporter un petit bouquet de roses blanches pour me mettre dans ses bonnes grâces. Ensuite, je me suis trempé dans le rituel de la soirée avec lequel je commence à être familier. La différence majeure avec les fois précédentes, c'est qu'il n'y avait que des Noirs. Le thème du blues semble l'apanage des gens de couleur. J'en ai d'ailleurs, durant cette soirée, obtenu confirmation d'une manière plutôt brutale. Deux jours avant mon départ pour une nouvelle série de concerts, je me serais bien passé de cette indésirable remise en question.

Tout a commencé par la présentation de quelques musiciens venus se produire. Outre Louis, Blind Lemon Jefferson et Charley Patton figuraient parmi eux, de même que la chanteuse Bessie Smith que je me souvenais avoir entendue en compagnie d'Adèle. Cette brève réminiscence a douloureusement ouvert une blessure sur laquelle je me suis empressé de placer une compresse, désireux de rompre avec un passé qu'il était inutile d'évoquer. Puis, chacun d'eux a défilé à tour de rôle, le temps de trois ou quatre chansons. Je reconnaissais ces accords languissants et ces mélopées clamées comme une souffrance pour en avoir interprété plusieurs pages à Tin Pan Alley. Je me suis laissé entraîner par le brio des musiciens, surtout Bessie Smith dont la voix magnifique retentissait dans le vaste appartement de madame Walker avec une émotion incomparable.

Après le passage de chacun des musiciens, il y a eu un moment de flottement, personne ne désirant que la musique cesse, mais tous hésitant à prendre l'initiative par crainte de déroger à un protocole établi par madame Walker. C'est d'ailleurs elle qui a eu la malencontreuse idée de me placer sur la sellette.

« Chers amis, nous avons parmi nous un musicien remarquable qui acceptera, j'en suis certaine, de partager avec nous son immense talent, monsieur Harry Button! »

Pris au dépourvu, j'ai hésité. Mais, encouragé par madame Walker qui me tendait la main et par Louis qui me poussait du coude, je me suis approché du piano, ne sachant trop ce qui pouvait convenir pour ne pas rompre le charme d'une soirée rondement menée. J'ai entamé timidement quelques *Inventions à trois voix* de Bach que j'ai commencé à moduler peu à peu avec des accents de jazz afin d'apparier ces couleurs sonores avec ce qui avait été entendu auparavant. L'idée a plu, suffisamment pour provoquer l'adhésion et un mouvement spontané. Quelques musiciens se sont approchés de moi, désireux de chanter et voulant que je les accompagne au piano. Heureux de la tournure musicale, j'ai improvisé un arrangement au fur et à mesure, me moulant au rythme des voix et soulignant les temps forts de ces hymnes dont plusieurs paroles me sont restées en tête.

> *Je suis rien qu'un pauvre type sur les routes.*
> *Je voudrais qu'on m'aide à porter mon fardeau.*
> *Je marche depuis si longtemps.*
> *J'en ai les épaules moulues.*
> *Je suis pas chez moi dans ce bas monde.*
> *Tu sais rien, chérie.*
> *Tu sais rien de ce qui me passe par la tête.*
> *Si je ris, c'est juste pour ne pas pleurer.*

Emporté par mon rôle au sein de cette ambiance surchauffée, encouragé par l'approbation tacite de madame Walker qui ne trouvait rien à redire à ce cours improvisé de la soirée, je n'ai pas remarqué quelques visages hostiles qui pourtant me fixaient avec insistance. Je ne prêtais attention qu'à ceux qui chantaient, cherchant à les aiguiller à partir du répertoire que j'avais assimilé à Tin Pan Alley.

Et puis, il a fallu mettre fin à cette séance lorsque madame Walker a annoncé le service des rafraîchissements, au grand plaisir des chanteurs qui avaient bien besoin de se rincer le gosier. Je m'attardais encore au piano, laissant les plus assoiffés prendre les devants, quand un type placé tout juste à mes côtés m'a questionné.

« C'est toi, le Button qui joue de la musique classique?

— C'est possible, oui. Je ne prétends pas être le seul.

— T'as déjà joué ici, paraît-il?

— En effet.

— On dit même que tu gagnes ta vie en donnant des récitals à des publics de Blancs?

— Pour l'instant, il n'y a pas d'autres demandeurs. Pourquoi cet interrogatoire?

— Écoute bien, négro, on a déjà assez de peine à tenir notre place. Ce n'est pas le moment d'engraisser les traîtres. Ici, à Harlem, une communauté noire est en train de naître. C'est la renaissance de notre nation, dépouillée et humiliée par ces sales Blancs. Et toi, tu te prosternes devant eux en les divertissant comme un vulgaire valet? »

On m'a déjà maintes fois traité de « négro », mais je ne me souviens pas d'avoir entendu auparavant cette injure de la bouche d'un Noir. Je comprenais qu'on était en train de faire mon procès avec un verdict établi d'avance. Peu disposé à m'en laisser imposer, je me suis relevé lentement pour faire face à ce magistrat de pacotille. J'ai vu qu'il était accompagné de deux autres individus dont la moue méprisante ne laissait planer aucun doute sur ce qu'ils pensaient de moi. Mais ils ne m'intimidaient d'aucune façon.

« Et en quoi le fait d'exercer un métier que j'aime constitue-t-il une bassesse pour la cause noire? »

Cette minable clique devait avoir l'habitude qu'on rampe à ses pieds. J'ai perçu un éclair d'indignation passer dans leurs yeux parce que j'avais le culot de leur tenir tête. Ils se sont approchés de moi pour accentuer leur menace. Je n'ai pas reculé d'un pas, me maintenant à quelques pouces de leur visage.

« Tous ceux qui font allégeance à des domaines réservés aux Blancs ne peuvent être considérés QUE comme des traîtres! Pourquoi tu ne te consacres pas à la musique authentiquement noire, hein?

— Les véritables traîtres, ce sont ceux qui manœuvrent pour emprisonner les Noirs et qui leur font croire qu'ils devraient être fiers de vivre dans un cachot! Je refuse de me laisser enfermer dans un ghetto qui ferait trop bien l'affaire des Blancs! »

Le type placé directement devant moi m'a alors flanqué une bourrade. J'ai voulu répliquer mais, au même moment, madame Walker, prévenue discrètement par un domestique, a fait irruption pour calmer les esprits agités.

« Allons, messieurs, pas de bisbille ici! Une règle d'or à n'enfreindre sous aucun prétexte, suis-je bien claire? »

Les trois types, désamorcés en plein élan bravache, se sont retirés en maugréant des insanités. Quelques minutes plus tard, ils quittaient l'appartement sans façon. Je fulminais. En même temps, j'avais mal dans tous mes membres. Il me semblait revivre l'humiliation que m'avait infligée le père de Dora quand il m'avait autoritairement conseillé d'abandonner le piano si je voulais continuer de voir sa fille. Madame Walker se tenait près de moi et m'observait avec attention. Elle semblait comprendre ce qui me trottait dans la tête.

« Tout va bien, fils?

— J'ai déjà connu mieux.

— Tu sais, je suis moi-même la traîtresse la mieux payée du pays. Plusieurs Noirs ne me pardonnent pas de vivre grassement en vendant des produits destinés à pâlir la peau et à défriser les cheveux. Et pourtant, c'est ce qui me permet de venir en aide à mes frères et sœurs de couleur. Je reverse d'une main à la communauté ce qu'elle me donne de l'autre.

— Et je sais que je vous dois d'avoir pu entrevoir la réalisation de mon rêve, puisque c'est ici que j'ai rencontré Adèle Leroux.

— Celle qui t'a donné le coup de pouce de départ, à ce qu'on m'a dit. Mais en y réfléchissant, y a-t-il vraiment des traîtres? Sans doute, chez ceux qui profitent sciemment de leur position en sachant parfaitement le tort qu'ils causent aux autres. Ils forment l'exception. Pour ma part, je vois dans la plupart des individus partagés entre leurs aspirations et un système de barreaux et de chaînes auquel il est très difficile d'échapper. Pourtant, tous cherchent simplement à donner une direction à leur bout de chemin sur cette terre, pas vrai? »

Je regardais madame Walker, avec son énorme stature qui respirait la confiance et le bonheur de l'accomplissement. Elle ne doutait aucunement de ses choix. Ou plutôt, elle avait décidé de les attraper à bras-le-corps et de les revendiquer bien haut. Mais surtout elle demeurait ancrée dans les affaires du monde, tout en étant consciente des limites de la sphère d'influence sur laquelle elle pouvait agir. Elle cherchait à maintenir son intégrité sans se laisser entraîner dans les sables mouvants de la renommée. J'enviais le promontoire sur lequel elle était parvenue à se hisser et d'où elle pouvait jeter un regard circulaire sur ce qui l'entourait. Ce recul semblait lui procurer une assurance à toute épreuve. Pour ma part, je comprenais que je devais continuer à défricher le sentier sur lequel j'étais engagé et atteindre comme elle un point de vue suffisamment haut placé pour mieux évaluer ma route. Il me faut persévérer sans trop me laisser dévier entre-temps par les faux avis et les pressions gratuites.

12 SEPTEMBRE 1918

Mon premier concert de cette nouvelle tournée a eu lieu hier soir. Davantage que la prestation musicale proprement dite, c'est la réussite de l'organisation par mes seules ressources qui me procure la plus grande satisfaction. Le concert ne doit rien à Adèle, pas même un contact ou une référence. Il est le résultat de mes propres démarches et de mes propres initiatives pour le préparer.

Là comme ailleurs, et comme il arrive si souvent, j'ai profité d'un coup de pouce de la chance. J'avais recensé les annonces des saisons musicales à venir dans quelques journaux et revues sur lesquels j'avais réussi à mettre la main. Même si a priori la programmation était achevée, j'ai contacté chaque organisme pour leur offrir mes services, un peu comme je l'avais fait à Allentown. La différence majeure cette fois, c'est que deux tournées de récitals et des noms pouvant témoigner de mes aptitudes venaient étayer ma démarche. J'avais pris soin de n'indiquer que les références dont je pouvais raisonnablement espérer une bonne mention. Je cherchais surtout à établir une tête de pont en vue de la prochaine saison, mais une annulation de dernière minute m'a valu un engagement à Newark. Aucune mauvaise surprise, accueil froid mais courtois, public peu nombreux mais réceptif, remerciements de circonstance et cachet versé sans discussion. J'aime croire que la roue commence à tourner sur une voie moins cahoteuse. J'éprouve en ce moment un de ces petits bonheurs que procurent les victoires méritées.

Il a cependant fallu que je me décide à franchir le pas et à mettre sur pied un quartier général, malgré mes finances restreintes. J'ai donc loué un minuscule appartement pour fournir une adresse fixe à ceux que je contacte. Durant mon absence, Willie va se charger de passer de temps à autre pour relever le courrier et me faire parvenir par poste restante toute information à traiter prioritairement. De plus, j'ai fait l'acquisition d'un piano droit. Il est entièrement en acajou avec quelques incrustations de nacre du meilleur effet. Sa sonorité ne vaut pas celle de certains instruments allemands que j'ai eu la chance de mettre à l'épreuve, mais elle comble pleinement mes besoins. Le piano est même de meilleure qualité que celui de madame Hayworth, piano que j'ai dû vendre avec déchirement avant mon séjour en France. Je peux enfin maintenir la forme tout en m'attaquant à de nouvelles partitions pour élargir mon répertoire.

La présente tournée sera moins chargée que les précédentes, toutefois. Je devrais revenir à New York à la mi-janvier, après ces engagements contractuels de fin d'année où on me demande d'interpréter des chants de Noël, des cantiques de Bach ou des transcriptions pour piano des « grands succès » de Haendel. J'espère cependant que j'aurai conclu de nouvelles ententes d'ici là. Cette dimension de démarcheur et d'organisateur remplit mon temps jusqu'à le faire quelquefois déborder, inconvénient compensé toutefois par la diversité et la stimulation de ces nouvelles tâches. La tenue de mon journal en souffre, cependant. Pour un peu, je regretterais presque le bon temps où je jouissais de la pleine disposition de mes heures. À présent, je dois donner priorité à un processus que j'espère bien enclenché, quitte à diminuer la fréquence des interventions dans mon journal. Mais je ne crois pas y perdre au change. Je me consacre à construire patiemment quelques quais d'ancrage pour cette barque que je pilote, seul à bord, toujours soutenu loyalement par la musique, une sève de vie indispensable à chacun de mes gestes. Je ne connais aucune sensation plus agréable que lorsque je saisis avec une précision extrême l'appui de chaque doigt sur chaque touche, lorsque j'anticipe avec limpidité le déroulement parfait de la partition, lorsque l'exécution réussie d'un passage difficile se répercute sur mon épiderme, lorsque plus significativement l'ampleur et la richesse de la sonorité du piano me plongent dans un abandon musical euphorique.

Heureusement d'ailleurs. Cet intervalle que je passe sur scène compense encore largement les désagréments du métier d'interprète. Le plus difficile sûrement, ce sont les innombrables pertes de temps à trouver mon chemin, à dénicher une chambre pour la durée du séjour, la plupart des hôtels refusant d'accueillir des Noirs, à lutter contre les intempéries – il m'est arrivé de donner un récital entier avec mes vêtements trempés par une pluie battante –, à m'alimenter convenablement et à ma faim

315

sans provoquer d'inconfort qui nuirait à mon jeu et à subir les longs voyages éprouvants en train, dans des wagons surchauffés ou au contraire glacials. Quand je dépose enfin ma valise dans une chambre trop souvent sordide, je m'étale de tout mon long sur un lit surmonté d'une couverture sale et élimée et je m'endors d'un sommeil perturbé par la crainte de me réveiller en retard pour mon récital. Peu surprenant que je délaisse mon journal. Ma prédisposition d'esprit refuse d'en encaisser davantage. Je me concentre sur l'essentiel pour mieux oublier la solitude qui pèse sur ces déplacements d'une ville à l'autre, le temps de quelques heures de musique.

12 NOVEMBRE 1918

Déroulement de concert inattendu, hier. Nerveux, craignant comme toujours un débordement racial ou un accueil houleux, je ressentais en plus une certaine anxiété en raison des rumeurs qui circulaient concernant la guerre en Europe. La fébrilité était palpable, même dans le pas des gens, pressés, affairés, ou dans leur manière de parler, à voix haute et à grands moulinets de bras. Lorsque je me suis installé au piano, ce fut pratiquement dans l'indifférence générale, tant les auditeurs présents discutaient abondamment entre eux. J'ai commencé à jouer, comme en toile de fond. Le silence s'est installé peu à peu, et je commençais à me sentir plus à l'aise. Et soudain, dans un vacarme que je ne suis pas prêt d'oublier, quelqu'un a brusquement fait irruption dans la salle. Il s'est avancé jusqu'au milieu de l'allée en courant, puis il s'est tourné vers le public, le regard extatique, et il a hurlé : « La guerre est finie! On a gagné! » C'était le signal que chacun attendait. Un immense cri d'allégresse a accueilli ces paroles. Tous ont bondi sur leurs pieds et se sont mis à se féliciter et à crier : « Hourra! » Certains lançaient leur haut-de-forme dans les airs. Il était plutôt insolite d'observer ces femmes habillées de robes élégantes et ces hommes vêtus d'une redingote se trémousser et esquisser des pas de danse, heureux comme des gamins en liberté. Les gens se serraient la main et se donnaient l'accolade, soulagés, impatients de revoir leur fils revenir du front, enfin pacifié. À un moment, quelqu'un a commencé à entonner *Amazing Grace*. Bientôt, tous se sont joints à lui en se serrant par les coudes et en chantant avec gravité. Je les ai accompagnés au piano, participant de loin à ces manifestations de joie.

Et puis, tandis que je jouais, il s'est produit un curieux enchaînement. Peu à peu, les voix et le piano se sont estompés, faisant graduellement place à des explosions, des détonations, des fracas et des cris. Je n'entendais plus le piano. J'étais soudain plongé au cœur même des combats, terré dans les tranchées où la terre soulevée par les bombes retombait en pluie sur nos casques. J'attendais le signal de l'assaut, et Mathilde se tenait à mes côtés. Puis, le commandant a sifflé. Dans un seul cri de rage, la troupe a commencé à gravir la paroi de la tranchée pour courir vers les lignes ennemies. En me tournant vers Mathilde pour l'aider à sortir, j'ai vu son visage éclater sous l'impact d'une balle et les gerbes de sang jaillir, tandis qu'elle retombait lourdement sur le dos jusqu'au fond de la tranchée. J'ai crié son nom et mon cri s'est réverbéré comme au loin, tandis que le son du piano revenait progressivement et que se dissolvait cette vision horrible.

Je regardais à nouveau les gens célébrer dans la salle. Je ne parvenais pas à adhérer complètement à leur joie. Certes, cette guerre inutile, meurtrière, absurde, vient de s'achever. Cette guerre de Blancs, présentée comme une guerre de liberté à laquelle on a interdit aux Noirs d'apporter leur contribution – sauf ceux qui se sont portés volontaires au sein de bataillons français –, à quoi aura-t-elle servi? Combien de morts sacrifiés à des intérêts politiques et à d'obscurs jeux en sourdine d'alliances et de compromissions? Que restera-t-il de la haine qui les animait lorsque les soldats reviendront du front avec les poumons brûlés par les gaz ou un bras sectionné, estropiés à tout jamais, l'esprit perpétuellement hanté par la souffrance qu'ils auront connue? Madame Hayworth, tandis qu'elle tentait de m'inculquer quelques notions d'histoire, m'avait un jour cité une phrase qui venait de l'époque romaine, si je me souviens bien : « Si tu veux la paix, prépare la guerre. » Aujourd'hui plus que jamais, cette phrase m'apparaît comme la manifestation d'une stupidité sans bornes et comme un risible cautionnement des exactions les plus sanglantes.

9 FÉVRIER 1919

Je suis revenu à New York depuis quelques semaines. Je consacre toujours beaucoup de temps à me constituer un carnet d'adresses et à mettre sur pied une nouvelle tournée. Il m'arrive de lorgner vers la France, mais c'est sans espoir. Le pays, exsangue, se remet péniblement de la guerre. D'ailleurs, mes moyens financiers ne me permettent pas encore d'entreprendre un tel projet. Je suis sans nouvelles de monsieur Cortot à qui j'ai écrit un mot pour m'enquérir de sa santé. Indépendamment de mon inquiétude réelle pour savoir s'il a survécu au conflit, lui seul pourrait m'épauler.

Je me concentre donc pour l'instant à renouveler mes engagements et à en contracter de nouveaux. Les conditions posées sont sévères et restrictives. L'austérité qui suit la fin d'un conflit déteint sur la nature des offres soumises. Il me faut redoubler d'ardeur si je veux espérer joindre les deux bouts. C'est la voie que j'ai choisie et je la poursuivrai tant et aussi longtemps qu'il me sera possible d'y survivre.

Pour ne pas me faire reprocher de la négliger et aussi par affection sincère envers elle, je suis passé rendre une courte visite à madame Walker. Elle n'avait que peu de temps pour me recevoir, ce qu'elle a tout de même fait avec sa gentillesse coutumière. Nous avons échangé quelques propos de politesse, puis elle a conclu par une invitation.

« Venez à ma prochaine soirée. Parmi les invités, il y aura un réfugié russe qui arrive précédé d'une réputation enviable. Il devrait vous intéresser. »

Je l'ai remerciée chaleureusement. Je n'en attendais pas tant et j'étais ravi qu'elle m'offre une nouvelle occasion de participer à son salon, même au risque d'y rencontrer quelques têtes brûlées. Je tâcherai de lui trouver un petit cadeau approprié pour la remercier. Ce n'est pas que j'affectionne les mondanités ni que je fasse montre d'opportunisme vulgaire, mais le salon de madame Walker devient peu à peu le pivot d'un mouvement de solidarité entre les Noirs que certains vont jusqu'à qualifier de renaissance[17]. Et il m'importe d'en suivre les développements, voire d'en devenir partie prenante.

Willie et Mae ne changent pas, outre le fait qu'ils ont accru leur train de vie. Ils ont déménagé dans un plus grand logement, fort confortable. Willie semble empêtré dans des affaires louches, mais il se met à crâner dès que je m'approche du terrain. Alors, je passe mon chemin, tout de même un peu vexé qu'il me tienne à l'écart. Pour le reste, par contre, son amitié ne se dément pas. Il veut toujours savoir comment se déroulent mes tournées. Lui et Mae y prennent un réel intérêt. Je suis choyé de les connaître. Passer une soirée en leur compagnie constitue un de ces grands plaisirs indispensables. Il nous arrive d'aller assister à une présentation de cinématographe, perchés au troisième balcon parmi les autres Noirs relégués dans les hauteurs. Il y a quelquefois un orchestre complet pour l'accompagne-

---

17. Allusion à la « Renaissance » de Harlem, mouvement culturel et social particulièrement fécond dans la communauté noire, amorcé vers 1918 et qui s'est poursuivi jusqu'à 1935 environ (NDT).

ment sonore du film. Les pianistes sont en perte de vitesse, paraît-il. Dommage. Un pianiste offre pourtant davantage de souplesse pour suivre le déroulement d'une projection qu'un orchestre, contraint à maintenir une cohésion entre tous les musiciens. Quoi qu'il en soit, je ne pourrai plus compter sur cette source de revenus si jamais la veine des tournées se tarit. Que de chômage en perspective lorsque les films projetteront le son en même temps que l'image!

Le 16 février 1919
Harry, mon ami,
Oui, Harry, j'ai bien reçu toutes tes lettres, plus gentilles et prévenantes les unes que les autres. Il y a longtemps que nous nous sommes vus, et la faute m'incombe entièrement. Par lâcheté, j'espérais que tu comprennes par toi-même, mais c'était sans compter sur ta pugnacité et ta prédilection pour les situations claires. Alors, je passe aux aveux. Je suis tombée amoureuse de quelqu'un d'autre. Il se nomme Elmer Samuel Imes, et il est même question de nous marier à la fin de l'été. Je désirais par-dessus tout te ménager, ne pas te peiner. Tu as compté pour moi et je regrette que ça se termine ainsi, même si je ne peux passer sous silence mon bonheur. Sache qu'il n'existe rien que je puisse te reprocher. Il s'agit simplement d'une question d'affinités, comme le prétend une formule simpliste. Tu demeureras toujours précieux comme ami, si évidemment tu veux bien me conserver ton amitié, ce qui me ferait grandement honneur. J'aimerais même t'inviter à mon mariage. Je t'en prie, accepte. Je souhaite par-dessus tout que tu ne m'en tiennes pas rigueur. Je t'estime beaucoup, crois-moi.
Je t'embrasse très affectueusement,
Nella

22 FÉVRIER **1919**

Ainsi, tout s'explique. Voilà Nella, après Adèle, après Dora, qui se fait porter aux abonnés absents. Je comprends enfin ses fuites et ses silences. Pauvre Nella. Si fragile et si peu sûre d'elle-même. Si engoncée dans une timidité stérile. Comment pourrais-je lui conserver mon amitié, comme elle le demande, quand je n'éprouve pas le moindre soupçon de désir de la revoir? La révélation de son hypocrisie ne fait que confirmer mes doutes et concrétiser mon désintérêt graduel. Eût-elle agi avec franchise, m'eût-elle avoué dès le départ qu'elle avait rencontré une âme mieux adaptée, j'aurais souhaité maintenir le contact, rencontrer son futur mari, l'assurer de tous ces petits renforcements indicibles qui bâtissent une relation d'amitié, partager ces confidences réservées aux personnes chères. Au lieu de cela, elle a choisi la dérobade, me prouvant que ses invitations à demeurer amis ne sont qu'une pantalonnade pour la disculper d'une mauvaise conscience. Quoi qu'il en soit, la distance était déjà établie. Mon affection pour elle avait fini par s'éteindre sous l'effet des esquives et des non-dits. Je ne me sens même pas attristé, si ce n'est pour les nuits qu'il nous arrivait de passer ensemble, petit capital d'affection qui m'aidait ensuite à supporter la froideur des chambres d'hôtel. J'écrirai un petit mot à Nella pour lui souhaiter bonne chance et pour lui demander de ne pas m'oublier si jamais elle parvient à faire publier un bouquin. Je ne lui en veux aucunement, mais je ne vois pas l'utilité de pousser plus loin une relation qui en était venue à perdre sa substance. J'espère malgré tout qu'elle réalisera ses rêves, dont celui de devenir écrivain. Et nous verrons si les manœuvres du temps parviendront un jour à nous rapprocher à nouveau.

Depuis cette lettre, je demeure toutefois retranché dans une humeur maussade. Non à cause de Nella en tant que telle, mais plutôt parce que son mot appuie désagréablement sur la carie de ma solitude. Déjà, le fait d'être toujours seul tient le haut du pavé des embêtements que je traîne au long de mes tournées. Savoir qu'à New York une compagne m'attend m'aiderait certainement à supporter les longues soirées à ne rien faire. Je manque d'échanges, de confrontations d'idées, de stimulations. Je manque d'une main qui caresse et d'un rire qui émeut. Je manque simplement d'une relation pour équilibrer l'enfermement progressif dans mon territoire musical, enlisement consenti, il est vrai, mais où il pourrait m'arriver d'étouffer si je n'y prends pas garde.

11 MARS 1919

Le salon d'A'Lelia Walker commence à faire des envieux. Depuis le décès de sa mère, madame Walker est devenue présidente de la compagnie de cosmétiques et de produits capillaires, et elle jouit de la pleine possession de sa fortune. Elle trône au milieu d'un parterre de courtisans flagorneurs à en friser l'indécence, tous envieux et avides de récolter des miettes de gloriole. Elle suscite par contre des jalousies de plus en plus explicites, même parmi les Noirs qui lui reprochent et ridiculisent sa richesse qu'elle partage pourtant avec générosité.

Quoi qu'il en soit, hier soir, il y avait foule, divisée à parts à peu près égales entre hommes et femmes, Noirs et Blancs. Je reconnaissais certaines têtes que je saluais à tour de rôle, mais la plupart des invités m'étaient inconnus, ce qui dénotait l'étendue des relations de madame Walker. Les toilettes luxueuses côtoyaient les mises plus simples, habits défraîchis portés avec orgueil par des individus au regard de feu. Leur air farouche traduisait la volonté de ne pas s'en laisser imposer par les miroitements de l'argent, considérant à juste titre qu'il ne s'agit pas d'une qualité essentielle pour juger d'un talent et qu'il n'y a aucune honte à porter des vêtements modestes. On m'a dit qu'il y avait plusieurs peintres prometteurs parmi eux.

À un moment, poussé par les flux mystérieux qui commandent les assemblées rituelles en station debout, je me suis retrouvé tassé à proximité du piano. N'ayant rien de mieux à faire, attiré instinctivement par l'instrument, j'ai commencé à examiner le cahier qui était ouvert sur le lutrin. J'ai parcouru la partition, rejouant dans ma tête une musique d'un foisonnement thématique hors de l'ordinaire. Au risque de commettre un impair, j'ai tourné les pages, de plus en plus subjugué par ce que j'y découvrais. Je me faisais violence pour ne pas prendre immédiatement place au piano et me mettre à interpréter à deux mains cette formidable musique. Complètement absorbé, je n'ai que vaguement remarqué l'individu qui s'est approché de moi pour m'examiner comme une bête curieuse. Je ne lui ai porté attention qu'au moment où il m'a adressé la parole.

« Vous, aimer cette musique? »

Il parlait avec un lourd accent qui n'était pas sans me rappeler celui d'Igor Stravinski. Je me suis tourné vers lui. Un Blanc plutôt gringalet, dans la quarantaine, m'observait avec une mine amusée et intéressée. Il semblait désireux de lier connaissance. Peut-être pourrait-il m'en apprendre sur la musique que je continuais de déchiffrer avec boulimie.

« Je crois que cette œuvre est unique. Vous la connaissez? »

Le type s'est esclaffé.

« Un peu! Moi, être le compositeur! »

Je l'ai regardé, autant abasourdi qu'admiratif. Quelle aubaine! Je venais de tomber sur l'interlocuteur privilégié. Et peut-être pourrait-il m'indiquer où je pourrais me procurer un exemplaire pour que je puisse l'étudier à fond. Mais avant que je prenne la parole, le compositeur me faisait une curieuse offre :

« Ça être mon *Deuxième Concerto*. Vous, vouloir essayer? Je vous prie, vous prendre place. »

J'hésitais. Je savais que madame Walker aimait superviser le déroulement de ses soirées. Je n'étais pas persuadé qu'elle apprécierait qu'on s'arroge le droit de jouer du piano avant qu'elle ne juge le moment venu. Je me suis quand même assis devant le clavier, un peu intimidé. Et puis, la tentation étant trop forte, encouragé par de petits gestes de la main du compositeur et par quelques curieux qui s'approchaient pour entendre, j'ai commencé à interpréter la partition. La musique était particulièrement difficile, avec des sonorités amples et romantiques, un peu à la manière russe d'un Tchaïkovski. Mais je me débrouillais plutôt bien et peu à peu je me laissais transporter par cette musique qui me faisait explorer des registres du piano comme j'en avais rarement l'occasion. Sans que je le remarque, le silence s'était installé, et même madame Walker s'était approchée pour écouter. Lorsque j'ai plaqué l'accord final du premier mouvement, un tonnerre d'applaudissements m'a fait sursauter tandis que madame Walker prenait la parole.

« Eh bien! Ne vous avais-je pas assuré, mon cher Serguei, que vous ne seriez pas déçu? »

Je me suis retourné. Le dénommé Serguei me tendait une longue main.

« Bravo, monsieur! Moi, Serguei Rachmaninov et moi pas croire mes yeux! Vous, permettre? »

J'ai répondu à sa poignée de main chaleureuse et je lui ai cédé ma place. Il a alors interprété les deux autres mouvements de son *Concerto*. Il jouait avec une précision époustouflante, un allant rythmique incroyable. Son visage concentré relayait une profonde connaissance du répertoire pianistique et une oreille particulièrement exercée. En tant qu'auteur de la partition, il pouvait l'interpréter à un tempo beaucoup plus rapide que le mien, puisque je déchiffrais la partition pour la première fois. Il en ressortait des accents encore plus affirmés, des couleurs inédites, des textures somptueuses. Lorsqu'il a eu terminé, je me suis empressé de le féliciter à mon tour, me joignant à tous ceux qui voulaient faire de même. Une fois le calme revenu et l'attention des convives dirigée vers un autre point d'intérêt, nous nous sommes entretenus un peu à l'écart. Nous avons échangé quelques compliments de circonstance. Je lui ai dit à quel point j'admirais son jeu, éblouissant de clarté et d'aisance. Il a esquissé une moue un peu blasée, comme chez ceux qui sont couverts d'éloges à longueur de journée. Il m'a retourné le compliment en affirmant qu'il n'avait jamais cru qu'un pianiste pourrait lire à vue son *Concerto* et s'en tirer aussi remarquablement.

« De quoi rendre moi jaloux! »

Il m'a alors raconté qu'il avait immigré aux États-Unis depuis quelques mois à peine. Une tournée entreprise dix ans plus tôt lui avait permis d'établir un réseau de contacts qui lui a été salutaire pour fuir les événements en cours dans son pays, la Russie. La situation devenait intenable. La rue était livrée au pillage sans retenue et aux agressions sauvages, au nom de l'idéal révolutionnaire. De plus, les frontières allaient être barricadées d'une journée à l'autre. Monsieur Rachmaninov risquait de demeurer confiné au pays et de devoir mettre fin à une carrière internationale bien entamée. Il a tout juste eu le temps de fuir, avec l'aide d'un passeur et d'un substantiel pot-de-vin. Et c'est épuisé mais rassuré qu'il a abouti à New York où il commence à respirer plus librement et à maîtriser la langue. Sa réputation lui ouvre toutes grandes les portes et son carnet d'engagements ne désemplit pas, au détriment de ses activités de compositeur auxquelles il aimerait consacrer davantage de temps. Mais survie matérielle oblige, et pour l'instant il se livre presque entièrement à sa carrière de pianiste. Entre deux concerts, il a reçu une invitation de madame Walker, invitation qu'il a acceptée par prudence, ne sachant trop quel crédit accorder à ce genre de rencontres mondaines dans un pays qu'il ne connaît encore que très peu. Je lui ai résumé à mon tour les grandes lignes de mon parcours, en particulier les séances avec Alfred

Cortot et les quelques tournées que j'avais effectuées jusqu'à présent. Le temps a passé, et les invités commençaient déjà à prendre congé. Devant partir à son tour, monsieur Rachmaninov s'est levé et s'est dirigé vers le piano pour récupérer sa partition. Je l'ai vu sortir une plume et griffonner quelque chose sur la page couverture. Puis, il est revenu vers moi et m'a tendu le cahier.

« Petit cadeau pour vous. Nous, se revoir bientôt, j'espère. »

J'ai écarquillé les yeux avec un vif bonheur. Je lui ai exprimé toute ma gratitude, et nous nous sommes serré la main, sous certains regards dédaigneux ne prêchant pas l'entente cordiale entre Noirs et Blancs. Mais en regard des atrocités dont avait été témoin monsieur Rachmaninov dans son propre pays, ce genre de considérations lui passait bien au-dessus de la tête.

Après son départ, j'ai repris place dans mon fauteuil et j'ai feuilleté la partition, encore tout emballé d'une telle surprise. J'ai aperçu du coin de l'œil un Noir à proximité qui tenait une feuille de papier devant lui et qui me lançait des regards à la dérobée. Au bout d'un moment, je me suis approché pour regarder ce qu'il gribouillait. À mon grand étonnement, il était en train de terminer mon portrait!

« Tiens, je te l'offre. Il te plaît? »

J'ai pris le dessin, trop heureux. Deuxième présent dans la même soirée. Journée faste! Je l'ai félicité et je lui ai demandé son nom.

« Je suis Palmer Hayden, un de ces peintres prometteurs dont on t'a sûrement parlé! »

Nous nous sommes mis à rire. Nous avons quitté l'appartement de madame Walker, non sans avoir remercié la maîtresse des lieux, pour marcher quelques rues ensemble.

« J'aime bien cette Walker. Je la crois sincère.

— Je le pense aussi. Elle s'amuse à jeter des appâts

dans le marais social pour provoquer de l'agitation, mais beaucoup bénéficient de son support. »

Palmer Hayden m'a ensuite parlé lui aussi d'un mouvement artistique en train de s'ébaucher au sein de la communauté noire. Plusieurs parlent d'une « Renaissance » par allusion à cette autre période si fructueuse de l'histoire survenue après des siècles de barbarie. L'allusion à la barbarie n'est pas inappropriée quand on considère les cinq millions d'Africains décimés par l'esclavage et la condition actuelle des Noirs, entravés dans leurs droits civiques, discriminés outrageusement.

« Considère l'activité des poètes Langston Hugues, Countee Cullen, Angelina Grimke, Claude McKay, qui vient d'être publié dans une revue blanche, et des peintres William H. Johnson, Loïs Mailou Jones et moi même. Tu verras qu'il n'est pas exagéré de parler d'une véritable impulsion artistique basée sur une culture authentiquement noire, celle du Nouveau Monde, celle dans laquelle nous sommes nés et plongés pour le meilleur et souvent pour le pire. Tu remarqueras que la plupart de nos thèmes tournent autour de notre négritude, de nos habitudes de vie, de nos chants et de nos aspirations. Moi-même, je me passionne pour les traits physiques, mon sujet de prédilection. Nos cheveux crépus, notre nez épaté, nos grosses lèvres que les Blancs tournent en ridicule, ces mêmes traits physiques qu'ils comparent à ceux des gorilles, moi, je les utilise comme matière première. Je me réclame de Jack Johnson, le premier champion boxeur noir, tu connais? Il revendique sa beauté nègre et il a même marié deux Blanches! Ce qui lui vaut à présent l'exil pour avoir défié l'interdiction des unions interraciales. »

Je réfléchissais à ce que me décrivait Palmer. Ses propos vibraient en moi, comme une note grave jouée en sourdine. J'entrevoyais enfin le jour où nous n'opposerions plus au mépris des Blancs une vision parcellaire, une solidarité noire grugée par les antagonismes mesquins, un résidu d'incapacités chroniques trop bien entretenues, mais au contraire un solide front de compétences et de revendications qui imposeraient le respect et l'intérêt, à l'instar de ce qui est bien amorcé avec les musiciens de jazz. Et, du coup, je comprenais que, loin d'être un renégat à la cause noire en me consacrant à la tradition classique, je favorisais au contraire cette cause en œuvrant directement sur un parterre jusque-là réservé aux Blancs. Je pénétrais sur des territoires défendus, interdits sans aucune justification, si ce n'est l'inculture dans laquelle les Noirs ont été maintenus.

« On me reproche de ne pas favoriser la musique des Noirs, le blues, le jazz, le ragtime. Je crois qu'au contraire il faut s'ouvrir aux horizons musicaux et aux pratiques d'ailleurs, et ne pas les rejeter sous prétexte qu'ils ne proviennent pas des Noirs.

— Tout juste. Tu pourrais même te faire l'interprète de compositeurs noirs, non? Ça doit certainement exister. »

Certaines paroles possèdent la prodigieuse vertu de faire jaillir une étincelle qui dessille les yeux et qui jette la lumière sur des perspectives jusque-là inaperçues. Quelle idée! Pourquoi n'avais-je pas encore pensé à un répertoire classique issu de compositeurs noirs? Pourquoi une telle évidence ne m'avait-elle jamais frappé auparavant? Je pourrais préparer un programme entièrement « nègre » et en faire la promotion. Encore faut-il trouver l'information et les documents, mais je crois pouvoir y parvenir. Je connais quelques musiciens qui pourraient certainement me fournir des adresses utiles. Voilà en tout cas un projet mobilisateur. Il y avait longtemps que je n'avais pas ressenti une telle effervescence m'habiter. Je sens que les éléments s'ordonnent et se mettent graduellement en place. Peu à peu, je développe une identité d'interprète qui me démarque des autres. Reste à espérer que cette bannière suscitera réellement l'intérêt et qu'elle contribuera à aplanir les sempiternelles embûches.

À monsieur Harry Button,
Grand pianiste, grand interprète œuvres à moi.
Meilleurs vœux à lui,
Serguei Rachmaninov[18]

18. Dédicace sur la partition donnée à Harry Button (NDT).

Quelquefois, Willie me désole. Je repense à cette soirée passée avec lui au Jack's Deli. La veille de mon départ, je voulais le saluer. Mae travaillant tard ce soir-là, j'ai proposé à Willie d'aller prendre une bouchée chez Jack qui sert les meilleurs sandwichs de viande fumée de tout Harlem. Soirée parfaite d'un été en avance, au diapason de mon humeur excellente. J'ai commencé à décrire à Willie mon projet de recueillir des œuvres de compositeurs noirs et de construire un programme de concert à partir d'elles.

« Il y a un compositeur canadien du nom de Robert Nathaniel Dett, et puis d'autres : Samuel Coleridge-Taylor, Henry Thacker Burleigh, Edmond Dédé. Il y a également un certain Ludovic Lamothe, qui vient de Haïti et dont on dit beaucoup de bien. J'ai de la difficulté à trouver des copies de leur production, mais je garde espoir d'y arriver. Ce n'est qu'une question de temps. Passionnant, non? »

Mais au lieu d'adhérer à mon enthousiasme comme il sait si bien le faire en temps normal, Willie a semblé s'égarer dans ses pensées. Il a laissé un lourd silence s'installer, sans que j'ose l'interrompre, sachant que tant que Willie n'allait pas au bout de ses réflexions, rien ne venait le distraire. Puis, il m'a regardé, et j'ai remarqué pour la première fois son regard las, désenchanté.

« Tu sais, Harry, je crois que je ne sais plus très bien où j'en suis. Toutes ces fadaises sur une renaissance ou sur une soudaine aura noire qui nous réunirait en une communauté bénie me laissent plutôt perplexe. De tels mirages sont typiques des minorités qui désirent émerger des recoins, circuler à leur aise et se tenir sur un pied d'égalité avec les tenants de la majorité. Volonté bien méritoire, je te l'accorde, et je n'ai bien sûr rien contre. Mais le problème, vois-tu, c'est que, derrière ces louables intentions, il y a des êtres humains. Il y a des intérêts, des rapports de force, des velléités de domination. Il y a des intrigues, des coercitions, de l'hypocrisie et, comme toujours, des trahisons. »

J'ai voulu l'interrompre, refusant que Willie s'enfonce dans un pessimisme aussi désabusé sans offrir aucune résistance. Mais il a coupé court à mes objections avec un geste de la main. Il n'avait pas terminé d'exposer le fond de sa pensée.

« Laisse-moi finir, Harry. Je crois être bien placé pour en parler. Regarde les Irlandais, qui ne jurent que par leurs cheveux roux et leur mâchoire carrée. Regarde les Italiens, qui commencent à former une sous-culture criminelle et à imposer leur loi. Regarde même les Antillais qui méprisent les Noirs quelquefois plus farouchement que le font même les Blancs, simplement parce qu'ils ont la peau plus pâle et qu'ils ont eu accès à une meilleure éducation. Je ne te parle même pas des Chinois qui vivent entre eux et qui manigancent en douce. Qui sait ce qui se trame dans leur tête! Et je ne te parle pas non plus des aliénations religieuses qui recourent à la condamnation bien plus facilement qu'au pardon, quoi qu'elles prétendent. J'en ai plus qu'assez de ces attitudes d'exclusion, de ces anathèmes incessants, de ces comportements tribaux dignes des clans paléolithiques, de ces rejets de tout ce qui ne correspond pas à une liste d'attributs pré-établis. La guerre a provoqué des flux migratoires comme jamais dans l'histoire. Au lieu de saisir cette chance et de favoriser la bonne intelligence des différences, chacun en profite pour la foutre à la gueule du voisin. Au lieu d'accueillir ces immigrants à bras ouverts, on les stigmatise et on les rejette comme des intrus. Et on les traite ensuite d'ingrats s'ils se rebiffent. Tu verras, six millions de morts n'auront pas suffi. Je te prédis une autre guerre encore plus meurtrière, pour les mêmes raisons racistes et haineuses que nous connaissons depuis toujours. Rien ne changera jamais, j'en ai peur. »

Willie a pris une pause pour mieux repartir. Sa gorgée de bière l'a fait grimacer.

« Et tu veux que je te dise? Si jamais les Noirs parviennent à développer une communauté d'intérêts, ce ne sera que pour mieux afficher un racisme à l'envers et la même étroitesse d'esprit. Le ressentiment des Noirs est fort, j'en conviens, sans même parler de la pente à remonter qui s'étire sans qu'on en voie la fin. Perspective décourageante quand on s'y arrête. Mais j'aimerais passer à autre chose. J'aimerais sentir que je puis simplement cultiver ma vie comme je l'entends et ne plus avoir à me soucier de la préserver des coups dans le dos, peu importe la couleur de ma peau. »

Ayant conclu son épanchement, si rare, lui qui préfère toujours ne rien laisser paraître de ses débordements intérieurs, Willie a retrouvé sa jovialité coutumière, forçant même la note comme pour mieux oublier qu'il s'était laissé aller à ce qu'il appellerait un aveu de faiblesse. J'ai commandé deux autres bières, et nous avons fait en sorte que la soirée se termine sur une bonne note. Mais les paroles de Willie vibrent encore douloureusement à mes oreilles. J'ai bien peur qu'il se passe des événements graves dans sa vie pour qu'il s'abandonne à un découragement si prononcé.

Pour le reste, rien de bien nouveau. J'enchaîne les concerts les uns après les autres sans qu'aucune nouveauté notable ne vienne diversifier le défilé des jours. Je dois plutôt continuer à prendre garde. Certains soirs, je suis copieusement hué. Des auditeurs semblent ne venir que dans le but de me faire un vilain parti. Ils me conspuent à coups de « sale nègre » et de « on aura ta peau d'enfant de pute ». Heureusement, à ce jour, rien de véritablement fâcheux ne m'est arrivé, mais je suis contraint à une vigilance de tous les instants.

Ce soir je m'ennuie. Je baigne dans un silence total, mis à part le murmure de ma plume sur les feuilles du cahier. Il m'arrive peu souvent de n'entendre aucun son. À New York, la rumeur est permanente et je réalise à quel point elle nourrit mes sens. Le son constitue une nécessité pour moi, non pas que je craigne le silence, comme tant de gens qui l'associent, pour d'obscures raisons, à la mort et à la désolation. Non, si je rejette le silence, malgré l'étrange densité qu'il occupe dans certaines situations, malgré le répit qu'il offre aux tensions du surmenage et des bruits trop intenses, c'est qu'une trame sonore, ponctuée de bruits familiers, de signaux rassurants, d'indices utiles et d'évocations innombrables, me procure un délassement sans pareil, bien davantage que la contemplation de n'importe quel paysage visuel. Le dynamisme du déroulement sonore contraste avec la lente et ennuyeuse évolution d'une image au gré des heures. La succession ininterrompue d'êtres sonores aux visages multiples renouvelle la perception et tient mon intérêt aux aguets. J'en retire un incroyable réconfort, baume précieux qui compense pour les heures trop longues où je suis séparé d'un piano.

J'attends des nouvelles d'un certain Keith Smith pour un récital où je ne jouerais que des œuvres de compositeurs noirs. Un récital à Harlem où tous seraient bienvenus, autant les Noirs que les Blancs. Je suis pressé d'en arriver au jour où seule la musique que j'interpréterai entrera en considération dans leur accueil et leur appréciation.

6 AOÛT 1919

Changement de programme totalement imprévu! Je relis les dernières notes de mon journal. Encore au printemps, j'espérais un automne chargé, rempli d'engagements, avec un nouveau programme dédié à des compositeurs noirs. J'anticipais une nouvelle tournée dans des villes où je ne m'étais pas encore produit et où pour une fois une certaine curiosité se manifeste envers moi à en juger par mes premiers contacts. Ma rencontre avec Keith Smith s'est avérée d'ailleurs prometteuse. Il m'a même remis deux nouvelles partitions, ce qui me fait environ une heure de musique pour mon programme noir, et il m'a offert ses encouragements spontanés ainsi que son assistance. Sans compter les arrangements pour un récital à Harlem que je mène à bon train, malgré une série inépuisable de pépins et de tracasseries en tout genre.

Mais voilà que le hasard se pointe en jouant des coudes et qu'il me faut radicalement réviser tous mes plans. Je suis partagé entre la décevante nécessité de mettre entre parenthèses tout ce que j'ai entrepris et l'incroyable chance qui me tend les bras. Mon humeur en liesse ne laisse cependant aucun doute sur le côté où penche le balancier de ma décision.

Tout a commencé par une affiche remarquée à la gare et qui annonçait un prochain récital au Carnegie Hall de Sergueï Rachmaninov. Je n'avais entendu aucune mention de lui depuis notre rencontre chez A'Lelia Walker, ce qui ne m'a pas empêché d'éplucher dans les moindres détails la partition de son *Deuxième Concerto*. Je la connais maintenant par cœur, au point de prétendre pouvoir l'interpréter aussi bien que le compositeur lui-même!

N'empêche, dès que j'ai vu l'affiche, je n'ai pas eu d'autres ambitions que d'assister à ce concert, ayant encore en tête la grâce prodigieuse de son jeu au piano. Seulement, Carnegie Hall refuse l'accès aux Noirs, sauf cas exceptionnels. La seule possibilité que j'entrevoyais était un laissez-passer délivré par Rachmaninov lui-même. Mais où le joindre?

J'ai donc commencé à arpenter la Cinquante-Septième Rue et les alentours du Carnegie Hall, vénérable bâtiment en pierre où je rêve de prendre place pour écouter les plus grands interprètes. Je n'avais aucune idée de la manière de m'y prendre, aucune stratégie, rien. Je suivais mon instinct, souhaitant peut-être une rencontre fortuite avec quelqu'un qui accepterait de me mettre en contact avec Rachmaninov, sans doute en train de répéter le programme qu'il allait livrer le soir même. Optimisme bien risible. Je piétinais devant les portes, indécis, sachant qu'il était inutile que je les franchisse. Le sbire stationné à l'entrée, surveillant d'un œil intransigeant les allées et venues, ne me laissait aucun doute sur l'issue d'une initiative aussi hardie. Mû alors par une impulsion subite, j'ai eu l'idée de faire le tour de l'institution dans le vague espoir de dénicher un autre accès. J'en profitais pour admirer la beauté des sculptures décoratives, quand une discussion animée a attiré mon attention. À une vingtaine de pieds devant moi, trois personnes venaient de surgir d'une porte latérale et parlementaient sans concessions.

« Moi dire à vous, moi impossible jouer! Pas clair?

— Vous avez un contrat et il faut l'honorer!

— Ce soir, seulement. Après, repos! »

J'écarquillais les yeux pour m'assurer d'avoir bien vu. Il s'agissait de Rachmaninov en personne, d'une humeur apparemment exécrable. Il martelait son point de vue sans démordre. Intimidé, je m'approchais doucement, cherchant une occasion d'attirer son attention, tout en prêtant une oreille indiscrète à l'échange de propos. À ce moment, Rachmaninov, excédé, a détourné la tête, et son regard a croisé le mien. Je l'ai salué d'un bref signe de la main en lui souriant à pleines dents. Mais Rachmaninov n'a pas eu la moindre réaction. Il continuait pourtant de me fixer des yeux, avec une concentration embarrassante. Je pensais qu'il cherchait à me replacer dans ses souvenirs. À côté de lui, la discussion se poursuivait à grands renforts de gestes brusques et de mots acérés. Tout à coup, sans avertissement, Rachmaninov s'est tourné vers les deux autres et les a interrompus dans leur élan.

« Vous, silence! Moi avoir solution! »

Puis, tendant le bras vers moi, il m'a invité à approcher.

« Vous, venir, Harry! »

Et sans plus de façon, fier de sa trouvaille tandis que je rougissais de confusion, il m'a présenté comme son remplaçant! Les deux individus, que j'ai compris par la suite qu'ils étaient son agent et un représentant de l'orchestre de Cleveland, se sont observés du coin de l'œil avec le regard entendu de ceux qui doutent de la santé mentale de leur voisin. Rachmaninov arborait son plus grand sourire, comme libéré d'un souci. Pour lui, la solution définitive venait d'être trouvée. Son agent, hésitant, s'est objecté de manière prudente.

« Sergueï, vous n'y pensez pas. Personne ne connaît ce monsieur. Il ne saurait d'aucune manière remplacer une vedette attendue telle que vous. »

Et l'imprésario de Cleveland d'ajouter un argument qui, curieusement, devait faire pencher la balance dans une tout autre direction que celle qu'il anticipait :

« Et en plus, c'est un nègre! »

Rachmaninov a alors littéralement explosé de colère. Il s'est lancé dans une longue diatribe, fustigeant le racisme crasse dont il ne cesse d'être témoin depuis son arrivée aux États-Unis, ponctuant son indignation à coups d'index dans le thorax de sa victime, qui ne savait plus comment endiguer ce flot de rage. Rachmaninov a commencé à raconter comment il avait été témoin de familles décimées en Russie, soit en raison de leurs origines juives, soit en raison de leur statut social. Il argumentait que tout réflexe d'exclusion ne relevait que de l'aberration la plus absurde, qu'à n'importe quel moment de l'histoire, il était possible de démontrer qu'un groupe donné pouvait toujours finir par faire l'objet de persécutions, et que rien n'indiquait que les Blancs, qui aujourd'hui assassinaient les Noirs à cause de la couleur de leur peau, ne connaîtraient pas un jour un sort tout aussi funeste et pour des motifs tout autant méprisables. Et de conclure :

« Sache, monsieur, que nous tous, toujours Noirs de quelqu'un! »

Voilà en résumé ce que j'ai retenu de cette sortie furieuse. J'ai compris que Rachmaninov, échaudé par la misère qui l'avait contraint à fuir son pays, cherchait à réfuter les arguments fielleux du racisme en démontrant que rien n'est plus fragile que la position dominante sur laquelle un groupe d'individus s'appuie pour justifier les persécutions commises envers les minorités. Et qu'un jour, il se pourrait bien que cette position soit renversée et que ce soit au tour des Blancs d'être soudainement confrontés à l'intolérance et au fanatisme.

Essoufflé, Rachmaninov s'est tu enfin, au grand soulagement des deux types qui l'accompagnaient. J'avais instinctivement reculé de quelques pas, cherchant un prétexte pour m'éclipser en douce, peu confortable dans le rôle de détonateur. Mais j'ai été entraîné avant d'avoir le temps de réagir.

« Que proposez-vous, alors, Sergueï?

— Vous, tous, venir. Nous, entrer. Lui, montrer vous grand pianiste. »

Et sans autre forme de procès, Rachmaninov m'a saisi par le bras et m'a entraîné d'autorité dans le bâtiment, sourd aux protestations timides qui tentaient de lui faire entendre raison et de réfréner ses ardeurs. Je me laissais faire, toujours éberlué de ce qui m'arrivait, toujours incertain de ce qui était en train de se tramer sur mon dos. Avant même d'avoir pu me ressaisir, je me retrouvais catapulté sur la scène du Carnegie Hall, assis devant un extraordinaire Steinway! Rachmaninov est descendu de scène et a invité ses deux acolytes à prendre place dans la salle. Quelques employés, attirés par le tapage de Rachmaninov, en ont fait autant. Je regardais la somptueuse et immense salle vide, le souffle coupé, cherchant à saisir la réalité de cette vision. J'allais jouer sur la scène de Carnegie Hall, une des plus prestigieuses du monde, devant une dizaine d'auditeurs, dont un des plus illustres compositeurs et interprètes de notre époque! Intérieurement, je me suis mis à rigoler devant cette situation si extravagante. Peu importait le processus déchaîné dans lequel je venais d'être embarqué, j'avais une merveilleuse occasion de m'entendre jouer sur un piano de qualité unique dans une salle à l'acoustique exceptionnelle. Et puis, quel défi formidable que celui de convaincre les sceptiques aveuglés par leurs préjugés!

« Allez, Harry, *Deuxième Concerto* à moi! »

Et c'est parti. Encouragé par le signal de Rachmaninov, je me suis brièvement concentré et, comme chaque fois que je suis jeté dans une arène où l'erreur ne m'est pas permise, j'ai accédé à un niveau d'intensité et d'application qui transcendait mes capacités normales. Comme si une entité supérieure prenait possession de moi et me guidait dans toutes les phases d'une exécution irréprochable. J'ai joué à la suite les trois mouvements du *Concerto*, indifférent au contexte tendu et au cadre prestigieux, uniquement absorbé par la musique, profondément sensible à l'inégalable plénitude sonore du lieu et de l'instrument.

Quand j'ai enfin émergé, le poids de l'effort sur les épaules, un silence total régnait dans la salle. Tout en récupérant, je tentais de bouger le moins possible, ne voulant pas compromettre les mécanismes en cours, dont je pouvais pratiquement entendre les rouages grincer depuis ma position. L'intuition me claironnait que dans les quelques secondes à venir allait se jouer un événement décisif. Anxieux et excité, j'attendais le verdict. Des murmures sont venus rompre le silence. Je regardais obstinément le clavier, toujours animé par le désir d'en faire résonner les touches. Mais je ne faisais rien. Et puis, enfin, le dénouement a annoncé ses couleurs.

« Bon, peut-être. Ce type a déjà vu un piano dans sa vie. Mais comment faire gober au public que le Rachmaninov invité ne sera pas au rendez-vous? »

Depuis ce moment, je n'ai qu'à suivre le courant, curieux témoin des opérations qui semblent se dérouler indépendamment de moi alors que j'en constitue l'élément principal. Je ressens la curieuse impression d'être un pur objet dénué d'autonomie propre, ballotté au gré des épreuves de force et des courants d'influence. J'ai fini par comprendre que Serguéï Rachmaninov, l'incomparable pianiste, commence à souffrir d'une sévère affection d'arthrite aux mains et qu'il se voit contraint d'espacer ses apparitions publiques. Il a donc dû annuler l'engagement de Cleveland alors que tous les arrangements avaient déjà été conclus. Or, un hasard inouï m'ayant placé sur sa route, il s'avère que je suis le seul pianiste en mesure de le remplacer dans l'œuvre prévue ce soir-là, le *Deuxième Concerto*, ce que j'ai démontré devant son agent et l'imprésario de l'orchestre de Cleveland à Carnegie Hall. À la suite de ma prestation, Rachmaninov a décidé de se porter garant de moi, faisant valoir qu'autrement le concert devrait être purement et simplement reporté à une date indéterminée. L'imprésario, un certain Mitchell Courtnall, s'arrachait les cheveux, autant à cette perspective ruineuse pour l'orchestre – avec tous les billets déjà vendus, un remboursement est impensable – qu'à celle de devoir imposer un Noir inconnu pour remplacer un artiste de la stature de Rachmaninov.

Voilà une semaine que ces événements se sont produits, et j'ai encore la tête qui bourdonne de tant d'imprévus et de risques. Je suis dans l'attente d'une convocation de la part du directeur de l'orchestre de Cleveland – qui vient d'être fondé, il y a un an à peine –, un certain Branch Rickey, ainsi que du chef attitré, Nikolaï Sokoloff. Rachmaninov connaît bien cet Ukrainien d'origine et m'assure que son soutien est acquis. De toute manière, il n'y a aucun autre choix. La roue est lancée et, comme le conclut si bien Serguéï :

« Toi, devras bien jouer! Toi remplacer grand Rachmaninov! »

Perspective réjouissante...

CLEVELAND POST

29 AOÛT 1919

Rachmaninov se désiste
PAR STEFEN DEWITT

L'orchestre de la ville, par l'intermédiaire de son directeur, Branch Rickey, vient d'émettre un communiqué annonçant le remplacement du virtuose d'origine russe, Sergueï Rachmaninov, par l'Américain noir Harry Button. Il semblerait que monsieur Rachmaninov soit aux prises avec des problèmes de santé qui l'obligent à surseoir à son engagement avec l'orchestre et son chef, Nikolaï Sokoloff, nous privant ainsi d'un événement qui aurait contribué à consolider d'admirable manière la cohésion du jeune ensemble. Au contraire, en nous refilant un inconnu, nègre qui plus est, c'est la fragilité même d'un organisme en début de carrière qui risque d'être percutée. On a beau nous répéter qu'il n'y avait pas d'autres solutions, que l'orchestre ne pouvait préparer en si peu de temps un programme de remplacement et qu'aucun autre pianiste n'était disponible, personne ne pourra se défaire du désagréable sentiment d'être floué. D'ailleurs, la rumeur prétend que plusieurs détenteurs de billets ont demandé le remboursement intégral non seulement de la soirée elle-même, mais de la saison entière! Alors que les nègres ne possèdent même pas le droit de s'asseoir dans les mêmes restaurants que les Blancs, il faudrait obliger les membres d'un orchestre

promis à un brillant avenir à côtoyer un « obscur »
pianiste noir ? « Sombre » perspective, à n'en point
douter. De quoi nourrir des idées « noires »…

Trêve de plaisanteries, il paraîtrait que cet appa-
riement contre nature a reçu l'aval de l'expatrié qui
dirige l'orchestre et qui ne connaît manifestement
rien aux mœurs de ce pays. Nul doute qu'au soir du
7 octobre il en prendra conscience d'une manière
abrupte. Il ne pourra pas prétendre que personne ne
l'avait prévenu, mais malheureusement le tort aura
déjà été causé, j'en ai bien peur.

12 SEPTEMBRE 1919

Le concert de Cleveland aura lieu comme prévu le sept octobre prochain. Mon nom remplace désormais celui de Rachmaninov en tête des affiches qui seront prochainement apposées sur les murs de la ville. J'éprouve une nervosité pétrifiante, comme jamais auparavant. J'ai beau me botter l'humilité en tâchant de me rappeler qu'il ne s'agit pas de régler le sort de la planète, mais simplement de donner un concert, un simple concert, rien n'y fait. Toute mon énergie et mes pensées sont exclusivement accaparées par ces quelques heures dont j'aurai la responsabilité le mois prochain.

Il faut dire que la rencontre avec Branch Rickey n'a rien fait pour réconforter mon état d'esprit. Je suis allé le rencontrer à Cleveland. Les frais du voyage ont été défrayés entièrement, ce qui m'arrangeait bien. En dépit des difficultés du voyage et du temps à trouver un taxi qui me conduise au bureau de monsieur Rickey, j'y étais à l'heure dite. J'avais décidé de laisser mes préjugés et mes appréhensions au vestiaire, comme j'ai progressivement appris à le faire lors de mes tournées. Malgré ces bonnes intentions, l'inquiétude me grugeait. Je voulais réellement que cet engagement se concrétise. Il y allait de mon premier concert avec orchestre et probablement devant le public le plus important à ce jour.

Je me suis annoncé, et on m'a prié de prendre place. Quelques instants plus tard, une secrétaire me demandait de la suivre. Les mains moites de nervosité, je la suivais à pas discrets sur de riches tapis feutrés. Elle m'a fait entrer dans un vaste bureau au bout duquel trônait un individu affublé d'immenses lunettes noires, agité de tics incessants et fumant un cigare long comme le bras. Près de lui se tenait une autre personne, très digne, avec son maintien droit et ses yeux mi-clos, de celles qui ne doutent de rien et qui savent que chaque chose trouve sa place en son temps.

« Ah, monsieur Button! Assieds-toi, assieds-toi! »

Le fauteuil de cuir clouté a émis un gémissement à la mesure de mon anxiété lorsque j'ai posé mon poids dessus. Monsieur Rickey brassait quelques papiers devant lui pour se donner un air occupé, comme tous ces carriéristes qui n'ont que peu de temps à perdre et qui vous estiment béni des dieux chaque fois qu'ils daignent vous adresser la parole. Puis il a levé les yeux vers moi et m'a observé durant quelques secondes. Ses yeux plissés derrière ses énormes lunettes lui dessinaient une allure redoutable. La scène qui a suivi est devenue la plus incongrue de toute ma vie.

« Alors, sale petit nègre de mon cul, on se croit pianiste? On aspire à jouer sur la scène des grands alors que la plus haute élévation à laquelle tu peux aspirer est celle de la branche où les primates dans ton genre passent leur vie? »

Je ne respirais plus. On a beau échafauder des millions de scénarios pour se préparer à une confrontation incertaine, la réalité s'occupe toujours de vous flanquer au visage un déroulement totalement imprévu! J'étais littéralement scié, incapable de réagir, tant la signification de cette scène refusait de s'inscrire dans mon système de compréhension. Et non encore content de son petit effet, monsieur Rickey en a rajouté :

« Minable crétin de nègre, pourquoi tu retournes pas à tes tam-tam? On n'a aucun besoin de fils de pute puants ici! Surtout pas pour jouer une musique véritable que vos sales mains ne savent que dénaturer et dégrader! Je me fais bien comprendre? »

Il hurlait. Il s'était même légèrement redressé pour se faire encore plus menaçant. L'autre type, toujours debout, conservait un visage impassible, aucunement surpris du numéro auquel il assistait. Il semblait simplement attendre que la comédie se termine. Comédie, car, malgré mon indignation, de tels propos m'apparaissaient tellement outranciers que je ne parvenais pas à complètement les prendre au sérieux. Je bénis aujourd'hui mon orgueil blindé contre la bêtise, grâce auquel j'ai pu me donner une contenance. Monsieur Rickey guettait mes réactions. J'ai soutenu son regard sans ciller et j'ai tranquillement posé une question :

« Si je comprends bien, vous ne me croyez même pas assez intelligent pour répondre à ça? »

Monsieur Rickey s'est détendu et a esquissé un sourire narquois. Je ne suis pas prêt d'oublier sa répartie.

« Au contraire, je te crois *trop* intelligent pour répondre à ça! »

Il paraissait fier de son coup. Il y avait de quoi. J'étais complètement éberlué. Sans me laisser le temps de revenir de ma surprise, monsieur Rickey a enchaîné :

« Je te présente monsieur Sokoloff, notre chef d'orchestre. Vous allez travailler ensemble, Harry. Voici ton contrat. Tu le lis et tu signes en bas. »

Je me suis tourné vers le type qui me tendait une énorme main. Il avait délaissé son expression neutre et me gratifiait d'un large sourire. Toujours abasourdi, je lui ai serré la main, puis j'ai lu le contrat, réprimant les tremblements qui m'agitaient. Je n'en croyais pas mes yeux. On me payait les frais de séjour pour la durée du concert et des deux jours de répétition prévus et on me versait un cachet de cent cinquante dollars! Je n'avais jamais été si grassement rétribué. J'essayais de faire le lien entre ce qui venait de se produire et la proposition sous mes yeux, lien en apparence paradoxal. Une hypothèse germait toutefois sous mon crâne. J'ai paraphé le contrat – avec une joie non dissimulée – et je l'ai tendu à monsieur Rickey en l'interrogeant pour sonder ses intentions.

« Voilà, monsieur Rickey. Je suis très heureux, mais dites-moi, ce ne sera pas une partie de plaisir, je me trompe? »

Toujours ces étranges lunettes qui me fixaient. Je marquais un nouveau point, semblait-il. Sans le savoir, je me présentais comme le candidat idéal d'un combat qu'avait entamé monsieur Rickey et qu'il comptait bien mener à terme.

« Tu ne crois pas si bien dire, mon garçon. Nikolaï pourrait t'en dire long sur ses difficultés à se faire admettre par un orchestre de musiciens exclusivement blancs à l'esprit aussi étroit qu'une cervelle de souris. Il a fallu des nerfs solides comme les siens, par-delà son bagage musical exceptionnel, pour finalement parvenir à imposer le respect. Et tout ça pourquoi? Simplement parce qu'il n'est pas né ici! Je me dis que quand l'extrait de naissance a préséance sur les compétences, il y a un réel problème. »

Tout en exposant sa pensée, monsieur Rickey avait sorti une bouteille de bourbon et trois verres qu'il avait remplis à ras bord. J'avais à peine trempé les lèvres dans le mien que monsieur Rickey se resservait déjà une deuxième dose. Je l'écoutais avec toute mon attention.

« Il en va de même pour toi, fiston. Tu vas me faire croire que, parce que t'as la peau de la couleur d'une pelle à charbon, tu ne serais pas capable de pianoter du Chopin? Foutaises, non? En passant, Nikolaï est impatient de t'entendre. Son ami Rachmaninov a fait un éloge de toi particulièrement éloquent. Mais, bon, qu'est-ce que je disais? Foutaises, non? Eh bien, figure-toi que plus de la moitié de cette ville pense que non seulement un Noir au piano jouant du classique est une aberration, mais qu'en plus il s'agit d'une injure impardonnable et d'un scandale sans pareil! Laissez-moi rire! »

Monsieur Rickey respirait à peine entre deux phrases et une gorgée de bourbon. Il n'est pas coutume de rencontrer un Blanc qui s'étouffe de rage devant le sort réservé à tous ceux qui ont eu le malheur de ne pas naître d'une couleur laiteuse sur le sol américain. Mais déjà monsieur Rickey reprenait sur sa lancée.

« Moi, je recherche les meilleurs musiciens, peu importe qu'ils soient nains, unijambistes ou bicéphales! Et je crois qu'il serait temps que d'autres en fassent autant, en particulier ceux qui paient pour assister aux concerts que je m'évertue à leur organiser. Mais la partie ne se jouera pas sans en payer le prix. Ce que tu t'apprêtes à faire, Harry, sera aussi sacrilège que de t'asseoir dans les sièges réservés aux Blancs ou de coucher dans le même hôtel qu'eux; pire : de prendre place à leur table et partager le même repas! Tu vas transgresser des barrières soudées avec du fil barbelé. Et il y aura des écorchures. Seulement, vois-tu, Nikolaï et moi, nous sommes là pour y voir. Nous allons t'épauler de notre mieux, mais il faut ta collaboration pleine et entière. En premier lieu tu devras demeurer impassible, peu importe l'ampleur du séisme que nous allons déclencher. Tu devras rester sourd aux menaces et aux insultes, tout comme tu l'as fait quand je t'ai mis à l'épreuve tantôt. T'embarques? »

Pour toute réponse, je lui ai tendu la main, sans malice, mais curieux de vérifier si monsieur Rickey pouvait passer de la théorie aux actes. Il ne m'a pas déçu en m'offrant une poigne ferme et décidée.

« Bienvenue à bord, fils! »

Il a bien fallu un événement de ce genre pour sortir Willie de sa torpeur des derniers temps. Quand je leur ai raconté l'épisode, à lui et à Mae, il est devenu intarissable.

« Je le savais, mon frère! Je te l'avais dit! Tu vois bien qu'avec un simple piano on peut réaliser de grandes choses et même l'égalité raciale! »

Mae et moi échangions des sourires de connivence. Willie s'enflammait, et de le voir retrouver ainsi la vigueur que nous lui connaissions si bien nous procurait un réconfort indescriptible. Je me laissais propulser par lui aux avant-scènes du combat racial, combat pour une fois pacifique, du moins en ce qui concernait ma partie. Je n'étais pas sans savoir qu'il y avait un risque sérieux que les humeurs dégénèrent et que quelques exaltés finissent même par s'occuper de ma santé. À ce propos, la hantise de mes mains me poursuit sans relâche. Ce n'est pas le moment qu'une mésaventure leur arrive, et je multiplie les précautions les plus inimaginables. Je porte des gants même pour dormir!

«Tu es l'ambassadeur rêvé, Harry. Tu réalises? Tu possèdes le profil pour t'imposer sans forcer. Et pourvu qu'on te laisse la chance de jouer, tu les séduiras du premier au dernier, j'en suis sûr! Ah! Je donnerais cher pour assister à cet événement historique.

— Je n'en suis pas à mon premier concert, tout de même.

— Oui, mais il s'agira du premier en compagnie de Blancs! Ils te feront la vie dure, les salauds, j'en mettrais ma main au feu! Si tu réussis, non seulement tu ouvriras la porte à d'autres musiciens noirs, mais tu laisseras enfin entrevoir le jour où les races de ce pays apprendront enfin à cohabiter sans dissensions.

— J'ai le dos large, mais tu ne trouves pas que t'en mets beaucoup?

— Il faut toujours voir grand, mon frère. Sinon, on se retrouve comme une vermine écrasée sous un talon. »

Après monsieur Rickey, voilà Willie qui fait tout pour me mettre à l'aise. On est en train de faire de moi un symbole de l'émancipation noire. Hier après-midi, un passant croisé dans la rue m'a souhaité bonne chance pour le concert à Cleveland! La rumeur atteint même Harlem! Pas étonnant que je dorme si peu. Car, si je rate mon coup et que je deviens la risée, comment pourrai-je me remettre des déceptions amères que je causerai? Comment pourrai-je surmonter la suffisance des Blancs qui brandiront mon échec comme un porte-étendard?

Encore trois semaines avant de me rendre à Cleveland. Les répétitions m'aideront peut-être à consolider ma confiance. Et à me faire retrouver l'appétit...

EVENING HERALD

1ᴱᴿ OCTOBRE 1919

Inacceptable!
PAR **EARL BRADY**, ÉDITEUR EN CHEF

La rumeur se confirme : dans moins d'une semaine, le jeune et prometteur orchestre de la ville va se mesurer à un pianiste noir – oui, vous avez bien lu : noir! –, non seulement dans un rôle de soliste mais en tant que remplaçant du grand virtuose Sergueï Rachmaninov! Si on avait voulu humilier et détruire les bases sur lesquelles se construit tout orchestre digne de ce nom, on n'aurait pas procédé autrement! Honte! Branch Rickey, le directeur de l'orchestre, a beau crier sur tous les toits que ce Harry Button est un pianiste prodigieux, personne n'acceptera de gober cette couleuvre! Personne n'admettra que notre orchestre soit ravalé au rang d'une fanfare de campagne en se faisant le complice involontaire d'un nègre que personne ne connaît et que personne ne veut connaître! Et quand on pense à l'impact qu'aurait provoqué la venue d'un artiste de la renommée de Rachmaninov et qu'en lieu et place on cède la scène à un dégénéré de race noire dont même le droit à l'existence fait encore l'objet de débats, il y a de quoi être profondément indigné. La sourde colère qui fait trembler les membres de tous ceux qui, outrés comme moi, se sentent bernés n'a jamais été plus justifiée. L'annulation pure et simple de la soirée

348

aurait cent fois mieux valu que l'infamie qu'on s'apprête à nous infliger. Nous exigeons la démission de Branch Rickey! À bas!

CLEVELAND POST

5 OCTOBRE 1919

Gardons la tête haute
PAR JOSH BURNETT

Les dés sont jetés. Dans deux jours, un événement, que d'aucuns considèrent comme ignoble, d'autres comme historique, se tiendra dans la salle du Grays Armory pour le concert de l'orchestre de Cleveland, avec toujours Nicolaï Sokoloff à la direction et Harry Button comme soliste invité. Au programme : le *Deuxième Concerto* de Rachmaninov qui devait pour la circonstance venir en personne interpréter son œuvre la plus connue et qui a malheureusement dû se désister pour des raisons de santé.

Ce qui s'annonçait comme un incontournable de la saison – quelle chance inestimable pour un jeune orchestre d'accueillir un artiste de la trempe du compositeur russe – s'est transformé en une arène de lutte sur l'enjeu de l'intégration des Noirs dans notre société. Le remplaçant de Rachmaninov est en effet un Noir, qui plus est un Noir peu connu et peu expérimenté en tant que pianiste. Du coup, il s'agira à notre connaissance du premier concert tenu dans ce pays où un soliste noir sera accompagné d'un orchestre blanc. À l'heure où les Noirs émergent à peine de l'esclavage et que leurs droits les plus élémentaires subissent des entorses incessantes, à elle seule cette cohabitation musicale suscite des questionnements autant compréhensibles que douloureux. Plusieurs persistent à dénier le droit à l'existence des Noirs. D'autres, au contraire, saluent le courage d'un peuple déraciné et décimé par des siècles d'esclavage et souhaitent leur attribuer une place méritée. Dans ce contexte, la venue de Harry Button comme soliste invité provoque des turbulences qui ébranlent les positions les plus exacerbées. On ne s'étonnera donc pas du débat qui fait actuellement rage et qui atteindra son paroxysme dans deux jours. Si l'orchestre de Cleveland souhaitait faire parler de lui, il peut dire : mission accomplie !

Le plus ironique, c'est que la défection du public – d'abord réticent et opposé à un soliste noir, ce qui a provoqué une vague de demandes de remboursement – a été neutralisée par tous ceux qui se sont précipités pour acheter les billets disponibles et respirer ce parfum de scandale. La soirée soulève à ce point les passions qu'une salle comble accueillera cette première, pour le meilleur ou pour le pire.

Car, il ne faut pas se le cacher, la soirée risque de se dérouler sous des auspices bien éloignés de l'amour désintéressé de la musique. On prétend que monsieur Button est un pianiste d'avenir et que Rachmaninov lui-même chapeaute sa venue en tant que remplaçant.

À ce titre, il mériterait qu'une chance légitime de se faire entendre lui soit accordée. Malheureusement, il semblerait que plusieurs auditeurs se déplaceront uniquement dans le but de lui faire un mauvais parti et de saboter délibérément sa prestation. Ceux-là priveront peut-être une ville comme Cleveland de la chance de se faire valoir aux avant-postes de l'égalité raciale. En effet, ne nous leurrons pas, ne commettons pas cette erreur! Quoi qu'en pensent les fanatiques en tout genre, les signes ne trompent pas. Seule une question de temps empêche les Blancs et les Noirs de se coudoyer dans toutes les sphères. Au même titre que la barbarie de la peine de mort finira indéniablement par être abolie un jour, il en va de même pour l'ostracisme dont sont victimes les Noirs, pourtant concitoyens du même pays que les Blancs qui leur dénient tout droit à la dignité.

Il serait donc déplorable que cette occasion unique se voie reléguée aux poubelles de l'Histoire. Il serait inadmissible que des comportements excessifs et regrettables viennent ternir l'image de notre ville. Gardons par conséquent la tête froide, mais, par-dessus tout, gardons la tête haute. L'Histoire nous surveille!

Je ressens un enthousiasme similaire à celui du condamné en train de gravir les marches de l'échafaud sur
lequel on va lui arracher la tête. Les mains liées derrière le
dos, il ne possède qu'un espoir ténu que son recours en
grâce soit accepté et qu'il recouvre la liberté. Il ne peut
que se tenir droit et attendre le dénouement. Dans
quelques heures, tout sera joué.

L'analogie colle à ma situation dans ses moindres
détails. Même ma vie est en jeu, si les rumeurs et les
menaces dont je fais l'objet depuis mon arrivée se
concrétisent. Monsieur Rickey a beau m'offrir toutes les
assurances, certifier que des agents s'occuperont de me
protéger, me jurer qu'une fouille sera effectuée à l'entrée
pour empêcher des individus armés d'entrer dans la salle,
je me demande pourquoi j'accepte de me prêter à ce
cirque. Passage à vide, sans doute. Je me sens évidemment
tenu vis-à-vis de Sergueï Rachmaninov et j'ai l'obligation de
ne pas le décevoir. Nikolaï Sokoloff m'encourage
également à faire de mon mieux, car sa propre réputation
est en jeu. Et d'ailleurs, les répétitions laissent penser qu'il
n'y a pas lieu de s'en faire. La poigne de fer de Nikolaï sur
l'orchestre m'a permis de m'intégrer, et l'expérience
s'avère incomparable. Quelle incroyable sensation de
percevoir la force de l'orchestre derrière le piano, sous la
houlette d'un chef qui dirige avec brio et qui demeure
attentif à mon jeu, pour le soutenir et le magnifier!

Reste que je crains à juste titre qu'un dément ne
monte sur scène et me tire à bout portant. Ce ne serait
pas la première fois, d'autant plus que mon engagement
dans l'orchestre, même pour un seul soir, secoue la fange
de la haine et de l'intolérance, confirmant les pires
appréhensions de monsieur Rickey.

Je loge dans un hôtel où je suis dans l'obligation
d'entrer et de sortir par une porte dérobée pour que les

autres clients – tous blancs – ne m'aperçoivent pas et ne s'offusquent pas de ma présence. C'est monsieur Rickey qui a fait les arrangements, ne voulant pas que je sois mis à l'écart, en tant « qu'invité » de l'orchestre, dans un de ces bouges où les rares Noirs en vadrouille sont forcés de séjourner. Pourtant, cela aurait peut-être mieux valu. Depuis mon arrivée, il y a deux jours, je ne cesse de raser les murs et de me faire le plus invisible possible. Déjà, à ma descente du train, des regards louches se braquaient sur moi. J'ai rapidement compris qu'on me soupçonnait d'être ce « Button maudit » et qu'il ne fallait pas espérer la bienvenue d'un comité d'accueil. Je me suis immédiatement rendu au bureau de monsieur Rickey qui m'a prévenu des remous provoqués par ma venue et qui m'a mis en garde contre des extrémistes qui « veulent ma peau ». On se demande bien ce qu'ils en feraient, de ma peau, à constater la répulsion qu'elle provoque.

C'est dans cet état d'esprit que je me suis présenté à Nikolaï, après l'installation précautionneuse à l'hôtel. Il m'attendait au Grays Armory, salle modeste malgré les mille deux cents places qu'elle peut accueillir, mais à l'acoustique adéquate. Sa réaction chaleureuse a constitué le premier moment d'accalmie et de soulagement. Seul en sa compagnie, j'ai pu commencer à me détendre, surtout à partir du moment où nous nous sommes mis au travail. J'ai d'abord pris possession du piano, un excellent instrument. Nikolaï m'a demandé de lui jouer au complet le *Deuxième Concerto*. Je ne me suis pas fait prier, tant j'avais besoin de desserrer la cheville de mes nerfs. J'ai attaqué la partition de mémoire et d'un seul élan, soignant mon jeu et ma sonorité, conscient que ce premier contact musical avec le chef d'orchestre devait impérativement se montrer concluant. Ce qu'il a heureusement confirmé dès le dernier accord.

« Superbe, Harry! Sergueï ne tarissait pas d'éloges à votre endroit, et je comprends pourquoi. Reste à mettre en place la partie orchestrale. »

Nikolaï Sokoloff parle un excellent anglais, beaucoup moins hésitant que celui de son compatriote Rachmaninov. Nous avons immédiatement attaqué la partition d'orchestre. C'était la première fois que je procédais à un tel exercice. J'étais subjugué par la maîtrise de Nikolaï de la moindre indication sur la partition et de sa conception musicale.

« Ici, la clarinette renforce l'accord de septième diminué, vous voyez? Il faudra ajuster très précisément ce passage avec les violoncelles et le piano pour respecter la tonalité sombre et dramatique. »

La cadence finale de l'œuvre est arrivée sans que je voie les heures passer. La première répétition avec l'orchestre était prévue pour le lendemain, et nous pouvions conclure une journée de travail bien remplie.

« Je crois que nous sommes prêts pour demain, à part deux ou trois détails dont j'aimerais m'entretenir avec vous. Venez donc souper chez moi. Anna, ma femme, nous attend. »

Je retrouvais chez Nikolaï un peu de cette humanité européenne que j'avais déjà connue avec Alfred Cortot. J'ai accepté avec grand plaisir son invitation qui ne pouvait mieux tomber. J'étais affamé et heureux d'échapper à la tension palpable dans la ville et à l'hôtel. J'en ai glissé un mot à Nikolaï, désireux de sonder son opinion, tandis que nous nous rendions chez lui, à pied et par de petites rues éloignées des aires plus achalandées.

« À vrai dire, Harry, je ne sais pas trop à quoi m'attendre. Les musiciens font bien évidemment la moue à l'idée d'accompagner un Noir, mais je n'irais pas jusqu'à dire qu'ils sont hostiles. Les journaux se sont emparés de l'affaire. Certains prônent heureusement la modération. Là comme ailleurs, il faudra donner notre maximum et espérer le mieux. »

Il a pris un instant de réflexion avant de poursuivre.

« Vous n'êtes pas sans me rappeler mes premiers pas dans cette ville. Plusieurs candidats, Américains de souche, lorgnaient le poste que j'occupe. Heureusement, je possède une autorité naturelle qui a fini par imposer ma nomination. Et dès que j'ai été en mesure de faire la preuve de mes compétences, les affrontements se sont tassés. Mais il m'arrive encore de m'interroger sur cet esprit grégaire qui rejette tout élément extérieur comme la dernière plaie d'Égypte. J'imagine que nous avons affaire, vous et moi, à des sortes de consanguins dégénérés qui ne sont plus en mesure d'exercer un jugement critique constructif. Malheureusement, ils détiennent encore les rênes du pouvoir et de l'argent. Pas facile d'y échapper. »

Anna m'a fait un accueil souriant. Une femme magnifique aux yeux d'un bleu profond et dotée d'une stature solide qu'il ne doit pas être facile de renverser. Le repas, bien que déconcertant, fut à la hauteur de mes espérances de chaleur et de cordialité. Une curieuse soupe de betteraves et des boulettes de poisson frites, le tout abondamment arrosé d'une boisson décapante nommée vodka, m'a procuré un réconfort sans pareil. Nous avons échangé sur nos expériences respectives de déracinement. Anna s'estimait heureuse à Cleveland. Elle avait fini par forcer un cercle d'amies et ne souffrait plus de solitude comme à ses premières années.

« Je dirais même aujourd'hui qu'un pays de naissance ne possède aucune importance fondamentale. Les valeurs que nous y avons acquises ne constituent qu'une pâte malléable qu'il est toujours possible d'enrichir et de transformer dans les pays d'accueil. Rien d'essentiel tant qu'il est possible de s'intégrer jusqu'à un point donné. C'est ainsi que j'aime me considérer, une citoyenne du monde à l'aise n'importe où, sans racines inutiles qui vous rivent au sol et vous empêchent de bouger et d'avancer. »

Au retour, la vue voilée par l'abus de vodka, l'estomac distendu au point de rupture, j'ai admiré durant quelques minutes les feux de circulation électriques, les premiers à avoir été installés en Amérique du Nord. Fascinant spec-

355

tacle d'observer le ballet des automobiles sous la commande de ces témoins rouges, jaunes et verts. Une fois parvenu à ma chambre, après m'être assuré que personne ne me voyait entrer, je me suis lavé et, en effleurant l'oreiller, j'ai sombré dans un sommeil réparateur.

La nervosité, arrimée solidement grâce à la charmante soirée chez les Sokoloff, me regagnait à toute vitesse à l'idée de rencontrer l'orchestre ce matin. Anxieux, je suis arrivé tôt. Le cœur battant, la respiration courte, j'ai pénétré sur la scène où une dizaine de musiciens s'affairaient déjà à accorder leur instrument.

« Bonjour à tous! »

Mon salut a fait autant d'effet qu'un seau d'eau glacée versé sur chacune des têtes. Personne n'a évidemment pris le soin de me répondre. Seul un contrebassiste a tiré un long coup d'archet sur une corde, imitant un son railleur qui a provoqué les ricanements de ses collègues. Sans attendre, j'ai pris place au piano et j'ai immédiatement attaqué, manière de me changer les idées, un *Nocturne* de Chopin. Bonne idée en soi, car les ricanements ont cessé. Les autres musiciens faisaient tranquillement leur arrivée. Chacun s'installait et procédait à la préparation de son instrument. Personne n'émettait de commentaires désobligeants à mon endroit. À ce moment, je croyais la partie gagnée, mais j'étais impatient que Nikolaï arrive. Au fond de la salle, j'ai cru apercevoir monsieur Rickey qui nous observait discrètement, tapi dans un coin à l'ombre. Et puis, enfin, Nikolaï a fait son apparition, à mon grand soulagement.

« Messieurs, un peu de silence, s'il vous plaît. »

Il s'est placé devant les musiciens, les toisant sévèrement. Il cherchait à s'assurer qu'aucun élément perturbateur ne viendrait gâcher les répétitions. Puis, il a voulu faire les présentations.

« Je crois que vous avez déjà fait connaissance avec monsieur Harry...

— Monsieur Sokoloff! »

Nous nous sommes tous tournés vers la voix qui avait osé interrompre le chef. Un grand gaillard, trombone à la main, s'était levé et affrontait directement Nikolaï.

« Moi et d'autres musiciens, nous refusons de jouer en compagnie d'un nègre! »

Ça y est, mes maigres espérances s'envolaient en fumée. Il allait falloir en découdre. Je redoutais une attaque sur le flanc de la part du public, mais j'escomptais être épargné du côté des musiciens. Hélas, il semble nécessaire de se blinder dans toutes les directions. Conformément aux instructions formelles de monsieur Rickey, instructions qu'il avait bien pris soin de me remettre en mémoire, je suis prudemment demeuré assis à mon piano, me contentant de jeter un œil en biais vers Nikolaï. Il était devenu écarlate. On le mettait ouvertement au défi. Les manières de répondre se bousculaient dans sa tête, de la crise de rage au flegme en passant par la dérision ou la menace. Finalement, il a opté pour la sagesse.

« Cher ami, d'autres prendront le relais. Si vous ne voulez pas jouer, rien ne vous y oblige. Par contre, il nous faudra considérer cette décision comme un bris de contrat, avec les conséquences qui en découlent. »

Mais cette contre-attaque était prévue. À ce moment, une douzaine de musiciens se sont levés et ont fait savoir qu'ils appuyaient leur collègue. La situation devenait tendue. Si trop de musiciens faisaient défection, que resterait-il de l'orchestre? Les contestataires tablaient sur le fait qu'ils ne pourraient pas tous être congédiés sans risquer de mettre en péril l'existence même de l'orchestre et la saison de concert en cours. Déstabilisé, mais sans trop le laisser paraître, Nikolaï a haussé le ton :

« Mais, enfin! Qu'est-ce que ça peut bien vous faire qu'il soit un Noir? »

Le tromboniste a repris la parole :

« Ça ne se fait pas. Si on ouvre la porte aux nègres, il

357

ne restera plus assez de postes pour tous ceux qui aspirent à devenir musiciens. »

Toujours ce même moteur du racisme : la crainte de se voir supplanté dans ses privilèges, ce qui mène à l'éjection simplificatrice et brutale des différences, même aussi peu significatives que la couleur de la peau. Je brûlais de venir à la rescousse de Nikolaï qui devait se sentir bien seul pour affronter une opposition aussi décidée qu'inattendue. Mais il en avait vu d'autres. Il a rapidement retrouvé sa contenance et a mis fin à la mutinerie en jouant sur la fibre patriotique, pierre angulaire de la mentalité américaine.

« J'ai assisté à des massacres et à des mises à mort de paysans par les soldats du tsar. J'ai vu de mes yeux des Arméniens être froidement assassinés et leur peuple, quasiment exterminé. J'ai été témoin des persécutions infligées aux juifs. Quand j'ai décidé de venir ici, c'était sous la promesse d'une terre de liberté et de tolérance. Et que vois-je? Des individus qui se prétendent artistes au service de la beauté rejetant la simple idée d'accueillir un Noir parmi eux? Est-ce là le pays qu'on m'avait fait miroiter? Faites en sorte, je vous prie, de briser ce mauvais reflet! »

Des murmures embarrassés ont accueilli les propos vibrants, presque grandiloquents, de Nikolaï. Quelques musiciens ont même applaudi. Le tromboniste a eu l'intelligence de comprendre que la partie était perdue, du moins pour l'instant, et il s'est rassis sans répliquer. En réalité, son air vicieux n'augurait rien de bon. Mais à ce moment, Nikolaï avait réussi à rallier les troupes. Le travail de répétition a pu s'amorcer.

Je dois admettre que la dimension orchestrale rend véritablement justice à la partition du piano. Jusqu'à aujourd'hui, je n'avais entendu que la partie soliste, en particulier celle que Rachmaninov avait interprétée chez madame Walker. Aussi, une fois les premières tensions remisées au placard, le travail d'ensemble avait de quoi me transporter de bonheur. Je pouvais en même temps admirer l'extraordinaire métier de Nikolaï qui savait harmoniser les instruments avec une perfection inouïe. Sous sa baguette, j'avais l'impression d'avoir toujours joué avec orchestre. Nous nous interrompions pour une remarque ou pour un ajustement instrumental. Quelquefois, il nous livrait ses intentions, toujours d'une pertinence remarquable.

« Harry, je voudrais un peu plus de retenue de la mesure 156 à 167. Il faut laisser ressortir le trait de flûte avant de recéder la parole au piano. Vous me suivez? Max? Tu as compris? Essaie seul la partie de flûte. »

L'œuvre prenait corps, et le résultat comblait mes attentes les plus inespérées. N'eût été de la froideur des musiciens qui m'ignoraient aussi ostensiblement qu'un cafard et qui affichaient un mépris rigide, j'aurais considéré cette expérience musicale comme une des plus stimulantes de ma vie. À la fin de la journée, les musiciens ont remballé leur instrument et se sont éclipsés rapidement. Nikolaï a dû en faire autant. Il était attendu je ne sais où. Ce soir, je me retrouvais seul.

Un peu indécis, mais rassasié de musique, j'ai quitté à mon tour la salle de concert. Avant d'ouvrir la porte, j'ai juste eu le temps d'apercevoir une dizaine d'individus qui marchaient de long en large avec des pancartes à la main et qui scandaient des slogans rageurs.

« À bas les nègres! Dehors! Ne laissons pas les sales négros envahir nos salles de concert! »

Et différentes amabilités du genre. J'ai éprouvé une brusque poussée de tristesse qui a anéanti l'euphorie que je ressentais après la répétition et qui m'avait fait oublier le contexte chargé de ma venue à Cleveland. Je n'étais pas le bienvenu. Toutes mes appréhensions, momentanément occultées, ont rappliqué au pas de charge. Ma confiance, si laborieusement construite, s'est désintégrée à vue d'œil. J'ai regagné mon hôtel en catimini, n'osant plus sortir, pas même pour chercher de quoi me nourrir. J'ai l'appétit coupé de toute manière. Et pour passer le temps et évacuer tant bien que mal mon angoisse, je rédige ces lignes dans mon journal, espérant y puiser un réconfort ou une lumière qui me guidera pour l'épreuve qui m'attend demain soir.

CLEVELAND POST

8 OCTOBRE 1919

Chahut au Grays Armory
PAR STEFEN DEWITT

Il n'y a pas eu de lynchage, il n'y a pas eu d'émeute, il n'y a pas eu d'actes de vandalisme ou de déprédations. Il y a même eu un concert! Enfin, si on peut appeler concert cette manifestation tapageuse qui faisait une part égale entre les instruments de musique et l'insurrection du public. Dans les circonstances, il est quand même possible de considérer que les appels au calme l'ont emporté sur les incitations à la violence de la part de quelques esprits dévoyés. Par contre, pour l'événement musical initialement convenu avec le compositeur et pianiste russe Serguéï Rachmaninov, il faudra repasser. Regrettable. Le chahut quasi indescriptible d'hier soir n'a pas permis le régal musical escompté, ni même l'appréciation d'un talent promis, celui de Harry Button, présenté comme un remplaçant digne de Rachmaninov.

Il était pourtant clair dès le départ que la soirée était vouée à l'échec. Dès l'entrée dans la salle où un service d'ordre s'assurait qu'aucune arme ne soit introduite dans l'enceinte, plusieurs auditeurs exprimaient bruyamment leur opposition à la présence d'un Noir sur la scène. Le paroxysme a été atteint lorsque le chef Nikolaï, indifférent au soulèvement, a fait son entrée, accompagné du pianiste qui se tordait les mains de nervosité. À ce moment, les huées et les sifflets ont redoublé d'intensité, tandis que les applaudissements et les cris de soutien tentaient de museler l'opposition en signe de solidarité.

Toujours bravache, le chef s'est tourné vers le public, attendant l'accalmie pour prendre la parole. Pendant ce temps, Harry Button avait pris place au piano et fixait le clavier avec intensité. Puis, dès le premier signe d'apaisement, Nikolaï Sokoloff a prononcé quelques mots.

« Mesdames, messieurs, au programme ce soir : le magnifique *Deuxième Concerto* de mon compatriote Sergueï Rachmaninov. Que cet événement musical devienne une fête! »

Et sans plus tarder, le chef a attaqué la partition, sourd aux slogans vindicatifs autant qu'aux encouragements fiévreux qui continuaient de s'en donner à cœur joie. Je vous fais grâce du reste, naufrage dans la confusion, certains musiciens se mêlant de la cause et cherchant à saboter délibérément les efforts du chef pour maintenir un simulacre de concert.

Situation déplorable au demeurant. Avant de sombrer dans l'indifférence et dans l'oubli d'ici quelques années, ce concert présenté comme un symbole de l'émancipation noire n'aura été qu'un pétard mouillé. Impossible en effet d'apprécier le jeu de l'interprète, enfoui dans une cacophonie où personne ne pouvait se faire justice. Saluons tout de même le courage de Harry Button qui aura su tenir sa position avec dignité. Pour la prestation musicale proprement dite, les véritables auditeurs devront demeurer sur leur faim, le temps que les mentalités progressent et sachent admettre l'évolution, ce qui devrait prendre encore quelques décennies de bêtise et d'arrogance.

18 OCTOBRE 1919

Bien sûr, Willie était impatient que je lui raconte le détail de mon concert. Il avait réuni quelques amis chez lui, dont Louis et Palmer Hayden que je lui ai présentés dernièrement. Mais je me suis contenté d'un résumé dans les grandes lignes, les laissant ensuite débattre entre eux, peu désireux de revenir sur un pseudo-événement qui avait pris des dimensions alarmantes avant de se dégonfler piteusement. Avec le recul d'une dizaine de jours, j'ai encore peine à croire que les passions se soient déchaînées à ce point, pour retomber ensuite complètement à plat. Je m'interroge sur ces moteurs humains de la rage, de l'indignation, de la colère. Je ne comprends pas comment ils peuvent être si faciles à déclencher, comment ils peuvent être si lourds de menaces et d'intimidation, et surtout comment on les laisse occuper toutes les pensées lorsque l'on constate, une fois la tension retombée, à quel point ils ne signifiaient que d'inoffensifs jeux de gueule.

Rétrospectivement, je m'en veux d'avoir cédé à l'inquiétude. Mais comment résister à toute cette mise en scène qui faisait même de moi un symbole racial? J'aurais pourtant dû savoir que personne n'a autant d'importance et que si j'ai servi de rôle principal dans une pièce écrite par les autres, je n'avais pas pour autant à en endosser toutes les répliques. Je n'irais pas jusqu'à dire que j'en conserve un goût amer. Cette lamentable soirée sera bien vite oubliée. Non, je regrette surtout pour Rachmaninov qui éructait de rage quand il a appris ce qui s'était passé, ce torpillage intentionnel de son œuvre la plus chère. Gaspillage en pure perte puisque rien de concret n'émergera, hormis un court compte rendu dans le journal, chacun ayant depuis regagné le confort de son indifférence après s'être livré à un excitant acoquinement de circonstance, petit hochet agité pour distraire l'ennui bourgeois de ces vies momifiées. Quoi qu'y ait vu monsieur Rickey, lorsqu'il s'imaginait faire sauter les barrières raciales, toute cette farce n'aura servi qu'à soulever un peu de poussière et à gâcher un moment musical exceptionnel.

Je revois encore la mine déconfite de Nikolaï après le concert. Je pouvais sentir la désillusion l'envahir, les digues grandes ouvertes. Lui qui s'imaginait avoir trouvé une terre d'accueil où il pourrait enfin s'adonner à son art, il se voyait là comme ailleurs confronté à l'ânerie humaine. Dur coup pour lui, bien davantage que pour moi. Vivre noir aux États-Unis, c'est prendre quotidiennement conscience des limites étroites de l'indulgence et de l'ouverture d'esprit. Mais pour lui cela représentait la dénégation de ses valeurs et un retour à la case départ, lui qui avait fui les troubles de son pays pour justement échapper à l'engeance des esprits bornés. J'ai eu beau tenter de lui remonter le moral, la déception était gravée sur son visage, et j'avais mal de le voir aussi atterré.

Lorsque j'ai quitté Cleveland, après être allé saluer monsieur Rickey qui ne savait plus quoi penser, la ville semblait être retombée dans sa torpeur routinière, alors que, la veille encore, elle était traversée de tourbillons qui semblaient ne jamais devoir s'apaiser. La force de l'inertie a une fois de plus prouvé sa puissance.

J'ai repris le train pour revenir à New York, avec pour seule préoccupation d'oublier le plus rapidement possible la décevante soirée de la veille. La tension nerveuse entièrement relâchée, je ne ressentais plus qu'une immense lassitude, un état d'abattement qui a nécessité le secours de plusieurs jours de répit avant de céder progressivement la place à de meilleures dispositions.

J'ai eu des relents de rancœur devant le coup bas du tromboniste qui s'était prêté de mauvaise foi aux répétitions, mais qui ne perdait rien pour attendre. Lui et ses complices ont patienté jusqu'au début du concert pour se démasquer. Ils jouaient volontairement faux, le plus fort qu'ils le pouvaient, semant la discorde sonore dans l'orchestre et surtout chez Nikolaï qui voyait le contrôle lui échapper sans recours. L'envie de cravater ce tromboniste minable avec son instrument me démangeait à m'écorcher la peau, mais là encore – lâcheté ou raison – je n'ai rien fait. J'ai continué à jouer comme si de rien n'était, tâchant de relayer Nikolaï pour la coordination des musiciens consentants, tandis qu'il cherchait en vain à ramener l'ordre. À la fin du premier mouvement, Nikolaï a forcé les mutins à se retirer, mais ils ont continué à faire hurler leur instrument en coulisse, dérangeant autant que s'ils étaient demeurés sur scène. Pendant ce temps, la salle divisée en deux clans manifestait son soutien ou son désaccord, à coups d'invectives et de hurlements. Du coin de l'œil, je voyais Nikolaï torturé entre l'idée de mettre fin au concert et celle de persévérer coûte que coûte. Stimulé finalement par les musiciens qui l'incitaient de la tête à continuer et par moi qui tentait de garder la mesure, il a tenu le coup jusqu'à la fin, mais son coup de baguette, si affirmé en temps normal, ne ressemblait plus qu'au vol mou d'un pigeon.

À la fin, onguent sur les plaies ouvertes, les musiciens solidaires se sont levés d'un bloc et ont applaudi à tout rompre, faisant basculer l'équilibre du conflit dans la salle, acculant enfin les opposants dans leurs derniers retranchements. Le premier violon est même venu me serrer la main à la vue de tous, ce qui m'a beaucoup ému, mais en même temps profondément abattu, mettant en évidence l'échec humiliant de la soirée.

Finalement, je ne sais plus quelles conclusions tirer de cette mésaventure. Je n'ose même pas en considérer l'impact sur ma soi-disant carrière. Par bonheur, les arrangements déjà contractés demeurent et je pourrai bientôt me replonger dans le travail. Et, une fois de plus, me remettre entre les mains d'une destinée sur laquelle j'ai bien peu de prise.

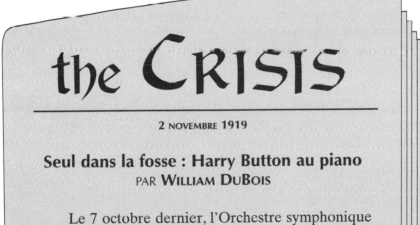

the CRISIS

2 NOVEMBRE 1919

Seul dans la fosse : Harry Button au piano
PAR WILLIAM DUBOIS

Le 7 octobre dernier, l'Orchestre symphonique de Cleveland frappait un grand coup dans les remparts de la ségrégation en invitant le pianiste afro-américain Harry Button à se produire dans le *Deuxième Concerto* de Rachmaninov. À ma connaissance, il s'agissait d'une première, pas celle de l'œuvre elle-même, mais bien de la présence d'un Noir parmi des musiciens blancs, qui plus est à titre de soliste principal! Monsieur Button a bien voulu s'entretenir avec nous de son expérience.

Crisis : Bonjour, monsieur Button. Merci d'accepter de répondre à nos questions. Premièrement, pouvez-vous nous rappeler les circonstances de votre présence au sein de l'orchestre de Cleveland?

Harry Button : Bien sûr. J'agissais à titre de remplaçant de Serguei Rachmaninov, ennuyé par des problèmes d'arthrite qui le contraignent à espacer ses prestations en concert.

C. : Pas très bon pour un pianiste!

H. B. : Non, en effet.

C. : Mais pourquoi vous?

H. B. : C'est Rachmaninov lui-même qui a suggéré mon nom, et qui a fini par l'imposer.

C. : Étonnant, non?

H. B. : Il m'estimait capable de le remplacer convenablement.

C. : Vous connaissiez déjà le *Concerto*?

H. B. : Rachmaninov m'a fait l'honneur d'une copie dédicacée de son œuvre. Je la connais dans ses moindres détails.

C. : Une grande œuvre?

H. B. : Un sommet de la littérature pour piano.

C. : Et comment avez-vous été accueilli?

H. B. : Le directeur, monsieur Branch Rickey, et le chef, Nikolaï Sokoloff, ont tout fait pour faciliter ma tâche. Je leur en suis très reconnaissant, surtout que mon arrivée ne convenait pas à tout le monde.

Notre correspondant nous a indiqué que la participation de Button à un concert donné dans la ville avait soulevé l'indignation et provoqué une vague de contestation qui a sabordé la tenue de l'événement. Encore un exemple patent de rejet de la part des Blancs de toute implication des Noirs et de leur détermination à les maintenir dans l'infériorité qui leur permet un contrôle serré!

C. : On raconte que le concert s'est fort mal déroulé.

H. B. : C'est le moins qu'on puisse dire, malgré l'appui d'une bonne partie du public et des musiciens.

C. : Qu'en retenez-vous? Ne diriez-vous pas que les Noirs ne peuvent rien espérer des Blancs et qu'ils doivent prendre des mesures radicales pour se faire valoir?

H. B. : Rien n'est plus passif que les mentalités, ce qui ne signifie pas qu'il n'y ait aucun espoir de les faire bouger. Il existe des appuis certains à la cause noire de la part de Blancs. Je crois qu'il faut les voir comme des signes positifs d'évolution.

Vœux pieux. Button se montre prudent, mais est-il véritablement persuadé de ce qu'il avance? Et quelle solution préconise-t-il?

C. : Pour vous, il existe donc une lueur à l'horizon pour tous ceux qui réclament leur place au soleil?

H. B. : Je le pense sincèrement, mais il y a encore évidemment du chemin à parcourir.

C. : À n'en point douter. Et, selon vous, comment ce chemin se présente-t-il? De quelle nature est-il?

H. B. : Beaucoup de Blancs nous considèrent toujours comme de vulgaires résidus d'esclaves, étiquette qu'il nous arrive encore trop souvent d'endosser. À notre décharge, il faut reconnaître que l'esclavage a détruit tout notre héritage venu d'Afrique. Des siècles d'asservissement ont rasé nos racines, rendant notre intégration entière et égale à la société blanche particulièrement difficile.

C. : Et, selon vous, quelle serait la solution?

H. B. : J'ai l'impression qu'il faut d'abord parvenir à balayer tout préjugé contre les capacités des Noirs, en se façonnant une nouvelle identité, perdue pendant les années d'esclavage, pour activer la pulsation nécessaire. C'est le mouvement qui se dessine, je crois, à Harlem, avec ce qu'on appelle désormais la « Renaissance ».

Button rejoint un courant de pensée qui cherche essentiellement à reconstruire une cohésion noire pour contrer l'exclusion et le rejet de la part des Blancs. Il faut

*faire de la négritude une force sociale avec laquelle il
sera nécessaire de composer.*

C. : Quel regard rétrospectif jetez-vous sur le
concert de Cleveland? Croyez-vous qu'il a été complètement inutile?

H. B. : Je pense que rien n'est inutile, que chaque
geste s'additionne et que le temps joue en notre faveur.
Il faut rejeter sans doute l'idée qu'une seule action
puisse renverser radicalement le cours des choses ou
constituer une étape définitive. C'est le cumul des
actions posées dans une même direction qui finira par
modifier le rapport de forces. Dans ce contexte, j'aime
croire que le concert de Cleveland aura brisé la glace
et qu'il rendra la partie plus facile pour les prochains,
même si rien n'est sans doute encore gagné. Il faut
parvenir à créer l'habitude, à rendre notre présence
naturelle. J'espère contribuer à cet état d'esprit.

C. : Comment, d'ailleurs, êtes-vous parvenu à
apprendre le piano aussi bien qu'un... Blanc?

H. B. : J'ai justement appris dans une famille de
Blancs. Mais, pour moi, cette musique m'est naturelle
et je l'endosse complètement.

C. : Pourtant, le jazz et le blues expriment bien
davantage notre identité, nos racines, non? Ces racines
dont nous parlions et qui commencent à repousser.

H. B. : Peut-être, mais je suis persuadé que le
domaine classique peut tout aussi bien refléter notre
sensibilité et l'intégrer au même titre. C'est pourquoi,
par exemple, je me consacre à recueillir des œuvres
composées par des Noirs et à constituer un programme classique exclusif.

C. : Pour vous, cette musique est donc valable?

H. B. : Bien entendu, pour moi comme pour
d'autres qui m'ont précédé ou qui travaillent en ce sens
actuellement. À nous d'exceller, là comme ailleurs.

C. : Merci, Harry Button, et bonne chance.

H. B. : Merci à vous.

Harry Button, premier musicien noir à participer à une formation classique, seul dans la fosse d'orchestre... ou aux lions? Une histoire à suivre.

9 NOVEMBRE 1919

Je viens de recevoir mon exemplaire de la revue *The Crisis*, porte-parole de la communauté noire. Revue importante à laquelle j'ai accordé une entrevue. Exercice à la fois amusant et troublant. Amusant, parce que les questions m'ont forcé à prendre position, à soupeser différents facteurs et à me forger une opinion, exercice qui n'est jamais dépourvu d'intérêt. Troublant, parce qu'une fois fixées sur le papier mes réponses agissent comme des points de référence qu'il me faut désormais défendre ou justifier. Déjà, il a encore fallu revenir sur le fait que je ne m'adonne pas au jazz. J'ai également révélé que je connaissais le piano grâce à des Blancs. Ce simple fait est considéré par certains Noirs comme une trahison, une circonstance aggravante, eux qui voudraient que nos réussites ne soient jamais redevables aux Blancs. Mais c'est ainsi, j'ai appris le piano chez madame Hayworth et je lui dois ma formation et ma passion pour cet instrument. Tout ça grâce à un concours de circonstances qui est venu brasser les cartes et distribuer les atouts à de tout nouveaux joueurs.

Mon grand-père servait comme esclave dans la plantation de Clarence Hayworth, riche propriétaire de champs de coton prospères, requérant une centaine d'esclaves pour le bon fonctionnement des récoltes. La guerre civile éclate alors et accule pratiquement l'exploitation à la faillite. L'affran-

369

chissement des esclaves fait le reste. Pendant plusieurs années, assisté par quelques affranchis demeurés fidèles – dont mon grand-père –, Clarence Hayworth a tenu son domaine à bout de bras, parvenant au prix des plus grands efforts à le rendre à nouveau rentable. Mais la libération soudaine des esclaves, Noirs sans éducation et sans ressources jetés du jour au lendemain dans une vie autonome dont ils ne connaissaient aucun des rudiments, a provoqué de graves troubles. Affamés, errant sur les routes – souvent à la recherche de parents dispersés lors d'une vente d'esclaves, créant des familles décomposées et désespérées –, ne sachant ni où aller ni à qui s'adresser, ces nouveaux êtres « libres » constituaient une population désœuvrée, formaient un contingent de malheureux guère mieux nantis que du temps où ils croupissaient comme esclaves. Plusieurs, en désespoir de cause, revenaient offrir leurs services à leurs anciens maîtres en échange d'un toit et d'un peu de nourriture. Ces maîtres, aigris, anéantis par la guerre et par le départ de leurs esclaves, acceptaient de les reprendre la vengeance au cœur, les confinant à une existence miséreuse quelquefois pire que durant la période de l'esclavage.

Clarence Hayworth était considéré comme un modéré, à la fois soucieux de respecter l'affranchissement des Noirs, mais préoccupé par l'état de son domaine. Il a accueilli avec soulagement les Noirs venus offrir leurs services, tout en cherchant des accommodements qui ne mettraient pas en péril la survie de son entreprise. L'époque du fouet était révolue, mais les anciens esclaves n'avaient pas encore développé le réflexe du travail sans la contrainte d'une menace. La plantation en souffrait, la tension empirait, Clarence Hayworth exhortant ses « employés », avec un succès mitigé, à fournir davantage d'efforts.

Pendant ce temps, la situation des Noirs au pays ne présentait pratiquement aucun signe d'amélioration. Les Nordistes, après avoir libéré les Noirs du joug de l'esclavage, ne faisaient rien pour faciliter l'intégration d'une nouvelle frange de la population dont beaucoup débarquaient chez eux dans l'espoir d'un travail, d'un toit, d'une vie meilleure. Le désarroi gagnait une grande partie de la communauté noire. Des mouvements de grogne s'amplifiaient, alimentés par les persécutions sanglantes d'un nouveau groupuscule violent, le Ku Klux Klan, formé de Blancs extrémistes et intransigeants, opposés à l'émancipation des Noirs. Les soulèvements éclatèrent peu à peu : quelques émeutes dispersées, diverses agressions, des Blancs détroussés. Des foyers de haine et de révolte s'allumaient çà et là dans le sud du pays.

Clarence Hayworth continuait de bien traiter ses travailleurs, en particulier mon grand-père qui était à son service depuis plus de vingt ans et qui avait fini par gagner des galons de respect. En dépit de ses difficultés financières, le maître cherchait à ménager le statut libre de ses anciens esclaves. Mais le climat demeurait tendu, empiré par les rumeurs de rébellion de la part des Noirs luttant pour l'amélioration de leur sort. Et comme souvent dans ces circonstances où un pouvoir mêlé de frustrations et de ressentiments se dessine, rien n'est accordé au discernement.

Bientôt, les troubles ont atteint la propriété de Clarence Hayworth. Des groupes menés par des leaders décidés à en découdre avec les anciens maîtres d'esclaves, déterminés à sortir de leur condition misérable, envahirent un matin ses terres. Tiré de son lit par les cris de sa femme, Hayworth voyait par les fenêtres les révoltés embraser ses champs et détruire les bâtiments annexes, hurlements de folie à l'appui. Il alla chercher sa carabine, pour protéger du mieux qu'il le pouvait sa famille et ses biens. Au moment où il sortait sur la grande véranda, il fut attaqué par des guenilleux, dont ses propres employés en état second qui se joignaient au mouvement et qui se retournaient contre lui, inconscients qu'ils ruinaient leur maigre gagne-pain et leurs quelques acquis. Assommé par-derrière, Hayworth fut ensuite traîné inconscient sur le parterre devant la villa. Sa femme, hurlant de détresse et de terreur, s'est ruée à son secours, frappant de ses maigres poings les assaillants qui, sans pitié, exaltés, lui ouvrirent le bas-ventre et lui tranchèrent un bras à coups de machette.

C'est à ce moment qu'un coup de carabine retentit et qu'ainsi, indirectement, mon destin vint à se tracer. Mon grand-père avait ramassé la carabine échappée par Clarence Hayworth et avait abattu un des meurtriers. Un silence stupéfait s'est installé instantanément parmi les belligérants, tandis que râlait la victime agonisante frappée d'une balle en pleine poitrine et qu'au loin la rumeur des brasiers s'amplifiait.

On m'a raconté que mon grand-père, le fusil toujours braqué prêt à faire feu, s'est avancé vers le groupe et d'un ton sans appel leur a ordonné de quitter les lieux. Sonnés par ce retournement imprévu de leur assaut, leur furie tombée à plat, les rebelles ont commencé à reculer et à se disperser lentement. Cédant devant la détermination inébranlable de mon grand-père, ils se sont évanouis sans un mot. Entre-temps, la fille de Clarence Hayworth, Julia, celle que j'appellerai toujours madame Hayworth, était venue se réfugier aux côtés de mon grand-père, encore sur le qui-vive. Une fois tout danger écarté, mon grand-père a demandé à son fils John, mon futur père, et à Julia de l'aider à transporter monsieur Hayworth, toujours ina-nimé, à l'intérieur de la villa. Ils l'ont installé sur un lit, Julia et John demeurant à son chevet et lui pansant le front, tandis que mon grand-père ressortait et s'occupait de circonscrire le feu avant qu'il n'atteigne et ne détruise la villa. Puis, il a inhumé madame Hayworth.

C'était en 1877. Clarence Hayworth venait de perdre tragiquement sa femme et il demeurerait en état de choc jusqu'à la fin de ses jours. Sa fille, Julia, avait alors dix-sept ans et elle est devenue, par la force des choses, la maî-tresse des lieux. Les Hayworth, éperdus de reconnais-sance, traumatisés par la révolte des Noirs et par l'assas-sinat de madame Hayworth, supplièrent mon grand-père, veuf depuis peu, de venir s'installer dans la villa – lui et son fils de douze ans qu'il élevait seul – et d'assurer leur protection. Mon grand-père accepta et il prit l'entreprise en main, réussissant à raison de quinze heures de labeur par jour – ce qui était moins que durant la période des récoltes lorsqu'on acculait les esclaves à leur dernière extrémité pour ramasser le coton le plus rapidement possible afin de minimiser les pertes – à remettre sur pied les plantations et à assurer la subsistance du domaine.

Clarence Hayworth rendit l'âme en 1886. Il tenait serrée dans les siennes la main de mon grand-père qui lui avait sauvé la vie. Prématurément vieilli, compte tenu de l'existence harassante qu'il avait menée, mon grand-père le suivit de peu, laissant à Julia, à son mari et à John la charge de la plantation. Julia s'était mariée deux ans plus tôt avec un dénommé Stanley Lawrence qui ne voyait pas d'un très bon œil la présence de Noirs à sa table, mais qui sut toujours respecter les volontés de sa femme et de son beau-père, conscient de la dette qu'ils avaient envers eux et de leur rôle essentiel dans la tenue de la propriété, désormais la sienne.

De son côté, mon père John épousa Doris Farnsworth qui vint vivre avec lui chez les Hayworth. Blancs et Noirs apprirent ainsi à cohabiter sous un même toit. Julia a eu trois enfants, tandis que je fus l'unique enfant de la famille, né le 30 octobre 1894, puisque ma mère mourut en couches deux ans plus tard et que mon père ne se remaria jamais. Du coup, Julia, madame Hayworth, me prit sous son aile et joua pour moi le rôle de mère, avec la bénédiction de mon père, profondément ébranlé par la perte de sa femme.

Madame Hayworth occupait souvent ses soirées à jouer du piano. L'instrument avait survécu aux vicissitudes qui avaient affecté le domaine, et madame Hayworth faisait résonner le clavier quotidiennement. Je me souviens encore lorsque, tout jeune, au lit pour la nuit, j'entendais au loin les mélodies assourdies qui venaient du salon. Mêlée aux hululements des oiseaux nocturnes et aux bruissements des saules agités par le vent, cette musique provoquait chez moi un véritable envoûtement, et je ne m'endormais jamais tant que la dernière note n'avait pas été frappée.

Personne ne m'avait jamais interdit d'approcher du piano, mais l'énormité de l'instrument m'avait toujours intimidé. Pourtant, un jour, poussé par je ne sais quel ensorcellement, les doigts traversés de démangeaisons inconnues, j'ai pris place sur le banc et je me suis mis à interpréter de mémoire les pièces que répétait madame Hayworth. Je venais d'avoir cinq ans et je jouais avec une aisance magique, faisant transiter de la mémoire au clavier les musiques dont chaque soir je suivais le déroulement patient. Attirée par le son du piano, dont elle était seule à jouer, madame Hayworth a fait irruption dans le salon, abasourdie, se croyant victime d'une hallucination. Mais bientôt le choc s'est mué en pur émerveillement. Pour elle, je représentais une sorte de miracle annonciateur de jours meilleurs. Dès lors, elle a décidé de prendre en charge mon apprentissage : solfège, déchiffrage, doigté, phrasé, rythmique, analyse. Elle ne négligea aucun aspect pour développer mes dons qu'elle qualifiait de « prodigieux » et pour faire de moi un pianiste accompli. Mon père observait de loin cette connivence installée entre madame Hayworth et moi. Il se questionnait, les sourcils froncés, sur le bien-fondé d'un apprentissage aussi poussé. Pour lui, il n'y avait aucune glorification à espérer du piano, en particulier pour un Noir. Mais lorsqu'il lisait mon bonheur et mon plaisir jamais démenti, il choisissait sagement de ne rien objecter. Je lui sais gré depuis toujours de cette attitude conciliante.

Aussi, sa mort a constitué une dure perte pour moi. Surtout qu'elle a résulté d'un bête accident, une chute du toit sur lequel il effectuait quelques réparations. Depuis la mort de ma mère, il lui arrivait fréquemment de laisser ses pensées partir à la dérive. Sans doute qu'à ce moment, sur le toit, égaré dans les brumes de son cerveau, il a perdu sa concentration et toute notion de prudence. Il a été retrouvé, disloqué, par un domestique qui sut m'épargner cette vision douloureuse et traumatisante.

Curieusement, la perte de mon père, loin de me faire dévier de la pratique du piano, accrut au contraire ma passion de l'instrument. À toutes les dimensions qui moussaient déjà mon intérêt – la musique elle-même, la sensation tactile, le timbre du piano, l'euphorie d'apprendre, de surmonter les défis et de vaincre les difficultés techniques –, s'ajoutaient du jour au lendemain celles de panser les blessures et de m'aider à surmonter l'épreuve du deuil. Je trouvais dans la musique une dérivation thérapeutique à mes peines. Graduellement, l'insouciance de mes douze ans a regagné ses droits, mais l'expérience avait soudé des liens indestructibles avec le piano.

La seule ombre au tableau de cette époque, majoritairement consacrée au piano, est projetée par l'école et son cortège d'apprentissages insignifiants et carcéraux. Madame Hayworth encadrait rigoureusement mes études. Elle insistait sur le fait qu'aucun pianiste digne de ce nom ne peut se dispenser d'une culture poussée et d'une éducation soignée. Elle m'imposait de longs et fastidieux exercices de langue et de mathématiques, sans pitié pour mes résistances et mon désir intense de me mettre au piano. Grâce à elle, par contre, j'ai développé une pensée où le choix du terme juste possède une signification et une intention déterminées, où l'articulation d'une phrase exprimant précisément l'idée devient une seconde nature. Je fertilisais ainsi le terreau que j'engrangeais à cette école maudite. Jour après jour, par froid, chaleur ou pluie, je devais parcourir cinq miles pour m'y rendre. Seul réconfort : les pieds endoloris par une marche pénible, je retrouvais comme voisin de classe mon ami de toujours, Willie. Il ne manquait jamais de m'accueillir par un petit mot d'humour et instantanément je retrouvais le sourire. À ses côtés, les journées me semblaient moins fastidieuses. Nous revenions par un chemin commun sur quelques miles, moment béni durant lequel Willie me communiquait son enthousiasme et son appétit de la vie. Il habitait dans la petite ville d'Allentown où s'entassaient, dans un logement exigu, trois frères et cinq sœurs. C'est là que je suis allé le rejoindre, à Allentown, lorsque madame Hayworth est décédée.

Je venais d'avoir seize ans. Depuis plusieurs semaines, madame Hayworth était alitée, victime de fortes fièvres. Désemparé devant sa souffrance, je lui jouais inlassablement ses pièces favorites, impuissant à soulager autrement son mal. Mais elle ne se plaignait jamais. Au contraire, elle me remerciait de lui accorder du temps et m'encourageait à entreprendre une carrière de pianiste. Elle se disait convaincue que même en étant un Noir je pourrais connaître du succès.

J'avais l'habitude de passer mes soirées à son chevet, jusqu'à ce qu'elle s'endorme. Son mari, monsieur Lawrence, et ses enfants m'accompagnaient la plupart du temps. Un matin à l'aube, je me suis réveillé en sursaut. Je m'étais assoupi sur mon fauteuil, gagné par l'épuisement, et il m'a fallu quelques minutes pour reconnaître les lieux où je me trouvais... et pour m'apercevoir que madame Hayworth ne respirait plus. Son mari lui tenait la main, le regard embué et hermétique. Je me suis retiré discrètement pour respecter leur intimité nécessaire. Réfugié dans les champs de coton, déserts à cette heure matinale, mon chagrin a éclaté. Les larmes coulaient en un flot ininterrompu, tandis que j'étais traversé de spasmes et de hoquets violents. Je pleurais la mort de madame Hayworth, bien sûr, qui avait assumé un rôle si capital dans ma vie et pour qui je nourrissais une affection profonde, mais je pleurais également la mort d'une époque, époque que je sentais intuitivement révolue. Le temps était venu de sauter du nid, et cette perspective me causait un vertige accablant.

De fait, un mois après les funérailles de madame Hayworth, monsieur Lawrence, désormais seul maître à bord, m'a convoqué en privé et m'a fait savoir à mots couverts que ma présence dans les lieux devenait gênante. J'ai appris à cette occasion que madame Hayworth m'avait légué le piano et une somme d'argent pour m'aider à démarrer une carrière. Monsieur Lawrence entendait respecter ces dernières volontés, mais il ne se sentait pas tenu de me garder sous son toit. Je me souviendrai toujours de sa conclusion de l'entretien :

« Et puis le piano m'insupporte. »

M'insupporte! J'ai quitté le domaine, aussitôt les arrangements pour mon déménagement à Allentown conclus avec Willie qui, comme il le refera plus tard à mon retour de France, m'a aidé à m'installer et à dénicher un logement.

Lorsque je me penche sur mon enfance, à la veille d'une courte tournée de trois mois qui me conduira passablement loin de New York, je réalise la dette que j'ai envers madame Hayworth. Je donnerais cher pour qu'elle assiste à un de mes récitals, assise au milieu du premier rang d'une salle prestigieuse, et pour l'entendre m'applaudir avec fierté puisqu'elle comprendrait à quel point je lui suis autant redevable que reconnaissant. Elle ne saura jamais si ses efforts ont porté leurs fruits. La grande injustice de la mort est de ne plus permettre de vérifier et de mesurer les traces laissées derrière soi, de ne plus autoriser l'expression des témoignages de reconnaissance qui aident tant à traverser les inévitables écueils du quotidien, même en compagnie d'êtres précieux.

12 JANVIER 1920

Il fait un froid à désagréger les dents! Je ne croyais pas que les températures en Illinois pouvaient descendre aussi bas. L'adaptation est particulièrement ardue, pour moi qui n'ai toujours connu que des températures plutôt clémentes. Je redouble de vigilance envers mes mains que j'ai beaucoup de peine à tenir au chaud. Mais qu'importe, jamais tournée ne s'est déroulée de manière si triomphale! Mes concerts traditionnels de la période de Noël reçoivent un accueil inespéré. Pour une fois, je reçois du public des acclamations reliées uniquement à mes prestations, comme si on commençait à s'habituer au fait que je suis noir et à m'accorder des mérites autant qu'à un pianiste blanc. À Yorktown, quelques auditeurs, dont un journaliste, sont même venus discuter avec moi après le concert et me faire part de commentaires élogieux. Mais le plus fabuleux, c'est lorsqu'à Jackson, pour la circonstance de ma venue, on a autorisé des Noirs à prendre place dans la salle – au troisième balcon, évidemment, mais quand même – pour m'entendre. J'ai été invité chez l'un d'entre eux après la soirée et nous avons discuté et bu joyeusement jusqu'aux petites heures.

Bref, il semblerait que la déconfiture de Cleveland aura tout de même servi. Alors que je m'attendais à des claquages de porte au nez et à des rebuffades, au contraire, j'ai même commencé à recevoir des invitations sans que j'aie eu à effectuer de démarche au préalable. Je repars de chaque ville avec des promesses d'engagements futurs quand ce n'est pas avec un contrat rédigé en bonne et due forme. Ma confiance augmente. Je me permets des incursions dans des répertoires moins connus et dans des œuvres plus exigeantes. L'ovation reçue pour la *Grande Sonate en mi bémol mineur* de Paul Dukas résonne encore dans ma tête. Je ne dirais pas que le succès me grise, mais je prends goût à entendre vanter mon talent!

Il m'est arrivé peu souvent de traverser des périodes où tout va si bien que je dois me pincer pour y croire. Je goûte chaque instant ainsi servi dans mon assiette d'activités. Et je tente de ne pas penser au moment où inévitablement toute bonne chose doit prendre fin.

THE ST. PAUL TRIBUNE

26 JANVIER 1920

Harry Button : émouvant concert hommage
PAR JACK LANDON

Hier, au St. Paul Concert Arena, Harry Button a fait son entrée sur scène après un retard de vingt minutes. Accueilli par quelques huées de désapprobation, Button a cru bon de s'adresser au public, à peu près dans ces termes :

« Mon meilleur ami, mon ami de toujours, Willie Jones, est mort à New York. Vous dire que cette mort m'attriste ne peut même pas effleurer ce qu'une telle perte m'inflige. Je suis atterré, détruit, anéanti. Et comme si la douleur même de sa mort ne suffisait pas, j'ai appris que des Blancs l'avaient attaqué et qu'il n'avait pas survécu à ses blessures.

« Pourquoi? me direz-vous. Pourquoi en effet? Parce que Willie était noir? Vous êtes pourtant là ce soir pour m'entendre. Après tout, les larmes que nous versons ne possèdent-elles pas le même goût salé?

L'air que nous inspirons ne contient-il pas les mêmes arômes de terre mouillée ou d'épices? N'éprouvons-nous pas les mêmes élancements d'un estomac vide ou d'une marche trop éprouvante? Nos rires ne traduisent-ils pas les mêmes expressions du bonheur, quand ce bonheur a la chance de s'exprimer sans la peur ou l'humiliation?

« Je voudrais ce soir dédier le concert à la mémoire d'un ami. Bien plus qu'un ami, la meilleure et la plus irremplaçable part de moi-même. »

Ce préambule créa spontanément une atmosphère de recueillement, parfaitement propice aux œuvres sombres et intimistes du programme. Il y eut d'abord un *Intermezzo en mi bémol mineur* de Brahms, suivi du *Nocturne en mi mineur*, œuvre posthume de Frédéric Chopin, de *Pavane pour une infante défunte* de Ravel, et d'une création d'Erik Satie intitulée *Gymnonégro,* ainsi que trois *Gnossiennes* du même compositeur. Ce concert tout en nuances s'est achevé avec une grandiose transcription de la *Passacaille et fugue en do mineur* de Bach.

Longtemps, le dernier accord de la fugue a résonné, Harry Button maintenant les touches du clavier enfoncées jusqu'à l'extinction finale du son. Puis le pianiste a doucement refermé le couvercle du clavier et est sorti en coulisse en se frottant les yeux. Un silence d'une intense émotion régnait dans la salle. Aucun applaudissement, comme par crainte de rompre un envoûtement. Et c'est sans un mot que chacun est reparti, emportant le souvenir d'un événement musical unique, buriné pour toujours, expression ultime d'une douleur que seule la musique possède le pouvoir d'apaiser.

6 FÉVRIER 1920

Je suis revenu trop tard pour les funérailles. À ma descente du train, je me suis précipité chez Mae, mais il n'y avait personne. Entendant mes coups frappés sur la porte, la voisine, madame Simmons, m'a informé que Willie reposait au cimetière de la Trinity Church. Je n'ai guère eu à chercher pour trouver sa tombe. Au loin, j'ai aperçu une forme accroupie, le visage enfoui dans les mains. Je me suis approché doucement et j'ai reconnu Mae dont les gémissements me meurtrissaient comme des coups de poing répétés au ventre.

« Mae, c'est moi, Harry. »

J'ai murmuré pour attirer son attention sans l'effrayer. Elle a levé son visage vers moi, vision atroce qui me hante encore. Mae avait vieilli de dix ans, la figure ravagée par les pleurs, les cheveux défaits et hirsutes, la peau affaissée sous la douleur, les yeux exorbités par la souffrance. Elle s'est relevée d'un bond et s'est jetée dans mes bras. La réalité de la mort de Willie m'est alors apparue avec toute son acuité. C'est là que j'ai pris conscience que je ne le reverrais plus jamais. Cette révélation, ensevelie sous mon attitude de déni et abritée derrière mon incrédulité érigée comme un rempart, a jailli brusquement, avec une violence inouïe. J'ai serré Mae dans mes bras et j'ai éclaté en sanglots à l'unisson des siens. Je ne saurais dire combien de temps nous sommes demeurés ainsi, rivés dans la douleur et nous habituant difficilement à l'intolérable idée que Willie n'était plus que ce tas de terre près de nous.

J'ai ramené Mae chez elle. Je lui ai préparé une omelette qu'elle a à peine touchée. Elle s'est peu après mise au lit, épuisée. Je me suis étendu sur le canapé, ne voulant pas la laisser seule, mais toute la nuit ses crises de larmes sporadiques m'ont empêché de fermer l'œil. J'aurais été incapable de dormir de toute manière.

Il a fallu quelques jours pour que Mae retrouve enfin

une certaine sérénité. Elle avait reçu une lettre de ses collègues du restaurant où elle travaillait toujours. Un petit mot de sympathie que Mae a relu plusieurs fois, comme si ces quelques traits de plume réussissaient enfin à l'ancrer dans la réalité d'une vie en cours reprenant tranquillement ses droits. Je suis même parvenu à la faire sourire quand je lui ai rapporté une boule de neige fraîche que nous avons regardée fondre dans une assiette, dilution que nous projetions sans peine sur un avenir sans Willie. Ce relatif apaisement de Mae n'adoucissait pas pour autant ses traits et son regard acide. Encore ce matin, avant que je parte de chez elle, je ne savais toujours pas quelle interprétation accorder à l'espèce de fièvre qui traverse ses yeux lorsqu'elle me parle.

Et ce matin, d'ailleurs, nous avons enfin pu parler de ce qui était arrivé à Willie. Pourquoi l'avait-on agressé, quelles blessures avait-il subies, comment était-il mort? Mae prenait de longues inspirations avant chaque phrase. Sa force de caractère l'incitait à reprendre le dessus, mais non sans peine. Je l'ai encouragée en lui caressant la main, car elle ne répondait que de manière évasive. J'ai bientôt compris qu'elle avait un aveu à me faire.

« Je dois te dire quelque chose, Harry. Willie n'est pas mort des suites de ses blessures, comme tu le crois. »

J'attendais, intrigué, suspendu à ses lèvres.

« Non. Willie s'est suicidé. Il s'est suicidé en se jetant par la fenêtre du quatrième étage de l'hôpital. »

Je crois qu'être frappé par un tramway lancé à toute vitesse ne m'aurait pas davantage assommé. J'ai voulu demander à Mae de répéter, mais c'était inutile. J'avais parfaitement saisi, même si la signification de cette révélation demeurait des plus obscures. Comme elle lisait sans peine dans mes pensées, Mae s'est levée et est allée saisir une enveloppe dans un tiroir. Elle me l'a tendue.

« Tiens. Willie t'a écrit cette lettre avant de mourir. Il m'a fait jurer de te la remettre en mains propres. Je ne savais pas encore à ce moment que dans la minute suivante il allait s'approcher péniblement de la fenêtre et basculer à travers après un dernier signe de la main et sans que j'aie le temps d'intervenir. Je croyais seulement qu'il voulait prendre l'air comme les jours précédents où il commençait enfin à pouvoir se déplacer avec ses béquilles. Depuis, je passe mes nuits à assimiler cette séquence qui me poursuit sans relâche au point de me faire croire quelquefois que je suis en train de devenir complètement folle. Chaque seconde qui passe me projette obstinément ce regard à la fois attendri et désolé que Willie a eu vers moi avant de disparaître par la fenêtre. »

Des larmes silencieuses coulaient de ses joues, mais son visage demeurait paisible et affirmé.

« Tu peux rentrer chez toi, maintenant, Harry. Je vais m'en sortir, ne t'inquiète pas. Et tu as tes concerts à préparer. »

Sonné, je n'ai rien trouvé à dire, sauf un banal « à bientôt » lorsque Mae m'a pris dans ses bras pour me remercier. Mais, avant de fermer la porte, elle avait encore un autre coup de matraque à m'asséner.

« Et, au fait, tu sais quoi, Harry? Je connais le nom des gens qui ont attaqué Willie. »

Et elle a refermé la porte sans un bruit.

Je termine ma bouteille de bourbon. Je me laisse aller, n'ayant plus l'énergie de combattre. Je tiens la lettre de Willie dans mes mains, la retournant depuis des heures, sans me décider à l'ouvrir, passant mon doigt sur l'encre des derniers mots tracés par Willie : « À Harry. » Je suis éreinté, même si l'écriture de ces pages dans mon journal cicatrise ma plaie ouverte. J'en ai bien besoin. Demain matin, je vais ouvrir la lettre.

Harry, mon frère, mon ami,

Je te dois bien ces derniers mots que j'écrirai dans ma vie. Je me compte privilégié d'avoir pu te connaître et te compter parmi mes amis, en fait le seul véritable ami que j'aurai connu, si j'excepte Mae, évidemment, dont je suis encore, après toutes ces années, si incroyablement amoureux.

C'est d'ailleurs pour cette raison, parce que j'aime éperdument Mae, que je vais mettre fin à mes jours. Quelle formule creuse et étrange lorsqu'on la voit surgir sous les yeux, même si elle découle d'une décision arrêtée! Une décision arrêtée et irrévocable, comme tu le sais certainement déjà, sinon, tu ne serais pas en train de lire cette lettre.

Il est temps pour moi de te fournir enfin les renseignements que tu n'as jamais cessé de solliciter. Tu voulais savoir comment j'occupais mes journées, comment je gagnais tout cet argent qu'il m'arrivait d'étaler orgueilleusement devant toi. Si je ne t'ai jamais rien révélé, c'est que je menais une vie clandestine à laquelle je ne voulais surtout pas te mêler. Si jamais on m'attrapait, il fallait éviter qu'on remonte jusqu'à toi et qu'on te soupçonne de complicité. Ne vois aucune autre raison à ce qui te paraissait comme un manque de confiance à ton endroit. Ce qui était bien loin d'être le cas, tu le sais. Et d'ailleurs Mae pourrait témoigner à quel point je sentais souvent le besoin de me confier à toi, avide de tes conseils et de tes éclairages sur des questions qui me tracassaient. Mais j'ai tenu bon pour t'épargner. Aujourd'hui, tu ne cours plus de risques, pas plus que moi d'ailleurs...

Tu te souviens de nos discussions sur tous ces immigrants qui débarquaient au pays. J'insistais fréquemment sur la chance que représentait cet afflux d'étrangers, juste retour du balancier de l'inégalité *sociale. La voie que j'avais choisie pour contrer la discrimination raciale était celle de l'équilibrage du rapport de force. Finie la suprématie éhontée de ces Blancs qui se croient tout permis! Grâce aux immigrants de toute souche, confrontés eux aussi aux mêmes rejets que nous subissons chaque jour, de nouveaux courants sociaux devaient forcément apparaître et nous permettre, nous les Noirs, de trouver de nouvelles voies de navigation, de forcer une remise en question des idées toutes faites où nous trouverions enfin notre place. Tu sais, Harry, j'y croyais vraiment! Sincèrement!*

Alors, j'ai commencé à agir, discrètement d'abord, puis de manière plus organisée. Ce que je faisais? Je favorisais l'entrée en douce d'immigrants clandestins. Tu connais cet enclos à immigrants, Ellis Island, où tout nouvel arrivant est forcé de séjourner en attendant que les autorités statuent sur son sort. Ce qu'on sait moins, c'est que plusieurs malheureux, attirés par une vie de liberté et de prospérité, n'obtiendront jamais le droit d'entrer et devront retourner dans leur pays d'origine où ne les attendent souvent que la misère et la famine. Tu peux concevoir facilement le désespoir de ces gens à qui on annonce froidement et sans appel le refus de les admettre au pays, la plupart du temps pour des prétextes futiles et injustes, comme une situation financière précaire ou une santé jugée trop mauvaise.

C'est là que j'intervenais. Avec un petit bateau et des signaux de connivence, j'accostais dans un coin retiré d'Ellis Island et je ramenais à terre des familles gonflées d'espoir. Je les aidais à s'installer et à se procurer des papiers et du travail. L'argent que je rapportais à la maison venait d'eux. Eux en qui je reconnaissais de nouveaux alliés dans notre lutte contre l'hégémonie blanche. Irlandais, Italiens,

Polonais, Ukrainiens, Écossais et combien d'autres qui arrivaient par bateaux entiers et qui, en dépit de leur peau pâle, se butaient aux mêmes tracasseries de la part des Blancs nés ici. Tu crois que c'était niais de leur tendre le bras pour que nous fassions front commun? Durant des années, j'y ai cru, même si la reconnaissance et la gratitude pour l'aide que j'apportais ne correspondaient pas toujours aux scénarios gratifiants ou bucoliques que j'avais imaginés. Les difficultés d'adaptation, les manques matériels, l'humiliation et les vexations en tout genre leur faisaient bientôt oublier toute forme de solidarité. À chacun ses misères et à chacun de prendre les moyens d'en sortir, telle semblait la devise de ces crève-la-faim qui ne demandaient qu'à se nourrir et à se trouver un abri. Au lieu de se serrer les coudes, ces nouveaux arrivants laissaient progressivement l'individualisme prendre le dessus.

Les Blancs n'ont pas été inquiets très longtemps devant le surgissement de nouvelles forces pouvant miner leur pouvoir. Ils ont bien vu qu'il s'agissait d'alimenter les dissensions entre groupes ethniques pour maintenir leur prédominance. Seuls les immigrants riches, comme certains Écossais ou Irlandais, parviennent à s'intégrer et à être acceptés. L'argent, élevé au rang de valeur humaine universelle... Tu peux comprendre ça, toi, le musicien?

Bientôt, ma position est devenue plus délicate. Des réseaux parallèles d'entraide venaient me faire « compétition », uniquement pour des questions d'argent et de rentabilité, exploitation indécente de la faiblesse des immigrants désorientés, fraîchement débarqués dans ce pays dont ils connaissent si peu. Moi qui voulais d'abord venir en aide à des expatriés, j'ai bientôt été assimilé à ces rapaces qui ne cherchaient qu'à les plumer. Je voyais fondre mes beaux idéaux, mais je refusais de lancer la serviette. Il ne fallait qu'une seule famille, éperdue de reconnaissance pour l'assistance que je leur avais fournie, et je refaisais le plein de motivation.

Et puis, la prohibition s'en est mêlée, et mon beau rêve s'est écroulé aussi irrémédiablement qu'un château de cartes. Comme tu le sais, les signes de tempérance vis-à-vis de l'alcool sont apparus depuis un certain temps déjà, mais l'interdiction de vente et de consommation de produits alcoolisés est maintenant générale[19]. Mais il ne s'agit pas d'interdire pour que les habitudes se perdent. Quelle aubaine pour les trafiquants! Et surtout pour tous les immigrants bafoués qui ne cherchent plus qu'à se remplir les poches la vengeance au cœur.

Déjà impliqué dans ces milieux, frayant avec plusieurs individus qui s'improvisaient chefs et contrebandiers, témoin impuissant des crimes commis au nom du contrôle de territoire et de la distribution d'alcool frelaté, il m'est arrivé, bien imprudemment, d'élever le ton et d'insister sur le fait que si je les avais aidés à entrer au pays, ce n'était pas pour le quadriller de réseaux clandestins de plus en plus violents. Mais autant prêcher dans le désert. Du moins, jusqu'au jour où j'ai cessé de les amuser.

Le dix-sept novembre dernier, peu après ton départ en tournée, j'ai été mêlé à une bagarre entre gangs ennemis. Trois personnes ont été gravement blessées dans l'affrontement. Dégoûté, effaré par la tournure des événements, j'ai menacé de dénoncer tous ces « crétins » – terme que j'ai utilisé et qui a

---

19. De fait, le dix-huitième amendement voté en 1919 est entré en application un an plus tard, officialisant la période de prohibition qui a duré jusqu'en 1933 (NDT).

mis le feu aux poudres – si on ne mettait pas fin à cette montée de violence. Et j'ai quitté les lieux en claquant la porte.

Je n'avais pas fait deux coins de rue que j'ai été entraîné dans une ruelle et battu sauvagement avant d'être laissé pour mort. Je ne sais pas comment je me suis retrouvé à l'hôpital ni combien de temps je suis demeuré inconscient. À mon réveil, le médecin m'a simplement traité de miraculé! Tu parles... J'ai perdu un œil et j'ai la moitié du visage défoncée. Un coup de barre de fer m'a fracassé une vertèbre et le bas du corps est entièrement paralysé. Et je te fais grâce de quelques autres ajustements cosmétiques, du genre à laisser des séquelles permanentes.

La souffrance s'est beaucoup atténuée. Je récupère rapidement, bien que la rédaction de cette lettre me demande un effort surhumain. Je vois les cicatrices sur mes bras et différentes plaies encore vives. Je n'ai pas osé me regarder dans un miroir. Je me suis contenté du bulletin de « santé » du médecin. Mais chaque fois que ma chère Mae me regarde, elle ne peut s'empêcher de frissonner, en dépit de toute son énergie à ne rien laisser paraître. J'ose à peine imaginer ce qu'elle voit...

Ce qui m'amène à cet adieu que je te fais, Harry. Je sais bien ce que tu penses. Le suicide n'est qu'une solution de lâche. Tu me servirais sans doute des formules du genre « la vie reprend toujours ses droits ». Même amoindri et esquinté comme je le suis, tu persisterais à me faire croire que je trouverais ma place et que je pourrais être heureux. Heureux... Quel beau mot! Bien sûr qu'on peut toujours être heureux. Mais en ai-je vraiment envie? Ce n'est pas un geste de lâcheté que je m'apprête à commettre, Harry, c'est un geste de courage, au contraire. Tu crois que je vais imposer ma présence d'éclopé à une fille comme Mae jusqu'à la fin des temps? Tu crois que je pourrai supporter bien longtemps de l'écouter pleurer en cachette sans qu'elle s'en doute? Tu voudrais vraiment que j'ignore les éclairs de désespoir qui lui crevassent les yeux?

Il y a une autre chose que tu dois savoir. Mae et moi voulions un enfant. Superbe, n'est-ce pas? Comment crois-tu que je vais pouvoir donner un enfant à Mae, maintenant, avec mon bas-ventre aussi flasque qu'une outre éventrée? Et je devrais la priver de cette joie de devenir mère en l'obligeant à s'occuper de moi, en la gardant à mon chevet sans contrepartie, en la réduisant à un rôle ingrat d'assistante-infirmière à vie? Désolé, je ne peux pas même si je le voulais.

Crois-moi, Harry, mon suicide ne sera rien de plus qu'un acte de délivrance. Je rends sa liberté à Mae en souhaitant qu'elle m'oublie le plus rapidement possible et qu'elle puisse accomplir ses ambitions les plus chères. Jamais femme n'aura davantage mérité de connaître le bonheur. Je ne veux surtout pas être une entrave dans cette unique chance d'existence qui nous est accordée. La mienne a pris un cours malheureux. Je cède sans discuter la place à ceux qui peuvent en tirer un meilleur parti.

Je te dis adieu, mon frère. Je regrette de ne pas pouvoir assister à tes triomphes futurs! Pour le reste, je laisse les regrets à ceux qui ne savent pas regarder devant, la seule direction qui ait une importance.

Persévère, mon vieux. Fais-le pour moi, pour notre amitié qui aura compté tellement.

Willie

« Crétin », as-tu dit? C'est bien ainsi que tu les as traités, ceux qui t'ont fait payer si cher le choix de tes mots? As-tu même pensé à te l'appliquer à toi-même, ce gentil qualificatif? As-tu même songé à quel point tu étais digne de cette définition? Tu plaideras les « circonstances atténuantes », ta décrépitude physique qui n'a pourtant rien d'atténuant, je comprends, tu sais. Et alors? Tu veux me faire croire que te suicider s'imposait comme la meilleure solution? La SEULE solution? Tu veux rire, toi, qui te dis mon ami? Qui te dis « incroyablement » amoureux de cette perle qu'est Mae? Non, mais tu nous as vus tous les deux, elle et moi? Tu n'as pas remarqué, perdu dans ton pathétique égoïsme, à quel point tu comptais pour Mae? Et que même un Willie diminué valait cent fois mieux que tous les hommes qu'elle rencontrera, soi-disant, grâce à la magnanime « liberté » que tu lui as rendue? Et que jamais, quoi que tu en penses, elle n'aurait rechigné à te rendre heureux? Que même tu représentais davantage pour elle que n'importe quel enfant qu'elle n'aura jamais de toute manière?

Et moi? Moi, je ne vaux rien, finalement? Tu crois que je suis indifférent à ton « départ » et que je pourrai si facilement t'oublier? Tu crois qu'il suffit de se jeter par une fenêtre pour qu'on fasse une croix et te bannisse des souvenirs? Toi, qui m'avais appris la fierté d'être noir, l'incroyable conjonction qui fait notre force bien davantage que notre faiblesse, la chance renversée de la couleur de notre peau? Cette chance qui fait que nous pouvons développer une *sensibilité* sur laquelle nous unir et nous caractériser? Cette *sensibilité* qui nous distingue et qui nous fait comprendre le monde d'une manière qui nous est propre? Cette *sensibilité*, je souligne, que tu m'as fait entrevoir, que tu m'as fait cultiver et qui fait de moi un bien meilleur pianiste et musicien? Oui, quelle chance, n'est-ce pas, d'être un Noir quand tout ce que tu en retiens toi-même est de sauter par la fenêtre? Comment puis-je croire en notre avenir de nègre si toi, le plus ardent militant, le plus optimiste, le plus convaincu, tu te présentes au premier rang des lâcheurs et des déserteurs? Était-ce là l'image que tu voulais léguer?

Et tu n'aurais pas oublié par hasard que ce suicide, que tu as le culot de qualifier de courageux, en t'arrachant à nous de manière définitive, ne fait qu'attiser la haine envers ceux qui t'ont mené à ce terme? Cette haine qui nourrit à son tour une écrasante pulsion de vengeance? Toi, qui cherchais des voies de concordance au lieu d'affrontement, des zones communes au lieu de barricades? Ne serais-tu pas le premier à déplorer un tel gâchis? Je ne sais pas comment nous aurions pu surmonter le haut le cœur vis à vis de ces salauds qui t'ont enlevé à nous. Mais n'importe quelle solution n'aurait-elle pas mieux valu que ton lamentable aveu d'échec? Ton courage à survivre n'aurait-il pu nous servir d'exemple formidable, de stimulation irremplaçable?

Et à quoi bon toutes ces questions, puisque tu as choisi de ne plus jamais répondre? Puisque tu as choisi d'abdiquer, de te désintégrer en poussière? Et puisque plus rien ne pourra maintenant te ramener et que parler de toi au passé ne m'a jamais causé plus de mal dans ma vie?

14 MAI 1920

Incendie à Brooklyn

Dimanche dernier, un incendie aurait complètement détruit un entrepôt situé à Brooklyn. On ignore encore les causes du sinistre et si on dénombre des victimes. Il semblerait toutefois que l'entrepôt n'était pas désaffecté, comme on l'avait d'abord cru, et qu'il servait à des fins inconnues que la police tente actuellement d'élucider.

The New York Times

16 MAI 1920

Six morts
dans un incendie d'origine suspecte

Au cours de l'enquête sur l'incendie qui a complètement ravagé un entrepôt de Brooklyn le 12 mai dernier, la police a découvert dans les décombres les corps de six personnes, apparemment brûlées vives en tentant de s'échapper. On ignore encore l'identité des victimes, cinq hommes blancs et une femme noire. Rien n'a filtré également sur les causes de l'incendie et sur les pertes encourues. L'enquête suit son cours.

The New York Times

22 MAI 1920

L'entrepôt de Brooklyn cachait un important stock d'alcool de contrebande

C'est ce que viennent de révéler les premiers éléments de l'enquête sur l'incendie qui a fait six victimes le 12 mai dernier. L'intensité du brasier qui avait surpris les pompiers appelés sur les lieux s'explique par l'alcool hautement combustible caché dans l'entrepôt. D'où provenait cet important stock? À qui étaient destinées ces bouteilles dont la valeur marchande pouvait atteindre le million de dollars? L'enquête concentre maintenant ses efforts sur l'identité des victimes. On saura ensuite s'il y a lieu de s'inquiéter de l'émergence d'une guerre de gangs pour le contrôle du trafic d'alcool, trafic qui s'instaure depuis l'entrée en vigueur de la prohibition. Les ramifications de ce trafic destiné à contourner la loi s'annoncent inquiétantes. Il est à craindre, en effet, que les objectifs louables de sévir contre les ravages de la consommation d'alcool ne viennent s'entacher de nombreuses violences dans ce qui prend les allures d'une lutte de pouvoir à finir entre criminels sans scrupule et sans merci.

NEW YORK
The Sun

29 MAI 1920

Deux victimes de l'incendie
de Brooklyn identifiées

La police de New York, par l'entremise de son chef, Stuart Spencer, vient d'émettre un communiqué à propos de l'enquête sur l'incendie de Brooklyn. Deux des six victimes ont été identifiées. Il s'agit de l'Italien d'origine Alessandro Baldini et de l'Irlandais Scott McKay. Les deux individus, immigrants paraît-il entrés illégalement au pays, déjà connus de la police, étaient soupçonnés d'activités illicites, mais n'avaient encore fait l'objet d'aucune arrestation. On croit que les trois autres Blancs qui les accompagnaient étaient des complices. Seule la femme noire, retrouvée dans une autre section de l'entrepôt, demeure un mystère. Par ailleurs, la police fait également appel à tout témoin susceptible de l'aider à retrouver les auteurs de l'incendie et à remonter la filière de l'important stock d'alcool qui se trouvait à l'intérieur de l'entrepôt.

The New York Times

17 JUIN 1920

D'autres détails révélés
sur l'incendie de Brooklyn

Après plus d'un mois d'enquête sur ce qui semble relié aux agissements criminels de la contrebande d'alcool, de nouveaux détails ont été dévoilés par la police, hier matin. Un témoin vient en effet d'être interrogé. D'après ses révélations, l'incendie aurait débuté par une explosion vers une heure de la nuit du 12 mai. Attiré par le bruit, le témoin a juste eu le temps d'apercevoir un individu qui courait, une partie de ses vêtements en feu, et qui a disparu au tournant d'une rue. Déjà, l'entrepôt flambait avec une « chaleur d'enfer » au dire du témoin qui n'a pas pu s'approcher davantage et qui a aussitôt alerté les pompiers.

La police croit que l'incendie a été allumé par une main criminelle puisqu'on a constaté que deux accès sur trois avaient été verrouillés de l'extérieur, empêchant la fuite des individus présents dans l'entrepôt et qui, rappelons-le, ont été retrouvés morts parmi les décombres. Un bidon d'essence a été découvert près d'une entrée. L'hypothèse envisagée est qu'il y avait deux agresseurs : une femme noire, morte brûlée vive et dont l'identité demeure inconnue, et un homme, qu'un témoin prétend avoir vu s'enfuir et au sujet duquel aucune piste n'a été trouvée. Ils auraient d'abord barré les sorties avant de lancer ensuite le bidon allumé dans l'entrepôt. Une forte explosion, imprévue, alimentée par le stock d'alcool, a ensuite provoqué un incendie d'une rare intensité, surprenant les agresseurs dont un seul a pu échapper à la mort.

L'enquête se porte maintenant du côté des médecins et des hôpitaux pour savoir si un homme a été soigné pour brûlures durant la nuit du 12 mai. Mais si le fuyard accompagnait la femme noire décédée dans l'incendie, il est probablement lui-même noir. Par conséquent, la police estime qu'il y a peu de chances de le retrouver, la loi du silence vis-à-vis des policiers blancs étant de rigueur dans les communautés noires. De la même manière, aucune disparition d'une femme noire n'a encore été signalée. On se perd donc en conjectures sur les motifs qui ont poussé deux individus de race noire à commettre cet attentat qui a coûté la vie à six personnes. Dans les milieux policiers, on ne connaît aucune organisation noire liée au trafic d'alcool, trafic qui semble de toute évidence en cause dans cet incendie.

The New York Times

12 MAI 1921

Fin de l'enquête
sur l'incendie de Brooklyn

Un an jour pour jour après le terrible incendie d'un entrepôt de Brooklyn qui avait fait six victimes, la police n'a toujours découvert aucun élément nouveau permettant d'élucider les mobiles et les causes de la tragédie. Rappelons que deux Noirs, une femme et un homme, étaient soupçonnés d'avoir mis le feu à l'entrepôt, mais leur identité est demeurée un mystère. Devant l'absence de tout nouvel indice pouvant relancer l'enquête, la police a donc décidé de classer l'affaire.

30 OCTOBRE 1924

Trente ans. J'ai trente ans aujourd'hui. La croyance populaire veut que cet âge marque un tournant de la vie. Je n'en sais trop rien. En ce qui me concerne, le tournant de ma vie a eu lieu bien avant, il y a plus de trois ans, soit après la mort de Willie et surtout après celle de Mae. Trois ans au cours desquels j'ai dû lutter sur tous les fronts pour ne pas céder à une angoisse suffocante et au plus profond désespoir. Je commence tout juste à émerger, et peut-être est-ce dans ces premiers signes d'une terre à l'horizon qu'il faut voir le renouveau que l'anodin cap de trente ans est censé impliquer.

Plus de trois ans également que je n'avais pas touché ce journal. J'avais même pratiquement oublié son existence. Je l'ai relu en entier avant d'ajouter péniblement ces dernières lignes, de la main gauche. Ma main droite est désormais trop amochée pour que je puisse serrer suffisamment bien une plume et écrire. Je crois donc venu le moment de mettre un terme à ce journal, tout en prenant acte que ma vie ne pourra plus jamais correspondre à l'image projetée dans ces pages.

Quelle curieuse impression de relire ses souvenirs dont plusieurs s'étaient faufilés hors de ma mémoire. J'ai vraiment eu raison de prendre la peine d'entrer dans le détail, de relater les petits faits de ma vie comme s'il s'agissait d'un texte à être lu par quelqu'un d'autre et à qui je devais décrire avec précision le contexte et les personnages. Ce « quelqu'un d'autre », c'est maintenant moi. Et ce n'est pas sans émotion que je parcoure ces chapitres sur mes quelque dix dernières années, faisant surgir des pans entiers d'un passé qui contraste tellement avec ma vie présente qu'on le croirait celui d'un pur étranger. Je suis partagé entre la dérision et la compassion quand je constate les ambitions qui m'animaient, les amis disparus, les projets alors en cours et qui ne se réaliseront jamais. Raison de plus pour clore ce journal et pour regarder vers l'avant, comme le disait si bien Willie.

Willie. C'est chez lui que j'habite maintenant, à Allentown. Cette petite ville étriquée où je croyais fermement ne plus jamais remettre les pieds. Et pourtant, je me réintègre à ce rythme lénifiant d'une ville à l'écart des bruits du monde. J'en viens à assimiler les habitudes empesées d'une modeste agglomération figée, abritée des courants et des remous qui dirigent le sens de toute évolution. Ici, les habitants sont repus d'un cadre qui leur fournit les réponses et qui leur épargne les questions. Leur satisfaction est sincère, bien que superficielle. Rien ne saurait altérer la sérénité que procurent les certitudes acquises et inébranlables. Peu à peu, je me moule à ce canevas, désireux d'assurer ma démarche sur un terrain solide, d'apprivoiser un nouveau regard, détaché et confiant, le plus à l'abri possible des petits soucis qui minent et qui font perdre de vue le simple plaisir d'un jour qui se lève ou des murmures du vent. C'est à ce prix que je dois rompre avec un passé révolu et avec le naufrage dans lequel j'ai failli couler à pic.

Je me demande quelquefois si ce n'est pas ce genre de vie paisible et retirée que recherchait justement Willie en achetant cette maison dans une ville où il n'avait passé en définitive que bien peu d'années, après avoir même prétendu qu'il n'y reviendrait plus. C'est par Mae que j'ai appris l'existence de cette maison. Le jour même où elle devait mourir, elle m'avait montré, dans cet appartement à Harlem qu'elle avait partagé avec Willie et qu'elle ne s'était pas encore résolue à quitter, une cachette contenant un magot appréciable et les documents relatifs à une propriété à Allentown.

« Harry, si jamais il devait m'arriver un accident, sache que tout ce que tu vois ici t'appartient. Willie et moi le voulions ainsi. Par estime pour sa mémoire, ne pose pas de questions et contente-toi de ce dernier gage d'amitié. »

J'ai eu le souffle coupé. Comme Mae me le demandait avec une autorité dans la voix que je n'avais nulle intention de contrarier, je n'ai rien dit. Et puis, l'horreur s'est produite, comme si Mae en avait eu le pressentiment. Devant l'urgence de préserver mes arrières, j'ai pris ces documents et l'argent, j'ai soigné tant bien que mal mes blessures, j'ai pris la fuite et je suis venu me terrer à Allentown. Dans ce refuge précaire, je panse encore des plaies, d'une autre nature, bien que les séquelles physiques subies soient irréparables. Un choc moral de cette ampleur demeure toujours plus long à cicatriser, même si je sens la blessure se refermer peu à peu. Une fois de plus, le temps et l'érosion de la mémoire auront fini par atténuer des douleurs qui paraissaient insurmontables.

Ma main droite est tout à fait inutilisable. Quelle affreuse ironie quand je pense à toutes les précautions maniaques dont j'entourais mes instruments de travail! Fini donc le piano. Finies les tournées grisantes et épuisantes. Finis les publics divisés entre ceux qui ne jugeaient que le nègre et ceux qui s'efforçaient d'apprécier le pianiste. Finis donc ces éclats de gloire qui scintillaient comme un phare vers des terres promises, même s'ils me guidaient peut-être vers des récifs sur lesquels je me serais fracassé. Peu importe. Je ne saurai jamais et je n'ai plus à m'y attarder. Ce passé appartient à quelqu'un d'autre et plus rien ne doit m'inciter à le regretter.

La mort de Willie a fait basculer le fragile équilibre d'existence sur lequel je jouais les funambules, avec toute l'ambition dont j'étais capable, avec toute la détermination qui me caractérisait. Je suis encore estomaqué par le contraste entre un des derniers passages de mon journal, où je m'exalte du succès de ma tournée, et celui qui suit où je retrouve Mae au cimetière, effondrée sur la tombe de notre ami. Et, symboliquement, le journal ne fait que refléter un même contraste entre la situation réelle que j'ai vécue, pianiste livré entièrement à l'accomplissement d'une carrière, et celle dans laquelle je me retrouve, rentier retranché dans une ville anonyme.

Je m'étonne également à la lecture de mon journal des gens qui ont transité dans ma vie et qui ont imprégné une trace durable dans ma mémoire, tandis que d'autres, dont j'escomptais tellement, se sont évanouis des souvenirs aussi irrémédiablement qu'une neige du printemps. Je pense en particulier à Dora qui n'habite d'ailleurs plus ici et dont j'ignore totalement ce qu'elle est devenue. Seuls sa mère et son plus jeune frère logent encore dans la maison familiale, là où une brouille avec le père de Dora avait gâché mon dernier Noël dans cette ville. Je ne fais que passer loin devant la maison, sans aucun désir de renouer contact. Avec mes escarres au visage, il y aurait cependant peu de chances qu'on me reconnaisse.

Dora n'est d'ailleurs pas la seule à avoir disparu. Le pasteur est décédé. Il repose derrière la chapelle sous une petite stèle, sobre et désuète, tellement peu significative de sa générosité, tellement ignorante des accomplissements d'une vie méritée. Monsieur Eagleson est mort d'une cirrhose. Le tailleur, monsieur Lewis, a fermé boutique et a quitté la ville à la mort de sa femme. Mes anciens collègues à l'usine ne me prêtent pas plus d'attention qu'à l'époque où j'agissais comme gardien de sécurité. C'est comme si je m'installais dans une ville où je n'avais jamais posé le pied, comme à Paris, il y a déjà une éternité.

Mais le plus éprouvant, bien sûr, c'est de ne plus pouvoir me consacrer au piano. Gouffre immense qui m'arrache des élancements fulgurants lorsque les réflexes de jouer deviennent intenables. Le sevrage est encore loin d'être achevé. Comment compenser la perte du fonde- ment même de votre existence? Lorsque j'ai quitté Harlem, la situation désespérée dans laquelle je me trouvais, la fuite précipitée à laquelle j'étais forcé, ne m'ont pas fait oublier, au détriment de toute prudence et de toute logique, de faire déménager mon piano. Ce qui n'est plus, ou presque, qu'un magnifique meuble d'acajou orne désormais un coin du salon de ma maison à Allentown. Il gît là comme une épave abandonnée. Quand la nostalgie me submerge, je m'installe sur le tabouret et, de la main gauche seulement, je déchiffre quelques passages. Déchirante renonciation à laquelle je m'habitue à grand-peine.

Heureusement, la musique demeure. Je me suis procuré un gramophone et quelques disques. J'ai eu la chance de mettre la main sur un enregistrement d'Alfred Cortot! Quelle incroyable sensation d'entendre l'art prodigieux de mon ancien maître surgir du pavillon métallique et de la rotation d'un disque plat à la surface rugueuse! Grâce à cette magie technique qui permet de transporter la musique chez soi, je consacre un nombre incalculable d'heures à écouter inlassablement ces disques, faisant abstraction des crépitements et des craquements de plus en plus présents au fur et à mesure que je les use sans pitié.

J'intègre de la sorte une nouvelle dimension musicale, basée sur l'écoute et sur l'analyse. Je me suis même permis de soumettre un article, un compte rendu du disque d'Alfred Cortot, à *The Evening Star*, le journal où travaillait monsieur Eagleson. L'article a été publié sous un pseudonyme. J'en retire une certaine fierté, même si le fait d'écrire de la main gauche et de devoir dactylographier le texte d'une seule main est terriblement exigeant. Mais à présent j'ai le temps pour moi, ce qui me change des horaires tumultueux qui ont déjà taraudé mes journées. Ce temps que je regarde s'écouler dans une direction où rien de menaçant ne se profile, mais où une embuscade bouleversante et radicale n'est jamais exclue, j'en sais quelque chose.

Voilà à quoi ressemble ma vie désormais. Je dois définir de nouveaux champs d'intérêt, sans me laisser dévier par mes anciennes passions ou nécessités sur lesquelles j'ai été obligé d'apposer les scellés. Je dois oublier la dévastation que m'ont causée la mort inutile de Willie et celle si atroce de Mae. Je dois renoncer à mes engouements d'antan et redéfinir un nouveau rapport au monde. Chance ou malchance? Débat inutile. L'important est de demeurer conscient de l'air que je respire.

Depuis que je suis à Allentown, je me surprends à développer de nouvelles curiosités. Même handicapé d'une main, je consacre beaucoup de temps à la lecture. Je cuisine. Je m'occupe d'un jardin où cueillir une tomate bien mûre et d'un rouge flamboyant me procure un inexplicable bonheur d'accomplissement. Et, avec peu de besoins, je gagne de quoi subsister grâce à d'occasionnelles leçons de piano. Je ressens un réel plaisir à écouter les progressions maladroites de ces petits apprentis, farouchement décidés à venir à bout d'un court prélude de Bach.

Peu à peu, je reprends le contrôle du gouvernail de mon existence. Je m'accroche à une nouvelle disponibilité de sens et de perception. Je découvre la peinture à laquelle je ne m'étais jamais intéressé. Je me souviens d'un dénommé Picasso au Lapin agile. Ce peintre est devenu une célébrité et je commence à peine à comprendre son langage pictural. Je me suis fait des amis, dont quelques Blancs, frappés par mon assurance, en dépit de ma main droite atrophiée. Lorsqu'on me questionne, je leur parle d'un accident d'enfance, avec l'air blasé de celui qui a déjà trop ressassé cette histoire, et on n'insiste pas. J'aide des familles noires à faire valoir leurs droits. J'encourage les Noirs à aller voter et à devenir partie prenante des affaires de ce qui est leur pays autant que le mien, envers et contre tout. Je repense souvent à ce que disait Willie. Aucune action n'est vaine, aucun geste n'est dérisoire, si au bout du compte cela procure le sentiment de marcher droit et de ne pas plier l'échine.

Ma pauvre main n'en peut plus. C'est vraiment le terme de ce journal. Bientôt, je vais le refermer et le remiser dans ma malle au grenier, avec les souvenirs glanés au fil des ans. Avec lui, je conclurai une époque sur laquelle il est désormais inutile de revenir, et je ne l'ouvrirai plus jamais.

Il me prend l'envie d'écrire le mot FIN, comme au cinéma, lorsque j'accompagnais les films muets sur un piano désaccordé. Quand apparaissait sur l'écran ce signal qui concluait la projection, je cessais de jouer, les spectateurs ravis du film applaudissaient, les lumières se rallumaient. Je clignais des yeux quelques secondes, ébloui par la luminosité subite. Je rabattais doucement le couvercle sur le clavier après un dernier accompagnement, le temps d'escorter le public nonchalant. Je me levais et je me dirigeais à mon tour vers la sortie. Là, j'ouvrais la porte et, comme si j'émergeais d'un rêve, la trépidation joyeuse de l'extérieur me frappait de plein fouet. Je prenais une grande respiration, heureux, amusé, et à mon tour je me mettais à marcher.

MEMBRE DU GROUPE SCABRINI

Québec, Canada

2006